尾藤三柳監修

川柳総合大事典

第一巻

# 人物編

—近世・近代・現代川柳家・関連人物—

雄山閣

# 柳　祖

『誹風柳多留』 24篇に掲載された最初の川柳像。原画は、東橋により描かれた物で、四世川柳まで継承されたが、文政12年の大火で喪われた。＜朱雀洞文庫蔵＞

# 歴代川柳

初代川柳（柄井）
無名庵

二世川柳（柄井）
無名庵

三世川柳（柄井）
無名庵

四世川柳（人見）
風梳庵

五世川柳（水谷）
緑亭

六世川柳（水谷）
和風亭

七世川柳（廣島）
風也坊

八世川柳（児玉）
任風舎

九世川柳（前島）
二世 緑亭

十世川柳（平井）
狂句堂

十一世川柳（小林）
深翠亭

十二世川柳（小森）
碧流舎

十三世川柳（伊藤）
有為堂

十四世川柳（根岸）

十五世川柳（脇屋）
鮮紅亭

# 俳風狂句

## 四世川柳の周辺

卍
葛飾北斎（浮世絵師）

柳亭・木卯
柳亭種彦（戯作者）

流水・柳水
松浦静山（大名）

文日堂礫川
（小石川住の武士）

五葉堂麹丸
（下座見の武士）

都々一坊扇歌
（都々逸の祖）

船遊亭扇橋
（音曲噺の祖）

武隈楼松歌
（武士・二代作家）

不壱門院別當
（僧侶）

寶玉菴三箱
（三田住の職人）

徘優屋株木
（歌舞伎役者 市村羽左衛門）

四世川柳関連著名人

南仙笑楚満人
為長春水（人情本作家）

七代目団十郎
（歌舞伎役者）

横綱・阿武松
（相撲力士）

十辺舎一九
（滑稽本作家）

井上剣花坊

明治37年、新聞《日本》の選者から柳樽寺川柳会を興し、川柳中興の気概をもって柳界をリード、大正期には、新興川柳へも足を踏み込む。

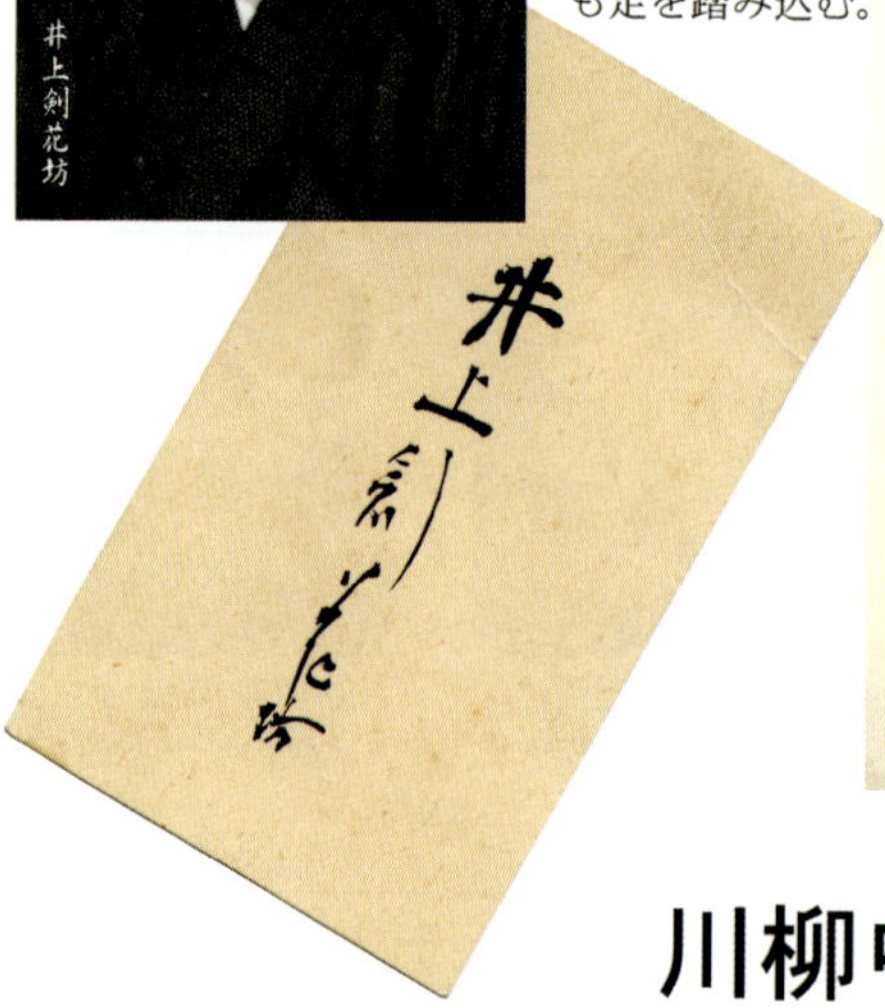

阪井久良伎

明治36年『川柳梗概』を著し、狂句から新川柳の離脱を指導。門下から優れた作家、指導者、古川柳研究者を輩出する。

# 川柳中興

岡田三面子

古川柳資料の収集・研究から古川柳学の基礎を形成するとともに、作家として、また新聞紙上で新川柳のあるべき姿を指導する。

小島六厘坊

明治37年、東京の三派鼎立を指弾し関西柳界を統率、後の繁栄の基を築き、21歳で夭折。

**駄鳥巣会**

明治 38 年 3 月 19 日

前年より《中央新聞》紙上に角恋坊、巴之助の肝煎りで毎日 1 ダース（12 句）の作品を掲載したのが会名となった。

前列左より、来島、不明、名草、洗浜、金比古、中列左より不明、咲乱坊、不明、角恋坊、後列左より不明、浜口、文象、多々鳴、剣花坊、郷左衛門、三面子、飴ン坊、駄六、雨六。

# 明治の川柳界

**東京川柳社大会**

明治 42 年 5 月 23 日
鶯谷・伊香保にて、角恋坊主催川柳会。中央に久良伎、而笑子が並び、その上に若き天涯子。前から三列目松の木の下に新蝉とその左に角恋坊が見える。左端は、後に紅グループの中心となる白石張六。東京の主な作家達。

**読売川柳研究会**

明治 43 年・第 50 回例会
記念遠足会。井の頭公園。

# 明治の川柳界
# （関西）

京都柳友社１周年記念
明治 44年

中京川柳社
明治 44年 11月例会

岐阜川柳社
明治 44年 1月

関西川柳社箕面公園遠足会

明治 43年 7月 17日

発足して間もない時期のメンバーで、前列左から柳洗、ひさご、卯木、半文銭、片々。後列左から墨湖、百樹、當百、青明、指月、三楽、芦村、水府。

# 大正の川柳界

**阪井久良伎と岐阜の柳人**

大正３年４月６日

左から阪井久良伎、恵那岐川（岐阜）、岩本新吾（東京）、鈴木蛙仏（岐阜）。

**二世反歯立机披露会**

大正 14年 1月

柳風会は、十二世川柳の代、宇陽柳風会主催による栃木県地方判者二世眞幸舎反歯の立机披露会。左端に久良伎、一人おいて十二世川柳、反歯、柳翁（十世）、二人おいて、みだ六（十四世）ら。前列右から三人目は前田雀郎。

**大正期の柳樽寺**

中央奥の井上剣花坊を囲むように 116 名以上の大句会。右の下端に、若き日の雉子郎（吉川英治）の姿が見える。その他、〇丸、三太郎、紅太郎、飴ン坊、赤香、六葉、久坊などの顔が確認できる。今日の川柳界から見ると、作家の年齢の若さが目立つ。

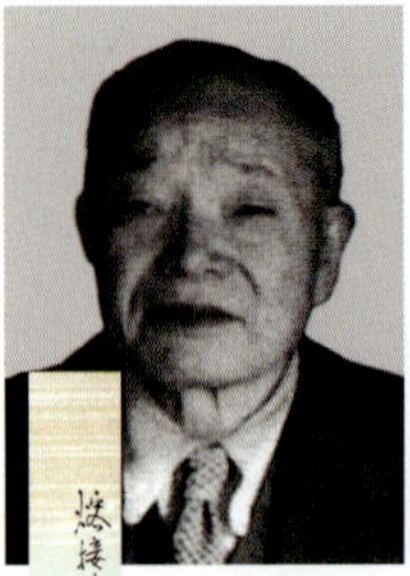

中島紫痴郎

溶接の飛び散る火花
俺を責む　紫痴郎

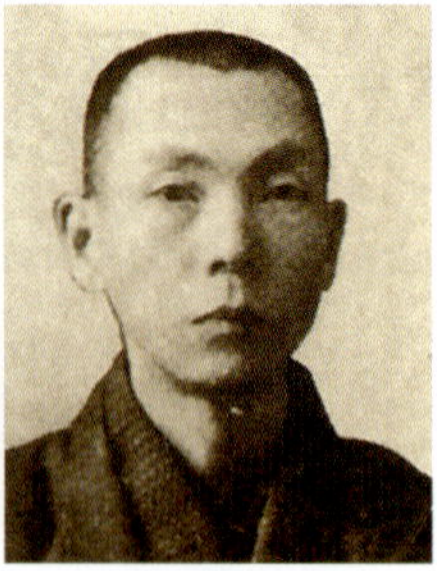

浅井五葉

辞職して
何をか
言わん
植木鉢
五葉

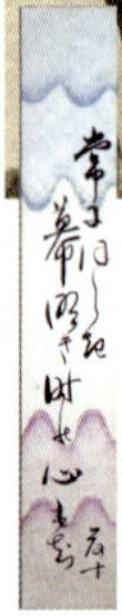

森井荷十

常にほしき
幕開き時の
心もち
荷十

木村半文銭

人心の
暗きに明日は
砥の如く
半文銭

## 新傾向川柳

## 新興川柳

森田一二

田中五呂八

人間を掴めば風が手にのこり　五呂八

鶴　彬

川上日車

暁を抱いて闇にゐる蕾　鶴彬

岸本水府（大阪）

川上三太郎（東京）

村田周魚（東京）

椙元紋太（神戸）

麻生路郎（大阪）

前田雀郎（東京）

## 六大家

大正から昭和 30年にかけて、川柳界の指導的地位にあった東京三名、関西三名の大家。それぞれ結社・主宰誌を中心に川柳の多様性を現出した。

# 大陸の川柳界

**大連川柳社（昭和初期）**

明治 43 年創立の大連川柳会以降、中国各地、朝鮮へと広がりを見せたが、
昭和 20 年の終戦とともに全てを失ってしまった。

**岸本水府歓迎会**

昭和４年８月７日

日本の大陸進出が本格化すると、文芸も翼賛的傾向をみせ、水府、三太郎、雀郎などが視察した。

写真は、大連に水府を迎えての歓迎会で、前列左から石原青龍刀、高橋月南、岸本水府、宮武如蛙、大島濤明、後列左から二人目が小林茗八、一人おいて福田憲花、佐々木三福。

この時期が、大陸における川柳の最盛期であった。

**大陸川柳同窓会**

昭和 38 年、大陸川柳同窓会が発足、以後石原青龍刀、東野大八などを中心に継続された。
写真は、昭和 49 年 9 月に下田で開催された第 10 回同窓会。

日本移民 70年記念
全伯川柳大会

昭和 53年 9月

ブラジル・サンパウロで行われ、100名近くの川柳家が集ったが、一世の高齢化により、しだいに衰退の道を辿っていった。

桑湾吟社（アメリカ）

昭和 52年 6月

サンノゼの仏教教会にて川柳岡山社会員との交流。

# 海外の川柳会

ウイロー吟社（ハワイ）

昭和 58年 6月

ハワイ吟行の「川柳公論」会員と地元ウイロー吟社メンバーとの交流句会。ウイロー吟社の日系一世の作家は高齢化し、間もなく解散してしまった。

# 戦後の川柳界

**時実新子と尾藤三柳**

平成８年２月11日

昭和50年、「川柳公論」と「川柳展望」が東西で創立、現代川柳の新しい方向性をカリスマ的指導力で牽引し、川柳の社会性を広げていった。「川柳大学」創刊記念パーティーにて。

**日本川柳協会**　昭和52年８月20日

昭和49年12月創立した日本川柳協会は、昭和52年３月に第１回全日本川柳東京大会を開催、川柳の全国組織となる。前列右から中島生々庵、藤島茶六、片山雲雀、堀口塊人、小林万川、渡辺蓮夫、後列右より三條東洋樹、西尾栞、平賀紅寿、増井不二也、川俣喜猿、賀波沢黙六、岸田万彩郎、福永清造、伊藤瑶天、大森風来子、大井正夫、野村圭佑。

**現代川柳を主導した主な指導者**

三條東洋樹

橘高薫風

大野風柳

斎藤大雄

中村冨二

河野春三

**川柳学会創立**

平成16年５月29日

新川柳勃興からほぼ百年を経過し、六大家を知る川柳家の老齢化および川柳史料の散逸の危機的状況から、川柳を学問として研究する新しい集まりが興る。脇屋川柳を会長に、前田安彦（雀郎息）、芳忠淳（九世孫）、竹内豊（久良伎曾孫）など、川柳家とその周辺の関係者で発足。

# 序 ―― 本事典刊行の主旨 ――

本書は、川柳発祥二五〇年を迎えるにあたり尾藤三柳編『川柳総合事典』（昭和五九年、雄山閣刊）の改訂増補版として企画されたものである。

川柳は、発祥以来の「ブーム」と言われるほどの盛況をみせ、江戸の地方文芸から日本全国で楽しまれる共通の文化にまで成長した。しかし、旧版出版から四半世紀を経て、その内容に関しては、公募川柳の量的繁栄に対し、一般川柳界では、旧版の執筆者を中心に多くの指導者を喪い、また、次世代を担う指導者の高齢化が進み、質的には文化継承という面でひとつの危機に直面しているとも感じられる。

新川柳百年の祝賀も、川柳二五〇年祝賀事業に関しても大会、句会を中心とする川柳界の興味は薄い。

六大家の師系が僅かに残る今日、次の世代に伝承する窓口として、旧版以来の川柳を再体系化しておくことは重要な意味を持っている。特に、今後の指導者として川柳を広める人々にとっては、この書籍により得られる体系的川柳が、新しい展開のベースになると信じる。

また、古川柳に関連する内容と、古川柳研究者からも新川柳側からも忌避されてきた柳風狂句についても光を当て、川柳二五〇年の流れを俯瞰できるよう、「総合」の名に恥じない内容へと体系化に努力した。これらの増補により、企画内容は膨れ上がり、書肆の提案により書名は『川柳総合大事典』とした。これが川柳三〇〇年への里程となれば幸甚である。大方のご批判を乞う次第である。

平成一九年七月二五日

尾藤一泉　識

# 緒　言

旧版『川柳総合辞典』(昭和五九年六月二〇日発行)は、多くの不備闕漏を残しつつ、唯一の総合史料として広く愛用され、編者にとっても内心忸怩たる思いがあったが、漸くこの度、九〇周年を迎える雄山閣出版株式会社のご理解ある厚意により、大幅に増補改訂した新版『川柳総合大事典』(全四冊)が出版される運びになった。

旧版刊行以来二一年、内容的に改新拡幅が求められ、時代に即した増補を行うに際しては、老惰いちじるしく細詢にかまけず、これを川柳学会の学究、堺利彦、尾藤一泉の両君に委任した。読者、もって諒とせられよ。

折から川柳二五〇年の節目に当たって、本書刊行が実現したことは、時宜に適し、かつ歴史的にも大いに意義が深いと信ずる。
本書が川柳界のみならず、各方面に裨益することあらば、これに過ぎたる慶びはない。
二〇〇七年一月

**尾藤三柳**

# 凡例

〔見出し〕

①各項目とも漢字の見出し語の下に現代かなづかいによる読みを付し、五十音順に配列した。

②同音項目に関しては、人物の生年順とした。

③各項目に、以下の分類を用いた。

【柳祖】　初代柄井川柳。

【旧連】　主に初代川柳時代に活躍した作家。

【中間期】　初代没後の川柳風時代の作家。

【俳風狂句】　四世川柳時代に活躍した作家。

【柳風狂句】　天保の改革以後、五世川柳時代から明治以降まで柳風会で活躍した作家。

【新川柳】　新川柳勃興以降の作家。

【古川柳研究】　主に、古川柳研究を行った学者。

【関連人名】　その他、川柳に影響を与えた関連の人名。

〔解　説〕

①解説文は、原則として常用漢字、現代かなづかいによったが、必要に応じて常用漢字以外のものも用いた。引用については、原文を尊重し、旧字体、旧かな表記を行った。

②川柳作品は、特別なもの以外作句時のかなづかいのま

〔本事典の構成〕

①本事典は、『川柳総合事典』（昭和59年、雄山閣刊）の人名項目をベースに、『現代川柳ハンドブック』（平成10年、雄山閣刊）の人名項目を追加、さらにその後の主要人名をフォローし解説した。

②解説は、それぞれの人名項目を執筆者に依頼したが、解説が重なった部分については編者が原稿を調整し、連名とした。また、旧刊書の記載事項の明らかな訂正や、新事実の書き足しについては、前執筆者名を残し、改訂者を後記した。

③各執筆者の原稿は、できるだけ原文を尊重したが、項目の基本体裁や表記、文体など、編者の責任において適宜統一した。また、明らかな誤記についても、編者が筆を加えた。

まとし、漢字は新字体に従った。
③人名項目は、できるだけ作者の経歴を記録し、歴史的影響の解説に言及するように心掛けた。
④特に著名な旧号、別号については、見出し語を立て、見よ項目として見出し語の下に「→」印を付した。
⑤取り上げきれなかった人名については、第四巻の〈川柳界編〉の句集や著作物の中で簡記するよう務めた。
⑥各項目、解説文内の人名については、敬称を略した。
⑦年号は、和表記を標準とし、項目内での初出には、必要に応じて西暦を（ ）で示し、以降同一和暦年号に関しては適宜省略した。改元に関しては、できるかぎり新旧年号を厳密に表記した。
⑦特殊な読みの専門用語だけではなく、読者の便宜のためにルビを付した。
⑧旧書では、原則として代表句一句（辞世など）のみを掲載したが、作家の側面を作品から立体化し、また作品の鑑賞も可能になるよう複数句を掲載するよう努力した。掲載句数は、編者が裁断し、紙面編集上で多少の増減を生じた。
⑨本書に用いた記号類は以下の通り。
＊　同書に、見出し項目として立項されているもの。
※　別巻に、見出し項目として立項されているもの。
『 』　書籍名など。
「 」　雑誌名、論文タイトル、引用文など。
《 》　新聞名。
〈 〉　特殊用語、本文内での作品。
→　見よ項目

## 写真、図版・資料提供者

川崎誠一氏（初代肖像）、脇屋川柳氏（初代肖像、六世直筆巻、一三世、一四世川柳肖像）、芳忠淳氏（九世川柳肖像）、長岡民雄氏（長岡樫風関連）、故大石鶴子氏（柳樽寺周辺写真）、竹内豊氏（阪井久良伎関連）、磯部一成氏（きやり関連）、西村泰氏（草詩関連）、中川一氏（関西関連）、平宗星氏（秋田関連人物）、吉田健治氏（山村祐肖像）、上田市立図書館・花月文庫（書籍よりの肖像転載）および『日本川柳人名鑑』、朱雀洞文庫画像データベースの参照により貴重な史料をビジュアルに掲載できた。

また、この書を纏めるに当たって、多くの先行書籍、関連書籍、川柳雑誌、先達のことばなどを参照し、また、貴重な資料および写真の借用させていただいた。これらの知識を与えていただいた諸氏・諸館に誌面を借りて深く感謝の意を記す。

# もくじ

◆さ　行

◆な行



◆は行

◆や　行



◆ら　行

# 〈人物編〉本項目

# あ　行

**愛　子**　あいこ　1912–2006　【新川柳】本名・長谷川愛子。大正元年一一月二七日生れ。旧樺太から引き上げ、女手一つで両親と五人の子らと生き抜く。昭和三五年頃、川柳と出会い八戸川柳社へ。昭和三七年、正部家正恵と八戸市の小中野句会創立（〜五二年）。その間、県南女性川柳大会を五回にわたって開催。はちのへ川柳社、青森県川柳社同人。昭和四七年、三沢市に転居、翌年、活動休止状態のふるまき吟社を佐々木古刀子等と復活。昭和五二年、正恵との二人集『ふたり』を上梓。別に句集『くらしのうた』がある。昭和六三年、三沢市文化賞受賞。平成一八年一月五日没。享年九三。〔杉野草兵・岩崎眞理子〕

　髪梳いて梳いて女を捨てきれず

**葵　印**　あおいじるし　【旧連】詳細不明。天明三年（一七八三）、角力会に取次・水仙から出句した作家。表徳※より徳川家ないし松平家の関係者ではなかったかと想像されている。〔尾藤一泉〕

　大的をこそぐつて居る小さむらい　　樽一八-41

**葵徳三**　あおいとくぞう　1903–1977【新川柳】本名・青石武雄。明治三六年三月二日、神戸市生れ。会社重役。川柳には少年期から関心を持ち、昭和四年、創刊間もない「ふあうすと※」に入会、詩性派作家を目標に作句。昭和一一年一月に「ふあうすと」同人。同社一筋にひたむきな論評執筆にあけくれた。同じ神戸の自由律※専門誌「視野※」や大阪の「せんば※」にも寄稿し、作品活動も旺盛で、重量感にあふれた多くの佳句を残し、また還暦を機に〈雲〉をモチーフとして作句。没前まで意欲に衰えを見せなかった。昭和五二年一月一七日、高血圧症のため死去。享年七三。釈雄照。〔東野大八・藤本静港子〕

　錠剤を掌に置き雲を見ぬ二日

　生死観　五分六分なり浄土雲

**赤とん坊**　あかとんぼう　1900–1979【新川柳】本名・藤井義夫。明治三三年下関市生れ。大正五年一六歳で川柳に入る。大正九年九月、井上剣花坊*が下関来訪の際乞うて師事。上田一匹主宰の海月吟社同人となる。柳名を〈赤とん棒〉にするつもりを剣花坊に勧められて〈坊〉にした。大正一四年六月、剣花坊が名付け親となり下関川柳千舟を創立、主掌。昭和二年一月、全国初の柳樽寺※川柳会下関支部となる。機関誌「千舟」の表紙題字も剣花坊筆。一〇年ほどで廃刊。昭和九年九月の逝去まで剣門で活躍、柳歴は六〇年を越える。昭和五四年一月一一日死去。享年七八。〔菅生沼畔〕

秒針に死ねない命持ちあぐみ　（「ひろしま」より）

**晶　子**　あきこ　1925–　【新川柳】本名・桑野晶子。大正一四年一一月四日、東京生れ。昭和四三年川柳を始める。「川柳きやり※」、「森林※」、「人※」、「魚」、「さっぽろ※」、「川柳公論※」、「川柳展望※」、「点鐘※」、「とまり木」、「川柳新京都※」、「新思潮※」など多くの柳誌に作品を送り出し強いイメージの独特の作風で活躍。昭和六三年、第六回川柳Z賞※を受賞。作品集として『眉の位置※』（昭53）、『雪炎』（昭63）がある。〔伊藤紀子〕

妹は酢のようラベンダーは霧のよう

石勝線　ぼあーっと藁の馬駆ける

だれに似る骨肉ならん鯖をしめ

**秋の屋**　あきのや　→塵山

**彬**　あきら　【新川柳】→鶴彬

**あきら**　1923–1986　【新川柳】本名・宮田泰三。大正一二年一月二一日、京都生れ。甫三・豊次*・あきらの宮田三兄弟として京都の川柳界で活躍。小学生の頃から句会に出席。のち兵役に服し沖縄で終戦。復員後「川柳ビル※」、「でるた※」、「人間派※」、「天馬※」、「流木」、「川柳ジャーナル※」、「縄」を遍歴。戦後の革新運動の中核にあった河野春三*と行を共にすること多く、常に革新派に所属、「川柳ジャーナル」を松本芳味*と支え続けた陰の功労者。昭和三一年に春三を中心とする「天馬」創刊。翌年「現代川柳作家連盟」の結成に直接繋がる契機をつくり、以後、革新川柳の運動に挺身。河野春三の提唱した革新運動は宮田あきらの死と、その個人誌「縄」の終刊をもって終局した。昭和六一年三月七日没。享年六三。〔石田柊馬〕

垂直に沈む艦までとどかぬ　手

三十年の反旗を巻けば　孕む眼球

テレビ受像　マラソンランナー掌を挙げて落下《オチ》

**明**　あきら　1939–　【新川柳】本名・石部明。昭和一四年一月三日、岡山県和気郡生れ。昭和四九年、川柳をはじめる。五四年、時実新子*の「川柳展望※」会員。六二年に「火の木賞」受賞、寺尾俊平*の「川柳塾※」会員。

六三年、「おかやまの風6」に参加。平成五年、川柳Z賞※大賞受賞。八年、「ふぁうすと賞」。一〇年「MANO※」創刊。一五年「バックストローク※」創刊、投句欄の選評を担当、発行人としてシンポジウムを伴う大会を各地で開催する。その作品において、日常の裏側にある異界はエロスと死を契機として顕在化され、心理の現実が華やぎのある陰翳感でとらえられる。川柳の伝統の批判的継承者として現代川柳の一翼を担う。句集に『賑やかな箱』『遊魔系※』『石部明集』。共著『現代川柳の精鋭たち※』。〔小池正博〕

琵琶湖などもってのほかと却下する
梯子にも轢死体にもなれる春
かげろうのなかのいもうと失禁す

**朱楽菅江**　あけらかんこう　【旧連】→菅江

**蛙骨**　あこつ　1882–1942【新川柳】本名・田中守躬《もりみ》。明治一五年八月一四日、岐阜県生れ。医師。学生のころから剣・岐堤唱の狂句※追放運動に共鳴。明治四二年七月、初の岐阜県川柳大会を催し、恵那岐川、山田正明ら六名と青柳会を結成、同年八月「青柳※」を創刊、濃尾川柳界の草分けとなる。大正一四年五月創刊の「やなぎ樽研究※」は、蛙骨と岐川が資財を投じて刊行したもので、一流の新川柳作家、古川柳研究家に発表の場として貴重な存在となった。昭和一七年一月一日没。享年六一。川柳院釈蛙骨。〔東野大八・尾藤一泉〕

一力の灯はあれですと左阿彌から
なむあみだ川柳砂子へ一雫　（昭3・卯木追悼）

**朝太郎**　あさたろう　1893–1974【新川柳】本名・白石朝太郎。別号・維想楼。明治二六年八月一七日、東京市生れ。築地活版所、国文社、毎日新聞、都新聞、万朝報の文選工を大正一〇年まで。その間、大正八年の革進会、九年の正進会のストライキでは先頭に立って闘い、以後アナキズムの洗礼を受ける。井上剣花坊*の「大正川柳※」一〇一号（大9）から大正川柳改題「川柳人※」一七七号（昭2）までと、「川柳人」二〇三号（昭4）から昭和一〇年までを編集する。のち「川柳むさしの※」に移り、同誌の新選集から本名の白石朝太郎で選し、「柳

都※」の〈新選集〉、「川柳はつかり※」の〈つばさ集〉の選をつづけ、多くの川柳人を育成する。特に「川柳はつかり」にとっては生みの親でもある。特筆すべきは、頭山満、大杉栄、ワシリイ＝エロシエンコ、北原白秋、高村光太郎、吉川英治（雉子郎＊）等と親交があり、英治の代作（「八寒道中」）もしたという。川柳論としては、「眼覚めたる人魚の笑い・新川柳民衆芸術論」（「大正川柳」一一九号、大11・5）などがある。著述は井上剣花坊句集『習作の廿年※』（大12）、『井上信子句集※』（大15）、『昭和新興川柳自選句集』など。敗戦直後に突然、福島市佐原字上遠瀬戸に移り、ただ一人自分の考える川柳を追い求めていたが、地元の新聞社に発見され川柳界に復帰する。昭和四九年六月一日、胃癌で没。戒名も拒否して、安達太良山の裾野に眠る。最期まで剣花坊直門を意識しての高潔、寡黙の異色な指導者であった。享年八〇。〔吉田成一〕

太陽に追ひつめられて寝ころがり　（大14）
極寒を故郷として鳥白し
一本の指が罵倒のありったけ
古壁に眠れぬ夜の爪の跡　（昭49「柳都」）
死を思う老残の影壁にあり

参考：大野風太郎編『白石朝太郎の世界』『私の白石朝太郎』

**唖三味**　あざみ　1894–1965【新川柳】本名・鷹巣清二。通称・高須。明治二七年二月三日、東京・築地生れ。自由、毎夕、国民各新聞社を歩き、その間、大正中期から川柳を手がけ、個人であざみ吟社を持ち、また芝川柳会を作る。国民新聞時代、陣居＊らと国民柳友会（川柳柳友会の前身）を結成。昭和一三年満鉄入社。満鉄社員会機関誌を編集。大連居住。柳号は、誰も顧みぬ薊の花のあざみのあて字。大連生活中に夢詩朗＊、木耳＊らと大連番傘川柳会を創立。のち満州番傘、大嶋濤明＊の東亜川柳連盟所属。昭和二一年終戦により引揚げ帰国、東京タイムズ入社。在満中より内地著名柳人との交友厚く、交通事故で左腕を失ってから自宅を〈武蔵庵〉（無左手の意）と称し、全国的な柳人サロンの観を呈した。昭和四〇年一一月一一日、脳溢血で死去。享年七一。法名・徳念院清信士。東京・多磨霊園に葬る。〔東野大八〕

乞食にもなれず強盗にもなれず　（昭22全国川柳推薦句集）
焼栗を大事に食べる子の寝巻
妻の髪今日一日の厨の香
蚊帳つれば子供のはしやぐ一しきり

**亜　人**　あじん　1892?–1975【新川柳】本姓・吉川。旧号・唖人。明治二五年山口県生れ。電機商。大正三年岡本鳥石と柳誌「カラス」を発行。五号で終刊。その後大阪に出て「番傘※」に入る。のち同志と柳誌「みをつくし」を創刊。水府*、夢路*、凡柳*等と親交がある。二七号で「川柳雑誌※」に合流。昭和二一年、郷里の山口県大島郡大島町で浪の音川柳社を創立し機関誌「浪の音」を発行。その後個人誌「有題無題」を発行する。昭和四九年四月、一〇〇号を最後に終刊。四七年、菅生沼畔*の個人雑誌「かも※」一五号より「酒の随筆‐酒と川柳」を、のち「ひろしま※」に転載、五〇年五月号まで二六回連載（二六回分は遺稿）。昭和五〇年三月二五日没。享年八三。法名・文教徳瑞居士。〔菅生沼畔〕

**うたたねを越えた落度はけつまづき**

**蛙　人**　あじん　1915–1994【新川柳】本名・滝谷儀助。号・小野蛙人。大正四年九月生れ。二一歳でブラジルに移住、後に出聖して牧師となる。昭和二七年ごろ、ブラジルにおいて日伯柳壇に入り堀田栄光花に指導を受ける。昭和四四年ごろパウリスタ柳壇開設とともに参加、しだいに現代川柳へと目覚める。「川柳人※」、「川柳平安※」、「風」、「川柳研究※」、「川柳ジャーナル※」、「川柳公論※」、「路※」などに参加、多くの創作を残す。また、ブラジルでの合同句集出版に力をつくす。句集に『白い泡沫※』（昭57）がある。平成六年七月五日、脳溢血で没。享年七八。〔尾藤一泉〕

**銃眼に恥毛が生える法治国**
**白日の下に翳ある　わが指よ**
**白い泡と白い泡みんな繋がる空虚**

**唖蝉坊**　あぜんぼう　1872–1944【新川柳】本名・添田平吉。明治五年一一月二五日、神奈川県生れ。若くして自由民権派の青年倶楽部に入り、演歌壮士となる。のち東海矯風団で演歌改良に活躍。明治三六年ごろから川柳の作句を始め、新聞《日本》の〈新題柳樽※〉、《電報新聞》の〈新柳樽※〉など新川柳※に投書、唖蝉坊と号した。同三七年六月久良岐社※の創立に参加したが、翌三九年堺枯川（利彦）を知って社会党評議員になり、社会主義運動に投ずるころから川柳を遠ざかった。ただし、「このとき以来、唖蝉坊と号し」（『コンサイス人名辞

典』日本編）たというのは誤りで、三七年一一月刊の『川柳久良岐点※』に唖蝉もしくは唖蝉坊として三九句が見えているように、早くから川柳の号として用いていた（「坊」は当時の流行）。ちなみに、演歌の方では三八年の「ラッパ節」が〈のむき山人〉、四〇年の「ああ金の世」から唖蝉坊を名乗るようになった。川柳作家としての唖蝉坊は、演歌に見られる社会諷刺や諧謔を作品のうえで発揮するにいたらなかった。昭和一九年二月八日没。享年七二。〔尾藤三柳〕

**社会主義居酒屋ばかり歩いてゐ**　『川柳久良岐点』
**卒業の間近い式部おちつかず**　（同）
**経済科の講師切売上手なり**　（同）

**阿達義雄**　あだちよしお　1905–1992　【古川柳研究】号・夜潮音。明治三八年一一月一日、新津市（現新潟市）生れ。東北大学国文科卒。新潟大学教育学部教授。西原柳雨*に傾倒、「川柳しなの※」、「川柳雑誌※」などの川柳誌に古川柳研究論稿を数多く発表、昭和二四年一月、大野風柳*の呼びかけに応じ、「柳都※」の創立に参加。同年、下村梵*主宰の「武玉川※」が創刊されると、これにも健筆を振るう。『江戸川柳の史的研究』（昭42）は、一〇三五ページにおよぶ大著で博士論文。翌年、この功績により第二一回新潟日報文化賞を受賞している。その他、古川柳に関する多くの著述を行い、主なものは、『川柳江戸貨幣文化』（昭22）、『川柳江戸花街風俗』（昭24）、『庶民と江戸川柳』（昭33）、『鑑賞江戸川柳』（昭41）、『江戸川柳経済志　金融・世相編』（昭45）、『江戸川柳経済志　物価・遊里編』（昭45）、『江戸川柳貨幣史』（昭46）、『江戸川柳と諸大名の家紋』（昭和47）、『江戸川柳と庶民紋章風俗』（昭48）、『昭和貨幣物価史』（昭50）、『江戸川柳貨幣史』（昭59）、『江戸川柳演習』（昭59）、『川柳アリンス国と越後者』（昭60）などがある。新潟に川柳文学会を創設、多くの川柳愛好者を育てた。平成四年五月二八日没。〔尾藤一泉〕

**淳夫**　あつお　1908–1988　【新川柳】本名・泉太郎。

別号・精二。明治四一年二月二五日、福岡生れ。昭和一一年、博多番傘川柳会、次いで一三年から「ふあうすと※」に投句、紋太*、東洋樹*、大山竹二*などに師事。戦後、昭和二三年より「ふあうすと」同人となり、昭和三五年より同誌雑詠欄の選者を長く勤め、多くの作家を育てる。昭和四〇年、現代川柳・藍グループ※

を結成し主宰、柳社を超えての精鋭作家が集う賑わいを見せた。昭和五一年、季刊「藍」を創刊、死去までに三七号を刊行。福岡県の川柳新興にも尽力した。空虚なコトバからの発想を嫌い、写実のもつ具象性と、心象のつくるゆらめきを結んで作句の契機とする手法を行った。また、文語を多く用いる文語川柳作家でもある。広い活動領域をもち著述には句集『平日』（昭40）、『風話』（昭47）、『風祷※』（昭62）があり、時代吟『女絵師』（昭40）、戯作句『楽屋酒』（昭53）、題詠句集『市井逍遥』（昭56）、郷土方言句集『博多歳事記』（昭58）などがある。昭和六三年七月一九日、福岡で没。享年八〇。〔中川一〕

夏野炎え子らの機銃の鈍く鳴る　（『平日』）

雪の深さに沈める壺が音もたず　（『風話』）

鏡中の痩鬼よ亡母が来ていたり　（「藍」35号）

**阿豆麻**　あづま　1824〜?　【柳風狂句】本名・東條喜惣治。号・文堂阿豆麻。南総市原郡養老村の人。文政七年生れ。貴族院出身権を持つ豪家。狂句※は、五世川柳*の中葉から柳風※に遊び、成之と並び「南総の二秀」と崇められた。その実力は、養老連「不倦・一得両霊追善会」における六世川柳*の四百番抜きで、高番※の第三番と第四番を連続して獲得していることでも分かる。

第三番　名も金剛朽す杖履の御遍歴　阿豆麻

第四番　多からぬ言葉品ある五字七字　阿豆麻

明治中期までの主な狂句合に「カズサ阿豆麻」の表徳※を見ないことは稀なほど、精力的な作句活動を見せている。明治十九年一月三十日、東京・池之端無極亭で開巻※された小林昇旭（のち十一世川柳*）の名披露目柳風狂句合では、七世川柳*の副評をつとめ、また、六十四歳の二十九年には、山形県長井町の培柳吟社「五翁還暦賀会」に立評※者として招かれ、「上総文堂阿豆麻宗匠立評」として四百九十九番を抜いている。〔尾藤三柳〕

感吟　行灯は暗愚とランプ舌を出し　上総　阿豆麻

**亜鈍**　あどん　1908-1989　【新川柳】本名・藤村青一。別姓・高鷲。別号・青一（詩人）。明治四一年二月二七日、朝鮮・京城生れ。十代より詩作をはじめ、大学時代からキリスト教布教の世界に足を踏み入れる。詩人として活躍、詩集に『保羅《パウロ》』（昭7）、『秘奥』（昭25）、

『藤村青一作品集』（昭62）があるが、戦後間もなく川柳に触れ、昭和三十年代に麻生路郎*の「川柳雑誌※」で活動、独特の詩川柳論を同誌に連載、昭和三六年に『詩川柳考※』として刊行された。昭和三一年に緑内障で失明後、句集『白黒記』（昭43）を刊行。平成元年四月一五日没。享年八二。〔尾藤一泉〕

**春風をXに斬る白い杖**
**空漠を分け入るように耳そうじ**

参考：『川柳の群像』東野大八

**阿部達二** あべたつじ 1937– 【関連人名】本名・阿部達児。昭和一二年、青森市生れ。早稲田大学卒後、文藝春秋社で編集に携わる。歌舞伎をはじめとした古典芸能に通じ、『藤沢周平残日録』（平16）の著述や『藤沢周平未刊行初期短篇』（平18）の解説などで知られる藤沢周平の専門家。それ以前に、古川柳※を分類評釈した『江戸川柳で読む平家物語』（平12）、『江戸川柳で読む百人一首』（平13）、『江戸川柳で読む忠臣蔵』（平14）などの著書があり、川柳を身近な存在にする読み物を手がけている。〔尾藤一泉〕

**阿彌三** あみぞう 1908–1974【新川柳】福岡実。明治四一年一月一日、現・北九州市生れ。会社員。大正一四年、三面子*の子息と中学同窓の縁で川柳に関心をもつ。昭和一〇年「川柳研究※」同人。東大在学中から西脇順三郎の詩論に強い影響をうけ、西脇流の超現実主義詩論を「川柳研究」誌上で展開、現代詩としての川柳革新の推進に努めた。柳界では昭和一〇年に接触した雨垂*の作品を高く評価、「天馬※」一九号（昭36・2）に「北村雨垂論」を書き、「落書は大抵黒の鉛筆である。色彩のある落書というところに妙な抒情が出ている」との評価を下している。昭和四九年七月二日、脳軟化症で没。享年六六。〔東野大八〕

**君や動悸の罪障深き胸の丘**
**ひとは生きがたく毒茸は生きやすく**

**雨　吉** あめきち 1902–1971【新川柳】河柳雨吉。別号・河童洞、水楊居。本名・赤塚時男。明治三五年一二月一日、東京神田紺屋町生れ。浴衣地商。大正初年（小学校五年）川柳を知り、同一四年、前田雀郎*の都川柳会※創立に参画、また海野夢一佛*、

田中不倒人*らと作句の夕を結成、昭和一〇年代にはおもひで吟社を設立、「おもひで」を創刊、つづいて香車吟社を結成、それぞれを主宰、〈雨調〉と呼ばれる下町風のしっとりした作風で、昭和前期東京柳界の代表作家となった。瘦せて長身、職業がら和服が板につき、句会へも白足袋を欠かさないお洒落は有名だった。句会でもさまざまな逸話を残している。戦後は川柳人クラブ※、長屋連※に属し、昭和四六年三月一〇日、脳溢血で没。享年六八。昭和四七年三月、『柳風雨調※』が刊行された。〔尾藤三柳〕

ギヤマンの切子に映る午下り
台所更けて柄杓の沈む音
仁王尊鳩はぺたりと垂れてける
脱いである足袋のあたりに夜の深さ　（『柳風雨調』）

**飴ン坊**　あめんぼう　1877–1933　【新川柳】本名・近藤福太郎。別号・京魚。明治一〇年八月六日、東京市日本橋生れ。新聞記者ののち川柳家を称す。明治三六年、新聞《日本》の〈新題柳樽※〉に投句して剣花坊*を知り、同三七年、角恋坊*とともに柳樽寺※創立に尽力、機関誌「川柳※」（明治三八年一一月三日創刊）の編集に当る。三八年一月には《都新聞》に〈柳桜都ぶり※〉と題して川柳欄を開き、「川柳」終刊後はみずから「明治文学※」（菊判・三六ページ）を発刊したが、永く続かなかった。「大正川柳※」創刊には古老として参画。大正四年個人誌「アメン報」、同七年には、〈寸句※〉を唱えて寸句社を主宰、同一三年一二月「寸句春秋※」を創刊した。昭和初年からはラジオ出演、『川柳女性壱萬句※』（昭3）、『趣味の旅・川柳をたづねて※』（昭3）、『新川柳分類壱萬句※』（昭4）など著述に活躍、明治、大正、昭和の三代にわたって指導的役割を果たす。句集に『飴ン坊句集※』（大7）がある。昭和八年二月一二日、心臓病で没。享年五五。四谷・西念寺に葬る。福寿院川柳京魚居士。〔尾藤三柳・尾藤一泉〕

をどってるをどってるふところはからつぽ　（表紙）
上りよりお出より内のお茶が無事
物心おぼえて父の帰らぬ夜
鉛筆が鋭く尖ったラヴレターを書かう
黒船が何だ昭和八年だぞ　（病床遺句）

**鮎　美**　あゆみ　1900–1967　【新川柳】本名・水谷信雄。明治三三年二月五日、兵庫県生れ。会社員。戦前から終戦まで「川柳雑誌※」きっての達吟家として知られ、自ら唯美川柳と名づけ、川柳に真善美を追求した、いわゆる鮎美調を確立。歌舞伎に通じ粋筋の遊びも手なれたスタイリストで、交友範囲は広い。川柳不朽洞会副理事長。戦後、主宰・路郎*とある事情から袂別し「ふあうすと※」同人に転じたが、「川柳雑誌」への郷愁が深く、納棺の際に同誌を収める。旧「川柳雑誌」同人の中にも帰依者が多い。昭和四二年九月一三日没。享年六七。〔東野大八〕

君　雲と話す心になり給え

**有石**　ありし　1897–1950【新川柳】本名・田沢有石。明治三〇年二月五日、青森市生れ。昭和四年青森郵便局に奉職、同五年小林不浪人*選の〈東奥柳壇〉に投句し、新星現わると注目を浴びる。同七年七月、野辺地川柳会（杉山暁昭）、紫柳社（福井軟水）に呼びかけ青森川柳社を組織し、柳誌「川柳隊※」を発刊、主幹となる。不浪人*の「みちのく※」と競い、勤務のさきざきにおいて新人を育成する。第二次大戦中、岩手県に疎開した川上三太郎*との交流など心温まるエピソードの持ち主である。昭和二二年四月、三木兆之介らと川柳うき世吟社を創立、「うき世」を発刊する。同二三年青森県川柳社同人。同二五年、勤務地の八戸市内で川柳講座の講義中、脳溢血で不帰の客となる（同年四月一五日没）。享年五三。弘前市・真教院に葬る。法名なし。句文集『霧の声※』（平6）は、実娘の宇田川圭子が亡夫・花南井可*と亡父と自分の作品を纏めた三人集。〔後藤柳允・堺利彦〕

ステッキをつく倖せと不倖せ　（「ねぶた」昭2）

**有人**　ありひと　1933–　【新川柳】本名・石井正巳。

昭和八年八月七日、小樽市生れ。高校教師。昭和四五年小樽川柳社に入会、五〇年より中村冨二*を師として現代川柳を学ぶ。「こなゆき※」編集長を経て昭和五八年、小樽川柳社主幹となる。日川協※の常任理事をはじめ、日本川柳ペンクラブ※、北海道川柳連盟などの運営に参画するとともに川柳人の育成に努める。平成三年、小樽の新興川柳※の雄・田中五呂八*を顕彰するため全国に呼びかけ、市内の住吉神社境内に句碑建立を働きかけ、道内川柳会の活性化を図った功績は大きい。句集に『群青※』（平元）、『双曲線』（平18）がある。〔斎藤はる香〕

ノンフィクションの掌に弾む自動詞
一日をたたむと降りてくる　クルス
判決文のごとく火が割れる　いま

**安亭**　あんてい　1903–1969【新川柳】本名・工藤守邦。明治三六年三月一九日、青森県生れ。歯科医師。「ロをアーンとあいて」という商売柄、安亭の柳号。大戦後、満州引揚げ船中で川柳を知る。青森の郷里で開業、凡凡子、十佐一*と、おかじょうき吟社を創立。昭和三七年津軽郡平内町に移り、三郎、幸坊とひらなり吟社を、また自宅に川柳道場を設け、長男に翠亭、次男に桐亭の柳号をつけ、各吟社と熱心に交流、津軽地方の川柳振興に寄与した。満州時代は三江省歯科医師会長。満州相撲の天竜から師範の位を授けられた。昭和四四年一月二九日没。享年六五。邦光院安亭通悟居士。〔東野大八〕

**一城の主となった旅がらす**

**幾千代女**　いくちよじょ【俳風狂句】小石川連・千之*の娘。父とともに七歳より十句ずつ出句。九歳の冬に死す。『柳多留※』五〇篇で追善会が行われている。残念ながら、勝句※はなかった模様。左の追悼句が残る。現在でいうジュニア作家の嚆矢。〔尾藤一泉〕

**誉らるゝ側から散るや芥子の花**　文日堂　樽五〇-28

**一三夫**　いさお　1907–1980【新川柳】本名・藤田怡佐夫。号・不二田一三夫。明治四四年四月三〇日、東京市生れ。旧制中学中退後、一九歳で映画雑誌の編集記者。この間、標語、コント、漫才、川柳などの懸賞に応募。戦後、麻生路郎*主宰の「川柳雑誌※」の編集のかたわら、川柳を路郎に、漫才を秋田実に師事。昭和四三年七月、隔月刊『漫才』を創刊したが、秋田実の死去により、昭和五二年通巻三六冊で廃刊。川柳雑誌系の編集・作句で三十余年を過した。著書に『川柳寄席』がある。昭和五五年一〇月一一日、糖尿病で死去。享年七三。〔東野大八〕

**意地だけで金もなければ墓もなし**　（遺作）

参考：不二田一三夫編集『漫才』終刊号

**勇魚**　いさな　1890–1939【新川柳】本名・八十島修介。明治二三年七月七日、東京・日本橋浜町生れ。家業は鯨鬚工芸。号・松寿（大4・5）、可喜津（大8）、杜若（大13）を経て昭和一二年八月から勇魚。

大正七年ごろから川柳に傾注、同九年四月一日、村田鯛坊（のち周魚*）を慫慂して水島不老*らの創立同人と「川柳きやり※」第一号を創刊、発行人となる。のち、きやり句会部を新設、また新人養成の手草会を起こした。また、大正一二年の震災後から、一二年に渡って久良岐社※

の番頭を勤める。句風は軽快で歯切れのよい正調、江戸好みの佳作を多く残している。昭和一四年六月二二日、脳溢血で急逝。享年四九。東京・浅草の本行寺へ葬る。松光斎釈浄水勇魚信士。〔尾藤三柳〕

細格子きやりくづしに佇ませ　（大9）
常夜灯ここから拝む二人連れ　（昭6）
寄ってゆきゃアは御神火育ちなり　（昭14）
生作りめいて瀧川豆腐くる　（絶吟）

**いさむ**　1918–　【新川柳】本名・礒野勇。号・礒野いさむ。大正七年八月二八日、大阪市生れ。少年時から文学少年の集まりに参加、川柳は「川柳雑誌※」より入門。昭和一〇年「番傘※」を購読、岸本水府*の〈本格川柳※〉〈人間諷詠〉の主張に惹かれ句会に参加、赤壁川柳会の和田木圭、川柳北斗会の山田菊人の指導を受ける。大阪電気学校を中退、水府の秘書として番傘川柳社の仕事を三年勤め、直接水府の薫陶を受け、昭和一六年より番傘同人。翌年より終戦まで「番傘」の編集を担当、また、戦後二九年から三三年まで番傘編集長を務める。昭和四八年より一般近詠選者。以後幹事長を経て昭和五七年から水府、近江砂人*、岸本吟一*を継いで番傘川柳本社主幹。『類題別番傘川柳一万句集※』（昭38）、『新・類題別番傘川柳一万句集』（平15）の編著のほか、『川柳全集　礒野いさむ』（昭58）、『礒野いさむ句集』（平4）、『川柳人間―礒野いさむの番傘人生―※』（平9）の句集および、『鑑賞川柳五千句集※』の共著がある。〔今川乱魚〕

坑夫だった人に職あり城東区
院展をのぞいて来たと失礼な

**石井竹馬**　いしいたけうま　→蛭子省二

**井関三四郎**　いぜきさんしろう　1921–1952　【新川柳】本名・清家英雄。大正一〇年五月九日、愛媛県生れ。昭和一三年ごろより独りで作句しはじめ、翌年「川柳伊予」同人。昭和二一年愛媛県警巡査部長。八幡浜、大洲、卯之町の各署に勤務しながら作句。昭和二四年肺結核のため入院。爾後、病院、自宅の療養生活を続け、ひたすら川柳に打ち込み、「ふあうすと※」同人で活躍。前田伍健*、椙元紋太*、主税、小田夢路*、三條東洋樹*などがその作品価値を高く評価。各柳誌にもその未来を嘱望する柳界各指導者の注目と期待の句評や、「三四郎特集」が載る。

昭和二七年七月一八日没。享年三一。〔東野大八〕

悪筆の切なきまでに詩を織らず
極楽へ一歩近づく笑顔する　〔辞世〕

**維想楼**《いそうろう》　→朝太郎

**磯　次**《いそじ》　1896–1979【古川柳研究】本名・麻生磯次。明治二九年七月二一日、千葉県生れ。大正九年東大国文科卒。京城大学教授、旧制一高校長、東大教養・文学部長、学習院大学長、学習院長を歴任。昭和一九年文博、四五年文化功労者に選ばれ、四六年一月の講書始で「芭蕉の自然愛」をご進講。近世国文学、特に江戸文学に精通し、江戸文学に影響をもたらした中国文学との比較文学探究『江戸文学と中国文学』の著がある。『笑の研究』では「笑の研究などというと、無用の閑事のように思われるかも知れない。然し笑は言語とともに、人間に与えられた特質であって」と、笑に対する理解を示し、「俳諧と川柳の可笑味」を詳述している。ほかに「滑稽文学論」「笑いの文学」がある。俳諧にも通じ、『俳趣味の発達』（昭18）を著し、『川柳雑俳の研究』（昭23）は庶民的性格を掘り起こし、努めて学究的態度で川柳の成立と特質に言及して共鳴をうながす。また『滝沢馬琴』（昭18）、『西鶴』（昭和23）、『日本文学史』（昭和26）、『近世小説』（昭26）、『古典図鑑』（昭26）、『教養の国文学史』（昭32）、『古典との対話』（昭41）、『対訳西鶴全集』全一六巻（昭49～52）等多数。一九七三年版『川柳年鑑※』所載の「川柳の特質」では、俳句との比較において、俳句・川柳を並列し、明解な論説を披瀝して独自の主張を克明に説得の場に持ち込んでいる。昭和五四年九月九日逝去。享年八三。〔石曽根民郎〕

**一　安**《いちあん》　1868–?【新川柳】本名・安斎林太郎、明治元年、群馬県吾妻郡嬬恋村に生る。明治二〇年上京、英吉利法律学校に学び、二四年代官試験に合格。二五年横浜に移り、法律事務所を開く。

川柳は四一年一〇月「新川柳※」に入り、初めは十七音※定型※の川柳を作っていたが、大正二年ごろより破調※の句が多くなり、自由律※となる。大正四年一月「新川柳」は逐号八五号をもって「短詩※」と改称し、一安が中心的存在となる。昭和三年七月一三日に横浜馬車道の桜山ホテルで還暦記念として『安斎一安短詩集』の出版記念会を開く。内容は主に多行形式※の短詩。没年不明。〔河野春三〕

埒もなき唄聞く宵を春とやら　大2・1「新川柳」
名なき鳥聞くべく踏みし若草よ　大2・1「新川柳」
虫籠はむくろ残りて秋に入る　大2・9「新川柳」
心の曇り何時か消えて青き鉢草　大6「短詩」

**一宇**《いちう》　1910–2000【新川柳】本名・菅原武治。明治四三年六月二一日、仙台市生れ。仙台藩開府以来の商家出で、地元の七十七銀行に勤務。川柳との出合いは二五歳の時。濱夢助*の門下生として活躍。昭和五五年「川柳宮城野社」三代目主幹に就任。旧文部省の地域文化功労者、地元紙の河北柳壇選者を三六年間務め、河北文化賞を受賞。句集「足おと」。平成十五年、仙台市福聚院の境内に句碑建立。平成一二年七月二十八日没。享年九十。仙台市の古刹仏眼寺に眠る。〔雫石隆子〕

ラブホテル愛の領収書など不用
圧力へはがねは青き力貯め
古里の雪を握れば温かし

**以兆**《いちょう》　1906–1990【新川柳】本名・久保田英之助。明治三九年七月一一日生れ。玩具商、雑誌会社役員。昭和初期から川柳をはじめ、前田雀郎*、竹田花川洞*に師事。東京の三越川柳会から出た職域川柳※である大阪三越川柳（天守閣）に出入商として創立から参加。戦後、三越から独立して三越OBメンバーと以兆中心に川柳天守閣を創設。昭和三四年以降、鞄の業界誌に勤務していた関係で、豊岡市に天守閣支部を設立。〈カニスキ大会〉は二〇年に渡って続き有名になった。日本川柳協会幹事。子供の六兄弟のうち半蔵門、元紀、寿界が川柳界で活躍。平成二年四月二二日、天守閣主催の大会当日に没。享年八五。彦根市の円常寺に〈ふるさとの駅　真ッ正面に城〉の句碑がある。〔久保田元紀〕

病んでから嫁の優しさ身にしみる
世の中が悪い悪いと言うばかり
振り向けば青春の夢みな半端

**伊知呂**《いちろ》　1906–1963【新川柳】本名・川村一郎。明治三九年三月二七日、大阪生れ。医博、大阪診療所長（京阪神急行電鉄）。昭和一〇年ごろから「番傘※」に投句。堺の金岡陸軍病院に軍医として勤務中、番傘同人。戦後、昭和二五年六月から三一年一一月まで番傘本社事務所を南区桃谷の自宅に置き、随筆をよくし各柳誌、医薬関係の諸雑誌に発表。この間、番傘本社理事長を五年間務める。洋服に下駄履き、ベレー帽を離さず自称・無精庵。昭和三八年六月五日、脳軟化症のため死去。享年五七。俊光院真誉伊知呂居士。〔東野大八〕

　かかるときボンと出したい金がなし

**一若**　いちわか　1903–1956【新川柳】本名・加藤瀧三郎。明治三六年五月二二日、東京・神田生れ。大正八年ごろから作句、大正九年三月、坂本猿冠者*らの演芸通話会（文人、画家などの素人劇グループ）有志が、川柳柿吟社を創立したとき同人となったが、同一〇年には「紅※」雑詠の巻頭（一五〇句中二一句掲載）を飾り、選者・珍茶坊*がその進境ぶりに一驚している。昭和一〇年代には「川柳きやり※」社人（同人）となったが、市井に眼を置いたいぶし銀のような好作品は、評価が高い。昭和三四年一月二九日没。享年五五。〔尾藤三柳〕

　白酒が好き父さんの子にされる
　役不足死んだ師匠をこいしがり
　名人がぽっくり死んだ秋の風（昭22、七世小さんの死）

**一口**　いっこう　【旧連】別号・花洛庵。柳多留二四篇の序を書く。万句合※〈安8・3・25〉に次の句で初見。若菜、井弁など浅草周辺の取次※を利用。

　いゝ男はだかで弓をとりおさめ　樽一四-41

辛く（花落）といい一口という表徳※から、薬屋が想像され、燕斎叶*のいう「柄井に些か因みある薬屋」が彼ではないかとも言われる。柳多留二四篇・八重垣組連会催主。〔尾藤一泉〕

　男十七女は三十一　樽一五-40
　ふらそこハちびり〳〵と青く成り　樽二三-35
　ひげつらであま酒をのむみともなさ　樽二四-3
　盗人を地黄のやうな目にあはせ　樽二六-33

**一斗**　いっと　1891–1961【新川柳】本名・吉田森之助。明治二四年七月一五日、東京・本郷区三組町に生れる。製薬会社役員。大正四、五年から作句、柳樽寺※の〈下町組〉として達吟ぶりを見せ、大正中期

には「紅※」など他派句会の選者をつとめる。正木十千棒、川上三太郎*、吉川英治（雉子郎*）などと親交を持ち、「われ〳〵や花酔にくらべると一斗の句柄※は長屋の長男と大家の次男ぐらいちがう」（三太郎）作風で人気が

あった。戦中・戦後の中断後、昭和二七年に復活してからは、独特の諧謔作品と名調子の披講※で親しまれたが、三六年九月一二日、心臓病で没。享年七〇。東京・墨田区東駒形の赤門寺に葬る（哲誉一斗信士）。〔尾藤三柳〕

恐そうに紙屑を出す泊り客
鶯に寸のそろったさくら炭
まだ生きているのにたかる顔の蠅　（昭36・病床吟）

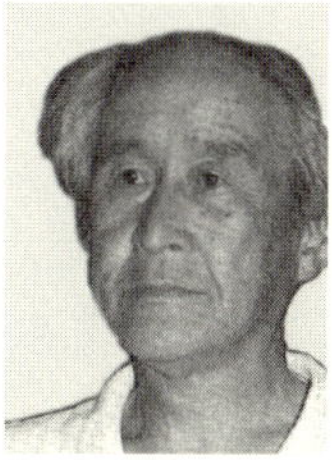

**一と** いっと　1922–　【新川柳】本姓・岡田。大正一一年、石川県金沢市生れ。昭和二四年、「人民川柳※」に参加。昭和三〇年五月、和川柳社を創立して「新川柳和」を創刊。庶民の諷刺精神を主張する。同三五年前後より石原青龍刀*の「諷詩人※」にも参加。鶴彬*の同郷として鶴彬研究を精力的に行い、『鶴彬の軌跡』（昭56）、『鶴彬句集※』（昭62）、『プロレタリア川柳集』（昭63）、『川柳人鬼才鶴彬の生涯』（平9）があり、川柳誌にも多くの評論を載せているなど忘れられない研究者である。〔尾藤一泉〕

はらわたが無い鯉だけに風にのり
均等割だけ平等の国に住み
平和を透視したら爆弾が嗤っていた

**一釜** いっぷ　1933–　【新川柳】本名・塩見一夫。昭和八年三月四日、小樽市生れ。北大理学部卒。法大文学部卒。高校教諭。昭和三四年、川上三太郎*選《北海タイムス》柳壇に投句。清水冬眠子*に師事。作風は明朗、軽快、重厚で北海道川柳に新風を吹き込む。小樽川柳社同人、川柳きやり吟社社人を経て、四九年、北海道川柳研究会を創立。第一回北海道川柳年度賞受賞（昭39）。《北海道新聞》川柳選者（昭42〜）、全日本川柳協会常任幹事（平5〜）。著書に合同句集『根』、『はがき句集』、句集『鳳凰1』、『鳳凰2』、編著に『北海道川柳年鑑』（昭45〜47）、『六華』上下、ほか。〔細川不凍〕

赤レンガ明治のとぼけ切った貌
生きてきて生きてゆく道さぐり合う
天と地の合間に妻の笑みを置く

**容** いるる　1905–1985　【関連人名】本名・正岡容。明治三八年一二月六日、東京市生れ。生家は医者だが、医者修業には一顧も与えず少年期から寄席通いに夢中になり、二〇歳すぎに寄席の三味線ひきと同棲。その間、落

語、新内の新作をものし、雑文集『影絵は踊る』を自費出版したが、一冊も売れず。一応文壇の端に位置したものの、三〇歳前後は阪井久良伎*宅に居候。久良伎門として川柳に一家言を持ち、戦後は、吉田機司*らと「川柳祭※」を創刊した。死去の際には、直子・寿子の二人妻から死亡届が出され関係者をまごつかせた。著書の多くは珍重文献で古書市では高価。昭和三三年一二月七日没。享年五三。〔東野大八〕

辻君へそもパン〳〵とルビを振り（「川柳祭」昭22・1）

**有為郎** ういろう 1911–1980 【新川柳】本名・金井明夫《としお》。明治四四年五月三日、長野県生れ。産業組合職員。昭和五年春、川柳界に入り中島紫痴郎*の指導を受け、同七年七月、乞われて「湯の村※」の編集に携わる。久しく名編集長を謳われたが、昭和一五年六月、九四号で終刊。のち川柳からしばらく遠ざかっていたが、戦後カムバック。県下柳壇に清新味あふれる詠風をもって鳴らす。「奥しなの※」「北信柳壇」に作品と随想を寄せて感興を深めた。つとに郷土史研究に励み、中野市文化財審議委員、高井地方史研究会事務局長、中野市誌編纂委員。『中野陣屋と百姓』『ふるさと名所旧跡めぐり』の著がある。昭和五五年一一月二六日没。享年六九。還誉川柳有為郎居士。〔石曽根民郎〕

木の葉みな散る相談をしているね

**雨後亭** うごてい 1907–1967 【新川柳】本名・小川金太郎。明治四〇年二月一〇日、東京生れ。仕立業。都柳壇（前田雀郎*選）の投句から川柳に入り、昭和二年下谷竜泉寺にほころび吟社を創設、「ほころび」を創刊。昭和三年六月、同吟社休会・休刊後は「すずめ」同人、また昭和四年土橋芳浪*ら若手八作家と八笑会※を結成、さらに六年二月には土橋芳浪と観音吟社を結成、下町風の好作家ぶりを発揮した。戦後は二二年、大野琴荘*とともに向島七福神めぐりを復活、東京川柳界の恒例となった。昭和四二年六月一一日没。享年六〇（雨後院法晴信士）。〔尾藤三柳〕

怪談を真剣に聞く不眠症 （昭5「すずめ」五–八）

**右近** うこん 1896–1969 【新川柳】本名・早川貞次郎。明治二九年三月一八日、東京・四谷生れ。府立一中卒業。大正九年川柳に興味を持ち、同一一年井上剣花坊*に師事。柳誌「川柳柿※」「桂馬※」「川柳道」「川柳地帯※」

（昭和一〇、創立同人）「横浜川柳」、「川柳部落」に関係。戦前、足柄下郡（現・小田原市）国府津町に居住。昭和一六年、日本川柳協会※創立に伴い、神奈川県支部長。昭和二一年、「川柳路※」同人。同二四年、横浜川柳懇話会会長。同二五年創刊の「川柳部落」では編集担当。横浜川柳社同人、昭和二六年、黒潮吟社主幹。その他、横浜文芸懇話会会長などをつとめ、東京柳界との交流に尽力、京浜川柳大会の基礎を作った。昭和四四年一一月一八日、直腸癌のため警友病院で死去。享年七三。右近院清誉泰貞居士。町田市・勝楽寺に葬る。〔関水華・尾藤一泉〕

感極まって片仮名を羅列する
湯上がりの爪が立たない夏蜜柑
金の持つ力は今日も新しい　（昭和23『現代川柳句集』）
しのこした事はあしたにして眠る　（辞世）

**雨山**《うざん》　1918–1997【新川柳】本名・坂本勝哉。大正七年二月一一日、青森県三戸町生れ。印刷業。小学五年生頃絵入り川柳と出会う。初投句は昭和一七年海軍入隊後の隊内新聞。昭和二四年、三戸川柳吟社入会。奥昭二、村田周魚*、前田雀郎*に師事。人情家で行動力もあり後、三戸川柳吟社代表。青森県川柳社同人。川上三太郎*をはじめ白石朝太郎*、佐藤正敏*、大野風太郎*等、県外柳人達と幅広く交流し、松尾少輔が川上三太郎の肉筆を彫り上げた手刷りの版画句集「風」は、彼の尽力によるものである。第一句集「雨だれ」（昭54）、平成7年に「第二集・雨だれ」（平7）、「遺句集・雨だれ」（平11）。平成九年一一月二三日没。仙遊院勝翁雨山居士。享年七九。〔杉野草兵・岩崎眞理子〕

生きてゆくことは耐えてくことと知り
黙ってる妻へ黙って飯を食う

**雨垂**《うすい》　1901–1986【新川柳】本名・北村良作。明治三四年一月二八日、横浜市保土ヶ谷区生れ。明治薬学校中退。昭和初年から兄・邦春の影響で川柳作句。同七年一一月号より「きやり※」に投句しているが伝統川柳にあきたらず、同九年八月号「まとひ」に

土掘れば「生命」が土の色かとも

などの句を発表、「よこはま」、「紀元」、「途上」、「ふいご」、「川柳路※」、「川柳研究※」の同人を経て、川上三太

郎*に師事、川柳研究社幹事、晩年顧問。昭和二一年一二月「川柳研究」復刊号に「題詠川柳の真実性に就て」を発表、素材と対象と経験の真実性を説き、小手先の題詠作句をいましめる。「分裂」に「かくめい」、「触角」に「ねむり」、「頭蓋骨」に「むなしさ」のルビが付され、〈ルビ付川柳〉で内意拡大の試みと哲学的思考めいた句が目立つ。個人句集はないが、横浜川柳界の革新系現代川柳作家の一人。昭和六一年八月一日没、享年八五。法名・碩翁良寿居士。菩提寺は仏向町の正福院。〔関水華〕

飼へば餌を争ふ鯉と成りさがり
存在の悲劇にいのちからから嗤ふ
ボロ紙の思想は昇天したよ　野菊

**雨夕**《うせき》 【旧連‐中間期】寛政元年（一七八九）角力句合初出の旧連作家。初代川柳没後、寛政一二年の芹丈追善会で、初めて立評以外の楽評※を勤めるのを皮切りに、柳多留四一篇（文化5）から六四篇（文化10）までの二世川柳*時代に句会における評者を務めている。〔尾藤一泉〕

手ぬぐいをやつかいにする安スむすこ　樽二三‐31
あく筆のやたら流れる八日過キ　樽二三‐41
朝がへり目の出ぬ程に母しかり　樽三八‐27

**芋洗**《うせん》 【旧連‐俳風狂句】別号・帰潮（24篇）、芋洗（26篇）、一口舎。天明三（一七八三）年頃生れ、安政三年以降没。小日向の堀田氏で狂句※を好む。初代川柳*時代より前句附※作者。柳多留※一四八篇まで活躍。寛政三年「元祖川柳小祥忌会莛」へ九歳の叶*を連れて出席。文政一〇年の末広会では評者※のひとりとして参加。柳多留一四八篇（天保七・八年頃）小桜会で評者をつとめたのを最後に消える。作風は詠史句※が多い。〔尾藤一泉〕

じだらくにどや〳〵にげる都落　樽二四‐37
蚊にくわれ〳〵ほたるでよんで居る　樽二四‐37

以上帰潮、以後芋洗の表徳※。

雪で見る書籍へ落る水つぱな　樽二六‐19
すみゞで大工をそしる畳さし　樽二六‐23
弥生とさつきごたまぜの壇の浦　樽二六‐36

**雅楽王**《うたおう》 1886–1942 【新川柳】本名・島田毅一。明治一九年生れ。大正一一年ごろから井上剣花坊*主宰「大正川柳※」に参加（「大正川柳」は昭和改元とともに「川柳人※」となる）。折から新川柳※勃興の動揺期に当り、自らも新しい指標を明示して多数の創作、評論を発表し既成柳壇と対決した。大正一三年八月、目標を一にする人々とともに枕鐘会※を誕生させ、真摯な川柳研究の場とする。昭和三年六月樺太に赴任、日本領土の最北端に白鳥川柳会（昭7）、吟葉社（昭11）を結成。昭和一七年、樺太通運株式会社社長に就任後罹病、静岡県伊東市で療養中没す。享年五五。〔大石鶴子〕

**選びつかれて一本の竹を伐り**　（大12）
**吠えれば吠える犬の挨拶**　（大13）
**魂を鞘におさめて征きました**　（辞世）

参考：「大正川柳」「川柳人」、一叩人編『新興川柳選集』

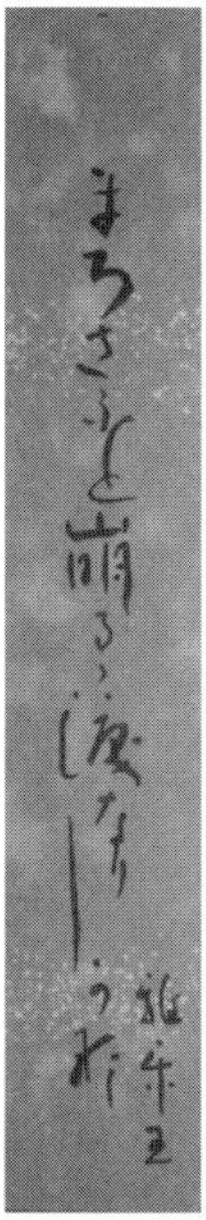

（短冊）まろさふと崩るゝ涙なりしかな　雅楽王

**雨　譚**　うたん　?～1805　**【旧連】**安永・天明期の前句附※作者。本名・小山玄良。医（鍼灸）を業とした。川柳風※山の手組の最有力作者で、麻布永坂の柳水連を率い、天明三年（一七八三）から六年（一七八六）までに組連※句集（川柳評）『柳筥※』初篇～四篇（三篇のみ未発見）を刊行している。その子李牛*も作者だったが、天明三年没、この時と一周忌の二度にわたり川柳が追悼文と追悼句※を贈っているが、これは異例のことで川柳風※における雨譚の地位が想像できる。さらに、雨譚は柳多留※二十篇（天明五年）の序文を記している。初篇以後、呉陵軒可有*の生存中に序文を記したのは雨譚一人であり、ここでは呉陵軒の号の由来について記しているから、当人も「三十年も昔より」と書いているように、柳多留発刊以前からの旧知であったことが知られる。

また、雨譚は貴重な資料を残している。《雨譚註万句合※》と呼ばれるもので、明和八年（一七七一）から寛政元年（一七八九）にいたる万句合の中の自己と李牛、および身近な連衆※の勝句※を抜粋、簡単な註や短評※を付したもので、これによって一部ながら作者名が明らかになり、難解句への解釈のヒントともなったことである。昭和一五年ごろ大阪で発見されたというこの古資料は、研究者にとって裨益するところ大であった。その作家としての活躍期間も長く、文化二年（一八〇五）の桃井庵和笛*追善句合に窓梅*評の勝句を見せているから、長寿でもあったと想像されるが、その年に没している。〔尾藤三柳〕

**高うハござりますれども初鰹**　筥初
**ひたひからはなをかんでる座頭の坊**　筥初
**箔の合せめが気になる金屛風**　筥二
**書置が文章過ギてむごくなし**　筥四
**剃刀ハ色事に出る刃ものなり**　筥四

資料：『雨譚注万句合』（昭49翻刻・水木真弓編）

**卯木**《うぼく》　1873–1928【新川柳】本名・今井幸吉。明治六年一一月一三日、群馬県生れ。生家は会社重役の父と中級地主の家柄であったが、ある事情から家出し、妻子を抱え最低の給料で生活苦をなめた。東上して久良伎*にあい雑俳※研究の執心ぶりをかわれ、菊岡沾凉著の『江戸砂子』の川柳化を奨められてこれに打ち込む。明治四五年一月『川柳江戸砂子※』を完成（限定五〇〇部）、この成功から岡田三面子*、西原柳雨*らの古句研究家と面識をひろめた。また、明治四二年関西川柳社の創立同人となり、伝統川柳一筋で京阪神でも知られたが、終生詩川柳派を蛇蝎の如く嫌った。著述多数。昭和三年二月三日没。享年五五。〔東野大八〕

**日曜日馬鹿々々しくも大掃除**（明42）
**いっちよい着物を着せて子を捨てる**
**舟出せば月も柳も遠ざかる**

**盈光**《えいこう》　1895–1964【新川柳】本名・古谷英。明治二八年九月二三日、埼玉県所沢生れ。呉服商。大正三年ごろから作句を始め、達吟家ぞろいの「紅※」雑詠欄で才幹を発揮、「二つの眼※」を経て、大正一四年、川上三太郎*、早川右近*らの新星会※に参加、機関誌「桂馬※」誌上にユニークな作風を展開した。昭和五年「国民川柳※」が創刊されるや、同じ新星会の三浦太郎丸*とともに三太郎を援け、双璧といわれた。真摯な作句姿勢とユニークな作風は終始変らず、東京柳界に鮮やかな足跡を残す。昭和三九年九月一九日没。享年六八。〔尾藤三柳〕

**魚の目の動かず泣かず秋一日**（昭15「川柳きやり」）
**日本に天翔けるもの鳥ばかり**
**遺児の日の遺児を東京しかと抱き**

**映絲**《えいし》　1889–1937【新川柳】前号・詠史。本名・岡本永四郎。明治二二年、愛知県小牧市生れ。旧姓・鈴木、のち岡本家を継ぐ。名古屋市中区南大津町、福寿生命保険会社計課に勤務。大正元年一〇月中京川柳社を興し、「鯱鉾※」を発行、作家の少ない中京柳界の中心となる一方、古川柳研究誌として定期刊行のペースを維持したことは特筆され、その功績も大きい。昭和七年一一月同誌廃刊後も地元柳壇の元老として活躍、同一二年

一一月二九日死去。享年四八。〔長谷川鮮山〕

　膝枕念を押すのをうるさがり（昭3『川柳女性壱萬句』）

**枝太郎**　えだたろう　1895–1978【新川柳】本名・池田芳次郎。明治二八年五月七日、日本橋人形町生れ。落語家。雷門助六（六代目）、春風亭柳枝（六代目）などの門で学び、昭和一三年桂小文治（二代目）門下二つ目で初代桂小金治を名乗り、真打となって桂枝太郎（二代目）を襲名。川柳は、大正二年頃、柳樽寺※川柳会に入門、川柳千鳥会同人などを経て大阪に移転、「川柳せんば※」同人、「番傘※」同人となる。東京に拠点を戻すと、昭和二八年六月、第二次鹿連会※を創立・主宰。川柳人協会※はじめ長屋連※、柳友会※などで活躍。また多彩ぶりは俳句、都々逸でも多くの作品を残す。昭和五三年三月六日没。享年八四。〔尾藤一泉〕

　オペラグラス桟敷の女美しい

**穎原退蔵**　えばらたいぞう　1894〜1948【古川柳研究】明治二七年、長崎県生れ。京都大学教授（文学博士）。藤井乙男について近世文学を修め、蕪村を研究し『蕪村全集』を刊行する。俳諧研究の一環として、川柳を学問的に体系化、史的研究の基を開いた。川柳雑誌「三味線草※」「川柳しなの※」などに掲載された論文を含めて、『川柳雑俳用語考※』『川柳以前の川柳』『雑俳川柳史考』『川柳の文芸性』などのほか、雑俳※、前句附※に関する主要論稿は『穎原退蔵著作集※』第一四、一五巻―雑俳・川柳一、二―（中央公論社、昭和五四年）に収録されている。「川柳の文芸精神」は大阪での川柳忌における記念講演であり、また川柳雑誌社の不朽洞会賛助に名を連ねるなど、新川柳作家とも交流があった。昭和二三年八月三日、京都市で没。享年五五。〔尾藤三柳〕

**恵美子**　えみこ　1930–【新川柳】本名・森中恵美子。

昭和五年一二月一五日、神戸市生れ。昭和二五年より作句、「津山番傘」、翌年より「番傘※」に投句。昭和三一年より番傘本社同人。その後二〇年余り本社の婦人部長を務め、平成七年、副幹事長に就任。昭和五六年より一七年間NHKラジオ川柳選評を担当。六一年よりNHK学園講師。摂津市、豊中市、吹田市において川柳教室を開き、後身の指導に当る。句集に『水たまり※』（昭55）、『水たまり今昔』（平6）、『仁王の口』（平8）などがあり、平成九年、『仁王の口』によって第一回日本

現代詩歌文学館長賞を受賞する。〔今川乱魚〕

子を生まぬ約束で逢う雪しきり
水草よ蛍でさえも子を宿す
旅ひとり仁王の口を真似てみる
六割の賛成だから油断せぬ

**燕斎叶** えんさいかのう 1783～? 【俳風狂句期】

哥農とも書く。天明三年生れ。江戸・小日向服部坂上、堀田氏。本国尾張(紀氏)家紋は丸に横木瓜。禄五百石。寛政三年（一七九一）九月、九歳ので父・芋洗*（一口舎、前号・帰潮）に連れられ、初代川柳*小祥忌に出席したのが前句※界に入るきっかけで、父の号に肖って芋隣と表徳※した。和笛*評の晩年（寛政末）、表徳を眉長と改め、文化一二年、三三歳の時さらに叶と改号した。特別の組連に属さず、文政・天保期を盛期として活躍、『川柳百人一首※』（天保五年）の六十三番に、「燕斎叶」として肖像と〈臭い物みしらずにさく薮かうじ〉の句が収録されている。父も長命だったが、叶も安政三年（一八五六）正月、七四歳の折、友人の質問に答えるかたちで、前句から狂句※にいたる六十余年間の跡を手記（俗に「燕斎叶の手記※」）している。これは、初代川柳没後を語る唯一の同時代史として、後世に裨益すること大である。享年は定かではないが、安政中に没したと思われる。〔尾藤三柳〕

サアそれはサア〳〵の大晦日　樽九二‐18
錐で突く札を血の出る金で買ひ　樽九四‐5
光陰のめぐりはじめに車井戸　樽九四‐10
豆の豆《すもうとり》がら摺子木の山椒味噌　樽九二‐39
すまふ取リ子には教へぬ実語教　樽九八‐45

**煙眉** えんび 1928- 【新川柳】

本名・青田昭之。昭和三年三月三一日、東京生れ。一四世川柳*の指導を受け、川柳入門。柳号は青田牛乳店を経営より「ミルク・ボーイ（milk boy）」の（M《エム》）（B《ビー》）より。同三三年一一月、川柳新書で「青田煙眉集」を刊行。「序」で「新しい実験を試みることと、川柳を通して現代の危機を描くこと」をあげ、シュールレアリスムのサルバドール・ダリの絵画作品から大きな影響を「新しい実験」的川柳を試みる。この「青田煙眉集」には、一四世川柳の発案による「連唱」が試みられ、すべての作品が、一種

の連鎖をもって創作されている。東京川柳会の運営同人を経て平成八年、脇屋川柳（川柳15*）に代わり、東京川柳会の主宰。〔平宗星〕

牛のマンドリンを聞く騎兵――秋の胃
愛情昏れる頃丘にパンツの旗
洗面器濡れない雲を摑まえる
夜よ　牛の乳房を君につけたい

**鶯亭金升**　おうていきんしょう　1868–1954【関連人名】本名・長井総太郎。初号・母教。慶応四年三月一六日下総の生れ。旗本の子。戯作者。新聞記者。明治一九年、師であり主筆である梅亭金鵞から《団団珍聞》の狂句※欄を引き継いで明治中期の狂句隆盛を生み、〈柳風調※〉に対して〈団珍調※〉の名で呼ばれる一風を樹てたが、選句も実作も縁語※・掛け詞※の狂体に終始した。また、情歌（都々逸）、狂躰俳句※などの創始文芸を含めた雑俳※宗匠※として、数百の門下を輩出した。多くの著書があり、短詩関連では、『どゞ逸集あづまの花』（明22）、『狂体発句集　初会』（明22）、『都々逸独稽古』（明25）、『俳諧百吟逸趣』（明29）、『都都逸一千題』（明31）、『狂歌の栞』（明35）、『狂句の栞』（明35）などがあり、また、『江戸ッ子のチョン髷』（大6）、『明治のおもかげ』（昭28）は、明治の面影を伝えるエッセイとして好文。号は「逢うて来んしょう」の洒落。昭和二九年没。享年八六。〔尾藤三柳〕

東洋の波瀾とならん不凍港　（『柳風狂句改正人名録※』）
電話線からみ彼の世へ左様なら　（同）
新しい女の母は古い雛　（『明治のおもかげ』昭28）

**大西泰世**　おおにしやすよ　1949–　【新川柳】本名・本庄泰世。昭和二四年二月二五日、姫路市生れ。昭和五〇年、時実新子*を知り川柳入門。大学講師、NHKラジオの川柳コーナーを担当するなど多彩に活躍。「大西泰世と言葉とのむつみあいは、なまめかしくエロチックだ」と夢枕獏が書くように女性の感性・感情を美しい迫力で詠む。句集に『椿事』（昭58）、『世紀末の小町※』（平1）、『こいびとになってくださいますか』（平7）。共著に『現代俳句のニューウエイブ』『現代俳句の精鋭』など。『短歌俳句川柳101年※』で川柳部門を執筆した。第一回中新田俳句大賞受賞。〔樋口由紀子〕

如月にうつくしく死ぬ生殖器
対岸へ男の骨を置きざりに
身を反らすたびにあやめの咲きにけり

**岡田甫** おかだはじめ 1905–1979 【古川柳研究】本名・千葉治。明治三八年一〇月八日、東京・日本橋生れ。早大国語漢文科卒業後、長崎のミッションスクール東山学院勤務。昭和九年文筆活動に入り、戦後二五年オランダ書房を開き、近世庶民文化研究所を設立（会員六〇〇人）。『川柳末摘花註解※』ほか末摘花関連研究書をはじめ、古川柳※関連文献を精力的に刊行。『柳多留※』二五篇より一六七篇、『古川柳艶句選』、『初代川柳選句集※』上下巻（岩波文庫）、昭和四二年には「近世庶民文化※」百号記念号（百号をもって好評だった庶民文研付録を廃刊）。このあと主な刊本は『増訂版江戸砂子』、『川柳絵本柳樽※』、『川柳東海道※』、『増訂川柳吉原志』、『誹風柳多留全集※』全一二巻完結（三省堂）等で、著書・輪講本は枚挙にいとまない。また四三年創刊の「江戸紫」は二一号で終刊。昭和五四年一二月四日、鎌倉の額田病院で死去。享年七四。〔東野大八〕

# か 行

**外骨** がいこつ 1867–1955 【関連人名】

本名・宮武外骨（一八歳まで亀四郎、五五歳で廃姓外骨）。慶応三年（戸籍・元年）一月一八日（旧暦）、香川県生れ。明治一八年、《団団珍聞》の狂詩・狂歌・川柳を集めた一辺五センチ半の正六角形（亀の甲を模す）の小冊子『熟姉乎妹《いずれがあねかいもうとか》』を処女出版、以後風刺毒舌罵倒の珍奇な出版物を手がけ、入獄四回、罰金一五回、発禁・発売禁止一四回。罪名は官吏侮辱、風俗壊乱などの猥褻、反秩序出版で、その数は枚挙にいとまない。川柳関係の著書も多く、半狂堂の名で『川柳語彙※』（大12）、また川柳叢書として『川柳と百人一首※』（大13）、『川柳や狂句に見えた外来語※』（大13）、『武玉川』（大13）などを出版。末摘花や卑俗狂句を各狂文に駆使した外骨流の天衣無縫ぶりは著名。『川柳江戸姿』を最後に昭和三〇年七月二八日没。享年八八。染井墓地に葬る。質真院外骨日亀居士。〔東野大八〕

参考・青野孝雄著『宮武外骨』

**塊人** かいじん 1903–1980 【新川柳】

本名・堀口済義。別号・塊仏、柳屋徳兵衛。明治三六年七月一一日、福井県若狭生れ。大阪衡器社長。大正一三年ごろ「番傘※」「川柳雑誌※」に投句。大正一五年番傘同人。塊仏改め塊人の命名は岸本水府*。昭和一〇年六月、同人を辞退し小川百雷、岩崎蝉古、宮田夕蜩、永先芽十らと翌月「昭和川柳※」発刊。終戦後の昭和二二年、昭和川柳再刊の「せんりう昭和※」主幹。同三〇年「川柳文学※」と改編。昭和四九年日本川柳協会設立に尽力。明治、大正、昭和柳界の生き字引として各柳誌に健筆を揮い、文筆、講演の冴えは定評があった。著書に『川柳漫画 時局太平記』（昭16）がある。昭和五五年一二月一四日没。享年七七。慈昭院済道隆成居士。〔東野大八・尾藤一泉〕

**来年へ流れる水を見ていたり**　（句碑）
**いつでもこれから日月天に在る限り**
**もろともに白狐と化して文五郎**
**悪声も楽しからずや瓢右衛門**
**浪曲史幸田露伴の「いさなとり」**

**懐　窓**　かいそう　1896–1976　【新川柳】本名・中野竹蔵。明治二九年九月一一日、岡山県邑久郡牛窓町生れ。牛窓尋常高等小学校卒業。横浜市南区中村町に居住し、中区元町に書籍商を経営。大正三年ごろより作句。昭和一〇年九月「川柳よこはま」を創刊して主宰。不定期刊。一一年九月廃刊。昭和二四年一二月「路※」復刊第一号を出す。九一号まで主宰。病気のため主宰を退き、顧問となる。昭和二六年から四六年まで《神奈川新聞》柳壇選者として多くの川柳ファンを育成。著書に句集『能面※』（昭46）がある。昭和五一年一二月一五日没。享年八〇。法名・寿信院懐窓日蔵信士。横浜市西区・久保山常清寺墓地に葬る。〔関水華〕

　父と子の寝物語に父の無能
　妻貧し現し世を抜け独りで逝った
　能面の誰かに似てて無表情　（『能面』昭46）

**花　王**　かおう　1890–1961　【新川柳】別号・花水。本名・大島祐恵。明治二三年七月二日、京都市生れ。小学校教師。明治四四年三月、渓花坊*の「みづ鳥」で紅蓮坊と称して川柳をはじめたが、水鳥会が二号のあと平安川柳社と改称したのを機に花王と改め、京都川柳社の「ぎをん」に転じた。大正九年ごろ「番傘※」の同人となり、番傘川柳社京都支部に加入、花王の柳号で「京都番傘」を盛りたてた。のち社友となる。昭和三六年一月九日、脳出血で没。享年七〇。大徳院釈祐顗。〔東野大八〕

　大の字に寝る子雄々しく手を握る

**雅　外**　ががい　1836〜1896　【柳風狂句】本名・加藤源四郎。号・古意亭雅外。別号・緑庵大橋のち古意亭。天保七年羽前国西置賜郡小出町生れ。山形県長井町四ッ谷の人。当地方川柳の草分け。俳諧点者※・桃岡庵玄子の高弟。嘉永の末より柳風の狂句に親しみ、明治二三年の『柳風肖像　狂句百家仙※』（児玉環編）に、置賜の柳人一九名の一人として見えており、奇々園（住吉庵）悠哉、楓庵卜枝とともに西郡の三傑と呼ばれた。慶応の初め、培柳社の社中推薦により、文化年間の前句附※判者※緑庵大橋の三世を継いで判者となり、当地を柳風狂句※の金城湯池としたが、五世川柳*の亭号（緑亭）を憚って美止里庵と改号した。

明治二十九年五月十三、十四日にかけて、長井町の摂取院で開巻された培柳吟社主催の「五翁還暦会柳風狂句合」では、雅外も還暦を迎えた一人だった。折から宗家※を名乗る九世川柳*が二人おり、この座に招かれたのは正風亭川柳（臂張亭〆太*）であり、社中投票で選出された緑亭川柳（前島和橋）ではなかったことから、この地が柳風会二分の一大勢力であったことがわかる。八世任風舎川柳*から「地方有為の雅宗なり」と称揚され、培柳社の社中推薦で緑庵三世の判者となった。明治二九年一〇月一五日没、享年六一。〔尾藤三柳〕

還り遇ふ春木の股も若みどり　還暦賀会軸吟
ふしの間も励め豊葦原の民

**かかし** 1926–2006 【新川柳】本名・黒澤貞次郎。大正一五年一月一三日生れ。昭和二五年、俳句より川柳に転向。昭和三二年三月、国鉄山形川柳わっか吟社を創設して「わっか」創刊。句集『「あいうえお」「かきくけこ」』（平14）がある。平成元年、「川柳の水脈と群像」を実行委員長として纏め上げ、山形の川柳史を体系化した功績は大きい。昭和四九年より札幌川柳社同人。北の作家らしく、これ見よがしの虚無や感傷に囚われることなく、現実を直視した作品が多い。平成一八年三月一三日、肺気腫で没。享年八〇。鹿苑院釈鷲悟。〔尾藤一泉〕

駄馬なりに矢印があり明日を追う
耳ふたつ許せぬ闇の風をきく
委任状おとこが売った数え唄

**可喜津** かきつ　→勇魚

**杜若** かきつ　→勇魚

**岳俊** がくしゅん 1945– 【新川柳】本名・佐藤政彦。昭和二〇年四月二日、岩手県胆沢郡（現在の奥州市胆沢町）生れ。同三九年県立水沢高校を卒業と同時に、国鉄勤務。同四〇年盛岡鉄道管理局内の同好誌だった「盛鉄川柳※」（後の「川柳はつかり※」）に入会。同四一年に白石朝太郎*に合い、私淑。父系を意識した土着性と、彼本来の詩性を結実した作品を「柳都※」をはじめとする各地の川柳誌で発表。柳都賞・第五回川上三太郎賞・川柳人年度賞・川柳研究年度賞などを受賞。鶴彬*

への関心は、昭和五〇年鶴彬の墓が盛岡市の光照寺にあることを、一叩人によって明らかにされたことによる。その結果、高橋竜平、吉田成一と共に、「鶴彬研究」を発刊（昭50）、各地の川柳家の賛同を得て盛岡市黒石野に鶴彬句碑を建立（昭57）、この句碑建立を起源とする鶴彬祭は現在も行われている。現在、東北川柳連盟理事長、岩手県川柳連盟理事長。個人誌「北緯39度」（平4）と短詩型雑誌「y」（平6）に携わった後、平成一一年二月からは「川柳人※」（八〇一号より）の発行を継承してこれに専念。作品集に詩集『酸性土壌』（昭47）、評論集『縄文の土偶※』（昭59）、『現代川柳の原風景※』（平4）がある。〔吉田成一・堺利彦〕

**阿賀野川こんこん血管をくだる**
**稲負いの老婆が歩く稲歩く**
**野仏に祈る名もない人ばかり**

**角恋坊**　かくれんぼう　1876–1937【新川柳】別号・嶺南、、草詩堂、可久蓮峰。本名・高木英吉。明治九年七月三日、東京・浅草生れ。醸造界の業界紙《酒世界》経営。明治三七年ごろから、旧派ののぼる*等とも交流、古川柳※への目を開き、柳樽寺※創設に参加。また三八年三月、巴之助らと中央新聞ダース会※（のち中央駄鳥巣会）を結成、同一一月には井上剣花坊*を援けて柳樽寺川柳会機関誌「川柳※」の創刊に尽力、飴ン坊*とともに編集を担当した。明治新川柳運動推進者の一人。同三九年一月、古川柳を抜粋した『家庭川柳※』（鹿鳴社）を刊行。「川柳」の終刊（明治四〇年九月）後は、自ら東京川柳社を興して「江戸文学※」を発行（四二年三月）。明治末年には、「大正川柳※」発刊の母体となった柳樽寺青年会に〈古老〉として参画した。一方、早くから《国民新聞》の国民柳壇で多くの作者を養成、大正中期には、飴ン坊の〈寸句〉に対し〈草詩〉を唱導、同九年には主宰する草詩堂から「草詩※」を創刊して、東京川柳界に一派をなした。以後は、草詩堂指南所で後進の指導にあたるかたわら、精力的な文筆活動を続ける。また、川柳史跡である初代川柳菩提寺の移転が検討された昭和三年には、役所を廻って川柳墓所の文化的価値を示し、東京府の移転計画を撤回させるとともに、東京府の旧跡指定に漕ぎつけ、さらに十三世川柳*ら旧派とも協力して、初代川柳塋域に石の囲いを建設した。同年九月、歴代川柳の墓で無縁と考えられていた四世川柳（大崎・最上寺）および八世川柳（茗荷谷・林泉寺）に地蔵型の供養墓を建立し

た。句集に『草詩堂家集』（昭10）ほか、震*の手製が残る。昭和一二年八月六日、心不全で没。享年六一。草詩院壽徳嶺南居士。高木家の菩提寺は、根岸・千手院で、墓所に〈渡し舟花屋は蝶を連れて乗り〉の句碑があるが、長男と袂を分った次男、三男および草詩堂の川柳家により、浅草新堀端・不動院に分骨され、さらに昭和一四年、西多摩郡日の出町平井の東光院に分骨、〈やがて散る花なり芥子のほろ〳〵と〉および〈おもしろや草葉のかげにかくれん坊〉の句碑が建立された。また、平成一八年には、ほろ〳〵忌川柳俳句会代表・宮野誠の発願で、川柳では珍しい全身像が建立されている。〔尾藤三柳・尾藤一泉〕

渡し舟花屋は蝶を連れて乗り　（句碑・東光院）
親の恩子に泣かされて思ひ出し
胸毛ざら〳〵汗を拭く禅堂の壁
やがて散る花なり芥子のほろ〳〵と　（辞世・東光院）

**高木角恋坊像**
日の出町平井・東光院

**花月** かげつ　1863–1931【新川柳】別号・茂経、雪堂。本名・飯島保作。文久三年九月二一日（旧暦）、信濃国上田生れ。明治一九年三等郵便局長、のち一九銀行取締役に選任、小県郡会議員、信濃銀行取締役、上田倉庫・諏訪倉庫株式会社取締役、上田商工会議所会頭など実業家としてその敏腕をふるった。明治一〇年代から東京の《団団珍聞》ほか雑誌類に〈上田花月〉の名で詩歌、狂句※、都々逸などを投稿、柳風会※・水鷹連の一員として活躍。かたわら、同じ水鷹連の花岡百樹*らと古川柳※研究にいそしむ。大正八年一九銀行頭取に就任、昭和初期の不況に逢着、金融界の危機を救うべく一九銀行と六三銀行の合併（現在の八二銀行）に尽力、合併直前の昭和六年七月二六日、腸チフスで逝去。享年六七。蔵書一万冊を擁する愛書家。昭和二六年に遺族が上田市立図書館に寄贈、「花月文庫※」として公開されている。没後の著作出版に『花月随筆』（昭8、冨山房）がある。序文・佐々木信綱、高野辰之、柳田国男。内容は「上田城と真田父子」、「川柳真田三代記」、「川柳随筆」。別に「蔵春洞叢書」の「貯肝獣」は川柳末摘花研究で知られる。また前句附※岡田三面子*、南方熊楠とも親交があった。

の評者として活躍、その弟子に芳月、松声、雪潮、瓢鯰などの名がある。〔石曽根民郎・尾藤一泉〕

**道具屋は赤い鯛をかついで来**（《団団珍聞》102号）

**老松を芸者子の日にひいてゐる**（『柳風狂句改正人名録』）

参考・信濃毎日新聞社開発局出版部編『長野県百科事典』（昭49）、中村英福著『川柳さんぽ道』（昭54）

**荷　十**　かじゅう　1885-1948【新川柳】前号・六畳坊。

本名・森井嘉十郎。明治一八年一月三日、東京生れ。明治三九年から而笑子*の門下となり「川柳とへなぶり※」「滑稽文学※」同人を経て、明治四一年末に「綾志野※」を主宰し、翌年「矢車※」を創刊した。同人は荷十（四三年三月号から六畳坊を改号）中心の六名で、一七号までは古句研究誌だったが、一八号から作品中心となり、「矢車」が川柳詩黄金時代を築いた形となる。「五月鯉※」と「川柳※」の剣・岐両勢力の私的対立時代に〈土匪吟※〉が横行したが、その火つけ役は荷十ともいわれる。昭和二三年七月二七日没。享年六三。〔東野大八〕

**罪の子の暮れて行く日に指を折り**（明42「矢車」）

**今朝もまた新聞が来てゐる悲し**

**死ねば秋虫の鳴いてる旅の空**（辞世）

**我　洲**　がしゅう　1895-1976【新川柳】本名・成田松雄。

明治二八年二月四日、北海道函館に生れる。大正九年青森県弘前市に移り、東京歯科医専を卒業、開業する。昭和八年ごろより作句をはじめ、昭和一〇年二月、宮本紗光*らと弘前川柳社を創立、機関誌「りんご※」を創刊し主幹となるとともに、川柳みちのく吟社の同人となり、毎月の例会をはじめ観桜川柳大会、徹夜句会場として自宅を開放、初心者の指導ならびに県川柳界発展の一翼をになった。戦後、柳誌「りんご」を「あけぼの※」と改題、現在また「りんご」と改められ、氏の遺産として刊行されている。また、昭和二二年ごろ蝶五郎*、よし丸、狂六、万作、紗光らとNHK弘前放送局よりラジオ川柳句会を二〇回あまり放送、戦後の県川柳界にブームをまきおこしたが、氏の温厚、篤実な人柄が放送局を動かしたといっても過言ではない。昭和四六年喜寿を記念し、菩提寺の隣松寺へ〈陽炎のようにいたわる老夫婦〉の句碑建立。また、句文集『りんご』、『ふるさと』、『雑草』があり、昭和五七年には七回忌追善として遺稿

集刊行と大会が催された。昭和五一年一月一六日没。享年八〇。善福院松山浄清居士。弘前市禅林街・隣松寺に葬る。〔後藤柳允〕

ビルの窓昨日の雨がひからびる
大都市の空が死んでるクレヨン画　（『陽炎』昭57）

**可宵**　かしょう　1901–1996　【新川柳】本名・池田正雄。明治三四年一一月一〇日、山口県生れ。著述業。大正一〇年より作句。戦後長崎に移り、昭和二四年一二月、長崎川柳社創設、「ながさき」創刊。昭和二九年には、長崎県川柳協会を創立、九州地方の肥後狂句※や薩摩狂句※とは違った文芸性を唱導、川柳改称の〈諧句〉を主張した。以後、長崎の川柳界の指導的役割を果たす。長崎市内に〈月の出や去来憲吉ここの在里〉の句碑と、雲仙市に〈雲仙で阿蘇の煙も見てかへり〉の句碑がある。句集に『竹』がある。昭和六〇年藍綬褒章受賞。平成八年没。享年九六。〔尾藤一泉〕

ほんとうの母は写真で見たばかり
人生の旅路の中や今日のいま
また今日もやがて刈りとる種を撒き

**佳昌**　かしょう　1907–1967　【新川柳】本名・稲吉八重子。旧号・歌笑。明治四〇年一〇月二四日、愛知県岡崎市生れ。昭和二六年、「川柳研究※」幹事となり、岡崎支部長として岡崎川柳研究社を主宰、「川柳おかざき」を創刊。家庭婦人でありながら、数寡い結社主宰者として女傑の名をほしいままにした。会員に女性や年少者の多い異色誌として注目され、川上三太郎*ほかの後援者も少くなかった。三一年一〇月、自宅に三太郎の句碑〈子供は風の子天の子地の子〉を建立、三三年一一月には創刊五周年の記念事業として、全国の作家から作品を集めた『五万石の風』を刊行した。昭和四二年四月二九日、胆石病で没。享年五九。〔尾藤三柳〕

どこまでが貧乏という橋の下
凡妻に水が溢れるお元日　（『五万石の風』）

**花城**　かじょう　1934–　【新川柳】本名・赤井二郎。昭和九年二月三日、神戸市生れ。会社役員。昭和三五年に職域川柳※会入会。椙元紋太*、中村東角の指導を受け、翌年「ふあうすと※」同人。平成四年〈ふあうすと賞〉受賞、副主幹、編集長を経て、平成一八年主幹。雑詠選

者。全日本川柳協会理事、兵庫県川柳協会理事長。作品は、人間愛と真心を詠む川柳を目指す。若年より文学を愛好し、文学的素地に由来する叙情性に富む作品が多く、鈴木九葉*は、それらを格調ある叙情、詩性作品を指向し、硬質と評した。〔中川一〕

またの名をかなかな蟬の命透く
明け暮れの疾さ心の雨季乾季
鬼追わず過ぎ如月は生れ月

### 花酔　かすい　1889–1963

【新川柳】別号・華水（画名）。本名・花又幸太郎。明治二二年、東京生れ。縁日商人の取締り花又一家の名跡人だったが、芝居の肉襦袢絵師に転じ、戦後は日本でただ一人の無形文化財的存在となる。明治末年から川柳を始め、下谷、浅草を中心とする柳樽寺※句会の嚆矢、きさらぎ会の同人。同じきさらぎ会の雉子郎*（吉川英治）、鯛坊（周魚*）、同系千鳥会※の三太郎*などとは特に親交があり、「廓吟の花酔」と呼ばれる。多くの廓吟のうち人口に膾炙した〈生れては苦界死しては浄閑寺〉（大正二年）の句は、昭和三八年、東京の川柳人クラブ※と横浜の川柳懇話会の手で、三ノ輪の俗称〈投げ込み寺〉（浄土宗浄閑寺＝東京都荒川区南千住二丁目）総霊塔台座に刻み込まれた。昭和三八年六月二九日急逝。享年七四。〔尾藤三柳〕

初会客名前は荒木又右衛門　（大3）
さもあらん間夫は引過俺は間夫　（大2）

（短冊）生れては苦界死しては浄閑寺

### 数市　かずいち　1923–1986

【新川柳】本姓・奥室。大正一二年一二月五日、兵庫県生れ。元力士。昭和三〇年、川柳研究句会に出席して川柳を始め、翌年伊古田伊太古の媒酌で珍しい川柳結婚式を挙げる。以後「川柳アパート」、「白帆※」、「鴉※」、「跨線橋」、「現代川柳※」、「川柳ジャーナル※」などの同人、運営委員を経てしばらく中断、同四九年、中村冨二*を慕って川柳とaの会同人、冨二亡きあとの「人※」同人代表を務めた。「川

柳も中流意識を持ち始めて、時代に立ち向かい、自身を探すことを忘れている」と鋭く指摘した。飄々と句会に現れ、変った調子のユーモア句は、すぐに数市と判った。『奥室数市集』(川柳新書・第二三集)がある。昭和六一年二月一二日、クモ膜下出血のため没。享年六〇。善安和厚居士。〔尾藤一泉〕

満員車　帽子の中のあたたかい墓地
後手で夕焼けを閉めポルノでも見にゆこ
巨いなる性器が四月を跨ぐのさ
胃の中で暮しの蝙蝠傘押しひろがり
文語定型の　かの白手袋は大嫌い

**和　尾**　かずお　1940–　【新川柳】本名・渡辺一雄。昭和一五年六月六日、愛知県半田市生れ。一級建築士。同三五年頃から川柳を作句。昭和三九年七月、個人誌「青い実」創刊。「せんば※」同人(雑誌廃刊)、「中日川柳※」(のち退会)、「川柳ジャーナル※」、「川柳ノート」「縄」に廃刊まで在籍。「川柳展望※」創立会員(昭61退会)、「柳都※」同人などに参加。川柳みどりの会主宰。「緑※」編集人。朝日カルチャーセンター講師。綿毛の会・川柳東浦の会・鳥影の集い等の講師などで新人を養成。川柳に新分野を開拓する「センリユウ・トーク」をとり入れ、幅広く川柳をとらえようと呼びかけ、実践。作品集に『風の中』、『うたともだち』、『風の旅』、『まみどりに※』、『おはよう』などがある。月刊「緑」(Ｍｉｄｏｒｉ)は女性柳人によって編まれ、その方針は、挑戦・革新・実行・議論・向上などである。〔佐藤岳俊〕

机には引き出しがあり未来まで
つぎつぎに花が開いてわが歩幅
水を飲むまもなく雨季のコツンと音

**一　胡**　かずこ　1917–2003　【新川柳】本名・坂本朝一《ともかず》。大正六年三月二八日、東京・神田生れ。昭和一四年、早稲田大学卒業後、ＮＨＫ入局、各部署を歴任の後、昭和五一年九月、ＮＨＫ会長に就任(同五七年まで)。昭和四年ごろ中学時代から作句、父・柿亭*(坂本猿冠者)主宰の「柿」同人となり、後、三太郎*の「川柳研究※」幹事となる。「長屋※」店子。ＮＨＫ会長退職後は、大相撲の横綱審議会委員などを勤め、川柳にも専念、川柳の社会進出に寄与。昭和五八年に藍綬褒章、平成二年、勲一等瑞宝章。『坂本一胡川柳集』(平４)がある。平成一五年一二月三一日没。享年八六。〔尾藤一泉〕

啄木が泣いたかこんな蟹一つ
エキストラカットのとこへ出たっきり
頼りないのが集まって昼の酒

**風太郎** かぜたろう 1938– 【新川柳】本名・大野貞一。昭和一三年六月九日、新津市生れ。川柳家・作家。「週刊新潟蒲原」主宰。昭和二四年「柳都※」創刊とともに川柳界に入る。のち川上三太郎*門に入り、「川柳研究※」幹事、師に薫陶を受ける。昭和四二年、三太郎単語集『この路』を刊行以来、『白石朝太郎の世界』(昭47)、『私の白石朝太郎』(昭51)、『吉川英治—下駄の鳴る音※』(平9)、『一筆啓上　風便り』(平12)などを編著するかたわら、多数の柳誌に評論、研究を発表、講演を行い、また、NHK文化センター、新津美術館などで川柳入門講座を行い、後進の指導を行う。史料の裏づけを持った学際的記述は、川柳評論として資料価値が高い。柳都同人。川柳学会理事。〔尾藤一泉〕

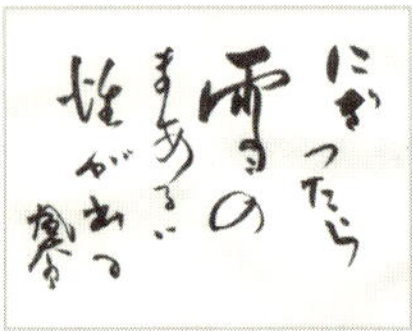

**点点点　線で結んだ風のまち**　(平14)

**瓦千** がせん 1876–1965【新川柳】本姓・権藤。別号・七ツ丸。明治九年一二月一〇日、福岡県生れ。八幡製鉄所勤務。読売川柳会筑前支部創立同人。「パーセント」、「鵜※」を通じて、製鉄所川柳の草分け。明治末年から大正初期にかけてドイツへ出張、旅信〈旅の寝ざめ〉を「鵜」に連載、また「川柳くろがね」の題字を執筆、印刻にも妙を得ていた。昭和六年、同製鉄所を定年退職して福岡市油山に隠棲、それ以前から博多の拳骨社にあって、くろがね吟社との交流にも尽した。昭和四〇年三月一三日没。享年八八。〔尾藤三柳〕

**もう骨になってしまった淋しい日**　(昭13、来人追悼)

参考・「川柳くろがね」創刊五〇〇号記念特別号

**花川洞** かせんどう 1901–1976【新川柳】本名・竹田信三。明治三四年一月一五日、東京・浅草花川戸生れ。人形師。大正六年六月、寺沢素浪人*選の《都新聞》に投句して川柳に入り、篠田井窓を介して久良岐社※の同人となる。大正末年から昭和初年にかけては前田雀郎*と行をともにして、よきコンビをうたわれ、また作品活動では歯切れのよい下町風の句ぶりで、名人芸と称

される。葛飾区金町に移ってから、金町きやり誌友会を結成、昭和一五年、かつしか吟社（「かつしか※」）と改めて作家を指導育成した。、戦後は花紅会を主宰した。同五〇年川柳生活六〇年を祝ったが、翌五一年八月二六日、胃癌で没。享年七五。没後の句集に田島歳絵編『花川洞句集※』（昭51）がある。〔尾藤三柳〕

世の中はいやだと飯を三度食い（昭57『花川洞句集』）
肩書きも自筆で三女嫁に行き
我が庭へばかり隣りの八重が散り
（「川柳公論」昭51・5）

**カタル** かたる 【旧連】かたる、加多留とも表記。天明二年三月の別会・桜題万句合（周語）が初出で、『柳多留※』一七篇では「加多留」の名になっている。桜木連の作家。天明八年七月二八日の呉陵軒木綿追善会では催主を務めており、追悼句に添えられた表徳※の語涼軒と同一人物と思われる。『柳多留』二二篇巻末の「二代呉陵軒」とも比定してみる必要がある。〔尾藤一泉〕

**くどかれてちりをひねるは古風也** 樽一九-ス1
**番町をさかなのさがる程尋ね** 樽一九-ス6
**二分あると二分すてて来る病ひなり** 樽二三-42
**言の葉の茂る手向や一めぐり** 語涼軒 樽二三-42

**一二** かつじ 1892–1979【新川柳】本名・森田一二。別号・森田森の家、山村浩。明治二五年一〇月九日、金沢市生れ。鉄道省職員。同郷の作家、徳田秋声に師事、また、剣花坊*、日車*、半文銭*、文象*らと交友、名古屋在勤中の大正一一年、柳誌「新生※」を独力で発刊した。その創刊号で、人間の実生活に根ざした魂の燃焼を打ちたてたい——とし、伝統川柳※の革新を宣言した。これに刺激されて、翌年日車、半文銭の「小康※」（大阪）が生れ、田中五呂八*が「氷原※」（北海道）を創刊した。以後、新興川柳※を唱えた五呂八の盟友として、また論敵として、大正一五年、「氷原」誌に、「吾が同志への挑戦」を発表、五呂八の川柳観を批判、マルクス主義文学者としての立場を明らかにした。鶴彬*がこの論文を読んで、一二に師事することになり、新興川柳派が分極した。「新生」は一〇号で終ったが、その後も文学論争をたたかわせ、句・論に情熱を投入したが、プロレタリア派の壊滅とともに沈黙した。戦後は、「川柳人※」などへわずかな作品を見せただけで、柳界から離れて終った。昭和五四年九月一一日、老衰（前立腺肥大）で没。享年八六。〔坂本幸四郎・山田良行・東野大八〕

銃先の前に倒れるものばかり　（大11・12）
標的になれと召集状が来る　（昭3・5）
喰へるなら喰つて見らうと菜ッ葉服　（昭4・4）
引きずつて見せてやらうといふ鎖
虫ケラと云はれて紙幣《さつ》を握らされ

参考：一叩人編『新興川柳選集』（昭53）、坂本幸四郎著『雪と炎のうた―田中五呂八と鶴彬』（昭52）

**勝次郎**　かつじろう　1907–1963【新川柳】本名・亀井勝次郎。明治四〇年六月一八日、堺市少林寺町に生る。福助足袋に入り、同社社員養成所卒業。その後、古本商を営み晩年は菓子卸小売業に転ず。河野春三*のすすめにより川柳界に入り「私※」「人間派※」「天馬※」同人となり、作品に評論に一家をなす。性寡黙、酒に淫し賭事に執するも、古美術、音楽を愛す。その川柳は革新系川柳の一支柱であった。昭和五年ごろ佐藤惣之助の「詩の家」同人となり現代詩にも活躍する。句集『裸燈※』を遺す。昭和三八年一一月二八日、胃癌のため没。享年五六。〔河野春三〕

罪と罰減税記事の冷やかに
錆びついたペタルわが骨踏めば軋み
童話では救いの網が下ろされる

**花童子**　かどうじ　1893–1958【新川柳】本名・亀井六郎。別号・花王門、鬼笑。明治二六年二月二日、北海道函館区（現函館市）生れ。貸地業。大正六年ごろより川柳を始める。大正七年、渡嶋川柳社を創設、「忍路※」を創刊、函館柳界の礎石を築く。青森の小林不浪人*と共催で海峡親善川柳大会を開催、昭和前期の隆盛時代を築く。私財を投じ関東・関西の著名柳人を招聘し、北海道柳界へ新風を送る。現在函館川柳社では遺徳を称え、「花童子賞」を制定。昭和三三年六月二〇日没。享年六五。〔斎藤大雄〕

父さんかなと破れから子が覗き　（合同句集『蝦夷柳』昭35）

参考：斎藤大雄著『北海道川柳史』（昭54）

**要**　かなめ　【柳風狂句】本名・加島十兵衛。「かなめ」と仮名でも書く。別号・氷静庵昇。加島鹿楽の長男。祖父・愛一も狂句師で三代作家。また、叔父の米雅も狂句師という家柄。浅草茅町の宮内省御用達の酒問屋。首尾松連に属す。明治一二年五月の〈元祖川柳祭祀会〉よりその名が見られ、六世川柳*時代からの作家。山梨の「か

なめ」とは別人。〔尾藤一泉〕

**教師もビクリ学校へ鬼子母神**　明11　六世評
**上見て下見て八分に世を暮せ**　明31　九世評

**花南井可**　かなん　せいか　1918–1992　【新川柳】本名・宇田川正夫。大正七年、埼玉県川越市生れ。雅号については自ら「昭和十四年の春、中国のかなん省せいか鎮という町に駐屯した」と言い、それに因んだもの。昭和一〇年「川柳研究※」に入会、のち幹事。川上三太郎*に師事、連作※を得意とした。また「抒情の井可」と言われて親しまれ、最後までその姿勢を崩さなかった。昭和三一年、埼玉川柳社創立に参画。晩年は地元の「さいたま※」、「道の会」などで後進の育成に努める一方、「新京都※」に作品を発表し続けた。平成四年一一月六日、心不全で没。享年七四。没後、宇田川圭子によって合同句文集『霧の声※』（平6）が上梓された。〔佐藤美文〕

**枯尾花霧の中なる声さがす**
**まごのての届かぬとこに敵を置く**
**手の届くとこに自分を置いておく**（『霧の声』より）

**金比古**　かねひこ　1871–1943　【新川柳】本名・金子彦兵衛。号・はじめ金彦、のち金比古。別号・天禄。明治四年一〇月二一日、東京日本橋大伝馬町生れ。メリヤス製造業。明治三七年、阪井久良伎*の門に入り、関口文象*とともに久良岐社※の創立に尽力。明治三七年九月、文象、水日亭*とともに川柳研究会※を発起、それまで交流のなかった初期川柳作家を結ぶ東京川柳界の基礎をつくった。明治三八年三月一九日、《中央新聞》ダース会※結成式には、巴之助*、角恋坊*、剣花坊*、三面子*、文象、金比古ら十九人が集まる。新川柳※曙光期の功労者で、当時の経緯を記した『文金集※』（昭3）は、貴重な史料。昭和一八年七月九日没。享年七一。〔尾藤三柳〕

**朝顔を入谷へ運ぶ向島**
**常陸山縁日に来て取りまかれ**
**宝船皆満員のやうに書き**（『文金集』）

**叶**　かのう　【俳風‐柳風狂句】→燕斎《えんさい》叶

**鹿の子**　かのこ　1901–1961　【新川柳】本名・岡田藤治郎。明治三四年八月二九日、堺市生れ。医師（医博）。昭和二年ごろから川柳を知り、昭和二二年番傘川柳社同人。医師業より政治に関心がつよく、堺市議のかたわら民社党支部長をつとめる。川柳は番傘の本格川柳※一筋で、堺番傘川柳会会長として「川柳味のある人間諷詠は、政治の活力を増す」と医家兼政治畑に身をおく立場で川柳談義が得意。昭和三六年六月七日、肺気腫で死去。享年五九。〔東野大八〕

**雄弁も今朝の新聞記事らしい**

**株木**《かぶき》 1812–1851 【俳風狂句】葺屋町狂言座の十二代目市村羽左衛門。狂言座元・役者。堂号の俳優屋も株木（歌舞伎）も職業から。四世川柳*時代より高砂連に属し、五世川柳*時代の幕末（弘化）まで勝句※があり、息の長い作句活動が見られる。誹風柳多留では、九三篇（文政10）から一四九篇（天保10頃）まで評者※にたち、『俳風狂句百人集※』（天保6）には〈地下の子の日に弾いてゐる松尽し〉の句で、火鉢に当たる美男子に描かれている。〔尾藤一泉〕

**花火屋の正一位なり鍵と玉**　樽九三-17

**忠臣の手ほん清和の御家流**　樽九五-21

**人の気も踊る舞子の濱景色**　樽九八-76

**華芳**《かほう》 ?–1942 【新川柳】本姓・本多。前号・華坊。北米川柳界の長老。生年不詳。明治四三年黒川剣突、上野鈍突らとワシントン州ヤキマ市に川柳を移植、昭和五にはシャトル市に北米川柳互選会を結成して、北米川柳の基をひらき、第二次大戦中の昭和一七年、ハート山収容所で病死するまで、在米生活をほとんど川柳普及に尽した。七周忌に当たる昭和二三年九月三日、全米各吟社全作家の醵金でキャピタルヒルの墓地に〈生きてよし死ねばさば〳〵世話はなし〉の句碑が建立された。きやり吟社社人。〔尾藤三柳〕

**余暇などはない方がいい物思ひ**　（昭15）

**雷り**《かみなり》 【俳風狂句】真山青果の随筆集『切支丹屋敷研究・川柳雑話』（昭27）の「天保頃の川柳作者」に、写本『寝物かたり』（安政3序文）の記述として次のように書きとめられている。

初名雷獣。本名藤枝雷蔵、後啓兵衛、「狂句は松丸に劣らぬ上手なり。」

雷獣は、五世川柳*による『新編柳多留※』から現れ、松丸*（操斎松丸。麹町六番丁、木下家用人）に劣らぬ上手というが、経歴では、松丸がだいぶ先輩である。

**口おしい草履を胸でふミこたへ**

**不二の継尾に愛鷹の山をすへ**

などが、天保一二年の『新編柳多留』初篇に〈雷獣〉として見られ、天保一五年の一一集まで、雷獣、少し間があき、天保末年、すなわち弘化元年より〈雷リ〉の表徳※となり、同四〇集まで作句している。言葉遣いの軽妙な作家とみえる。以後、弘化四年の『俳風新々柳樽※』などにもその名が見られ、天保の作家というより幕末の作家といった方が適当であろう。〔尾藤一泉〕

**目の縁へ裏襟を出し赤ンベヱ**　（「新編柳多留」一四集）

**蚰〳〵の口から嘗た事が知れ**　（「俳風新々柳樽」二編）

**可　明**　かめい　1895–1967【新川柳】本名・青砥義明。前号・不二綱（昭和三年七月改号）。明治二八年松江市生れ。大正一〇年六月、松江市の渋柿会創立に参加。同一一年四月「団栗」（第二号から「頬杖」）を創刊したが、主幹・村穂珍馬の死（同一三年九月）で廃刊。一四年一一月には個人誌「なぎさ」を刊行、その終刊（昭和二年二月）後、八月に松江番傘川柳会を創立した。戦後二八年には回覧互選誌「松かさ」を独力で主宰した。四二年五月、松江番傘四〇周年と時を同じくして、白潟公園に句碑〈倖せは大夕映の湖に佇ち〉が建立されたが、同じ年九月一九日、七二歳で病没。五十年に及ぶ情熱的な川柳活動について、『島根県川柳史』の著者・山根梟人は「本県川柳史と共に、その道を歩んだ人」であり、「本格川柳※の灯を頑に守り通した人であった」と、記している。〔尾藤三柳〕

**金魚死んだまま退院も近くなり**　（晩年作品）

参考：山根梟人『島根県川柳史』（昭54、島根県川柳協会）

**かめ吉**　かめきち　1905–1977【新川柳】別号・小かめ、乾生。本名・武藤亀吉。明治三八年八月三日、東京生れ。浦和市で医書出版社自営。昭和五年創刊の川上三太郎*主宰「国民川柳※」同人として活躍したが、戦争で中断。昭和三七年に柳界復帰し「さいたま※」同人、同四三年より五〇年まで「さいたま」事務局を担当、その穏健な人柄は衆望厚く、埼玉柳壇のまとめ役を果たした。同四七年「川柳教室」を提唱し新人育成に尽力。昭和四〇年「川柳研究※」幹事。川柳人協会※会員。昭和五二年八月七日、肝臓癌で没。享年七二。東京北区・西福寺に葬る（廣徳院亀岳雄道居士）。〔篠崎堅太郎〕

**家中にまだ頼られる眉を上げ**

**鴨　平**　かもへい　1898–1964【新川柳】本名・今井俊三。明治三一年二月一一日、岐阜県加茂郡東白川村五加生れ。諸種の職業を経て岐阜市に移り、昭和二六年新宮崎商店に勤務、三六年山新青果重役となる。はじめ短歌を学んだが川柳に入って昭和七年「こがね」同人、二一年「川柳鵜籠」、二四年「川柳うかご」と改称、新人を養成。二八年「人間像※」を独力創刊、新しい川柳を指向した。昭和三二年現代川柳作家連盟（現川連※）発足と同時に委員長に選ばれ（七選）、機関誌「現代川柳」を創刊。その後個人誌「川柳現代」を創刊・主宰、「創天※」「地上派※」、「無形像※」にも関係して革新系川柳に尽すこと大。昭和三九年二月一〇日、郡上郡白鳥町にて斃る。享年六五。遺句集に『人間像※』がある。〔河野春三・東野大八・清水汪夕〕

**おとがひに意志磨く夜を驟雨あり**
**うすき掌と思へば表裏なき日々ぞ**
**杖曳けば悪鬼の相のすでになし**（昭39、『人間像』）

参考：「川柳現代」第一七号・今井鴨平追悼号

**可　有**　かゆう　【旧連】→呉陵軒

**柄井川柳**　からいせんりゅう　【柳祖】→川柳 1

**烏三平**　からすさんぺい　【新川柳】→国夫

**花　菱**　かりょう　1884–1954【新川柳】姓・川村。明治一七年二月二一日、東京市牛込区津久戸前町に生れる。早大英文科卒。劇作家。川柳を阪井久良伎*に学び、久良岐社※同人。大正八年、駒井みの作らと川柳矢の木会を興す。翌九年、伊東夜叉郎*が川柳詩社を創設するや、今井卯木*、森東魚*、阪下也奈貴*、篠原春雨*らと共に参画。古典研究に精力的な久良岐社の例に洩れず、古句への造詣が深く、大正一四年一月の《萬朝報》に連載した「俳諧武玉川私解」は好文だったが、このころから川柳を離れ、昭和二九年九月一日没。享年七〇。〔尾藤三柳〕

**乳を殺してしめる夏帯**（昭3『川柳女性壱萬句』）

**花恋坊**　かれんぼう　1901–1943【新川柳】本名・山川信夫。明治三四年二月一〇日、東京・芝浜松町生れ。時事新報社勤務。明治末年、田中すゞか*によって川柳を知り、つゞかと号して近藤飴ン坊*に師事、明和

調と名づける句風を学ぶ。花恋坊と改号して昭和はじめには時事新報社内に時事川柳会を結成、同八年一一月、「柳友※」同人。同じ年「川柳きやり※」社人となり、このころから東京川柳界で精力的な活動を展開する。一〇年に刊行した『昭和川柳類題高点句集※』（四六判・横綴・二七〇ページ）は、題名一四〇〇余、作家名九〇〇、二月に初版を出して六月には版を重ねる好評さだった。また一二年三月、きやり吟社の肝煎りで東京・浅草の龍宝寺※境内に初代川柳*の辞世〈木枯の碑※〉が再建された折、石材切り出しのため産地の根府川まで日参するなど、その川柳への情熱はすさまじいものがあった。書をよくし、論が立ち、句もまた非凡。一七年、品川陣居*の招きで朝鮮京城府の京城日報に連絡部長として単身赴任、翌一八年七月一七日、病を得て客死。享年四二。〔尾藤三柳〕

さてそばに居ればさほどでない子供
ぴつたりと親の言葉が身にせまり

（昭18「川柳きやり」24－8）

編著・『勝守』（八十島勇魚句集・昭16）

**河柳雨吉**　かわやなぎあめきち　【新川柳】→雨吉

**頑　慶**　がんけい　1915–1982　【新川柳】本名・中野慶三。大正四年四月三日生れ。郵便局勤務。昭和七年、杉山暁昭に師事。「川柳隊」同人。野辺地川柳会代表。青森県川柳社同人。昭和五七年八月一〇日没。享年六七。〔杉野草兵・岩崎眞理子〕

熱の子へただ掌をのせるだけの知恵
妻叱りつけて凍える夜となり

**閑　古**　かんこ　1900–1977　【古川柳研究】筆名・山路閑古。本名・萩原時夫。明治三三年一〇月一三日、静岡市生れ。三高、東大理学部化学科卒。東京高等商船学校講師、日本医科大学予科教授、共立女子大学教授として化学教育に専念。かたわら古川柳※研究に力を注ぐ。川柳を阪井久良伎*、俳句を高浜虚子、俳諧を板津芦丈に師事。昭和一七年「古川柳研究※」に参加、四号をもって廃刊されるや昭和二二年四月、日本古川柳学会と称し、独行にて「古川柳※」を発行、杉浦非水画伯の表紙で異彩を放つ。謄写版刷りに秀で、戦前「山梔」、戦後「散歩」を頒布、一八五号に達した。古川柳に関する著書として『川柳歳時記』『古川柳※』『古川柳名句選』、他に随筆「木葉髪記」、「史篇四顆」、「羅馬の休日」、「土

星と空豆」、「戦災記」、「柳話的釈尊伝・大いなる悟り」、「末摘花並べ百韻」、「末摘花夜話」、「幽燈記」、「医心方」、「和国神曲」がある。輪講本として『柳多留初篇輪講』、『柳多留拾遺恋部』に参加。現代川柳にも理解が深く、川上三太郎*、前田雀郎*と交代でNHK聴取者文芸の川柳選評も務めた。また俳句、俳諧に精しく、大磯の鴫立庵十九世を名乗り、『鳴立庵記』の著もある。このほか謄写本『離々庵戯州』、戯名による戯著『茨の垣』、『賢愚経』、『貝寄せ』、『曲奇』などでも魅了。昭和五二年四月一〇日没。行年七六（春山閑古居士）。〔石曾根民郎〕

参考：「川柳しなの」山路閑古追悼号（昭52・9）

**菅江** かんこう 1740–1800【旧連】本名・山崎景貫。号・朱楽菅江。別号・貫立（前句）、朱楽館、准南堂、漢江ほか。元文五年一二月一二日、江戸生れ。幕府の御手先与力。漢学、狂歌に優れ、特に、狂歌は大田蜀山人と並び称される。明和年間に柄井川柳*と交わり、牛込・蓬莱連の総帥。組連※句集『川傍柳※』初篇から五篇に序文と出句を行っている。安永初年より狂歌を主導し、狂歌三大家のひとり。『狂言鶯蛙集』のほか数編の著作がある。寛政一二年一二月一二日没。中野区上高田一丁目、大江戸線・東中野駅徒歩五分の青原寺に墓がある。〔尾藤一泉〕

御不勝手郷士が娘嫁して来る　樽一五-40
女郎やのおきてをひよぐりながらよみ　樽一七-45
たつ田ひめ是よりむす子うかれそめ　樽二〇-13

**菅子** かんし ?–?【俳風狂句】生没年不詳。『誹風柳多留※』版元・二代花久（菅裏*）の子。文政元年、星運堂の家督を相続。三代目・花屋久治郎。文政二年（一八一九）の『誹風柳多留』七二篇以降（一二四篇まで）の編集にあたる。また、菅子の号で盛んな作家活動を行い、文政六年（七八篇）より評者に加わる。文政七年（一八二四）九月一二日　四代川柳*名びらき大会を主催（柳多留八二～八三篇　柳亭種彦*序）。文政九年八月二八日には、四世川柳発願の俳風碑建立・末広大会（柳多留九七～一〇〇篇）を主催、天保三年（一八三二）一一月一二日、一三日には、成田山不動明王奉納狂句合（川柳・狂句史上最大の大会）句高三万吟。勝番四〇三〇員を分載収録の『柳多留』第一冊一二二篇（一一月）刊行、翌年、成田大会続篇一二三、一二四篇まで板行して、突如離散（原因不明）。三代、七〇年で書肆・花屋久次郎は消滅する。〔尾藤一泉〕

四日目に明き樽を売る李太白　樽八一-25
ぺろん〱は一チ門の物がたり　樽八七-21

褌の質の利上も土俵ぎハ　樽一二三-22
夜稽古の蚊を追て居るけむひ母　樽一二七-89

**閑人**　かんじん　1913-1980　【新川柳】本名・後藤正二。大正二年三月二八日、仙台市生れ。家業の左官業を継承、後藤左官工業所社長。昭和七年より作句、浜夢助*に師事、昭和一一年「北斗※」創刊と共に編集同人。北斗川柳社は、昭和一七年、戦時体制化で休刊となるが、昭和二二年「宮城野※」創刊に編集同人として参加、同四二年より川柳宮城野社主幹となる。同三五年より《河北新報》柳壇選者。四九年一一月宮城県教育文化功労賞受賞。五〇年六月仙台市の公園大年寺山遊歩道に句碑〈巣箱木に少年愛をふくらませ〉を建立。句集に『あしあと※』(昭43)がある。五五年六月二三日病没。仙台市・千寿院に葬る。享年六七。青巌院閑雲呑底居士。〔若山大介〕

さてもほしげな千手観音　昭14
身の程は五尺十三貫五百　昭29
たくましき放屁少年工伸びよ　昭41

**寛哉**　かんや　1932-　【新川柳】本名。坂根久雄。昭和七年九月三〇日、京都府生れ。昭和三〇年、京都簡保紅川柳会から川柳に入る。翌三一年、「京都番傘※」同人となり、昭和三二年四月の京都川柳界が大同連合する平安川柳社創立に参画。機関誌「川柳平安※」の編集責任者を終刊までの二五〇冊に携わる。同五三年、同社は、二〇周年記念大会を最後に突然の解散となり川柳界を驚かせたが、その年のうちに川柳新京都社創立に関わり「新京都※」を創刊。平成一一年には、「黎明※」舎員(同人)として参画、《京都新聞》、《朝日新聞》の〈京都川柳〉選者などを歴任、京都川柳界の離合と発展を目のあたりにした。京都川柳作家協会理事長。句集に『坂根寛哉川柳作品集※』(平14)がある。〔尾藤一泉〕

興亡や爪はまっすぐ伸びてゆく　(昭58『新京都』)
ひとつぶの麦は死なぬか定期券　(同)
この道をゆく中天に塔があり　(『坂根寛哉川柳作品集』)

**菅裏**　かんり　1779?-1826　【旧連】別号・再馬(俳諧觴三篇序・安永2)、芙蓉山人雪成(俳諧觴三篇序・安永2)、雪成舎・菅裏(柳多留二六篇序・寛政7)。

一字改めて菅籬（柳多留六九篇序・文化14）など。『誹風柳多留※』板元、東叡山下竹町二丁目の書肆、星運堂の二代目・花屋久治郎。初代花久*の長子。店舗が五条天神社の裏にあたることから、菅原道真の裏（スガウラ）とシヤレたもの。生年不詳。呉陵軒可有*の薫陶を受け前句附※作者に。呉陵軒の死後は、柳多留の編者。寛政八年（一七九六）編者「菅裏」の初出（『誹風柳多留』二六篇序「星運堂菅裏」）以後、文政元年（一八一八）の七〇篇まで二三年間に五五冊の柳多留を編集刊行。寛政一二年（一八〇〇）『誹風柳多留』二九篇序「雪成舎菅裏」「今の前句は一章に問答あつて」という文芸の核心に触れる故呉陵軒の語を引用。文化二年（一八〇五）作者「菅裏」の初出（『誹風柳多留』三二篇・桃井庵和笛*追善句合※）。文化四年（一八〇七）の二世川柳*草庵造営に協力。文化六年より評者※に加わる。文化一四年（一八一七）一月、初代久治郎死去。秋、「菅籬」と改号。（「文化十四年丑秋一字改菅籬」（『柳多留』六九篇序）木村捨三説で「菅裏」と「菅籬」を二代に切り離したのは誤りと考えられる。文政九（一八二六）五月五日没。享年四七。法名・夏岳青雲信士。東岳寺※に葬られる。

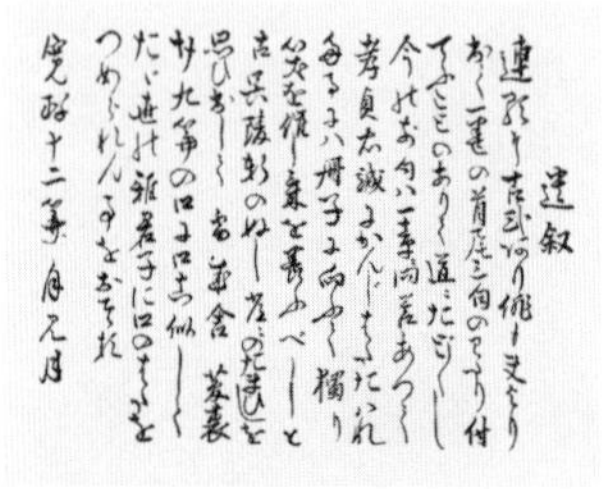

柳多留二九篇菅裏「遺序」

封切ると小判百両のびをする　樽三四-29
盗人は酒屋餅屋に借りが出来　樽三一-36
舌二枚晴れて遣ふハ通辞なり　樽三九-7
おもしろさあぐらをかいて土手ヲかけ　樽四四-24
さしやうの指南して貸す破れ傘　樽五一-36

文政四年（一八二一）五月一八日、川柳、有幸*、雨夕、玉章*、菅裏の「五霊追善会」（催主・眠亭賤丸＝四世川柳*、『柳多留』七八篇）の柳亭種彦*序には「家内喜多留の呑仲間、川柳、玉章、有幸、菅裏、雨夕等はひとしからぬ浮世の酔さめて先きに黄泉国へ婿入りしたりしをおもへば、なみだの泣上手が声はりあげて諸君子の言葉を乞ひあつめて樒とし、流行をふるい香となして、よつて五霊位に手向ることとはなりぬ」とある（「川柳」は二代目川柳・文政元年没）。以下に追善句を示す。

精進は菅裏さんの日でざんす　楽笑　樽七八-18
摺本の施主は花屋の久治郎　柳葉　樽七八-19
花を立夏岳青雲居士菩提　杜蝶　樽七八-18
面かげは花やへ残る川柳　矢正　樽七八-34

この追善会の相評者に息子で花屋三代目の「菅子*」の名が初出する。〔尾藤一泉〕

**喜猿**　きえん　1912–　【新川柳】本名・川俣総吉。大正元年一〇月一日、宇都宮市生れ。前田雀郎*に師事。昭和二〇年・宇陽柳風会の役員。昭和四一年、下野川柳会の八代目会長（同四六年まで）となる。昭和四四年、《読売新聞》〈とちぎ時事川柳〉選者ののち、昭和四九年、宇都宮雀郎会会長。「個性を主張せぬ、没個性の詩、川柳が社会性を持つ所以」として川柳に取り組む。平成四年、太田市金山公園に句碑を建立。編著書に句集『さざれ石※』（昭49）、『前田雀郎』（昭56・川柳全集 第9巻）、『川俣喜猿句集・柿のたね』（平2・日本現代川柳叢書）、『雀郎の川柳学校※』（平9）がある。〔尾藤一泉〕

**駅弁を蓋から食べて旅が好き**
**仏壇の鐘を鳴らして山を売り**
**柔らかい肌を楽しむ満員車**（平15『全日本柳人写真名鑑』）

**騎久夫**　きくお　1915–2005　【新川柳】本名・石森善太郎。大正四年三月三一日、長野県上田市生れ。昭和五年頃より川柳を知る。同八年、「六文銭※」同人。同一三年、石曽根民郎*、川上三太郎*に出会い特に三太郎には影響を受ける。〈本格川柳※〉に革新的要素を加え、同二四年自ら上田川柳社を創立、「川柳評論」を創刊したが、六年で休刊。その後、名古屋市に居を移してからは、川柳活動を停止。昭和四九年、再始動、名古屋川柳社同人。ここから独自の川柳観、川柳論を展開し、同五五年六月より、交流のあった「川柳青空」誌上に作品鑑賞を連載。同五九年、その既発表分を一冊に総集する『対話』を刊行、鑑賞、批評の枠を越えた、文学性への志向や理論的考察が好評を得る。昭和五八年、「文学性豊かな川柳を」を合言葉に同志・神谷三八朗*、加藤正治らとグループ創を創設。翌年一月、「創※」創刊。《読売新聞》〈東海柳壇〉選者、同川柳講座講師、四日市川柳会、愛知郡長久手川柳会の講座を持ち、「川柳なごや※」、「川柳よっかいち※」、「せせらぎ」、「翠柳」などに入門講座、作品鑑賞欄を精力的に連載。著書に『対話』（昭59）、『空間表現の世界』（平11）がある。平成一七年二月二七日没。享年九〇。〔樋口仁〕

**橋の向うも薄いなさけの街である**
**いつまでも歩くいつまで霧が降る**
**森の樹のどの一本も子を許す**
**許しても許されはせぬ朱の日記**

**麹　丸**　きくまる　1780? - 1854【俳風狂句期】本名・鈴木彦兵衛。別号・五葉堂。安永末生れ。はじめ某藩の足軽であったが、暇をとり麹町に住み、下見座の周旋方を生業とする。治世安定な時期に生き、比較的裕福な暮しをしていた。文化一二年（一八一五）、一三年ごろより作句。琴柱連で活躍。文化九年（一八一二）より評者※として、毎会に美景を出したといい、また、周囲に集まるものには酒食を振舞い、人望があったという。柳多留※六九、九〇、一五四篇に序を残す。廃絶していた麹町連を興し、月並会を行い、天保年間には小松会と名付け小冊の出版、編者をし、その句風は忠孝をもっぱらとしたと叶*は言う。「俳風新々柳樽※」一～三編は小松会の句集で、最初の風柳庵のものを除き小松会では弘化四年から嘉永六年にかけて五葉堂が立評の位置にある。一時、五世川柳*の座を望む気運あり。九世川柳*によれば「翁が千慮の一失」であったという。真の五世となった佃は、これを許して加評※の位置に列す。安政元年没（叶の手記では嘉永四亥年夏）後、追善会が開かれるが、版は起こされずに事跡が不明瞭になる。子（長男・鈴木萬吉・六世により二世麹丸*を名乗る）・孫（鈴木善次郎、「聾ずし」という屋台寿司屋を経営）の三代にわたる狂句※作家。〔尾藤一泉〕

**そふした黄葉をどふなさる三杯酢**（『狂句百人集』）

**大谷は終始崩れと思つて居**

**ししの狂ふ間忠常はあとじさり**

二世麹丸

**汲みわけて下さる孝のつるべ銭**（嘉永元『しげり柳』）

**喜見城**　きけんじょう　1907–1983【新川柳】本名・木村時次郎。明治四〇年、魚津市生れ。旧制魚津中卒。新聞記者（北日本新聞社論説委員長）。昭和一〇年短歌結社・不脱社を創る。川柳に転じて昭和二五年以降、《北日本新聞》、《北陸夕刊》、《北日本夕刊》等の選者をつとめ、番傘えんぴつ川柳社が川柳えんぴつ社と改称した翌四三年から会長に就任。五一年魚津市、五六年富山県の各文化功労者表彰を受ける。著書に『川柳の道しるべ』、句集に『いしふみ』（ともに五〇年刊）がある。昭和五八年一〇月二六日、富山労災病院で没。享年七五。喜見城等光普照居士。〔尾藤三柳〕

**何もかも捨てて枯野の柿の紅**（句碑＝五〇年建立）

**機　司**　きし　1902–1964　【新川柳】本名・吉田喜司。

明治三五年五月二〇日、福島県いわき市生れ。千葉医科大学卒。医学博士。病院長。昭和三年阪井久良伎*を知り、同一二年市川市に開業後、直接の薫陶を受ける。二一年一二月、徳川夢声、正岡容*、古川緑波とともに「川柳祭※」を創刊する一方、古川柳※研究に力を注いだ。二四年一一月同誌廃刊、二六年、千葉県市川市に川柳手児奈吟社（三一年一二月、現代川柳社と改称）を創設、機司門五〇〇名といわれる基礎を作った。また、新聞、雑誌の選に当たるほか、『川柳の味い方と作り方』（昭22）、『世界の諷刺詩川柳※』（昭25、R・H・ブライス*と共著）、『現代川柳五千句集※』（昭30）などの著書がある。川柳不毛の地といわれた千葉県を現在の隆盛に導いた功績は大きい。昭和三九年七月一六日、葛飾区の自宅で没。享年六二。市川・極楽寺に葬る（誠徳院智勝達道清居士）。〔尾藤三柳〕

**紅唇の知性あわれなサングラス**
**温泉に公金らしい首が浮き**

参考・松沢敏行著『千葉県川柳史　千葉柳界の基礎　吉田機司』（昭和54）

**貴志子**　きしこ　1894–1950　【新川柳】本名・米本きしこ。明治二七年八月一五日、大阪府生れ。米本儀之助に嫁し四男一女を挙ぐ。少女時代は短歌、俳句を嗜む。昭和四年、麻生路郎*門下に入り、戦時中に〈皇軍にすまぬと思ふ湯が溢れ〉の一句から「川柳雑誌※」の閨秀作家として頭角を現わし、路郎は不朽洞会の特別会員に推し将来を嘱望、『米本貴志子句集』の刊行まで策したが、清貧病身の理由で固辞。「非凡な柳眼の持主で、その風刺と抒情は掬すべき点が多い」（路郎随筆）。昭和二五年六月一五日、脳溢血で没。享年五五。釈尼貴志。〔東野大八〕

**うじむしが仲間を蹴ってせり上り**

**鬼　笑**　きしょう　1909–1975　【新川柳】本名・高橋静治郎。明治四二年、岩手県生れ。南部煎餅店経営、昭和三〇年から作句。「川柳北上※」の会計担当同人として吟社経営に尽力、その基礎を築く。昭和五〇年九月一五日、脳溢血で急逝。享年六六。法名・静観是道清居士。〔高橋放浪児〕

**遠廻り近廻りして元の位置**　（昭35）

**雉子郎**　きじろう　1892–1962　【新川柳】本名・吉川英次。別号・独活居。小説家（吉川英治）。明治二五年八月

一一日、神奈川県生れ。一二、三歳ごろから吉川霞峰の号で「ハガキ文学※」に俳句、川柳を投じ、以後数年間は各紙・誌への投書と、松浦為王主宰の「貿易俳壇」で俳句を作る。四三年一二月末に上京、新聞《日本》の新題柳樽※に雉子郎の号で投句、選者・井上剣花坊*の知遇を得る。大正初年、花又花酔*の手引きで剣花坊主宰の柳樽寺※川柳会同人となり、機関誌「大正川柳※」の編集幹事となる。以後の約一〇年間は川柳活動の最盛期で、同一〇年川柳の縁から当時社会部長をしていた矢野錦浪*の紹介で《東京毎夕新聞》の記者となる。同社には三太郎*、剣珍坊*、飴ン坊*、また工場には阿弥丸、空壺*、千仭、梅昇などの川柳家がいた。同一二年六月、「紅※」十周年記念大会の選者二〇人に列したが、同年の関東大震災を機に川柳を離れて小説家を志向、一四年吉川英治の筆名で『キング』創刊号から「剣難女難」を連載、以後流行作家の道を歩む。国民文学の第一人者は、その青年期（二〇～三〇歳）にあって、川柳史にとっても一時代を画する存在であった。昭和三五年文化勲章受章。同三七年九月七日、肺癌で没。享年七〇。〔尾藤三柳〕

**柳原涙の痕や酒のしみ** （明45　新聞《日本》）

**一代の五尺に足らず絵巻物** （大1　同）

**世の中におふくろほどなふしあはせ** （大4　同）

参考：城塚朋和『作家以前の吉川英治―川柳家　吉川雉子郎』（昭55、未来工房）

**葵　水**　きすい　1921–1973　【新川柳】本名・垂井文夫。大正一〇年七月二二日、和歌山市生れ。会社重役。如水・逸水・甫水・葵水。実父・甫水の実弟も淡水と称し、四代にわたる俳人の家系で、甫水は和歌山商議所会頭、淡水は和歌山信金理事長という地元の名門。葵水も立命館大学当時は俳人で、昭和一八年兵役により大陸を転戦、復員直後たまたま麻生路郎*指導の短詩型クラブに出席、白柳*と面識が生れ、昭和四三年川柳塔同人、同四五年常任理事となり、川柳わかやま吟社創立。昭和四八年一一月一日、交通事故のため死去。享年五二。願生院文空葵水禅定門。『垂井葵水遺句集※』がある。〔東野大八〕

**鈴虫に死ぬべき覚悟うかがえず** （遺句）

**吉　朗**　きちろう　1909–1987　【新川柳】本名・小山吉之助。明治四二年、五所川原市生れ。教員。昭和六年、川柳と出会う。同八年一月、仲間らと五所川原川柳社創立。昭和一二年、板柳・鶴田・五所川原が合併して川柳岩木吟社となる。同三八年、戦争をはさんで低迷していた川柳岩木吟社を、佐藤狂六・宮本夢一文・五十嵐さか江*等と協力して復活させた。青森県川柳社同人。伝統的正統川柳の達吟家で、長年「ねぶた※」新人コーナーの選者を担当。昭和四二年、同市教育長時代市役所に川柳を広める。昭和六二年三月三〇日没。享年七八。〔杉野草兵・岩崎眞理子〕

人臭い職を離れて人を恋い
火の色に一度は妥協するガラス
老境へ虚飾一枚ずつを脱ぐ

**吉　重**《きっちょう》　1917–1995　【新川柳】本名・村井吉重。大正八年、八戸市に生れ。昭和一〇年、川柳入門。八戸川柳社同人（のち副会長）、青森県川柳社、川柳研究社同人。昭和五五年、八戸市文化賞、平成二年、八戸市特別功労賞受賞。句集に『六十年の坂』、『おもかげ』がある。平成七年一月一二日没。享年七九。〔杉野草兵・岩崎眞理子〕

心売る店でありたし朝を掃く
年一句居士その一句さえ砕け
割り箸の匂いの中の旅愁なる

**帰　帆**《きはん》　1900–1975　【新川柳】本名・小島熊太郎。明治三三年八月二六日、埼玉県生れ。大正四年国鉄秋葉原駅勤務で多田一夜（昭和二〇年頃没）と知り合い、川柳を始める。昭和六年一夜および秩父の松本いね三、東京の青村半弥等と大宮市の自宅で例会を催し、「ひかわ」誌を発行。一一年川柳きやり吟社社人。昭和五〇年五月二一日、脳溢血で没。享年七四。大宮市・幸徳寺に葬る（積穂院禅心熊得居士）。〔内藤悟郎〕

今年又枯らす皐月を買って来る

**鬼　仏**《きぶつ》　1899–1947　【新川柳】本名・植木梅造。別号・直木樹。明治三二年三月二八日、群馬県生れ。東京警視庁警部。大正中期から作句、昭和四年曙吟社を主宰、また川上三太郎*の国民川柳会に参加、川柳研究社の幹事となる。昭和一〇年『隠語と用語』（改訂版）を著わし、また昭和一六年八月には「肩の凝らない民衆詩川柳によって民間側から遠慮のない見方をした江戸時代より現代に至る警察の変遷史」をまとめた『川柳警察史話※』（B6判・四五八ページ）を東京・松華堂から出版するなど、古川柳※にも造詣が深かったが、作風はどちらかというと硬質であった。昭和二二年一月二四日没。享年四七。〔尾藤三柳〕

按摩また烈しきいくさなど語る（昭和18「川柳研究」）

**義母子** ぎぼし →川柳 9

**九　葉** きゅうよう 1907–1976【新川柳】本名・鈴木豊太郎。明治四〇年五月一日、神戸市生れ。会社重役。川柳は県立神戸商業、神戸高商在学中から手がけ、昭和四年六月「ふあうすと※」の二号から参加。昭和一三年より第三雑詠〈不二の世界〉選者。昭和四一年、初代主幹・紋太*死去により同川柳社二代代表。無類の読書家で、久しく「ふあうすと」の巻頭を飾った文には定評があった。川柳歴五〇年、絶筆となった同誌五一七号の「わが足跡」は大きな感銘を呼んだ。篤実な人柄に傾倒した社中は数多い。著書に『随筆・小さい発言』があるが、句集には無関心で過した。昭和五一年一二月二九日没。享年六九。釈豊信。〔東野大八・中川一〕

キリストが眠る粗末な木のベッド
バスが出てしまい炎天無一物
海は静か援軍が来たりはしない
冬苺一つ大きく　神からか

**岐陽子** きょうこ ?–? 【新川柳】本名・下山京子。明治三七年、女学生で天稟を現わし、阪井久良伎*をして、「京子果して川柳に天才を有する乎、我れ諸君と共に此才女を吾川柳壇に有するの慶福を祝せずんばあらず」と讃嘆せしめた。草創期の久良岐社※中にあって、女性らしい「詩趣に富む」（久良伎評）作品で、華かな活躍を見せた。明治四二年、西田當百*が居た《大阪時事新報》に速記者として在社、関西川柳社※の創立に参画した。のち、一葉茶屋を経営。新川柳※初期の女流※第一人者。生没年不詳。〔尾藤三柳〕

夏座敷当座は心落付かず
同窓会ハズバンド連れ式部来る
（『滑稽文学　川柳久良岐点』明37）

**行詩堂** ぎょうしどう 1904–1980【新川柳】本名・落合次郎。明治三七年五月二日生れ。渋谷青果市場取締役社長。大正一〇年、六文銭の号で《報知新聞》の時事川柳※に投句、翌一一年春、柳眉会を興して「柳眉」

発行。翌年に「六文銭」、以後「水草」、「土塊」、一五年には、おひろめ会より「おひろめ」創刊。昭和四年暮、「行を以て足りる詩」という主張で行詩社を創立（機関

誌「行詩※」は昭和七年九月の三八編以降、休刊・中断を経て二六年一月復刊）した。昭和一四年一月、禮吉と改号して和田天民子の日本俳詩協会「俳詩※」に参加、評議委員長（のち理事長）となる。戦後二四年春〈この道は果てしなしかせぎ乍らゆく〉の一句を得て行詩堂と改号、二七年一月東都川柳作家連盟が結成されると会長に就任した。明治以降の川柳資料蒐集家としても知られている。昭和五五年七月二五日病没。享年七六。天台宗寿福寺（目黒）に葬る。宝樹院叡知次位信士。〔多伊良天南〕

朝の三つ指へ新妻匂はせる　（昭4「行詩」第一号）
ガチャ〱を鳴かせ南瓜の秋になり
天降る気で砂走り二合飛び
御巡幸まぶしく拝む二百万　（昭5「行詩」第五号）
渡り鳥風の姿となって飛び

**暁　水**　ぎょうすい　1904–1972【新川柳】本名・小林義次郎。明治三七年八月二七日、山梨県市川大門町に生れ、父亀青の手漉和紙製造に従事。昭和三〇年ビニール紙を発明、不況の一途にあった同業の発展に寄与。大正一〇年ごろ川柳に志し、昭和の初め芦影会を創立、のち「三升※」と改称、峡南地方の川柳発展に貢献。県芸術祭川柳部門の審査員、「ころ柿※」の同人等として活躍。昭和四七年一一月七日病没、享年六八。平塩岡に葬る。慈恵院法徹日義信士。同業者及び川柳家有志で神明社境内に顕彰碑を建立、〈甲斐源氏みなもとは此処町の丘〉を刻む。〔雨宮八重夫〕

肩書に遠く四月をよく笑い　（昭34『三升』創刊号）

**喬　村**　きょうそん　1911–2001【新川柳】本名・松村秀世。明治四四年一一月二八日、高知市生れ。別号・谷春夫、あふち道人。大正一五年四月、高知新聞社入社。珊瑚工。昭和五年中沢濁水の〈高知柳壇〉に初投句。

昭和二二年、筏川柳社同人。同二四年、「帆傘※」復刊同人として参画、編集に携わる。同五〇年二月、帆傘川柳社会長に就任。同年、高松矯正管区の篤志面接委員を委嘱され、高知刑務所で受刑者に川柳を指導。著書に、合同句集『紅珊瑚』（昭26）、句集に『街路樹』（平4）がある。平成一三年一〇月三日没。享年九一。〔北村泰章〕

ものねだる子も貧しさを知りはじめ
嫁ぐ日も決って父に編む毛糸
雑煮膳父の歳《よわい》を一つ越し

**恭　太**　きょうた　1928–1993【新川柳】本名・亀山恭三。中・高校教師。昭和三年八月二七日、大阪市天王寺区生れ。昭和三六年、川柳文学社の句会に初めて出席。三七年、番傘わかくさ川柳会同人。三八年番傘本社同人。五一年、番傘わかくさ川柳会会長。五六年句文集『出会い』刊。平成二年番傘本社幹事長に就任し、結社運営に尽力。全日本川柳協会常任幹事、NHK学園川柳教室講師などを勧める。平成五年一〇月六日没。法名・柳賢院釋恭太。〔江畑哲男〕

**黒板を叩いてこれがわからぬか**
**まあそんなに言うなよ僕も日教組**

**京之助**　きょうのすけ　1890–1946【新川柳】本名・荒木彦助。幼名・彦太郎。明治二三年山形県酒田市生れ。二高、京都帝国大学卒。実業家。三〇歳すぎの大正一〇年ごろから柳樽寺※で頭角をあらわし、花形作家となる。一二年酒田川柳会を主宰、「群像」を創刊。昭和二年には剣花坊*の勧めで句集『荒木京之助句集※』（柳樽寺川柳会発行）を刊行、また自作の川柳を中山晋平に作曲させ、佐藤千夜子に歌わせたりもした。詩人・野口雨情とも親交があり、その句を高く評価されていた。弟の荒木星（明治三〇年生れ）も川柳家。昭和初めに柳界を去り、米相場で名を馳せたが、一〇年には業界からも身を退き、一切の交際をたった。昭和二一年没。享年五六。没後、酒田川柳会から兄弟句集『矢ぐるま』（昭52）が刊行された。〔斎藤涙光・尾藤一泉〕

**ありたけの指が光ってまだ欲しい**
**天秤がグラリと動く指の先**

**京の藁兵衛**　きょうのわらべい　1874–1960【関連人名】本名・堀野与七。別号・尾上新兵衛、久留島武彦。明治七年六月一九日、大分県玖珠郡森町生れ。日本三大口演童話作家の一人。明治三二年、文禄堂を創設。同年四月、小咄に同想の川柳、狂歌を配した自著『滑稽類纂』（明39・7、四六判・和綴、四〇銭。巌谷小波・尾崎紅葉序で増補版）を出したが、翌三三年三月に刊行した梅本塵山*の『川柳難句評釈※』が、古川柳※研究の先駆をなす好著として紙価を高め、川柳復古運動→新川柳※勃興の契機をなした。みずからの編著書としては『忠臣蔵滑稽噺』（明24）、『日本五大噺』（明34）、『俳諧五十三次』（明42）

などがある。昭和三五年六月二七日没。〔尾藤三柳〕

**旭映**《きょくえい》 1891–1972【新川柳】本名・斎藤竹吉。別号・暁岱楼。明治二四年一月二二日、名古屋市生れ。中川区西日置町でマッチ工場を経営。明治四四年五月から作句に手を染め、ペンネームは竹坊から旭映と改号、《名古屋新聞》の柳壇選者となる。花柳吟※、芝居吟※も得意であった。昭和八年三月「川柳なごや※」を可香、鮮山*と二人で発刊、主幹として活躍した。往時名古屋市には、番傘系で昭和六年刊の「傘の雫」があり、「川柳東海」、「川柳草薙」が「川柳なごや」の発刊前後に出現したが、いずれも休刊。「川柳なごや」は現在まで可香、鮮山、一魚、乱、辰寿と後を継いで、松代天鬼が七代目である。五六年一月で五〇〇号を迎えた。句集に『花道』『照る日くもる日』、熱田区雲心寺山門前に句碑がある。昭和四七年四月一四日、肝臓病で没。享年八一。〔長谷川鮮山・東野大八〕

**年頭にゆけば兄貴は伊勢参り**
**茹玉子行儀に触れず草に寝る**

**玉之**《ぎょくし》 1895–1946【新川柳】本名・金丸義正。明治二八年七月、山梨県生れ。県立農林学校卒業後、山梨民報記者を振り出しに、多年報知新聞甲府支局に勤務。父・五松の影響を受け、白菊吟社に参加、俳句をたしなんでいたが、いくばくもなく川柳に転じ、駒鳥吟社を主宰。困難な時局に山梨川柳協会会長に推され、川柳報国に貢献、ますます活躍を期待されたが、昭和二一年二月二一日病没。享年五〇。竜王町の明現山成道院に葬る（玉雅翠柳居士）。句碑が竜王町にある。〔雨宮八重夫〕

**蝸牛今日も小笹で行きづまり**　（句碑）

**曲線立歩**《ぎょくせんりっぽ》【新川柳】→立歩

**玉兎朗**《ぎょくとろう》 1887–1953【新川柳】本名・高島鐵之助。明治二〇年七月二二日、東京・日本橋呉服町生れ。江戸町火消・い組の蔦頭新八（明治以後は一番組のろ組）を継ぐ。明治三八年ごろ久良岐社※に入って頭角を現わし、「五月鯉※」で活躍。同誌廃刊後は、横浜「新川柳※」の特別同人となったが、「獅子頭※」が創刊されると、社中として今井卯木*らと古句※研究に没頭した。関東大震災後、柳界に復帰して東念寺（西島〇丸*の西念寺に対して）と称し、川柳人の出入りが絶えな

かった。終戦後は長野県上伊那郡美篶《みすず》村に隠退したが、川柳長屋連※の創立以来、隠居（顧問）をつとめた東京柳界の長老。きやり吟社同舟会会員。昭和二八年一月一五日没。享年六五。〔尾藤三柳〕

**雨滴りを直して降りる菖蒲葺**　（明38）

**屠蘇の座へ母前掛をとりながら**　（昭22）

**巨城**　きょじょう　1915–2006【新川柳】本名・去来川二郎。大正四年七月二一日、兵庫県生れ。戦時中、徴用で増井不二也と出会い、その指導を受ける。昭和二三年、同志と共に職域川柳※として、はなびし川柳会設立。同二三年四月ふあうすと川柳社同人、同五二年四月、鈴木九葉*亡き後のふあうすと川柳社主幹を引き継ぐ。昭和六三年主幹を辞し会長。不二也によって拓かれた川柳の道は、「はなびし」のメンバーでもあった原田嘉市、難波陽出男等の「ふあうすと※」同人を知ることで広がり、更に大山竹二*、房川素生*、岡崎城雨郎らとの出会いを得て栄養源とした。また社務で広島にあった昭和四二年頃、泉淳夫*主宰の「藍」グループ※で、その作品に磨きをかけた。句集『さんれい抄※』（平３）がある。日川協理事、兵庫県川柳協会理事長、神戸川柳協会顧問などを勤める。平成一八年六月二日没。〔藤本静港子〕

**名を捨てて一つの机ひとつの書**

**一字書けば一字滅びるわが炎**

**魚心**　ぎょしん　1838–1898【明治柳風会】本姓・佐々木。別号・遊泳子、霊園。天保九年、羽前国西置賜郡長井生れ。長井市成田で代々文芸をもって知られる佐々木家に宇濤（天保八年七月没）の子として生れ、明治の初め岸田吟香とともに横浜で冊子型新聞を発刊。また柳風狂句※の宗匠※として名高く、培柳社（長井町）を率いる。当地は、桃井庵和笛*時代の山形連の流れを汲む川柳風※の伝統を伝え、柳風狂句以後も培柳社を結成、地方宗匠として魚心が頂点に立っていた。明治二九年、宗家が分裂した際には正風亭川柳（〆太*）を後援、その九世から川柳家伝来の什物〈元祖川柳翁肖像※〉を託されたが、ひそかに期待された宗家継承は田舎者では器でないと固辞、宗家を名乗ることはしなかった。土地の名士として明治三一年衆議院議員に当選。しかし、この年の一〇月に没。享年六〇。〔斎藤涙光・尾藤一泉〕

**償金を二億に負けた外は勝ち**　（明治29　五翁還暦会）

**朝帰り雀の夢のさめるころ**

**去来亭**　きょらいてい　→夢一佛

**去来亭**　きょらいてい　→三柳

**巨　郎**　きょろう　1907–1966　【新川柳】本名・三宅辰雄。明治四〇年一二月一〇日、孤軒の長男として東京・柳橋生れ。全国同盟料理新聞発行人。村田周魚*の門に入り、「きやり※」社人（前号・巨呂平）、のち編集長。昭和一六年、日本川柳協会※発足と同時に書記長、同一八年、日本文学報国会俳句部会川柳分科会が発会すると、選ばれて事務長となった。戦後は、川柳長屋連※、川柳人クラブの発起人として中心的地位を占めるなど、戦中から戦後にかけての東京川柳界における行動派であり、実力派であった。生ッ粋の江戸ッ子で、食通、芝居通、何よりも川柳への情熱は他の追随を許さなかった。川柳のために必要とあれば生活を犠牲にすると断言し、川柳は本業ではないが〈魂〉だと言い切った巨郎が、最も情熱を傾けたのは新人育成であった。出版物統制で基幹誌を失ったあと、「川柳きやり通信講座」としてガリ版で出し続けた添削指導講座と、深川区常盤町の自宅に青年作家を集めての研究会からは、戦時という最悪の状況下にあって、多くの人材がうまれていった。昭和四一年二月五日、狭心症で没。享年五八。〔尾藤三柳〕

**胃袋へまっすぐ酒のない夕餉**（「きやり」昭18・4）

**吊橋の真ン中誰か来る恐さ**

**住みなれてこゝの溝にも春や夏**

参考：尾藤三柳「落丁の時代」―第二次大戦と作家たち―

**桐の家**　きりのや　1887–1947　【新川柳】本名・高橋市太郎。明治二〇年、東京生れ。東京毎夕新聞在勤の大正初期から「紅※」同人として市坊の号で活躍、大正一〇年には毎夕社内に陣笠会を結成し、川上三太郎*、矢野きん坊（錦浪*）を中心に「二つの眼※」を発行。また高木角恋坊*の草詩堂※に参加、昭和一二年角恋坊没後は戦時廃刊までの間、遺児の胡枝花*、震*を援けた。同一八年五月には桐の花川柳会を設立して、三太郎、雀郎*、周魚*、星文洞*を主選者に吟社的セクトを超えた汎東京句会を開催した。終戦後は川柳長屋連※の隠居（顧問）に推され、物資不足時代の長屋の花見に焼酎を調達するなど、面倒見のいい好々爺ぶりを発揮した。昭和二

二年七月一一日没。享年六〇。〔尾藤三柳〕

猫の名を呼べば何処かで鈴が鳴り（昭14「草詩」18－6）

大理石玄関口で寒く待ち（昭18「桐の花」一一－七）

**其柳** きりゅう 1897–1976【新川柳】本名・菅野清吉。前号・清風。明治三〇年山形県生れ。川柳つばき吟社初代会長。昭和三四年春から一年余にわたって、皇太子殿下御結婚記念碑、飯豊町誕生一周年記念碑、全国物故川柳家追悼句碑、それに自らの句碑を加えた四基を国立公園飯豊山登山口に建立、全日本川柳大会を開催したことは県下川柳史上の画期的大事業であった。昭和五一年一一月没。享年七九。〔斎藤涙光〕

救われた漁夫と一生陽に焼ける（遺句）

伝説の神と居並ぶ川柳碑（句碑）

**吟一** ぎんいち 1920–2007【新川柳】本名・岸本吟一。大正九年四月二九日、大阪市生れ。同志社大学英文科卒。映画シナリオライター。代表作に「丹下左膳」（昭38）、「三匹の侍」（昭39）、「雲霧仁左衛門」（昭53）など。また「東京フィルム」の代表として映画制作も行い、番傘創立六十五周年には、『川柳史探訪』というフィルムのシナリオも制作、公開された。岸本水府*の長男として昭和五年、十一歳より学友による川柳会・尋四会をもつ。昭和五一年番傘川柳本社幹事長、同五三年より主幹。昭和五七年に主幹を辞し、同社顧問に就任。吟一は、「番傘※」の詩性派川柳作家の柴田午朗*などの影響から抒情を核にした〈本格川柳※〉を標榜し、「河童※」を経て「川柳人間座※」の選・選評をおこなった。《西日本新聞》「読者文芸」選者。吟一作品には、「映像詩」ともいえる詩情があり、その底流には、十八歳の若さで死別した母・勝江への思慕が抒情の水脈となって流れている。編著書として、『川柳全集 第4巻 岸本水府』（昭56）、『父百句母百句』（平2）、『銀幕の影』（平11）、『定本・吟一句集 川柳的履歴書※』（平16）、『シナリオ・川柳史探訪』などがある。平成一九年二月二二日、肺癌で没。享年八六。〔平宗星・尾藤一泉〕

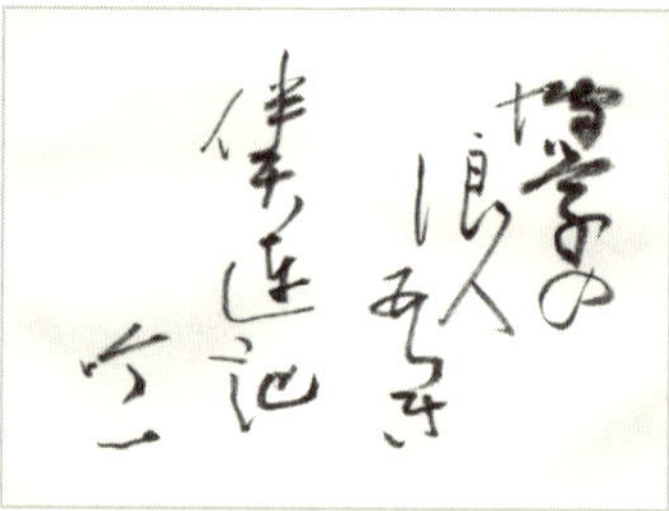

博学の浪人ありき伴天連記

雪に死ぬとき乳房に似たる山ありき
土と雪黙したままになじみあう
夕映えて阿呆は今日も木にのぼる
こんにちは　さよならを美しくいう少女

**金一郎** きんいちろう 1895–1982 【新川柳】本名・田中金一郎。別号・句太夫、剣光。明治二八年三月二〇日、東京・芝三島町生れ。椅子・装飾業。大正四年春俳句から転向、大正中期には「大正川柳※」、「紅※」などの誌上で活躍、同一一年早川右近*、三浦太郎丸*らと川柳新星会を結成、一四年創刊の「桂馬※」で中堅の地位を固め、戦前の昭和期は東京川柳界の好作家をうたわれる。戦後は二一年八月、実弟の田中司馬亭、土橋芳浪*、河柳雨吉*ら下町の有力作家と川柳長屋連※を創立した。句集に司馬亭との二人集『あにおとうと』（昭52）がある。昭和五七年一二月二〇日没。享年八七。〔尾藤三柳〕

的もなく二人は露に濡れている（句集『あにおとうと』）
凧の糸一ト巻ごとに日が落ちる

**銀雨** ぎんう 1909–1985 【新川柳】本名・渡辺彦次郎。明治四二年九月二六日、秋田県生れ。家業の店を手伝っていた二十歳の頃、川柳を趣味にした母タニに勧められ、川柳を始める。昭和一一年、「川柳は共に学び合うものだ」と二〇代の仲間たちとすずむし吟社を結成。同二〇年一〇月、印刷業の仕事を始め、職業と文芸活動を両立。同五一年、吟社の機関誌「すずむし※」を月刊にする。同五四年、満七〇歳の誕生日に五城目町文化功労賞を受賞。同六〇年九月一五日、川柳句碑〈太陽に問えば明日があると言う〉を五城目の四渡園入口広場に建立。その句碑が建って一〇日後の九月二五日没。享年七六。蘭林院釈銀雨。〔平宗星〕

雪国に生れて耐えることに馴れ
芒野の天地を僕と風と行く
いつの日か私も通る野辺送り

**銀月** ぎんげつ 1907–1944 【関連人名】本名・伊藤銀二。明治四〇年一〇月、秋田市生れ。《万朝報》記者、著述家。いわゆる新文士。〈銀月式美文〉で名をなす。著述は、歴史・社会・思想・文学・伝記・紀行・小説・風俗・

書簡模範文から、健康術、静座法にいたる実用書まで多方面にわたり多数。ほかに、詩歌・俳句・川柳をよくした。明治三七年、女流記者竹内政子（号瀟湘・政女*）と結婚。のち離別。銀月・政女（同人）とも川柳久良岐社※に属し、「五月鯉※」に句・文を発表。著書に『美的小社會』（明35・新声社）、『人情観的日本史』（明37・文録堂書店）、『町の仙女』（明37・金色社）、『怒濤』（明・42日高有倫堂）、『日本民族史』、『日本警察史』（大7・実業之日本社）、『海国日本』等がある。昭和一九年没。享年七三。〔尾藤三柳〕

**銀甲**《ぎんこう》 1895–1966【新川柳】本名・川崎恒太良。明治二八年三月二五日、和歌山市生れ。福井市で捺染ローラ彫刻所経営。三三歳から作句、番傘同人。昭和二七年福井番傘川柳会を創立、「福ばん」創刊。以後多くの新人を育成、敦賀番傘川柳会の船木夢考*と協力し北陸地区の番傘系団体発展の基盤を作った。「福ばん」はのちに「ばんば※」と改称、番傘ばんば川柳社として福井県内は番傘一色になった。昭和三三年に句集『しろがね』を刊行。同四一年一月一四日、脳軟化症で没。享年七〇。福井市西墓地に葬る。本浄院信華日恒居士。〔山田良行〕

**くさっても鯛がさよならホームラン**（昭35『川柳二百人集』）

**金升**《きんしょう》 →鶯亭金升

**琴荘**《きんそう》 1895–1957【新川柳】本名・大野広治。旧号・比呂志。明治二八年九月二一日、東京生れ。会社社長。大正一五年ごろから都柳壇などへ投句、昭和一一年前田雀郎*主宰「せんりう※」同人となる。

戦後は二一年長屋連創立同人、川柳人クラブ会員、きやり吟社客員など東京川柳界の中心的存在として、渋く格調のある作風で活躍した。坂本猿冠者（柿亭*）らとの素人芝居（戦前）、向島七福神めぐりの復活（戦後）などでも知られる芝居通であり趣味家。作品集（没後）に『富士筑波』（昭33、塚越迷亭*編）がある。昭和三二年一〇月八日、胆のう炎で没。享年六二。如法院暢想日広善男子。〔尾藤三柳〕

**むし暑さ寝た子をおこす友が来る**（昭32、絶筆）

**琴波**《きんぱ》 1900–1977【新川柳】本名・源田仁吉。明治三三年一一月二二日、敦賀市生れ。元専売公社職員、福井県たばこ信用組合専務理事。一八歳から作句、「番傘※」同人。専売公社在職中、任地の富山県、石川県各地で番傘系団体と協力、北陸地区番傘の発展に寄与。昭和四〇年句集『しぶき』刊行。昭和五一年二月一日福井県文化賞受賞。昭和五二年九月九日、気管支喘息で没。享年七六。敦賀市・平和叙苑に葬る（キリスト者ゆえ法名なし）。〔山田良行〕

熱い茶に朝の寒さを掌で囲み（昭35『川柳二百人集』）

**銀波楼**　ぎんぱろう　1877–?　【新川柳】本名・窪田俊一郎。別号・流つき、夢の助、月の坊。明治一〇年宮城県角田市生れ。《北国新聞》学芸部長、編集局長。明治三八年一月、同紙上に〈やなぎ樽〉欄を創設、この地域における川柳の嚆矢となる。明治四二年四月には、詩、短歌、俳句、川柳など六種の文芸を扱う小会（六華会）を創設、指導的立場となる。大正二年七月、石川で最初の結社となる北都川柳社（第一次）創立に参加、以降県下の指導者として大正四年の「百万石※」創刊の巻頭に祝文を寄せ、大正一一年には、金沢の結社を連合した金沢川柳会の会長となる。常に、地元柳界の指導的役割を果たしながら、昭和一八年ごろ東京へ移り以後不詳。

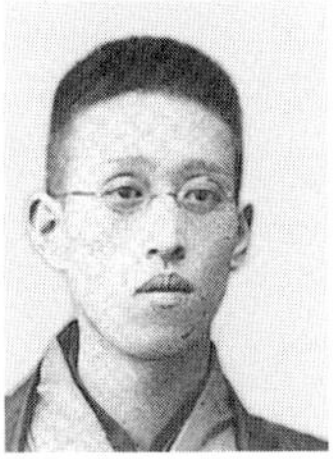

〔尾藤一泉〕

呑み込んだ萬事は此処と胸を打ち
豪遊のつもり猫にも鯛のあら

**きん坊**　きんぼう　【新川柳】→錦浪

**錦　浪**　きんろう　1889–1936　【新川柳】本名・矢野正世。明治二二年一月一二日、茨城県北相馬郡生れ。父は俳諧宗匠※（不孤庵有隣）。明治三六、七年ごろから河柳の号で《万朝報》狂句※欄（喜常軒三友*選）へ投句、大正二年阿鬼斎きん坊と改め、同三年「文友」（のち「文芸双紙」と改題）、同五年「白羽」を創刊、このころから狂句を捨てて、「紅※」と提携、同八年、毎夕川柳会を興す。同じ年社会部長になったきん坊の紹介で、川上三太郎*、佐瀬剣珍坊*、吉川雉子郎*、近藤飴ン坊*らが《毎夕新聞》に入社、また工場に、阿弥丸、空壷*、千仭、梅昇らがあって、大正九年陣笠会を結成、きん坊、三太郎を戴いて「二つの眼※」を発行した。陣笠会は総互選を採用、古谷盈光*、山崎美錠丸などの好作家を生んだが、きん坊、三太郎の確執で同一二年廃刊。この間、きん坊は精力的に筆を執り、『大正柳だる』、『当世新柳樽※』を刊行、また、川柳家・雉子郎を吉川英治として文壇へ押し出す蔭の力となった。新聞社を退いてからは、経済研究の財政社を設立、谷孫六のペンネームで書いた蓄財法『岡辰押切帳』は爆発的ベストセラーとなり、昭和四年四月の深川高砂座で曾我廼家五九郎が、続いて翌五月には市村座の新派合同（脚色・川村花菱*）によっても上演されるという反響で、以後も同種の出版に専念、錦浪（明治三七年の旧号で、広津柳浪の向うを張ったもの）となってからは、川柳界と即かず離れず、スポンサーのごとき立場を維持しつつ、折に触れて各誌に筆を執った。昭和一一年一一月一七日、脳溢血で没。享年四七。〔尾藤三柳〕

**よかと云ふ癖に閣下の大酒量**　（大7『大正柳樽』）
**ためる金たまつた金にたまる金**（大8『当世新柳樽』）
**恐縮と書いて恐縮しては居ず**　（同）

**空　拳**《くうけん》　1907–1976【新川柳】本姓・山崎。明治四〇年生れ。昭和六年ごろから作句、「川柳研究※」（東京）、「昭和川柳※」（大阪）に投句。戦後は二一年に結成された日本川柳作家連盟に参加。二五年、秋田県川柳作家懇話会が発足するや初代会長となる。二七年からNHK秋田放送（ラジオ）の文芸選者、二九年から《秋田新報》の川柳選者となる。四五年秋田県芸術文化協会文化功労章、四九年秋田市文化章をそれぞれ受章。五一年七月二〇日、胃癌で没。享年六九。〔菅生沼畔〕

**マーチとぎれとぎれ後方の旗熱狂す**
**子は風邪に寝て軍歌なき夕餉終ふ**（昭13「昭和川柳」）

**空　壺**《くうこ》　1900–1982【新川柳】本名・田中三郎。別号・我乱堂、長崎十三、厩郎。明治三三年一一月二五日、東京生れ。新聞記者。一七歳ごろから文芸雑誌に投句、東京毎夕新聞の工務局時代、同じ職場の阿竹阿弥丸らと陣笠会を結成、同社の矢野きん坊（錦浪*）、川上三太郎*を立てて大正一〇年一月「二つの眼※」を創刊。その後、毎夕川柳会、かぐら吟社などに関係したが、むしろアウトサイダー的句会作家として面目を発揮。文もよくし、ことに小咄は巧みだった。戦後は、読売新聞ラジオ部にあって、川柳長屋連店子。「きやり※」社友、さいたま川柳社客員など。昭和四七年、第七回川柳文化賞受賞。五七年一〇月一八日、老衰で没。享年八一。願誉寿覚随順居士。浦和市・宿観音寺墓地に葬る。〔尾藤三柳〕

**太郎冠者まともに向くと何か言ひ**（『川柳百人一句』）
**両国のその夜の月が少し邪魔**
**ささやいて別れて不良策が成り**　（『類題高點句集』）

**空　白**《くうはく》　1923–1997【新川柳】本名・今野宏。大正一二年四月二三日、台湾生れ。父の転勤で朝鮮へ、

京城帝大医学部から戦後東北大学へ転学、昭和二三年卒。各地病院勤務後、福島県小高町立病院長を経て同町に開業。同二二年アルバイト先の高校で「北斗※」の浜夢助*と出会い川柳開眼。「北斗」終刊後「宮城野※」同人。また「川柳研究※」の川上三太郎*に師事、「北斗」分裂の一方の、新田川草*の「杜人」創刊とともに同人、創作および論陣の先頭に立つ。同三七年発行人。二児へ遺す父の影として、句集『迷子の影※』（昭38）を刊行、三太郎をして「無残に定形を踏みにじりながら、近代感覚の鋭さを確立している」と感歎させ、更に同人七人と合同句集『杜』（昭54）刊行。評論集『現代川柳のサムシング※』（昭61）は「杜人※」、「しなの※」、「はつかり」、「川柳展望※」、「川柳時代※」の各誌に掲載した評論のまとめ。彼の現代川柳への絶えざる危機感は、三太郎が己の作品に苦悩した「サムシング」の解明なしに解き放しえないとし、求め得べきものは〈詩性〉と帰結するまでの、飽くなき求心の旅の軌跡である。論的不毛を云々される川柳界にとって画期的論集として位置付けられる。平成四年より福島県川柳連盟理事長。同九年一〇月逝去。法名・杏林院博仁宏照居士。享年七四。〔大友逸星〕

ひとりよいひとりこたつにひとりさむ
春一番部屋いっぱいに俺が居ない
白い白い墓白い白い嘘

**句沙彌** くしゃみ 1897–1959【新川柳】本名・延原靖。明治三〇年一〇月二九日、兵庫県生れ。神戸新聞役員。昭和初年から作句。昭和一〇年「ふあうすと※」同人。仏門で剃髪早々の修行未熟の少年僧を沙弥ということから、句の未熟者にかけ柳号とする。それだけに軽妙なユーモアの句が多い。「川柳雑誌※」の須崎豆秋*、「番傘※」の高橋散二*とともに〈三ユーモア作家〉と呼ばれ、親交をもった叙情・詩性派の大山竹二*と「ふあうすと※」の〈左右の双璧〉といわれた。川柳界に入っても俳句に関心をもち、俳人丈草研究に一家言をもつ。ラジオ神戸川柳選者。「ふあうすと」雲雀集の選者で、誌上に「謡曲行脚」を連載して好評を博す。昭和三四年七月二七日、内臓疾患で没。享年六一。靖節院句沙弥錬楞居士。没後に『延原句沙彌句集※』（昭39）がある。〔東野大八・中川一〕

**まじまじと朝寝の徳を考える**（『せんりう』自選五十句）

作文としては見事な無心状
聴診器女の肌に輪を残し
覗こうとするマンホール首が出る
麻酔さめて切られの句沙彌となりぬ

**駒　村**　くそん　1882–1943　【古川柳研究】本名・大曲省三。明治一五年一〇月八日、福島県相馬郡小高町生れ。青年時代は銀行員で、仙台、福島などで転勤生活を送ったが、福島在住のころ、八歳年長の富士崎放江*と親交を結んだ。俳人で、草彩庵、曲肱書屋などとも号した。東京・大崎に住んで文筆生活をおくったが、昭和三年、放江とともに始めた「誹風末摘花」の研究は放江没後も続けられ、『末摘花通解』の出版にこぎつけた。駒村の著作は『福島県俳人事典』等いくつかあるが、川柳界への貢献としては『川柳大辞典』（昭14）を忘れることはできない。昭和一八年三月二四日没。享年六〇。〔薮内三石〕

**九段老人**　くだんろうじん　【別号】阪井久良伎*の別号。久良岐社※創設（明治三七年）から、千葉県の市川真間の継古庵に隠棲（昭和六年）するまで、東京市麹町区富士見町六丁目一〇番地に住んだことからの他称だが、晩年は自らも署名している。〔尾藤三柳〕

**九七四**　くなし　1830–1898　【柳風狂句】本名・三田吉次郎。別号・六八三舎《むやみや》、旧号・寿。今戸町住。雑俳※、隠句※、都々逸に長ける。明治二〇年代より柳風狂句※に遊び、九世川柳*争いでは、義母子側にあり。明治三一年六月二五日没。享年六八。〔尾藤一泉〕

雁風呂の国も開けて立つ煙　（明22）
切たり継だり電話技術者碁の稽古　（明40）

**国　夫**　くにお　1899–1970　【新川柳】本名・中島国夫。別号・鳥三平、石狩帆吉。明治三二年一〇月一五日、富山県大沢野生れ。大正一三年陸軍技術本部附（大尉）。昭和二年柳樽寺※川柳会同人となり、のち「川柳人※」編集に参加する。

新興川柳※運動の中にあっては、社会主義リアリズムの森田一二*、鶴彬*と親交を持ち、「自身の立つ足下の現実を正しい態度で詠い尽す大衆の詩」を唱え、また自由律※を提唱して、その旗手となる。昭和一〇年一一月「川柳と自由※」を創刊。多数の川柳作品とともに句評、評論を同誌のほか「川柳人」「火華」「松囃子」等に発表する。昭和二六年復刊後の「川柳人」を編集、三一年辞す。四三年八月「中島国夫魔の詩川柳

展」を銀座・大和画廊で開催、話題を呼んだ。短歌でも壷児の号で前衛短詩運動を推進。昭和四五年一二月五日没。享年七一。〔大石鶴子・山田良行・東野大八〕

**民衆の手が押し上げてゆく日輪**　（昭4）
**カラクリを知らぬ軍歌が勇ましい**　（昭7）
**男じゃと言わせぬ今日の痛みかな**　（辞世）

参考：一叩人編『新興川柳選集』（昭53）

**久良伎**　くらき　1869–1945【新川柳】明治復興期の指導者。本名・阪井辨。幼名・和歌次郎。別号・石城（漢詩）、徒然坊（和歌）、窺雲斎、玉骨庵、へなづち、富士見の里人、錦粧軒、継古庵（勝鹿堂）。明治二年一月二四日、神奈川県横浜市野毛に生れる。祖父祐之は清水家の臣、父保佑は官史（横浜税関）。渡辺重石丸に国学を学び、共立英語学校、高等師範国文科卒。投書家から明治二九年報知新聞へ入社、主として美術、相撲の記事を書く。三〇年、福本日南の知遇を得て新聞《日本》入社。相撲観戦記のほか漢詩、短歌、へなづち※（久良伎創始の滑稽時事短歌）などを執筆、この間『文之友』（大阪）、『海国少年』などの短歌選者として、特に後者では、吉井勇が歌人として立つ端緒をつくる。このころ、同社の子規による俳句革新が終り、和歌革新への機運にあったが、その第一声「歌よみに与ふるの書」（明治31）に示唆を与えたのは、久良伎が同紙に載せた「百中十首」だった。明治三三年、栗島狭衣編の詩歌集『紫紅集』には、和歌十人の一人として載っており、歌人としての地歩を占め、三四年一二月、詩歌評論集『珍派詩文へなづち集』（新声社）を刊行。以後、『文壇笑魔経』（明治三五年五月、文星堂）、『明治畸人伝』（明治三六年五月、内外出版協会）、『体育研究　角力新話』（明治三五年一月　鳴皐書院）など、活発な文筆活動を見せる。久良伎が川柳を専門とする契機になったのは、《日本》主筆・古島一雄*が短詩型の固定欄を企画したことからだった。三五年三月一日付紙上に〈芽出し柳※〉として初めて西芳菲山人*の時事句※五句が無署名で載り、翌日から久良伎の句が〈猫家内喜※〉の欄名で載り、署名は〈へなづち〉となった。しかし、この欄は永続せず、「新聞と云ふ眼から云ふと時事の句と云ふに非常に重を置かれる。併し文芸の眼から云ふと時事の句必しも悉くワルクはないが、多くは価値の無いもので、コヽに一寸衝突が生ずるのである」（『川柳久良岐点※』）と久良伎自身が述べている理由で中絶、同時に《日本》を去り、翌三六年二月二三日創刊

になった《電報新聞》に拠って三七年五月二日付から川柳欄〈新柳樽※〉を開設したのが、久良伎派新川柳※の濫觴となった。三七年六月五日には自宅で第一回川柳会を開催、久良岐社※を結成、翌三八年五月五日には新風俗詩※誌「五月鯉※」を創刊するなど、狂句※を脱した新川柳にとっては、最初の組織づくりを果たした。「古句※を研究し、古句の快楽味を味ひ、爰に現代に超越した別天地に酔はうと企つる」(「矢車※」第一号＝明治四二年)久良伎の川柳美学は、一貫して江戸趣味と吉原礼讃※を基底とした世界を出ず、低徊趣味※と称されたが、数多くの古川柳研究家を生み出した功績は大きく、のちの中心的作家を多数輩出した剣花坊*とは対照的で、中興の称を二分している。「獅子頭※」(明治四二年)、「川柳文学※」(大正元年)、「花束※」(大正七年)以後は主宰誌を持たず、昭和六年、明治以来の麹町区富士見町から千葉県市川市真間へ隠棲(これ以前、昭和四年に号の久良岐を久良伎と改めている)、新聞などへの寄稿、江戸趣味的な行事、また講演旅行を専らとした。昭和二〇年四月三日、心臓喘息で没。七六歳。青山墓地に葬る(神道)。千葉県市川市と東京・向島の三囲神社に句碑がある。〔尾藤三柳〕

**午後三時永田町から花が散り**

**桃山の方へ人魂二ツ飛び** （大正元、乃木将軍殉死）

**広重の雪に山谷は暮かかり** （三囲神社の句碑）

**川柳の壁疎開の璧しかと抱く** （昭20、辞世）

参考・『川柳梗概』(明35)、『滑稽文学 川柳久良岐点』(明37)、『川柳久良伎全集』一〜六(昭11〜12)

**鞍馬** くらま 1895–1977 【新川柳】本名・冨士野安之助。明治二八年一〇月一三日、京都生れ。大正五年在勤地の台湾で紫川柳会創立、柳誌「むらさき」発刊。同一一年東京に帰り宝酒造役員。久良岐社※幹事同人。昭和四年、「番傘※」同人。昭和一九年宝酒造退社、番傘本社社友。昭和一〇年『川柳鞍馬句集※』、翌年久良伎*と共著で『川柳講座』を出す。終戦後静岡川柳社顧問。昭和二八年東京番傘社会長、「川柳東京」発刊。やがて郷里京都に移り、《京都新聞》柳壇選者。ラジオ京都でも川柳漫談で活躍のかたわら、各柳誌に古川柳※テーマの読物を寄稿。昭和五二年七月一〇日、老衰のため没。享年八一。宝善院徳寿安詠居士。〔東野大八〕

**散る桜また来年は咲く桜**

**近松の義理はお芝居までとなり**

**九里丸** くりまる　1891–1962　【新川柳】本名・渡辺力蔵。別号・花月亭九里丸。明治二四年一〇月一〇日、大阪市生れ。漫談家。大正五年、三升小紋の門に入り、三升小鍋と名乗る。父が丹波家九里丸という「東西屋」（現在の広告会社）であったが、大正中頃、父の死去により九里丸を継ぎ、吉本興業の吉本泰三の勧めで亭号を花月亭と名乗った。大辻司郎の「漫談創始」に呼応して大阪最初の漫談家となる。弟子では西条凡児、内海突破などが知られている。関西漫談の草分け。昭和三八年九月中風のため道頓堀中座で引退興行をした際、ファンだった高松宮から見舞金一封を頂き〈いただく手のふるうは病気のせいでなし〉の句を作る。川柳は中年ごろからの趣味で、商売柄、狂句本位。路郎*の句が好きで、自宅に路郎筆の色紙を大切にかけていた。漫談の舞台にもさかんに川柳を駆使し、「川柳雑誌※」の句会にも一三夫*の案内で時折参加した。著書に『寄席楽屋事典』（昭35）、『笑根系図』（昭36）がある。昭和三七年一月七日、急性肺炎で没。享年七〇。〔東野大八〕

**久留美** くるみ　1892–1957　【新川柳】本名・安川実。別号・美の坊、箕載《みのる》、蛙村（俳号）。明治二五年一月一日、石川県金沢市生れ。質商、古物商のち新聞記者。一八歳から作句、北国柳壇選者窪田銀波楼*に師事、大正二年七月、北都川柳社（第一次）を創設、「イシズエ（礎）」を創刊、これは一六号で廃刊となるが、大正八年四月、北都川柳社（第二次）より「百万石※」を創刊、北陸川柳界の隆盛に貢献する。また指導者として全国に知られた。剣花坊*、三太郎*、雉子郎*など中央の川柳家と交流、川柳に文学性を指向し、課題吟廃止、雑詠主義、柳俳無差別※論などを各誌に論説し、随筆、作品鑑賞を全国柳誌に連載。酒禅一味を唱え、晩年は酒を求めて市井を放浪する生活に終った。昭和三二年二月二〇日、心不全で没。享年六五。〔山田良行・尾藤一泉〕

**花の下乞食は明日を考える**
**ぼうふらが沈んでしまう猫の舌**
**風鈴の烈しき鳴りに秋が来る**（昭35『久留美百句』）

参考：『かき松葉』（俳句集）、『久留美百句』、句評集『現代川柳の鑑賞』、『近代川柳』（奥美瓜露編）

**苦労人** くろうにん 1914–1945【新川柳】本名・狩野吉雄。大正三年六月二三日、東京市京橋区月島生れ。国民新聞工務課の若いグループを中心に、高須唖三昧*、品川陣居*の指導を受けていた国民柳友会が、川柳柳友会と改めた昭和八年一〇月、一九歳で同人となって以後めきめきと頭角をあらわし、一〇年代には東京柳界のホープとなった。一九年には東京作家の投票による優秀川柳作家五人に〇丸*、巨郎*などとともに選ばれ、その川柳的情熱と作家的業績を高く評価されたが、昭和二〇年七月一〇日、内地応召で軍務中事故死、三一歳で終った。実兄に柳行児、扇柳子がおり、川柳三兄弟といわれた。〔尾藤三柳〕

せめて野の青さを孤児のものにする　（昭18・4）
良い父にならうと思ひ子と話し　（同　7）

参考・尾藤三柳「落丁の時代」④（「柳友」昭49・1）

**薫風** くんぷう 1925–2005【新川柳】本名・橘高薫《かおる》。旧号・薫風子。大正一五年七月一一日、兵庫県生れ。昭和三〇年、川柳をはじめる。昭和三二年、麻生路郎*に師事、「川柳雑誌※」編集部に入る。師の路郎より川柳の手ほどきと人生観の厳しい薫陶を受け、路郎をして「視野無限これに尽きる」と言わしめる努力を重ねる。路郎亡き後、同志と川柳塔社を興す。昭和四五年「川柳塔※」編集長。社団法人全日本川柳協会常務理事などを歴任。平成六年西尾栞*に代り川柳塔社主幹。句集に『有情』、『檸檬※』、『古稀薫風』、平成一三年、集大成として『橘高薫風川柳句集』を刊行、叙勲記念と併せて盛大な出版記念が開催された。平成一七年四月二四日、呼吸不全のため死去。享年七九。〔寺尾俊平・堺利彦〕

人の世や　嗚呼にはじまる広辞苑
恋人の膝は檸檬のまるさかな
胃半分　肺半分の湯呑かな
たてがみの白髪は父の反骨だ

**瓊音** けいおん　【関連人名】→沼波瓊音

**渓花坊** けいかぼう 1890–1987【新川柳】本名・本田敬之助。明治二三年一〇月大阪生れ。十代に小島六厘坊*選の《大阪新報》柳壇への投稿から川柳をはじめる。「葉柳※」、「滑稽文学※」などに影響を受け、古川柳文献の蒐

集に尽力。明治四五年三月、水鳥会より「水鳥」創刊（大2、3号で廃刊）。大正六年八月、藤本源窟らと絵日傘会より「絵日傘」創刊。また大正一三年一月には本格的な研究誌「大大阪※」を創刊。また、季刊「川柳国※」を手がける。渓花坊の事績で大きいのは、昭和二年一一月二五日、飛騨高山の旧家より柳多留等二四五冊と万句合千余を購入。この中から柳多留一六七篇を見つけ、最終刊であると確認したことである。昭和一五年に建てられた山王神社の句碑と、昭和三九年四月、大阪造幣局構内に建てられた「花の里塚」句碑〈大阪に花の里あり通り抜け〉があり、後者は、造幣局名物、桜の時期の「通り抜け」において有名である。昭和三〇年一二月には、京都で渓花坊指導のさつき川柳発足。昭和六二年八月六日没。享年九六。〔尾藤一泉〕

　酔つた眼をどちら向けても桜咲く　（昭3「大大阪」）
　大阪の煙の先にかけのぼり
　奉祝の灯に大大阪も人の渦
　夜遊びはいつもの下駄をつゝかける（昭3「川柳雑誌」）

**鶏牛子**　けいぎゅうし　1894-1944【新川柳】本名・森次郎左衛門。別号・天王山。明治二七年一二月二六日、富山県生れ。生涯無職を唱え、川柳職一筋と自称。昭和四年六月古川柳研究誌「三味線草※」を独力で刊行。「孔版なれど川柳界の飛耳帳目の日本一の柳誌」と誇示し、三面子*、真弓*、潁原退蔵*、省二*、塵山*、百樹*、半文銭*等往時一流の古句※研究家を動員、誌面を飾る。古川柳※ばかりでなく、新川柳※の活動にも積極的であった。昭和一二年二月号で「川柳人※」の鶴彬*の句を「非国家的な叛逆川柳だ」と指弾し、これが鶴彬、井上信子*検挙と「川柳人」の発禁にまでつながったとされる。昭和一五年「川柳春秋※」（活字版）に、ついで「関西川柳学会会報※」さらに「日本川柳学会会報」と改題したが、鶏牛子死去とともに廃刊。昭和一九年四月一七日、大阪府北野市民病院で没。享年四九。〔東野大八・尾藤一泉〕

　なすすべもなく正月へ押出され（昭10『川柳特選集』）

**京　魚**　けいぎょ　【新川柳】→飴ン坊

**圭　佑**　けいすけ　1909-1995【新川柳】本名・野村利雄。明治四二年六月二三日、東京神田生れ。絵具類和物卸商。昭和五年から《玉置商報》川柳欄に投句、翌年周魚*と出会い師事する。昭和一五年より「川柳きやり※」

社人として活躍、以後〈日常茶飯※〉と名づけられた「人間描写の詩として、現実的な生活感情を重んじる」というきやり調の好作家。「入谷の鈴波*」と「紺屋町の圭祐」は、きやりのミキ徳利といわれた。川柳人協会※、東都川柳長屋連※、日本川柳協会※などで活動、昭和四五年六月より、きやり吟社主幹。編著書に、『壺・川柳きやり八人集※』(昭55)、『川柳全集・村田周魚』(昭54)、『川柳全集・野村圭佑』(昭57)、『川柳きやり一人三句』(昭60)がある。平成七年八月二一日、心不全で没。享年八六。〔尾藤一泉〕

**木の家に住んで四季には逆らわず**
**仏像の絵具敦煌遥かなり**
**新しい二月十一日の旗**
**帰れとも云えず喫いたくない煙草**
**紺屋町藍染川をビルが掘り**

**月　歌**　げっか　1898–1971【新川柳】本名・柿沼美三。明治三一年五月、足利市生れ。四歳上の実兄・掬水子(考人)とともに、大正五、六年ごろから柳樽寺※に学び、三太郎*の知遇を得て、のちその主宰する川柳研究社の幹事となる。昭和六年六月、国末康魚とともに地元足利に織姫吟社を創立、明治以来旧派※狂句※のメッカであった栃木県に新風を吹き込む。昭和四六年三月一一日没。享年七三。〔尾藤三柳〕

**雪の夜を熱燗で酔うだけの慾**　(昭25)

**月　南**　げつなん　1887–1980【新川柳】本名・高橋多佳次。明治二〇年一月一一日、山形県生れ。明治四三年渡満。満州日日記者のあと大連海務協会事務局長。大正一二年満日柳壇選考「白頭豕※」をはじめ「黄海」「満州」「青泥※」「川柳大陸※」など数々の柳誌を発刊。渡満から終戦まで終始大連に居住し、内地から来満した水府*、三太郎*、紋太*、剣花坊*らの著名川柳人はじめ一般川柳人の面倒見もよく、かたわら大連川柳界の育成発展に献身的な熱意を傾けた大陸柳界の重鎮。終戦引揚げ後は神戸老人クラブ連合会会長、いこい川柳会会長。句碑三基建立。昭和五五年二月一三日、老衰で死去。享年九三。寿山多宝信士。〔東野大八〕

**倖せは今日も朝から襷がけ**　(句碑)

**絢一朗** けんいちろう 1916–1999 【新川柳】本名・北川賢治郎。初号・牡丹。昭和一六年より絢一郎のち絢一朗。大正五年一〇月三日滋賀県秦荘町生れ。昭和七年から新聞柳壇より川柳の道に入る。紀二山*の指導を受け、昭和一〇年、京都川柳社同人。京都の柳人が一丸となった昭和一六年の大京都川柳社創立に参加、応召の後、復員。昭和二一年「京」復刊とともに同人に参加、昭和三二年、ふたたび京都の川柳界を集合する平安川柳社創立に参画。昭和五二年六月、突然の平安川柳社解散後は、翌年九月、「川柳新京都※」を創設。新聞、放送柳壇の選者として新人育成に心血を注ぐ。句集に五人集『塔※』(昭37)、『甍』(昭47)、『泰山木※』(平7)がある。平成一一年一月一三日没。享年八二。〔山本克夫・坂根寛哉〕

辻電話出れば時雨の街であり
白足袋の片方だけが逢いたがる
粥十日泰山木のひかる窓

**幻怪坊** げんかいぼう 1880–1928【新川柳】本名・安藤久太郎。明治一三年七月二八日、香川県多渡津町生れ。下駄商の次男で、一〇歳のとき単身横浜に出奔、さまざまな職種を転々としたのち、僧侶(横浜市・弘書院院主=僧名・玄戒)となる。明治三六年久良伎*の門に入り(三七年久良岐社※支部主任)、卯木*、半魔、喜代志、三郎坊らと若竹会を結成、その集会の作品を〈芦蟹〉として《貿易新報》特設欄に載せた。このことから横浜川柳社がスタートし、明治四一年元旦を期して「新川柳※」(菊判二八頁)を創刊した。不偏不党を声明し古句※研究、雑俳※書の紹介など「五月鯉※」の延長を思わせたが、やがて同志一安*と、新川柳※を純詩にまで推し進める運動を起し、柳界革新をめざす。大正初頭に〈短詩※〉を確立し、四年二月、「新川柳」を「短詩」と改題、自ら従来の川柳の領域から離れる。この「短詩」は結局大正九年(廃刊年月不明)に行き詰る。「短詩」発刊の際、大町桂月は『中学世界』に「今の一種高尚なる真実性は共鳴でき難い。川柳の特色は滑稽に在り」と述べ、短詩川柳を頭から冷笑している。幻怪坊は「新川柳」明治四二年三月号に「川柳画評」を載せ、而笑子*の「滑稽文学※」にも半魔と共編で「江戸雑考—川柳略年表—」を連載し好評を博し、更に「江戸名物考」、「古川柳講義」を書き、また三面子*と共著の『謡曲と川柳※』は著

名。このほかに『川柳歳時記※』（明43）、『川柳大山みやげ※』（昭2）を残すなど、幻怪坊が、川柳を純詩に革新しようとするかたわら、古句研究にも名を残していることは注目に価する。昭和三年三月二一日、急性肺炎で没。享年四八。弘誓院中興開山玄戒阿闍梨。〔東野大八〕

漂浪のあてもなく世に疲れけり
牛肉の缶詰律師非時に喰ひ　（「新川柳」）
宿帳へ正直に書く一人旅
初鰹江戸や昔の江戸ならず　（「短詩」）

**剣花坊**《けんかぼう》　1870–1934【新川柳】本名・井上幸一。別号・秋剣（ほかに司馬僧正、柴野竜泉、柳樽寺大和尚など）。明治三年六月三日、山口県萩市生れ。士族。明治一七年、独学で小学校の代用教員となり、その余暇を漢学塾に学ぶ。同二五年山口市の《鳳陽新報》に入社。三〇年上京。三五年越後日報社に聘せられて主筆となるが、翌三六年同社を退社後ただちに上京、新聞《日本》に入社す。その時携えた「十銭叢書」の中に自作の狂句※があり、時の主筆・古島一雄*（古洲）にすすめられ川柳を研究、同年七月三日同紙に剣花坊の名で〈新題柳樽※〉欄を設ける。自作を発表するうちに、九月ごろから投句が集まり、読者欄としての形態が整う。一年後の三七年七月三日には「末寺三百余坊」（坊を名乗る投句者の数）となり、選者も声高らかに「新題山柳樽寺和尚剣花坊」をうたい、「忽ちにして宗門天下に弘通することゝなりぬ」と胸を張る。また、「敢て総本寺派の管長を気取るにあらず」と、前任者でいまは《電報新聞》に去っている阪井久良伎*に一揖を送りながらも、我こそ中興の気概がうかがわれる。この間、他派の誹謗、攻撃を受けながら、二年目の七月には投句者を組織して柳樽寺※を設立、同一一月三日、天長の佳節を卜して機関誌「川柳※」を創刊した。このころから《日本》出身の作家が各地に草創期の結社を創設、谷口青之助の南柳樽寺（長崎）、小島六厘坊*の西柳樽寺（大阪）、岩田郷左衛門*の九州川柳社（福岡）などが、その先駆となる。「川柳」は剣花坊の社務多忙のため四〇年一〇月で休刊、四二年には《日本》を辞して客員となったが、川柳欄は引き続き担当、ほかに《国民新聞》、《読売新聞》をも傘下に収めた。越えて大正改元の八月、「川柳」を「大正川柳※」と改題して復刊、「大正の新川柳を興すの挙を助けよ」と宣伝し組織がために努め、「川柳講究会」（月例会）を設けて新川柳※を説いた。自ら中興の偉業に意欲を燃やし、

大正の絢爛たる全盛期を築いた。大正六年一〇月『新川柳六千句※』（南北社）出版。川柳賛画展を三越で開催、また全国に川柳行脚を続け、地方柳壇の指導に努めた。大正八年九月『川柳を作る人に』（南北社）出版。同一一年一〇月「大正川柳」の同人制を廃し私人の機関誌から公共のものに開放、白石維想楼*を編輯担当とする。この革新は古い同人を失ったが共鳴者もあった。柳壇は既成川柳※より脱却してより芸術的な川柳を志向する動きが高まりつつあり、「大正川柳」の開放はこれらの運動を助け、優れた新興川柳※作家の評論を発表した。大正一二年四月『習作の二十年※』出版。九月一日の関東大震災ですべてを焼失したが、同人の尽力で一〇月には「大正川柳」は立ち直る。それから一年余の一四年春、法政大学川柳会の席上で突如として行った革新宣言は、柳界の耳目を愕かせ、古い同志で袂をわかつものも多かった。無産派川柳※を根本に据えた剣花坊の社会主義的リアリズムは、しかしマルキシズムの革命イデオロギーとは一線を画した国家観を原理としている。大正一五年二月川柳研究叢書第一編『古川柳真髄』出版。昭和改元を機に「大正川柳」を「川柳人※」と改める。昭和二年『大正川柳句集※』を出版。昭和初期は大正末期の新興川柳運動に端を発した生命神秘主義とプロレタリア川柳※がしのぎを削りながら全国的に浸透して来た時代であり、剣花坊は「川柳人」を開放し革新諸派の主張、論評の投稿を促し、のちに著名な論文を登場せしめた。昭和三年二月『江戸時代の川柳』を出版し古川柳を再認識し、更に四年一月より「川柳人」に「川柳王道論※」を発表、新興川柳の行くべき道を示唆した。同年《福岡日日新聞》、《中国民報》、『主婦之友』の選者となり、一〇月から＜川柳百七十年史＞の連載を始める。同八年八月＜呑気な重病＞の見出しで「川柳人」に創作を発表し、高血圧の異状を初めて読者に知らせ驚かせる。同九年「川柳人」（一～三月）に「冷刺的洞察の裸体詩、熱愛的共感の社会詩」と題して新興三二年の総合川柳観を発表。同年夏、伝記物執筆と病気静養をかねて鎌倉の建長寺正統院に滞在中、脳溢血発病、九月一一日没。享年六四。鎌倉正統院に葬る（剣花院帰幸道一居士）。〔大石鶴子〕

**後五百年凡駒産れて又千里**　（昭9元旦試筆）

**関所から京へ昔の三千史**　（白河関跡　句碑、昭6）

**院庄六百年の涙雨**　（院庄作楽神社外苑、昭7）

**咳一ツきこえぬ中を天皇旗**　（鎌倉建長寺、昭10）

**飛びついて手を握りたい人ばかり**　（萩市市民会館、昭45）

**松陰とお吉下田の裏表**　（下田市柿崎神社境内、昭49）

参考：雑誌「大正川柳」、同「川柳人」、渡辺尺蠖著『井上剣花坊伝』、井上信子編『井上剣花坊句集』、近代文学研究叢書『井上剣花坊』

**剣狂児** けんきょうじ 1905–1947【新川柳】本名・大塚友重。明治三八年一二月二二日、埼玉県生れ。川越市で歯科医開業。一七、八歳から作句。昭和一二年初雁川柳会同人、一三年川柳きやり吟社社人、一四年、《報知新聞》武州柳壇選者、二一年、《埼玉新聞》川柳欄を担当。その間初雁川柳会の隆盛発展のため尽力、今日の基礎を築いた。昭和二二年五月一九日、肺結核で没。享年四一。川越・長久山本応寺に葬る（賢正院法道日友居士）。遺句集『水中花』。〔山崎凉史〕

**日本刀気合をかけて見たくなり**（剣道練士）

**人生に八年貸して花の旅**（辞世）

**健爾** けんじ 1890–1961【新川柳】本名・大塚利介。別号・三拍子。明治二三年一一月三日、東京府南多摩郡由木村に生れ、明治四四年神奈川師範学校本科卒業後、横浜市立宮谷小学校に奉職。教員退職後は増山組横浜支社長。大正一一年六月「大正川柳※」に投句、一三年四月川柳浜の会結成参加、三拍子と称す。昭和四年潮詩社結成、「うしほ」発行。六年一月健爾と改め、九年『新興川柳三人集』（黙念人*、夢二郎*、健爾）刊行。「氷原※」、「ちまた」（北海道）同人。二三年五月「川柳人※」復刊同人。句集『うしほ』は長女（養女）大塚澄が刊行。昭和三六年三月一八日没。享年七〇。〔関水華〕

**時計を踏台にして階段の一段一段**（『うしほ』昭41）

**源氏** げんじ 1907–1981【新川柳】本名・小谷源治。明治四〇年八月一九日、東京生れ。昭和のはじめ、家業のフェンダーをもじった不艶駄の号で投句していたが、入営、応召で中断、終戦後、源氏と改め、三

二年一一月地元の江戸川区に江戸川吟社を結成して指導力を発揮、作家としても洒脱、諧謔の好作品を多く残している。川柳長屋連※の店子、「きやり※」社友として文章もよくした。『戦後東都柳人忌辰録』は労作。昭和五一年度川柳文化賞受賞。川柳人協会※副会長。昭和五六年一二月三日、肺癌で没（西願院釈川柳居士）。享年七四。〔尾藤三柳〕

**俺がいい見本と語尾を和らげる**（昭35『川柳江戸川三周年記念句集』）

**幻樹** げんじゅ 1908–1944【新川柳】本名・田辺清司。明治四二年三月、東京・神田に生れる。文部省会計課に勤務。川柳を始めたのは昭和六、七年ころ。初め清幻と号す。「川柳研究※」幹事として編集を担当。三太郎*との師弟愛篤く、詩性派作家として活躍。自宅で高円寺句談会を開くなどして若手作家の育成や他社同人等との交流に努めた。若年から病弱で数十回喀血。昭和一九年三月五日、肺結核のため没。享年三六。〔渡辺蓮夫〕

**白昼を颯と帯巻く憤り**
**子の恋を淋しく夫婦して語り**
**水脈《みお》きよらぬるむこころと花ながす**

参考：嶋田扶実雄編『回想の田辺幻樹』（昭55）、尾藤三柳「落丁の時代」①（「柳友」昭48・10）

**剣城** けんじょう 1903–1975【新川柳】本名・恩地義雄。明治三六年一〇月一六日、和歌山県伊都郡学文路村南馬場に生れ、昭和三年、《横浜貿易新報》で川柳入門。同五年川上三太郎*主宰「国民川柳※」同人、同六年「川柳みなと」、「川柳よこはま」、「川柳道」同人、横浜川柳社同人として活躍。同二一年、《神奈川新聞》川柳欄選者。横浜市神奈川区六角橋東町に居住。昭和五〇年八月一六日、相模原病院で死去。享年七一。隆光院秋岳法義我居士。清水市の墓地に葬る。〔関水華〕

**病み細る子の声逃げて南無大師**
（昭23・現代川柳句集『南無大師』）

**幻四郎** げんしろう 1932–【新川柳】本名・柏原栄蔵。昭和七年五月三〇日、大阪市生れ。同志社大学経済学部を卒。商事会社勤務。昭和四八年頃から《読売新聞》時事川柳欄に投句を始め、選者の片山雲雀*に影響を受ける。同じ頃、番傘川柳本社にも加入して、番傘川柳を学んだ。平成七年、川柳瓦版の会会長に就任、「瓦版※」誌の発行・編集責任者を務める。〈よみうり時事川柳欄〉（関西版）の選者も一〇年以上務めている。信条は「川柳をやさしくおもしろく書く」こと。編著には、阪神淡路大震災やオウム事件に揺れた平成七年を振り返る時事川柳秀句集『震の年』（平8）がある。〔江畑哲男〕

**無口ゆえ詠めば激しき相聞歌**
**人を焼く炉に番号が打ってある**

**剣　人**　けんじん　1913–2006　【新川柳】本名・志水健二。旧号・根元桃仙坊。大正二年三月二五日、横須賀生れ。神奈川県庁職員。昭和五年、当時の大御所・阪井久良伎*の知遇を得、翌年には、川上三太郎*の「国民川柳※」に参加、翌六年に国民川柳社幹事就任。座間笑寺鬼、水留港太郎、山崎白夢らと「湘南川柳」を発行、昭和二二年、防衛庁・横浜調達局に転職となったのを機に、職場に川柳会を設立、同二六年、「黒潮※」を主宰・発行。《神奈川新聞》柳壇選者、郵政省機関誌柳壇選者、東急沿線新聞柳壇選者等を歴任。横浜川柳懇話会会長、神奈川川柳人協会顧問、川柳人協会※理事などを歴任、県下各地に川柳教室を開設して川柳人の育成に尽力。編著書として、『現代川柳類題別高点句集※』第一集(昭47)、第二集（昭59）、第三集（平3）がある。平成一六年一月一四日没。享年九二。〔鈴木柳太郎・尾藤一泉〕

その先は知らぬ親子の肩車
先生と呼ぶと四五人振り返り
踏切でかなり実のある話する
電話口虫も殺さぬ妻となる

**堅太郎**　けんたろう　1940–1989　【新川柳】本名・篠﨑賢太郎。昭和一五年一一月二七日、埼玉県大宮市生れ。昭和三〇年頃より新聞雑誌の柳壇への投稿から入門。同三一年、「ひかわ」創立に参画、清水美江*に師事する。埼玉県下柳人の結集を目的とした「あだち」（現「さいたま※」）の創立に参加、昭和三五年には、個人誌「山脈」を発行。翌年には、川上三太郎*に師事、「川柳研究※」幹事となる。昭和五五年、清水美江、田中真砂巳*の跡を受け三代目埼玉川柳社代表。《読売新聞》埼玉版ほか「埼玉文芸」など地域文芸誌の選者を務める。昭和六三年埼玉県川柳協会創立には副会長として参画、第四回国民文化祭実行委員として活躍した直後、埼玉県の若手指導者として嘱望されながら、平成元年一一月一七日、肝臓病により急逝。享年四九。川柳院道山堅心居士。東光寺に眠る。遺句集に『蘇る野火※』（平3）がある。〔佐藤美文〕

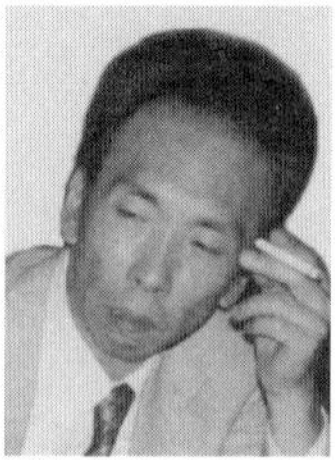

眼で人が斬れると狂気ヌッと立つ　（昭39 研究）
万緑の足枷手枷鬼である　（昭40 研究）
一匹の鬼の果ての飢ゑたる原　（昭40 研究）

**弦太朗**　げんたろう　1918–1981　【新川柳】本名・光武源太郎。前号・幻太。大正七年二月一七日、佐賀県生れ。九州帝国大学医学部卒業。医学博士。軍医、国立病院内科医長を経て壱岐に開業。昭和二五年《壱岐日報》の柳壇に投稿して川柳に手を染め、二八年四月「ふあうすと※」同人。以後、論客として約四半世紀にわたり「新興川柳※批判　田中五呂八*論」(昭和三一～三二年)、「剣花坊*ノート」(三七～三八年)などの大作をはじめ作家論、作品論に縦横の筆を揮った。昭和五六年三月四日、腎臓腫瘍で没。享年六三。遺句文集に『鬼手仏心』(昭57、壱岐川柳会)がある。〔尾藤三柳〕

**人の死へ書く一片の診断書**　(『鬼手仏心』天の章)

**生卵病めばかなしき咽喉仏**　(同)

**剣珍坊**　けんちんぼう　1886–1967　【新川柳】本名・佐瀬千代松。明治一九年一〇月一〇日、千葉県印旛郡富里村生れ。読売新聞記者。柳樽寺※川柳会「川柳※」の第九号(明39・7)に珍毛頭の名で登場、第二〇号(明40・6)から剣珍坊となる。同年一〇月の「川柳」廃刊後は、角恋坊などと東京川柳社※を興し、また新聞《日本》を退社した剣花坊*を盛り立てて柳樽寺青年会※を作り、「大正川柳※」発刊の推進者となった。みずから〈柳樽寺の加藤清正〉をもって任じ、同誌の投句所を引き受けるなど同会の大番頭ともいわれた。昭和一二年三月二六日没。享年五〇。千林松籟居士。追悼句会の発起人には吉川英治も名を連ねている。〔尾藤三柳〕

**七転び迄で草臥仕舞也**　(大6)

**小鮎**　こあゆ　1909–1977　【新川柳】本名・山崎良造。明治四二年一一月二一日、高知県生れ。郷里安芸町で青果食料品店を営む。昭和七年川柳入門、一一年叔父を頼って大陸に渡り、旧大連など各地を転々としたが、この間堀口塊人*ら大陸在住の柳人と交遊を探め、同地柳壇で活躍して名を挙げる。終戦後郷里安芸町に引揚げ、岡村麗水、上田一喜らとともに「みづぐるま」の復刊に参画し、郷土柳壇の復興に尽したが、二四年五月「みづぐるま」が第二次「帆傘※」へ発展的統合による廃刊とともに次第に川柳界から遠ざかり、作句活動も少ないまま五二年一月二五日、動脈癌で死去。享年六七。元昭和川柳同人。〔岡村嵐舟〕

軍事劇主役の顔が奇麗すぎ（昭13・10「琥珀」創刊号）

**虹　衣**　こうい　1884–1945【新川柳】本名・渡邊源三。明治一九年新潟県生れ。時事新報記者。二〇歳ごろより雑俳※に関心を深め、明治三八年久良岐社※中に身をおき「五月鯉※」の編集にあたる。明治四〇年時事新報美術部記者として大阪市勤務となり、《大阪時事新報》に柳壇を設け選者となる。明治四二年九月、関西川柳社※発足の際は、當百*、卯木*、百樹*らと創立同人となる。大正二年の「番傘※」発刊には顧問となり、もっぱら古川柳※研究で活躍。茶道、浮世絵に造詣深く、岐阜から発刊の「青柳※」、そのあとの「やなぎ樽研究※」など柳書刊行会維持会員。著書に『川柳はだか虫』（大15）、『川柳家族風呂』（昭3）、『骨董太平記』上中下（・昭6）、『松風清社煎茶方式』乾坤（昭6）、『川柳家庭行事』（昭7）、『高谷宗範伝』（茶道書・昭10）、『茶と花』（昭11）、『花かゞみ』（小原流家元、昭13）『銃後と戦線』（昭14）、『川柳十二ケ月』（昭15）など多数。昭和二〇年七月二二日、京都で没。享年六一。〔東野大八・尾藤一泉〕

雀より争議の怖い大地主（『川柳家族風呂』昭3）

当座帳棒を背負して閑を出し（『川柳十二ケ月』昭15）

**紅　雨**　こうう　1909–1992【新川柳】本名・奴田原《ぬたはら》伊助。明治四二年一月二三日、土佐市生れ。昭和八年、清水の号で《高知新聞》〈高知柳壇〉の中沢濁水に入門。同一三年、紅雨と改号。昭和一四年より「帆傘※」同人。昭和三八年、「帆傘」同人を辞退して「川柳雑誌※」高知支部の「川雑土佐」（現・高知川柳社）同人となる。昭和四八年、室戸土曜会を創立、川柳誌「しっとろと」主宰。昭和四一年一月から四九年一月および五一年一二月から五八年五月まで《高知新聞》〈高知柳壇〉選者。著述に合同句集『五色苑』（昭55）、句文集『風紋』（平2）がある。平成元年、第七回高知ペンクラブ賞受賞。平成四年九月二五日没。享年八五。〔北村泰章〕

編針の速さは嫉妬かも知れず
しまい湯にあぐらをかいたいのちかな
秋深しいずれこうなる石の墓

**甲　吉**　こうきち　1913–　【新川柳】本名・工藤禮作。大正二年、青森県尾上町（現・平川市）生れ。新聞記者。

昭和三年、川柳入門。松井一寸等と「尾上川柳社」を創立。翌四年「みちのく」に入会、小林不浪人*・長谷川霜雨(のち霜烏)に師事。他に川上三太郎*の「国民川柳※」や岸本水府*の「番傘※」、村田周魚*の「きやり※」、前田雀郎*の「せんりう※」にも投句。後に麻生路郎*「川柳雑誌※」(現「川柳塔※」)会員となる。昭和四三年、《東奥日報》紙に「世相川柳」欄を開設。句集『甲吉川柳』(平6)がある。

〔杉野草兵・岩崎眞理子〕

貧乏はしても手があり足があり
すずらんや純情無垢も又さみし
桜桃忌雨に匂いのある日なり

**好啓**《こうけい》 1913–1998 【新川柳】本名・田中好啓。大正二年一二月五日、京都府福知山生れ。昭和六年川柳をはじめ、昭和一一年より「ふあうすと※」同人。のち、副主幹、雑詠選者。日本川柳協会※理事。

その間、川鉄川柳会、いずみの会、かすみの会を創設。NHK学園、山陽新聞カルチャ・プラザ川柳講師など。いずみの会では、橘高薫風*、室田千尋、海地大破ら有力作家を輩出。平成一〇年三月一日没。享年八四。〔中川一〕

女文字きれいに妬いているかしこ
酒うまし風呂はいちばんあとがよい
枯華微笑　仏とおなじ息をする　〔辞世〕
小面に桜を散らし酔いまろき　〔墓碑〕

**郷左衛門**《ごうざえもん》 1885–1935 【新川柳】本名・岩田郷一郎。明治一八年一〇月二一日、福岡県生れ。洋画家。明治三七年ごろから新聞《日本》の「新題柳樽※」に投句、三八年柳樽寺※創立とともに同人。

同年四月、《日本》の掲載句を編して『やなぎだる※』(井上剣花坊*序)を刊行。同四二年、郷里福岡県門司に九州川柳社を設立、一一月「柳行李※」を創刊して、九州川柳界の草分けとなった。大正初め、伊上凡骨*とともにレッドクラブを結成、同一〇年には、同じ凡骨主宰の「川柳村※」に参加したが、昭和にはいってからは川柳界を退く。著書として『イタヅラ小僧絵日記』(岡村書店、大元)がある。昭和一〇年五月一一日、東京市四谷の自宅で死去。享年四九。〔尾藤三柳〕

数万の首をよじらす本塁打（昭9『昭和川柳百人一句』）
密談の半時つゞく大火鉢（同）
錆に気の付いた頃には素浪人（同）
急カーブ馬鹿と間抜けの放射線（同）

**孝三郎** こうざぶろう 1896–1972【新川柳】本名・伊志田孝三郎。明治二九年二月二九日、東京生れ。名古屋市で青写真プリント業。大正期、東京下町の達吟家を集めた「紅※」同人として活躍、同一二年名古屋へ転勤、「鯱鉾※」同人となる。永住後も東京柳界と交流、柳友会※顧問、日本川柳協会※名古屋地区代表などを務める。戦後は、昭和二一年創刊の「すげ笠※」で雀郎*、紋太*、水府*、〇丸*に伍しての選句欄「明媚集」の選者。二六年から《中日新聞》柳壇選者、JOCKラジオ川柳選者。昭和三〇年から没年まで中日川柳会会長。いわゆる〈孝三郎調〉の情緒川柳で知られ、コレクションの藤のステッキと白手袋のスタイリストで通した。昭和四七年一〇月二九日、内臓疾患で死去。享年七六。名古屋市・八事霊園に葬る。〔東野大八〕

なま返事いつまで縫つて居るつもり
小便をしない一人は道を聞き
新所帯へへん〳〵と叔父が来る
煙突はまだ塗り切れずいゝ天気（昭12『昭和川柳百人一句』）

**紅寿** こうじゅ 1896–1991【新川柳】前号・紅寿郎。本名・平賀胤次《たねつぐ》。明治二九年一二月二〇日、東京・京橋生れ。象牙彫刻師。大正八年、《報知新聞》、《都新聞》の柳壇に初投句。三年後、同志七名と初音吟社を創立し研究回覧誌を発行。同一三年、京都に移住し、二年後創立間もない葵川柳社同人に迎えられ（当時、寿郎と称す）、昭和五年、葵川柳社と番傘川柳社が合併し京都番傘川柳会を創立。三四歳にして初代会長に就き、同六〇年までの長きにわたってこれを努める。〈本格川柳※〉を唱える岸本水府*に深く傾倒し、「番傘※」一筋の道を歩む。同一〇年東京へ戻り、再び京都へ移住する同二一年までの間、築地本願寺にて例会を開催、現在の東京番傘川柳社の基礎となった東京番傘藤光会を創立。戦時下においても、陸軍省報道部監修の《産業戦線》柳壇選者などを担当、旺盛な作句活動を続ける。昭和三一年、京都地方簡易保険局紅川柳会により、還暦を祝して京都初

の川柳句碑〈碁盤目に世界の京として灯里〉を建立。また同四二年、句集『碁盤目※』を刊行。「川柳は愛情の百科事典」を信条に、親子や夫婦の愛情を詠った作品が多く、穏やかな句風で京の風情を詠んだものも多い。昭和四三年から七年間「番傘」同人近詠選者、同五〇年から六年間NHK放送川柳「老後を楽しく」選者をいずれも近江砂人*の後を引き継ぎ担当。晩年は日本川柳協会※、番傘川柳本社・京都番傘川柳会・びわこ番傘川柳会の顧問を努め滋賀に閑居、平成三年八月二二日没。享年九五。〔平賀胤寿〕

碁盤目に世界の京として灯り
波月橋打ちあけてから風を知り
初恋はみな美しい人でよし
外人もわかる笑いを太郎冠者

**紅石**《こうせき》 1907–1938【新川柳】本名・島博市。明治四〇年一〇月二〇日、横浜市生れ。家業が米穀商でその手伝い。十代から文学に凝り、やがて川柳に関心を持ったが、古川柳※を文学的短詩型※に昇華せしめるべく詩川柳に走る。「川柳地帯」同人。召集で戦地の第一線を彷徨中も作句を怠らず、その作品は伝統作家とは全く別な詩感覚に溢れ、識者の間では〈戦場詩人〉の愛称をうける。昭和一三年九月八日、徐州作戦で戦死。年三一。建勲院殉忠博山居士。遺句文集として『水と闘ふ』(昭16)がある。〔東野大八〕

炊事の煙紫に出たときの平和
鉄帽を脱げば生きてる秋の風
塹壕にいとしや命抱いて寝る　　（句碑）

**紅太郎**《こうたろう》 1891–1937【新川柳】本名・寺井鐵郎。明治二四年一月二五日生れ。明治四二年、川上三太郎*のすすめで川柳界に入り、千鳥会などを経て柳樽寺※川柳会同人となり、三太郎、剣珍坊*、きん笑、すゞ六などとともに「大正川柳※」創刊に尽力した。昭和三年八月、斎藤半七*、白石張六*らと武蔵野川柳会を結成、九月「むさしの※」を創刊、同九年まで続刊した。《萬朝報》柳壇選者。昭和一二年六月八日、千葉県で没。享年四六。〔尾藤三柳〕

さよならの声ばかりきく暗い駅　　（大6）
釣革に今日を終った弁当箱
色街の梅雨とり〴〵の傘の色（昭9『昭和川柳百人一句』）
湯ぶねを出れば元の貧乏　　（同）

**香亭** こうてい 1839–1913 【関連人名】本名・中根淑（本姓・曾根）。字は君艾。初名は造酒。天保一〇年二月、幕臣・曾根直の次男として江戸・下谷長者町に生れ、幼時、養家に入り中根姓を名乗る。武技に

長じ学は古今に捗り、時に永平寺の僧に「老子」を講じたという。また和漢雅俗の文学に通じて、詩歌、文章、書画をよくした。勝海舟に属して鳥羽伏見に戦い、幕府監曹、陸軍指揮官に任じ、十五代将軍慶喜の静岡隠棲に従って、沼津兵学校教授となる。明治五年、陸軍参謀局にあって編纂した『兵要日本地理小誌』は名高く、諸学校が教科書に採用した。陸軍少佐。のち文部省編輯官を経て、一九年退官、諸国漫遊と読書に悠々自適、この間多くの著書を公にした。『天王寺大懺悔』（戯文）、『零砕雑筆』『香亭雅文』（漢文）、『歌謡字数考』、『日本文典』、また遺稿集に『香亭雑筆』、『香亭遺文』など、文業は広汎にわたる。たまたま金港堂の編集室にあって、佐々醒雪を編集主任とする新雑誌『文芸界』の創刊号（明治三五年三月）から連載した「前句源流※」は、五万字に及ぶ格調高い論述で、前句附※から雑俳※・狂句※にいたる川柳の経緯を初めて明らかにしたもの。克明な例証を挙げて、その変遷と分岐を解明した本格的川柳史の嚆矢であり、これが明治新川柳復興の理論的原点として改革への覚醒をうながし、また川柳研究の原典となった意義は大きい。新川柳百余年の恩人として、永く記憶されるべき一人である。晩年は静岡県興津に隠棲、大正二年一月二日病没。享年七三。自ら諡して清雅院自覚香亭居士、墓標に代えてその子彪に一文を遺し、同地松林で遺体を焼き、残灰は海中に投ぜしめた。〔尾藤三柳〕

**幸堂得知** こうどうとくち 1843–1913 【関連人名】本名・鈴木利平。小説家、劇評家、俳人。別号・劇神仙、竹鶯居。天保一四年一月、江戸に生れる。父・加藤弥平。維新後、鈴木氏を嗣いで、鈴木利平を名乗る。はじめ銀行員、のち新聞記者を経て文筆を業とし、小説、脚本、戯文、劇評など多数。明治四〇年四月、東京・博文館から幸田露伴序で刊行した『略解時代狂句選※』（小型横綴じ、三五〇頁）は、犬筑波集から蕉門俳諧を経て、誹諧武玉川、誹風柳多留※（一一〇篇まで）の古句※を時代別に配列、さらに嘉永以降明治一〇年前後までの狂体句八千余句を加えて略註を付した選句集で、のちの西原柳雨*などによる古川柳分類研究の先行書となった。大正二年三月二二日没。享年七〇。〔尾藤三柳〕

**香風**　こうふう　1907–2006【新川柳】本名・加藤実。明治四〇年一〇月二三日、福井県丸岡町生れ。大正一二年一二月より京都住。友禅工場勤務。昭和七年《朝日新聞》京都版柳壇投句後「番傘秀洛会」同人。昭和一三年「番傘※」本社同人。同年福島県いわき市小名浜へ移住。日本水素へ勤務。同一四年、日本水素・番傘倶楽部創立。同年いわき番傘会長。昭和三三年、大阪より北限の番傘結社へ岸本水府*来福。昭和三八年NHK平放送局より川柳選句ラジオ放送。昭和四二年、いわき番傘十周年記念を行い、五月二九日「家」創刊。昭和五二年、いわき市教育文化功労賞受賞。平成元年、第十九回いわき民報賞受賞。平成五年、福島県文化振興基金表彰。いわき番傘創立五〇周年を目前に平成一八年五月没。句集に『峠』（昭52）、『川柳花月庵四季』（昭62）がある。小名浜に〈人間に明日を与えて夕日落つ〉の句碑がある。〔太田紀伊子〕

見納めと思えば花の散る風情
人間に明日を与えて夕陽落つ
ぐらぐらときてはまた澄む夫婦独楽
日々峠三百六十五の峠

**香林**　こうりん　1897–1962【新川柳】本名・武部量義。明治三〇年五月二九日、岡山市生れ。会社員。昭和初年、路郎*の松坂倶楽部の川柳講座に参加してリアルで詩情に富んだ作品を発表し注目をあび、昭和一七年、川柳雑誌不朽洞会副理事長に推された。路郎の川柳生活五〇年記念『旅人※』刊行にタッチし、後進の指導に当っていたが、昭和三〇年ごろから失明の危機にさらされ、川柳もよくする若菜夫人も眼病に悩まされた。このためか昭和三六年路郎、白柳*らに川柳と決別の旨を記し、西国への旅を志す。昭和三七年九月下旬、徳島県池田町西山で男女の白骨死体が発見され、香林夫妻と確認された。真研慈香信士。享年六五。〔東野大八〕

ローソクがホ、ホ、ホ、と崩れたり
素足になって見給え春が来ているよ
皮膚一枚そとはきびしい現実か〔「川柳雑誌」昭37遺句集〕

**好浪**　こうろう　1895–1962【新川柳】本名・藤井貞造。明治二八年三月一〇日、京都市生れ。紙工品商。大正五年から川柳をはじめ、京極右近、三条禎子の名で雑文を書く。端緒は冠句※雑誌「二葉」で、冠句に熱中するうち同誌が一頁の川柳欄を設けたことから川柳に鞍替え、大正七年鼎川柳社を創立、柳誌「擬宝珠」を発刊、主宰した。僚誌に渓花坊*の「みづ鳥※」、福造*の「へそ茶」があり、京都市に川柳熱が昂まる時期に当る。大正一四年、福造ら一派が「京」を出すと参加し、のち京都番傘社を設立した。昭和三七年八月七日没。享年六七。〔東野大八〕

**愛の巣へ自動車横に着かぬなり**

**五　英**《ごえい》　【旧連】柳多留一七編に出てくる最初の女流作家。当時珍しいと見えてわざわざ「女」と肩書きを付している。しかし、ここに出た以外には、勝句を認めることができない。〔尾藤一泉〕

**やれ遠ひぞとこのか紅葉を出シ**　樽一七-34

**まあうんといゝなんしよとつめり上**　樽一七-40

**五花村**《ごかそん》　1891–1958　【新川柳】本名・大谷五平。別号・白百合。明治二四年七月二七日、福島県西白河郡五箇村（現・白河市）に生れる。家業は酒造業。五箇村村長をつとめ、昭和一四年から二〇年まで貴族院議員。中学時代の明治四一年、新聞《日本》の川柳欄に投句して川柳の目を開く。明治大学時代に知った井上剣花坊*の思想に大いに共鳴、帰郷後の大正四年、剣花坊を師として白河吟社（のち白河川柳能因会と改称）を創立、同六年「独活※」を創刊し、根強い柳風狂句※の攻勢を排除、柳樽寺※同人としては、関東大震災後の「大正川柳※」復活に尽力、新川柳の普及発展につとめる。昭和二年、新世代に適応すべく東北川柳社を興し、先に七号で廃刊した「独活」を「東北川柳※」として面目一新、不偏不党を標榜して剣突坊*の柳桜社と提携、地方柳界の発展に尽す。また東京・大阪などの著名川柳家と交わって句境を磨く。太平洋戦争と戦後の公職追放で長らく中絶していた「東北川柳」を二六年に復刊、多くの著述（『川柳礼讃』、『うどの大木』、『句集竹の光』等）によって後進者の指導育成に情熱を傾ける一方、ラジオ、新聞の柳壇選者をつとめ、福島県川柳の育ての親として終生活躍した。田中才六、斎藤痴禅、山中鹿之助は、五花村亡きあと、能因会を継承、柳誌「能因」（三三年一月改題）を守りつづけ、五九年には五〇〇号を迎えた。昭和三三年四月二六日没。享年六六。白河市・清光寺に葬る（大悟院殿勲誉川柳興顕居士）。〔加藤香風・東野大八〕

**平凡に慣れて人生苦にならず**

盛り塩の何を待つてる夜の長さ
草を喰ふ馬の口にもあるリズム
白河を名どころにして関の跡 （昭8、白河神社句碑）
廻る陽の無限に春を一つづつ （昭27、清光寺句碑）

**こがね** こがね 1862-? 【柳風狂句】本名・橋本氏。別号・はじめ鑑古堂、鮮々堂のち柳斎。文久二年東京生れ。明治一七年、七世川柳*に入門。また安倍川望成《あべかわもちなり》の名で狂歌を好む。明治二十四年一月発行の「柳風力くらべ※」第五号において、柳風会※の現状について「実に隆盛の域に達したと称すべし」としながらも「多くは野郎の醜態村婦の痴情を摘発」するといった卑猥淫靡な作品の存在に苦言を呈し、改革を示唆している。九世川柳*嗣号争い以後は、正風亭側に与し、五翁還暦賀会狂句合にも〈黄金〉としてその名を見せている。〔尾藤一泉〕

泥ですら練れば美術そ塑生館 （明21 昇叟還暦）
無学に一芸琢磨しき徴兵子 （明29 五翁還暦）
木戸ハみな留主居もゐする花見時 （明29 五翁還暦）

**伍健** ごけん 1889–1960 【新川柳】本名・前田久太郎のち久吉郎。別号・欣瞳居。明治二二年一月五日、高松市生れ。幼時松山市に移籍。伊豆鉄道社員。大正一〇年前後に《海南新聞》柳壇選者の而笑子*により川柳開眼。五剣、五健、伍健と柳号をたどる。大正末年「凩※」同人から愛媛県下柳界の第一人者となる。全国各柳誌に作品、漫文で活躍。「川柳雑誌※」客員。徹底した愛郷の粋人で野球拳の創始者。地元発行の各柳誌を平等に支援、ラジオの角力川柳吟を創案。著書に『一糸集』、『たぬき日記』がある。没後、伍健まつりの大会が催され、伍健句集『野球拳※』も出た。愛媛県柳界の教祖的存在。愛媛県内に十数基の句碑がある。昭和三五年二月一一日、松山市で脳溢血で死去。享年七〇。伍健院釈晃沢慈照居士。〔東野大八〕

ヒヨロ〳〵と息子大人になりにけり
ヂャンケンポンあいこのやうなよい夫婦
遠会釈人うつくしく誰だろう （句碑）
石鎚も海も伯方の庭のうち （句碑）
片言の如くノリトはうやうやし （遺句）

**胡枝花**　こしか　1903–1943【新川柳】

本名・高木高麗次郎。明治三六年、角恋坊*次男として東京浅草に生まれる。小村寿太郎の命名。読売新聞社員。村田龍岱に書を学ぶ。大正一四年、二四歳の時、父が「草詩※」を創刊、草詩堂結成にあたり、これに参加。昭和四年一一月、磯部甲陽堂より『現代川柳名句集』刊行。昭和六年、巣鴨から杉並・成宗に移る。昭和一二年八月六日、父・角恋坊の死にあたり、草詩堂堂主を継承、「草詩」の続刊、句会の開催を行う。以後、草詩堂一門は、三太郎*、雀郎*、周魚*などと近い関係を持ちながら、東京の川柳界の一角をなす。昭和一八年、内閣から海軍の官報編集長としてセレベス島への赴任が命じられる。死を覚悟したのか、三月一六日、軍服姿の写真を撮り、

**南風に胸を拡げて立上り**

**たとへ身は南の海に沈むとも御国の為ぞ何惜しむへき**　胡枝花

の川柳、短歌とともに裏に署名。三男・震*へ草詩堂三代目を託し、帰還後に自分は四代目となることを約す。子供がなく、もしもの事態を考え、夫人の「今井」家の養子としての届を出す。四月二八日、セレベス上陸直前に米潜水艦により攻撃を受け戦死。享年四四。多磨霊園の今井家の墓所に辞世句碑がある。〔尾藤一泉〕

作品は、父譲りの草詩調。

**見かえれば雨ばかりなり燕《つばくらめ》**　（辞世・句碑）

**春雨の糸を巻き取る紺蛇の目**

**日照雨蛇の目の色に禿染まり**

**古島一雄**　こじまかずお　1865–1952【関連人名】

本名・古島一雄。号・古洲、古一念。慶応元年八月一日、兵庫県生れ。豊岡藩士の子。明治から昭和にかけて活躍したジャーナリスト、政治家。上京して杉浦重剛に師事、明治二一年、新聞《日本》に入社。明治二二年二月一一日、大日本帝国憲法発布の日、森文部大臣が暴漢に刺された事件を材にした西芳菲山人の狂句、

**ゆうれいが無礼の者にしてやられ**

**廃刀者出刃包丁を横にさし**

（廃刀論者、出刃包丁を腹にさし　『一老政治家の回想』）

に時事風刺の寸鉄性を見出し、新聞紙上に時事句※欄の創設を考える。主筆時代、明治三五年三月一日から、西芳菲山人*、阪井久良伎*に時事句欄を作らせ、次いで、半額居士（半顔*）、藤井紫影などに担当を代えたが欄と

して永続せず、翌三六年七月三日から新入社の井上剣花坊*に命じ、〈新題柳樽※〉と欄名を改めるに及んでようやく投書欄として定着、明治新川柳※の牙城となった。歌人・へなづち※及び新聞記者・秋剣を、川柳家・久良伎また、剣花坊たらしめ、明治新川柳の中興と呼ばしめる端緒を作ったのは、古洲こと古島一雄であり、その意味で新川柳の生みの親ともいえる。明治四四年、衆議院議員当選、以後衆議院議員当選6回・政務次官・貴族院議員を歴任、政治の道を歩く。戦後は、「吉田首相のご意見番」といわれた。昭和二七年五月二六日没。享年八六。

〔尾藤三柳・尾藤一泉〕

**古洲** こしゅう 【関連人名】→古島一雄

**孤舟** こしゅう 1930– 【新川柳】本名・成田省吾。

昭和五年三月一〇日、秋田県藤里町生れ。建設会社経営。昭和二三年、地元の新聞投句から川柳をはじめる。二六年、川柳粉雪吟社に参加、句会への出席もはじまる。二八年、同社同人。昭和三〇年一月上京、同年九月より白帆吟社に参加。昭和三二年、白帆創立一〇周年より同人となり、四八年、同社主幹。作風は、人間味ある論理的作法で、具象句が多い。著書に、句集『風の四季※』。日川協※常任理事ほか川柳人協会※など川柳の公職にあり指導的役割を果たしている。〔山崎蒼平〕

風景を窓際同志分ち合う
ガン研の扉の裏の騙し討ち
門を出て　血族徐々に裏返る
雲去来ライフワークが頓挫する

**小次郎** こじろう 1905–1966【新川柳】本名・藤田小次郎。明治三八年九月一九日、東京・芝生れ。講談社社員。明治末年から柳樽寺※に拠る。大正期はユニークな作家として幅広く活躍。一時中断があったが、

第二次大戦後、谷脇素文*の跡を継いで講談社系の雑誌に川柳漫画※を描く津田穣の原句を蒐集するため東京の句会を巡回、昭和二四年六月には川柳普及会を結成し、品川・大井町の自宅で〈絵になる川柳〉の月例会を開催。川柳作家に原句を求めて、川柳漫画の水準を高めることに情熱を注いだ。昭和四一年八月二一日没。享年六〇。
〔尾藤三柳〕

辞職する日に同僚が馬鹿に見え　（『新川柳六千句』）
宙返り何か剃刀ほど光り　（『昭和川柳百人一句』二）

**狐声**　こせい　【旧連】文化初年の川柳風※再興期の評者※。『柳多留※』には、天明二年正月の角力句合に初出。和笛*没後の再興期に、最も早く活動を起こした麹町・鳥連（初音連）月次句会は、窓梅*、見利、狐声の三人を主選者として発足した。しかし文化二年に窓梅が二回、見利が三回見えているだけで姿を消す。窓梅は文化三年に没したと想像されるが、以後は狐声に門柳*を加えた二人になる。狐声は紀三井寺屋時代の和笛の相評者であり、門柳は副評者だった。その門柳評も文化五年までで、以後麹町連の主評者は狐声と二世川柳*となる。「老狐の判」といわれた狐声評は、その最初期から麹町連にあって、小石川連の文日堂礫川*評、下谷連の二世川柳評と鼎立するかたちで三グループを導き、川柳風再興期に貢献している。〔尾藤三柳〕

二十一さと三年の法事する　樽一七-3
高尾はとんだばかものと妾い〳〵　樽一七-ス10
口まねで小町あだ名が一ツふえ　樽二〇-30
月を仕廻て天道に見放され　樽二六-12
白髪ツの若者粉ナを挽て居《いる》　樽二八-3

**小太郎**　こたろう　1890–1940【新川柳】本名・木村信太郎。別号・言童、五柳、草紙亭。明治二三年六月一日、大阪市生れ。銀行員。大正七年から岸本水府*選の《大阪新報》へ投句、同年七月関西川柳社※が改称した「番傘※」の句会に出席、翌八年五月、同社の新同人組織採用で生駒竹人、片山雲雀*、馬場蹄二らとともに同人に加わる。昭和一五年三月一五日、急性肺炎で没。享年四九。〔尾藤三柳〕

酒めしの障子の前に富士が晴れ
皆笑ふ中に正直汗を拭き　（昭9『昭和川柳百人一句』）

**古蝶**　こちょう　?～1923?【新川柳】喜音家古蝶。明治後半から大正前半を流星のように通り抜けた異色の川柳作家。本名・金蔵。江戸の戯作者山東京山の玄孫にあたり、京橋霊岸島に住む。明治四十二年五月十五日、「獅子頭※」第一回句会に古蝶子として出席。同誌四号から同人に迎えられ、同十二月、古蝶と改号した。以後、驚異的な作句力を見せ、同誌第三巻第六号では、独吟百七十六句（菜花集）で五ページを占める離れ業をやってのけ、師の久良伎*からは「秀才」の名をもって呼ばれた。

大正期に、唯一、近代詩人の目を持って世の中を見た川柳作家であり、丸ノ内籾山書店から大正五年〜七年にかけて出されていた月刊『文明』には、永井荷風、井上亜々、堀口大学、宮川曼魚などともに常連筆者になっている。古蝶はのち、霊岸島から同じ京橋区内の浜町七番地に移り同地で大正三年、同じ久良岐社※の同人船井小阿彌とともに「花山車※」（隔月刊）を発行した。B6判・横綴じの、ページ数こそ少ないが瀟洒な造りで、古蝶はこれに毎号七十余から八十余章の川柳を掲載するかたわら、「浜町比翼人」の名で十首前後の短歌を発表している。雑誌の造り同様、ゆとりのある遊び心を感じさせる。やはり久良伎門を出た作家・正岡容*は、古蝶について、「只管繊弱な世界をのみうたひつづけた作者」（『東京恋慕帖』昭33「大正東京錦絵」）と称している。川柳界に登場して十五年目の大正十二年九月一日の関東大震災で、喜音家古蝶は一家もろともに行方不明となり、消息はまったく絶えた。生前は「足疾」のハンデをもち、性格としては「十八番は皮肉」といわれた。〔尾藤三柳〕

**自慢にもならぬ役者を兄に持ち** （明治期）
**牛を煮た跡へ姑は塩を振り**
**髪結の唾を嘸んではよく饒舌り**
**光琳の菊で絵に成る田植笠** （大正期）
**畳屋の仰向く顔に人が立ち**
**肱が焦げさうに拗ねてる長火鉢**

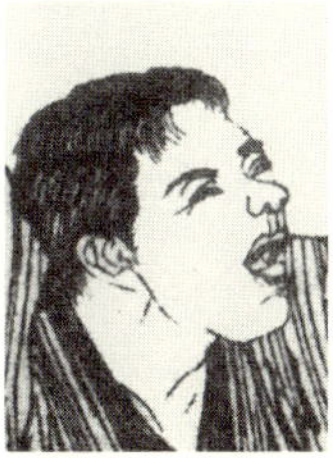

**骨皮道人** こっぴどうじん 1861–1913 【柳風狂句】本名・西森武城。別号・痩々亭、喃々子、愛柳居士。文久元年、東京生れ。浅草蔵前片町に住む。《朝野新聞》、東京新誌、《団団珍聞》記者。滑稽文学作家。滑稽独演舌で江湖に名を高め、明治二十年代を最盛期に夥しい数の狂文、滑稽文を世に出している。明治二十一年初めて柳風狂句※に手を染めるや、人の意表を衝く句風で。たちまち古参、先輩を凌ぎ、若くして幹部となる。明治二五年一〇月、東京・博文館から東洋文芸叢書第十七編として、明治初年以降の狂句をまとめた『古今川柳一萬集※』（三三四頁・二〇銭）は、明治初年以降の狂句を編んだもの。作者としても活躍、旧派の看板的な存在であったが、新川柳※勃興後は、高木角恋坊*などの新作家とも交流があった。また、採菊山人などとともに柳風会幹部として九世川柳*（前島和橋）を援けた。当時柳風会を二分していた高番尊重派と改革派（臂張亭〆太*を中心とする中番復活派）の論争では、改革派の側に立って、

のちに二人の川柳を生む宗家騒動の渦中で活躍した。大正二年一月、五二歳で没。〔尾藤三柳〕

体操は嫌だと逃る伊勢屋の子　（『古今川柳一萬集』）

時鳥高尾の筆に血を吐せ　（『柳風肖像　狂句百花仙』）

**五猫庵**《ごびょうあん》　?–1927　【関連人名】本名・沢田薫。別号・例外、鴛鴦名山人。弁護士。江戸時代、初代川柳評万句合※の末番※句を書き抜いて成った『誹風末摘花』一～四篇の補遺後篇のかたちで、それ以後の板行書から抜粋、大正末年に、五～八篇（各篇六〇〇句、計二四〇〇句）を、安永版と同体裁で編んだ「末摘花研究の先駆者」（斎藤昌三）。それより以前（大正元年）、のちの似実軒（酔茶）の名で『明治末摘花』上下として、明治狂句の末番※約一三〇〇句を輯めたのも同人といわれる。古句※研究家としては、ほかに『末摘花難句註解』（大11）、『縁切寺――川柳松ヶ岡』（大12）などの著書があり、また飯島花月*の『臙脂筆※』輪講の一員として難句解明に蘊蓄を傾けている。昭和二年一〇月一日没。静岡市寺町・感応寺に葬る。〔尾藤三柳〕

**孤　泡**《こほう》　1913–1980【新川柳】本名・大島唯一。大正二年六月一日、高松市川島町生れ。長身痩躯、不自由な足と胸部疾患の中で川柳に打ち込み、農民運動をつづけた。元社会党代議士・前川正一の父と共に戦後の混乱期を闘う。国立高松療養所にあって、つぶれかかっていた療養柳誌「からまつ」を再興。その反骨精神は、晩年、鶴彬*の作品と行動とに心から共鳴し、地区町柳誌「のぎく」のガリ版を引受け後進の指導にあたった。句文集『ふわふわ』がある。昭和五五年一月一日、脳梗塞で没。享年六六（釈唯念信士）。〔山本芳伸〕

渇いても渇いても思想を枉げぬペン

**ごまめ**《ごまめ》　→川柳　6

**五萬石**《ごまんごく》　1883–1940【新川柳】本名・柴田伊之助。別号・静雲。明治一六年一月一六日、静岡県生れ。横浜市で歯科医開業。一六、七歳から作句、明治四三年安藤幻怪坊*らの「新川柳※」同人（約六年）。

昭和三年《横浜貿易新報》紙上に「貿易柳壇」を開設、以後多くの新人を育成、横浜川柳界の全盛期を築いた。のち「川柳よこはま」、「川柳紀元」、「川柳みゝず」各顧問。昭和一五年二月九日、脳溢血で没。享年五七。横浜・

弘誓院に葬る（静雲院心覚独朗居士）。〔尾藤三柳〕

**髭剃つて父とおんなじ顔になる**（『昭和川柳百人一句』）
**煙突屋雪を汚した儘帰り**
**人見知りする子が笑う長話**

**五葉** ごよう 1882–1932 【新川柳】本名・浅井林之助。別号・八公、了見。明治一五年九月二五日、大阪市生れ。銀行役員。はじめ俳句に入り丈草に傾倒。その写生吟を川柳にとり入れ八公と称し「滑稽文学※」の常連投句家となり、「葉柳※」、「矢車※」、「わだち※」同人を経て、大正二年創刊の「番傘※」創立同人となる。路郎*の近傍に住み親友の間柄のため、青明*、水府*らの「わだち※」にも投句したが、川柳の写生吟を捨てず、終生「川柳は写生」の信条に徹した。晩年はユーモア写生吟で知られる。昭和七年七月六日没。享年四九。〔東野大八・中川一〕

**大仏の鐘杉を抜け杉を抜け**
**金魚鉢かきまはしたい気にもなり**
**振り向けば壁に大きなわが頭**
**ちり〴〵に友は大人になりにけり**

**五柳子** ごりゅうし 1895–1973 【新川柳】本名・寺田良之助。前号・沈澱子。明治二九年六月二〇日、滋賀県彦根生れ。三共製薬常務。大正五年渡鮮。三共製薬朝鮮総支配人で朝鮮薬業界の恩人と目された。大正一一年、巷頭子らと柳誌「ケイリン川柳」を創刊したが三号で廃刊。昭和二年剣花坊*の来鮮を機に天民子らと南山吟社を創立。天民子の内地転出で、「川柳三昧」が六四号をもって廃刊後は、全朝鮮の文壇人をもって結成された朝鮮文人報国会の川柳部会長として、また橋本言也らとの「川柳朝鮮」を主宰。新聞柳壇、ラジオ川柳にも活躍。引揚げ後は番傘同人。昭和四八年八月五日没（文徳院釈良覚）。享年七八。〔東野大八〕

**商人の弱さ左様で御座ります**

**呉陵軒** ごりょうけん ?–1778 【旧連】号・可有。木綿、水禽舎・縁江。『誹風柳多留※』初篇～二三篇の編者・木綿は作者号。開キ※ごとに高点の景物※〈木綿〉をさらっていくという渾名が号になったという（『燕斎叶*の手記』）。浅下（浅草と下谷）の境に近い下谷に住み、桜木連の指導者として多くの門下を残す。明和二年七月、川柳評万句合※から独立性のある句を集めて『誹風柳多留』を刊行、そのユニークさが好尚に投じて以後続刊、点者ので、川柳文芸の精神的先駆者ということができよう。

天明八年五月二九日没。同年正月の吉例花角力会に、

　年号もよしの〆方はさくらさめ　　木綿

とある一章（柳多留二二篇）が、作者としてはさいごの句で、同年七月二八日開キの追善角力句合が、桜木連の補助（催主・カタル*）で行われている。〔尾藤三柳〕

はねの有るいひわけ程はあひるとぶ　樽七-7
うるしくさく無ィ道具ハ二度め也　樽九-2
角田川二十二三な子をたつね　樽11-4
元ト舩て大の男の針仕事　樽11-9
二人リとも帯をしやれと大屋いひ　樽11-20
五十づらさげて笑ひに出る女　樽17-3
雲晴れて誠の空や蝉の声　（辞世）

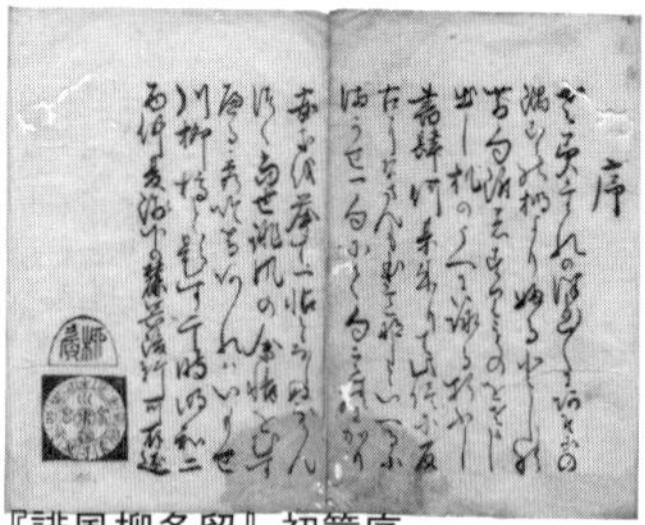

**『誹風柳多留』初篇序**
「一句にて句意のわかり安きを挙げて…」は呉陵軒可有の選句方針

※・柄井川柳*および川柳風前句の名を高からしめた。前句を離れた一句の中に〈問答〉がなければならないというアイロニー※観は、附句※の独立、一句立て文芸への契機をなすも

参考：「一章に問答—呉陵軒可有の川柳観—」尾藤三柳（「川柳公論」昭57・5〜58・5）

**午　朗**　ごろう　1906-　【新川柳】本名・柴田午郎。明治三九年四月二八日、島根県能義郡伯太町生れ。高等学校から川柳に興味をもつ。古川柳研究家・水木真弓*を知り、京大時代は番傘川柳社の本社句会に通う。昭和五年、京都帝国大学経済学部卒。郷里に帰り松江銀行（現・山陰合同銀行）勤務。同一二年、父が老いたため出雲支店長で辞職。同一六年父死去。昭和一六年応召。主計将校として渡満。広島へ転属。同二〇年八月六日には、爆心地から二キロのところにいた。昭和三一年、句集『母里』発行。序文岸本水府。昭和四四年一月から同四六年一二月まで「番傘※」一般近詠選者を務め、〈川柳に詩性を〉として番傘川柳の流れを変える。この時代に若い作家が多く育った。昭和四五年句集『痩せた虹』発行。昭和四六年、島根県川柳協会発足、初代理事長。著書に、句集『黐の木※』（昭54）、『空鉄砲』（昭62）、『伯太川』（平2）、『椎の木』（平8）、また、閑話集『かた津む里』（平7）、随想集『煩悩の鼓』（平8）などがある。

〔天根夢草〕

**生涯を墨絵のように父おわる**
**ふるさとを跨いで痩せた虹が立つ**

**五呂八** ごろはち 1895–1937 【新川柳】本名・田中次俊。明治二八年九月二〇日、北海道鳥取村（現釧路市）生れ。札幌農科大学（現北大）中退。北海道公債公社のち小樽新聞記者となる。旭川市在住の大正八年ごろから作句、井上剣花坊*主宰の「大正川柳※」に投稿。大正一〇年には同誌川柳番付で東の横綱を張り、北海道に五呂八ありと認められた。大正一一年に入ると既成川柳の低俗に疑問を持ち一時沈黙したが、大正一二年二月、小樽川柳社（のち氷原社）を結成し、柳誌「氷原※」を創刊した。五呂八は短詩型※文学としての近代川柳の確立を主張し、粋人の遊びにふける中央の伝統派柳壇を激しく論難した。自ら〈新興川柳※〉と命名したが、これはのちの〈新興俳句〉〈新興短歌〉運動の先駆をなすものである。「新興」とは、大正デモクラシーの成熟のもと、新興階級の台頭による、社会が根底から動きつつあるという時代精神に呼応したものだった。新興川柳運動は、井上剣花坊、古屋夢村*、木村半文銭*、森田一二*、鶴彬*らの共鳴者を得て、柳壇に大きな刺激を与えた。おりからマルクス主義文学の勃興とともに、新興派は、絶対自由を希求する五呂八、半文銭、夢村らの新浪漫派と、マルクス主義に依る一二、鶴彬らのプロレタリア派に分極し、プロレタリア文学論争に鎬をけずった。昭和六年「氷原」休刊。反動の時代に、新興派の基盤であった時代精神が圧しつぶされたのに見合っている。昭和一一年末、「氷原」復刊。五呂八は絶筆となった「新生命主義への出発」を発表したが、昭和一二年二月一〇日、宿痾の腎臓結核のため死亡。享年四三。「氷原」誌も軍国主義の圧力に抗しきれず昭和一三年廃刊。ここに新興川柳運動は終息した。「論は五呂八」といわれ、『新興川柳詩集※』（大14）の編著、『新興川柳論※』（昭3）の著がある。
〔坂本幸四郎・斎藤大雄〕

**足があるから人間に嘘がある** （昭12・5）
**北すれば西する橋の人と水** （昭3・5）
**人間を摑めば風が手にのこり** （昭4・3）
**地球の上つ面らで勇ましい人ら** （昭4・10）
**土を踏むことを忘れて歩いてる** （昭12・5）

参考・『田中五呂八遺句集』（昭13）、『新興川柳選集』（昭53）、『雪と炎のうた―田中五呂八と鶴彬』（昭52）

# さ行

**在我** ざいが 1922–2001【新川柳】本名・西村善吉。大正一一年八月一八日、東京・浅草生れ。昭和一九年、教職の後、応召。ソ連にて四年間抑留され、復員後吉田機司*に川柳を学ぶ。行動派で、地元千葉市で日本川柳大会、国民文化祭をプロデュースするなど千葉県川柳界活性化に貢献。《千葉日報》柳壇選者。川柳新潮社所属。「犬吠※」編集長、千葉県川柳作家連盟理事長として力を尽すほか、川柳人協会、(社)全日本川柳協会常任理事、「長屋※」店子としても活躍した。川柳における〈共感・共鳴〉を大切にした。著書に『川柳動物誌※』(昭60)、『川柳覚え書』(平8)、『俘虜吟』があり、句集には、唐沢春樹*との二人集『二人羽織※』(平2)がある。平成一三年八月一七日没。享年七九。〔尾藤一泉〕

**忙しい男で用を頼まれる** (『二人羽織』)

**我慢するには熱い血が多過ぎる** (同)

**泣き虫に土蔵の壁が温かい** (同)

**さか江** さかえ 1908–1979【新川柳】本名・五十嵐栄。明治四一年、青森県野辺地町生れ。営林局職員。昭和元年、川柳入門。「ひづめ」、「みちのく」、「川柳隊」、「うき世」などを経て昭和二三年、青森県川柳社創立に参画。県川柳社同人。「岩木」、「ねぶた※」、「かもしか※」さらに「思潮※」、「柳都※」、「時の川柳※」の同人として幅広く活動。川柳思潮賞、宮城野賞、川柳研究年度賞等受賞。句集に『雪の勲章』、『母の独楽』がある。昭和五四年九月一三日没。享年七〇。〔杉野草兵・岩崎眞理子〕

**雪だるま病む子へ顔をむけて出来**

**子育ての虹を抱いてる母の独楽**

**さかゑ** さかえ 1917–1971【新川柳】本名・伊勢栄蔵。大正六年二月一九日、宮城県生れ。石巻市でモナカの皮の製造を業とした。昭和二一年より作句、「宮城野※」同人。二九年度宮城野賞受賞。川柳くらげ吟社同人代表として昭和二二年から約四年間「くらげ」発行。昭和四六年五月一四日、胃癌のため没。享年五四。石巻市西光寺に葬る。赤誉川柳智栄居士。没後、くらげ同人により菩提寺に句碑を建立。〔若山大介〕

**陽炎に寝て平和への距離憶う** (句碑)

**坂本篤** さかもとあつし 1901–1977【関連人名】明治三四年九月一六日、山梨県生れ。有光書房社長。「江戸文化を後世に伝える」を信条に、奇本珍本の発刊に専念した。民俗雑誌「人文」(大正一五年刊)創刊即廃刊、同年富士崎放江『茶後』、礒清『吉備暖語』を出し、昭和二年刊行の『芋蔓草紙』の四篇には高名な「共古随筆」がある。戦中は『戦陣訓』で食いつなぎ、戦後は岡田甫*『川柳末摘花』上下巻及び拾遺篇、母袋未知庵*『川柳見世物考』、前田雀郎*『川柳探求』などを刊行した。旧東京市内各警察留置場は全部体験ずみという発禁本一筋の奇人。昭和五二年一二月一七日死去。享年七六。「川柳しなの」坂本篤追悼号（昭54・6）がある。〔東野大八〕

**坂本幸四郎** さかもとこうしろう 1924–1999【関連人名】本名・坂本幸四郎。大正一三年、北海道函館市生れ。国鉄勤務、青函連絡船通信長などを歴任。「北方文学」同人。近代民衆精神史や川柳についての論述がある。著述に『雪と炎のうた』(昭52)、『現代川柳の鑑賞』(昭56・共著)、『青函連絡船』(昭58)、『涙の谷を過ぎるとも』(昭60)、『新興川柳運動の光芒』(昭61)、『青函連絡船ものがたり』(昭62)、『わが青春の青函連絡船』(平元)、『井上剣花坊・鶴彬』(平2)など新興川柳※に関わるものが多い。平成一一年没。〔尾藤一泉〕

**十七八** さかり 1900–1978【新川柳】本名・上野十七八。明治三三年七月一二日生れ。大正三年八幡製鉄所に勤務。昭和三〇年定年。川柳は大正二年製鉄時報「くろがね」柳壇に投句し、「媛柳※」支部に加入。昭和三年くろがね川柳会発足、創立者の一人として活躍。その後、番傘川柳本社同人。戦後は製鉄社報「くろがね」柳壇選者。添田番傘「添田」近詠選者、小倉番傘「むらさき」課題吟選者。昭和三八年、北九州川柳作家連盟結成、会長となる。昭和五三年七月二日、老衰で死去。享年七八。

**狼をまた野に放つ保釈金**

〔手嶋吾郎〕

**作二郎** さくじろう 1926–【新川柳】本名・墨作次郎。大正一五年一一月二日、大阪府堺市生れ。昭和九年、詩人の安西冬衛を知り、一四年、堺市立商業学校在学中に渡辺水巴門の大野翠峰に師事、俳句を知る。

昭和二一年五月、河野春三*の誘いを受けて現代川柳を知り、翌年「私※」に参加。その後、札幌、東京、名古屋で活動を続け、それぞれの成果をまとめ『凍原の墓標』（昭29）、『東京』（昭48）、『尾張一宮在』（昭56）を刊行。昭和三二年、現代川柳作家連盟が結成されるとこれに参加、その後、「川柳ジャーナル※」（昭和41）、川柳とaの会「人※」（昭47）に所属し、同六二年には「点鐘※」を発行して主宰。作家として盛んな活動を行い、定期的に句集の刊行を行っている。主なものは、『墨作二郎集』（昭33）、『アルレキンの脇腹』（昭33）、『跡※』（昭44）、『蝉の樹』（昭62）、『河童伝説』（平元）、点鐘叢書『墨作二郎集』第一集（平3）、第二集（平5）、第三集（平7）、『遊行』（平8）などがある。〔平宗星〕

**鶴を折るひとりひとりを処刑する**　（昭47）
**星がやがて見事な蛇の皮となる**
**かくれんぼ　誰も探しに来てくれぬ**

**桜木**　さくらぎ　【旧連】木綿門。上野山下薩秀堂として『誹風柳多留※』ほかの制作にかかわる。また、取次桜木庵として川柳風隆盛に貢献した。明和元年の万句合に初出。春季万句合の催主なども務める。天明八年七月二九日以前に没。柳多留二三篇巻末の如せい跋に〈木綿門葉〉として記されている。〔尾藤一泉〕

**焼キ筆の先ズぶつ付ケハ玉津嶌**　明元梅1

**砂人**　さじん　1908–1979【新川柳】本名・夷《えびす》佐一。明治四一年二月一一日、大阪市生れ。大正一四年から作句、昭和三年「番傘※」同人となり、近江砂人を号とする。同四〇年、創設者・岸本水府*没後は、水府夫人の実弟である砂人が「番傘」の主幹として番傘川柳本社を支え、その心労のあまり脳卒中に見舞われたが、精進よく回復したあとは、岸本吟一*に主幹の座を譲り、同社会長に退く。番傘本格川柳※の振興発展および作句と後進の指導に尽力すること半世紀、川柳一筋に終始した。「小説新潮」、〈NHK放送川柳〉、《西日本新聞》などメディア川柳欄の選者として川柳を普及。著書に『川柳の作り方・味ひ方入門より妙味』（昭7）、『川柳の作り方』（昭44）、『川柳実作入門』（昭48）、『川柳の作り方』（昭50）、『川柳入門』（昭52）、『近江砂人川柳集※』（昭53）などがある。昭和五四年一月一〇日没。文明院濬壑砂人居士。享年七〇。〔東野大八・尾藤一泉〕

**岐路いくたびわが生涯も風の中**

ゆく秋を子なし夫婦の旅鞄
運命を変えたひとこと耳の底
さよならといったを無口笑われる

**沙　人**　さじん　→青龍刀

**佐保蘭**　さぼらん　1906–1968　【新川柳】本名・阿部潔俊。明治三九年一一月一二日、京都西陣生れ。東京商科大学（現一橋大）に学び、趣味の染と織の店・丁子屋を経営。学生時代から川柳翻訳運動に参加。昭和二年に都川柳会に入り、のち川柳きやり吟社社人。句集『鶴の姿』を出し、昭和一二年、川柳翻訳研究会を創設、翻訳研究誌「S・H・K※」のち「かほる」（昭和三八年、季刊誌）を発行。昭和四一年多年の英訳川柳の成果をまとめた『川柳と翻訳※』（中公版）を刊行。R・H・ブライス*をはじめ周魚*、三太郎*、路郎*等の積極的支援をうけた。『川柳と翻訳』第二集を整理中、昭和四三年一二月一六日、肝臓病のため東京の自宅で死去。享年六二。〔東野大八・尾藤一泉〕

本当の心自分を抱いて寝る

怒る時怒る嬉しい男なり
鶴の姿の明方になつている
（句集『鶴の姿』）

A Standing crane;
The breaking dawn.
By Saboran

鶴の姿の明方になっている
左保蘭

**佐藤要人**　さとうようじん　1918–　【古川柳研究】大正七年生れ。早稲田大学卒。武蔵野美術大学講師。近世文化研究会会長。古川柳の分類評釈を中心に多くの著作がある。主な編著書に『新造図彙注解』（昭51）、『川柳江戸四宿考』（昭58）、『誹風柳多留　五篇』（昭61）、『誹風柳多留　十篇』（昭63）、『川柳軽い茶話』（平2）、『絵本水茶屋風俗考』（平5）、『江戸深川遊里志』（昭54）、『江戸川柳便覧』（平10）、『川柳吉原便覧』（平10）ほか。〔尾藤一泉〕

**猿冠者**　さるかじゃ　→柿亭

**山雨楼** さんうろう 1898–1955 【新川柳】本名・福田義達。明治三一年一〇月一日、岡山県生れ。国鉄職員のあと晩年は国立国会図書館勤務。多年肺患に悩み病臥の日が多く、その闘病生活を支えたのは川柳関連の論文や評論活動であった。川柳への関心は大正一四年からで、その見識と柳歴をかわれ、昭和二九年二月麻生路郎*主宰の川柳雑誌社副主幹に推された。評論では「川柳原論」ほかを「川柳雑誌※」に長期連載。この評論を通じての〈川柳の定義〉は、岸本水府*の『川柳の書※』に採用されている。冨士野鞍馬*は〈川柳の子規〉と評価している。昭和の初め、本田渓花坊*の「大大阪」廃刊と同時に路郎の知遇を得て、実に三〇年間「狂信的なまで路郎先生に傾倒した」（七面山悼文）。昭和三〇年六月一六日、横浜市で没。享年五七。〔東野大八〕

**何負けてたまるか目に見えぬ菌** （辞世）

**三　休** さんきゅう 1883–1953 【新川柳】本名・神尾正。明治一六年四月二日、埼玉県川越市生れ。北海道庁農事試験場に勤務、退官後は大野町で農業を営む。北海道川柳界の草分け的存在。大正三年北海道最初の川柳誌「仔熊」に参画、常に指導的立場にあった。大正六年札幌アツシ会を結成、盟主となる。同七年井上剣花坊*らを招聘し北海道川柳大会を開催。同時に東京柳樽寺※川柳会同人として活躍。晩年は大野町に永住の地を求め、函館、道南柳界の育成に貢献。昭和二八年一月一三日没。享年六九。〔斎藤大雄〕

**耕して心の草を取り続け** （昭35・合同句集『蝦夷柳』）

**三　空** さんくう 1902–1983 【新川柳】本名・細川時次。明治三五年、北海道生れ。歯科医師。大正八年二月から鉢坊（島田茶堂命名）と号して作句を始めたが、翌年二月受験で上京して中断、昭和一〇年代郷里に開業して間もなく小樽川柳社の結成に参加、一五年九月創刊の第二次「番茶」同人となる。戦後二三年には、まだ混乱期にあった道内でいちはやく川柳粉雪吟社を創立、二月一〇日「こなゆき※」第一号を創刊した。以後、多くの川柳人を育成、同誌（現在は発行所を小樽川柳社と改杯）が七〇〇号（平19・7）を越える誌齢を重ねて北海道川柳界の指導的役割を果たしているのも、この先覚の情熱と尽力に負うところ大である。昭和五八年一月三一日没。享年八〇（稀府院禅光良徹居士）。〔尾藤三柳〕

**この顔に免じてくれと無理なこと**

（昭58「こなゆき」408号、細川三空追悼号）
参考：新川洋洋「小樽川柳史」、斎藤大雄『北海道川柳史』（昭54）

**山紫**　さんし　1902–1980【新川柳】本名・木村一二。明治三五年六月一三日、高松市生れ。印刷業。昭和一二年「案山子※」発行。戦後、長兄の死から事業が衰微、老従業員と二人だけで柳誌「風車※」の印刷を引受け、損を承知の情熱を燃やす。一時期番傘に籍を置いたが、生来のガンコさと短気で一匹狼となり、川柳のオヤッサンで通った。ユーモアを好み、理論を嫌い、体で句を作った。晩年、病弱の妻を失くす。子供なし、句集なし。しかし讃岐川柳界の歴史の人。昭和五五年一一月一三日、脳溢血で没。享年七六。観照院善阿光仁居士。〔山本芳伸〕

**ここまでが氏子〆縄ひん曲り**　『風車』

**散二**　さんじ　1909–1971【新川柳】本名・高橋福一。明治四二年七月七日、香川県多度津生れ。郵便局勤務。大正五年に大阪府門真市へ移り、昭和八年ごろ「番傘※」に投句して川柳入門。昭和一三年本社同人、編集幹部としても活躍。「川柳雑誌※」の須崎豆秋*、「ふあうすと※」の延原句沙彌*、「番傘」の散二の三人を〈ユーモア作家三羽烏〉ということがある。モチーフは日常身辺の事象を避け、演劇、小説の世界に劇中の人物描写を行うことが多い。遺句集に『花道』（昭48）がある。昭和四六年八月一八日、大阪市内の路上で交通事故により没。釈浄福。享年六二。〔尾藤一泉〕

**神楽坂あの学生は芥川**
**漱石へ梯子をかける古本屋**
**仲居から仲居の死んだ話聞く**
**気違いが癒ってたまご売りにくる**

**山椒**　さんしょう　1871–1929【古川柳研究】本名・武笠三。明治四年一月六日、埼玉県生れ。履歴不詳。『誹風柳樽通釈※』（三冊）を大正一三年から昭和二年に有朋堂から刊行（四六判・447頁、356頁、442頁本）。柳多留初篇、二篇、三篇全句を通釈したもので、研究の進んだ今日書き改めなければならぬ句解もあるが、一読すべき先駆書で、特に初心者向き。このほか『新撰川柳狂詩集』（大正七年、有朋堂文庫）がある。川柳撰、武玉川撰、冠附撰、狂詩撰に分け、川柳は二〇〇頁余四千句を時代順に配列し、武玉川は七〇頁、千四〇〇句、ところどころ略解を付す。昭和四年三月一八日没。享年五八。〔東野大八〕

**山嵩史**　さんすうし　1895–1955【新川柳】本名・矢嶋市郎。明治二八年二月七日、東京神田生れ。蔵前高等工業（現東京工大）卒。外遊ののち東武浅草駅（現業平橋駅）構内に高級レストラン「ミカド」を開業。当時、向島に住んだ前田雀郎*の知遇を得て川柳作句に励んだ。戦時中、東武鉄道の依頼で自動車用の燃料の木炭生産のため一家を挙げ鬼怒川温泉、小佐越に移住した。戦後、栃木県観光課の口添えで東武観光株式会社付属日光博物館（田母沢御用邸）の館長となり、郷里宇都宮に疎開した雀郎と旧交を温め川柳の火が再燃、日光川柳会を創設した。三嵩史はまた山岳家としても著名で、東武沿線の山で彼の踏破せぬものはなく、奥鬼怒、八丁の湯、栗山の平家部落、尾瀬沼など日光の秘境を世に紹介した。〈白樺は月が夜来て晒すらし〉の句碑は奥日光の光徳牧場にあり、山男の名をのこす。日光在住の年数は短いが二社一寺をバックにした大会も華やかであった。昭和三〇年一二月三〇日、六〇歳で没するまで、日光精鋼所川柳会、鹿謡吟社などと交流し幾多の新鋭を育てた。昭和四二年〈旅の字は風に吹かるる姿なり〉の句碑が鬼怒川温泉竜王峡に二度目の静江夫人の手によって除幕された。〔川俣喜猿〕

　**明日炭に伐る木の紅葉美しき**（昭27『現代川柳展望』）

　**口火焚く榾に紅葉の一と葉二葉**　（同）

**三　窓**　さんそう　1921–　【新川柳】本名・岩井光夫。

大正一〇年一〇月二九日、大阪市西区北堀江生れ。文学好き少年で、健康雑誌「通俗医学」にあった岸本水府*選の川柳欄に投句。昭和一六年、道頓堀の書店で「番傘*」を知り購読、投句をするとともに、本名の光夫で句会にも出席。礒野いさむ*らと水府宅を訪れ薫陶を受ける。戦後、雅号を三窓とし、昭和二二年番傘本社同人となり、作句数も急増し、句も鋭さと深さを増す。

　**綴方貧しき父は母を打つ**

　**マグロならぶ人の死体とことならず**

　これらは処女句集『三文オペラ』（昭34）に収録。昭和三六年、大阪府豊中市の川柳句会で知り合った川柳文学社同人・紅山澄子と結婚、川柳活動も充実。同三六年、神谷娯舎亭らと番傘みどり川柳会を作り、創立同人。同二四年から岸本吟一*、愛舟らと〈真実の歌〉を志向する番傘河童倶楽部（昭和五〇年、人間座に改称）を興し、その座長を務める。橘高薫風*、中尾藻介、森本夷一郎ら大正生れの川柳人で作る、たいしょうの会の世話人も務めて、その含蓄あるモットー「川柳を愛し、川柳を憂い、川柳に遊ぶ」は三窓の発案。水府譲りの編集手腕は昭和五一年から六〇年までの「番傘」編集長として、また自己の句文集『川柳読本※』（昭56）、『川柳燦燦』（平６）に認められる。読書家、博学で聞こえる三窓の句評は作者の〈自選力〉を求めて厳しく、また数多いエッセイは川柳界の外側でも評価が高い。小説家田辺聖子をして「暢達で品があって変幻自在なおもしろさ」と絶賛させている。〔今川乱魚〕

赤青黄岩波新書我が軌跡
蟻はどんな顔して甘いもの運ぶ

**三太郎** さんたろう 1891–1968【新川柳】本名・川上三太郎。戸籍名は幾次郎であったが、のち改名を認められた。蒼蒼亭と号す。二〇歳ころ眉愁とも称した。明治二四年一月三日（一日とも）、東京市日本橋区蛎殻町二丁目二八番地に煙管職人の父と武家出の母の次男として生れる。大倉商業学校（現東京経済大学）卒業後、大倉洋行に入社、天津支店に勤務。帰国後、大正九年東京毎夕新聞社に入社。学芸部長等を務めて、昭和二年退社。川柳を始めたのは明治三七年、一四歳のころ。井上剣花坊*の柳樽寺※川柳会に所属。明治末年、千鳥会※（のち柳樽寺青年会）の中心となり、「大正川柳※」創刊に尽す。また、「二つの眼※」「桂馬※」等を発行、主要メンバーとして活躍した。昭和二年ＪＯＡＫから最初の川柳漫談「八戒の愚痴」を放送、磯部甲陽堂から『新川柳壱萬句集』、続いて同三年『滑稽川柳句集』を刊行、第一人者の地位を不動にする。同四年《国民新聞》の川柳欄選者となり、この投句者等を中心として翌五年、国民川柳会を結成、「国民川柳会報」を発行。同誌はのち「国民川柳※」、さらに昭和九年「川柳研究※」と改題、会名も川柳研究社と改称され、昭和一〇年代に黄金時代を築いた。三太郎の〈詩性川柳〉は特に青年層の魅力となり、詩性派の青年作家が多く集まったが、一方、伝統川柳にも優れた才能を発揮、二刀主義※と称された。昭和一六年に出版された初の自選句集『天気晴朗』は当時の川柳青年にとって聖典の観があった。一九年九月印刷所の焼失と三太郎の盛岡への疎開により前期「川柳研究」は終息した。戦後帰京の三太郎を擁し、二一年一〇月旧同人等により同誌を復刊。二五年《読売新聞》の時事川柳選者となり、以後没年まで一九年間担当。その他新聞、雑誌等マスコミ面の川柳選句欄は三十数種に上った。四一年川柳家として初の紫綬褒章を受章。四三年一二月二六日、心筋梗塞で死去。享年七七。法名・文徳院徹心三宝居士。

遺骨は富士霊園と分骨を東京荒川区・碩運寺に葬る。また富士霊園の文学者の墓には川柳家でただ一人合祀されている。六大家※の一人として川柳生活六五年、門下から多くの第一線作家を輩出、また川柳の社会普及に果たした功績は大きい。著書は前記のほか『新川柳大鑑』（昭3）、『絵と川柳・女の一生（小野佐世男・絵）』（昭22）、『川柳入門』（昭26）、句集『風』（同年、松尾少輔彫・自筆木版刷）、句集『孤独地蔵※』（昭38）、『川柳２００年※』（昭41）、単語集『この道』（昭41）がある。句碑は青森県竜飛崎に〈竜飛崎立てば風浪四季を咬む〉、新潟県十日町市に〈しらゆきがふるふるふるさとのさけぞ〉、また個人所有で〈友だちのうしろ姿のありがた味〉（青森県黒石市・秋田拳石墓所）、〈子供は風の子天の子地の子〉（愛知県岡崎市・稲吉家）がある。〔渡辺蓮夫〕

やや醒めて襟の匂の悲しかり
孤独地蔵花ちりぬるを手に受けず
雨みどりてんてんてんと昏れなじむ
身の底の底に灯がつく冬の酒
われは一匹狼なれば痩身なり
雨ぞ降る渋谷新宿孤独あり

参考：川柳全集『川上三太郎』（昭55、構造社）

**三泥子** さんでいし ?–1941?【新川柳】本姓・藤田。俳号・紫橋。秋田魁新報社文芸部長。昭和六年秋田魁新報社が新しく《サンデー魁》を発刊するに当り、当時の社長であった安藤和風（俳人）の命で同紙に川柳欄を設けることとなり、紫橋が選を担当。柳号の「三泥」は「サンデー」から。「昭和八年八月には《サンデー魁》が主催で第一回全県川柳大会を催し、秋田県柳壇の基礎を築いた。その後、同県の柳人はおおむね《サンデー魁》の川柳欄を巣立った人々である。県柳壇にとって忘れることのできぬ先駆者である。昭和一六年ごろ（推定）没。〔村山夕帆〕

**三　箱** さんはこ ?–1858【俳風狂句】本名・伊三郎。宝玉斧三箱。別号・達磨。剃髪後座禅堂。江戸・三田通り新町に住む摺師カ。狂句師、モノハの点者を生業とする。船遊亭扇橋*や都々一坊扇歌*など一流の

芸人をはじめ、二代松歌など多士済々の真砂連をたばね、句会にもさまざまな趣向を凝らすなど、アイデアマンとしても才能を発揮した三箱が、作者として登場するのは、文政十一年十二月二十日開キの武蔵野納会（柳多留一一

三篇＝天保二）に、

役者附築地あたりハ場末也

が、麹丸と巨眼の両評に通っている。

天保初年から額面会などの催主、補助を勤め、みずからが催主の真砂連では天保二、三年中の月並をまとめて、同四年に『俳風濱真砂』（三冊）を刊行している。また同年、当時の代表作者百人の肖像（歌川国直筆）を配した山崎屋清七版『狂句百人集』（別名『川柳百人一首』）の企画も三箱の手になるものである。本書の九十九番目に置かれた三箱の肖像には、机上に筆、紙、バレンが書き入れてある。

三箱のアイデアでユニークなのは「水滸伝会」の催しだった。五代目川柳*と同じく、安政五年（一八五八）夏からのコロリにより没。万延元年（一八六〇）に『三箱居士追福狂句合』が刊行されている。〔尾藤三柳・尾藤一泉〕

**ほうろくを投げても見たき不二の山**　別篇・中

**そこが江戸犬も烏帽子の拾ヒ首**　樽一一二

**よしんば酒ハ呑ふが詩ハできず**　樽一二四

**真ッ直に跡ふり向ず浄土道**　辞世

参考：「季刊古川柳」67、68、70に「三箱居士追福会狂句合」の翻刻あり。

## 三八朗　さんぱろう　1910–

【新川柳】本名・神谷芳雄。明治四三年四月二八日、名古屋市中区飴屋町（現・上前津一丁目）生れ。昭和八年四月、川柳に興味を持ち、新聞柳壇に投句を開始。その翌月、意を決し名古屋番傘後援会に入会。

戦中、戦後はしばらく中断するが、番傘川柳本社優待同人として、現在まで継続中。その後、柳都川柳社同人を経て、昭和五八年、グループ創の創立同人。昭和四八年三月、個人句集『花』を発刊。その名のごとく多彩で鮮やかな切り口が、好評を得る。昭和六〇年、川柳公論大賞を受賞。平成六年には、柳都川柳社の川上三太郎賞・準賞、同年「川柳案山子」誌上大会で、藤原葉香郎賞を受賞。その他、東海地区の記念川柳大会は言うに及ばず、各地の誌上大会、関係各柳誌にも意欲的に雑詠を投句。ドラマ性を帯びた、人間味あふれる秀吟を次々と発表。特に、グループ創研究句会での互選合評コーナーでは、先頭に立って活発な論評を展開、会の重鎮的存在として活躍。現在、番傘東海総局顧問、愛知県警察本部機関誌「警友あいち」と、愛知県農業普及協会機関誌「農業あいち」の柳壇選者。また、名古屋市港区短詩型文学展選者。〈創明抄〉（同人作品）の

選を創刊号より担当。平成七年、愛知川柳作家協会より、功労感謝状を受ける。〔樋口仁〕

終着駅で起されて見る時刻表
海鳴りのめし屋の箸の男泣き
動かぬ雲が幸せの錯覚をくれる
この道戻るヒト科の哀しい影と

**山畝** さんぼう　1913–1980【新川柳】本名・丹治春雄。福島県生れ。高校教師。昭和三九年ごろより作句。昭和四三年、北上吟社同人。昭和五二年、南米パラグアイに移民指導員として赴任。昭和五四年帰国後、北上吟社編集同人。吟社の中心として活躍、岩手の柳界発展に貢献した。昭和五五年一二月、腸癌で没。享年六七。〔高橋放浪児〕

五分粥はおいしかろうな三分粥　（昭55）

**三面子** さんめんし　1868–1936【新川柳】本名・岡田朝太郎。別号・虚心亭。明治元年五月二九日（旧暦）、美濃大垣生れ。刑法学者（法学博士）。明治一五年九月、東京外国語学校で仏語を学ぶ。明治一八～一九年、フランスのボワソナアド家の食客となり、明治二一年法科卒、大学院へ進みのち法科大の教授等。明治三二年三月、刑法研究のため三年間フランスに留学。帰朝後東大教授。幼い時、毎晩父から絵入柳樽の説明を聞いて川柳に興味を持ち（『昭和川柳百人一句※』自記）、明治二〇年ごろ尾崎紅葉の硯友社同人となり、古川柳研究への示唆を受ける。三六年、対ロシア主戦論七博士の一人として東大教授を辞した後、硯友社系の『文芸倶楽部』および《東京日日新聞》で狂句の選に当たる。三八年一月、砂糖袋入りの小型判七四頁の『三面子狂句集※』（其一）を出す（個人句集※の嚆矢）。この前後から、新川柳グループと接触を持ち、三七年暮から三八年一月にかけての《読売新聞》紙上に、嗣号早早の十世川柳*の句をとりあげて批判するなど、新川柳草創期の理論的指導者の役割を果たす。三九年一月一五日付《東京日日新聞》には、①写実を旨とすべきこと、②バレ句をせざること、③新しき事物に目をつくべきこと、④天地間の森羅万象何でも題になること、⑤句の上に題の意味聞ゆべきこと、⑥古人の名句を玩味すべきこと、⑦俳句俳諧を参考にすべきこと、⑧披露は後日に回すべきこと、⑨運座はあて気を慎むべきこと、⑲川柳を尊敬すべきこと——という「川柳十則※」を掲げ、狂句脱化を志す川柳に、きわめ

て明快な方向を指し示している。これと並行して、古句研究にも手を染め、散逸した川柳評万句合の蒐集に努力、この分野でも先駆者となった。同三九年から大正四年までの一〇年間は、清国政府顧問として同国の刑法起草に参与、帰国後は刑法の権威として著述（六編）、教職のかたわら、本格的な古川柳研究に取り組み、大正一五年『早稲田法学』に連載した「寛政改革と柳樽の改版※」（昭和二年、磯部甲陽堂から刊行）は、古川柳研究史上の金字塔となった。昭和に入ってからは、特にラジオ放送による川柳普及に貢献、〈川柳博士〉と呼ばれ、新川柳、古川柳の両面に巨きな足跡を残して、昭和一一年一一月三日、内臓疾患のため葉山の自宅で没。享年六八。正四位勲三等。法憧院釈朝楽居士。青山斎場での葬儀には内外朝野の名士が参列、阪井久良伎*が悼辞に加えて、〈刑法の外に博士の句の光り〉などの即吟を手向けた。主な著述に『川柳』（昭6。岩波講座・日本文学）、『川柳史―日本文学講座第八巻・俳句文学篇』（昭9、改造社）、『謡曲と川柳』（昭5、共著、春陽堂）のほか、『日本史伝川柳狂句』（全二六冊、二六二八頁）が遺稿となった。また、万句合の蒐集研究は原本とともに水木真弓*に継承され、昭和一四年文部省の学術振興奨励金を受けた。〔東野大八・尾藤三柳〕

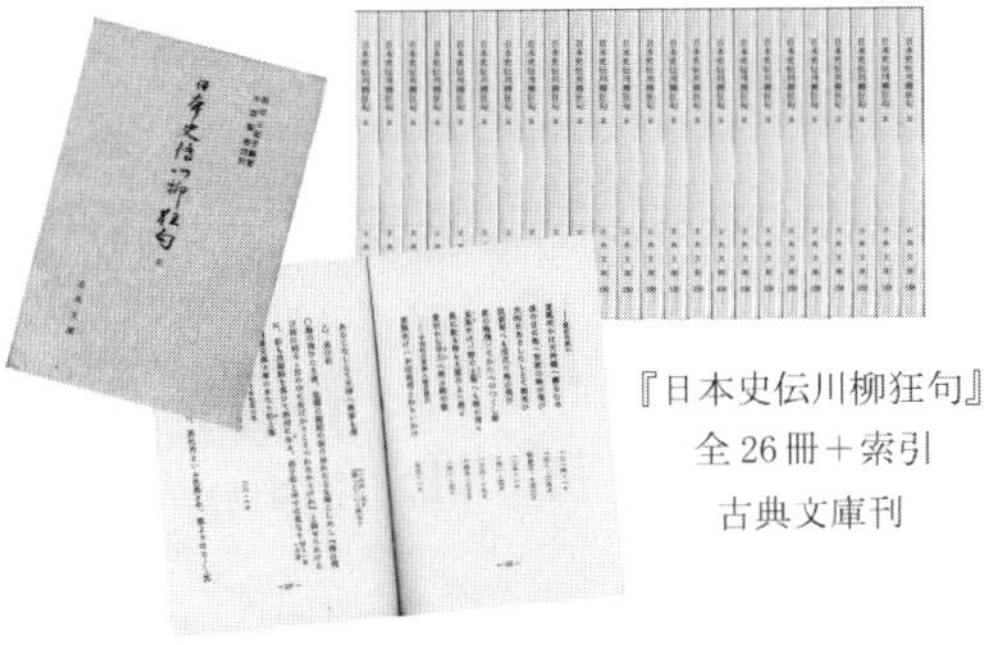

『日本史伝川柳狂句』
全26冊＋索引
古典文庫刊

**嫁が来た年に姑未を生み**（明38『三面子狂句集』其一）

**おへんことおへんと仲居はらを立て**（同）

**源平は絵になるやうな戦さする**（『昭和川柳百人一句』）

**三　友**　さんゆう　1866–1921【関連人名】雑俳※号・きつね、また喜常軒と称す。雑俳作者、選者。慶応二年、東京・銀座の理髪店に生れる。万朝報社の文撰長として、黒岩周六（涙香）社長の片腕といわれた。狂句の改革（中番句の独立）を志し、《万朝報》の時事吟選に当たり、投句者から西島〇丸*、矢野錦浪*などを生んだ。のち万友会を興して、機関誌「雑俳」を発行、門下に小原美船（《万朝報》二代目狂句選者）、竹内竹友などを輩出した明治短文芸の草分け的存在。大正一〇年九月二一日没。享年五五。〔尾藤三柳〕

**三　柳**　さんりゅう　1929–　【新川柳】本名・尾藤源一郎。別号・朱雀洞、去来亭、柳郎。昭和四年八月一二日、東京生れ。尾藤三笠*長男。学習院大学在学中から大衆雑誌に時代小説を執筆、高校教諭を経て《東京タイムス》校閲部長。昭和一六年、「放水路」句会に初出席、川柳入門（一二歳）。近辺の川柳句会に出席。同一八年、「黎明※」創立とともに同人参加。翌一九年、一五歳にして山梨県川柳大会で初優勝する早熟ぶりを示す。戦後、二一年より「きやり※」社人、翌年、「柳友」賛助同人の後、昭和二三年より前田雀郎*に師事、三〇年、丹若会同人。前田雀郎の死後は、「川柳研究※」、「柳友※」、「人※」、「対流※」などを経て、昭和五〇年五月、川柳公論社を興し「川柳公論※」主宰。翌年、日本川柳協会創設に参加、常任理事として第一回全日本川柳東京大会では故渡辺蓮夫*とともに奔走。同五三年、第一一回三條東洋樹賞受賞。同五四年から、NHK文化センター講師として新人養成に尽力。以降、読売日本テレビ文化センター、NHK学園講師などを努め、昭和六二年、〈よみうり時事川柳〉選者として確かな批判精神に裏打ちされた選句眼が、広く支持されている。同六四年、日本川柳ペンクラブ創設に伴い理事長。平成三年、〈サラリーマン川柳〉選者。この〈サラ川〉公募は、川柳ブームの契機となり、以後多くの公募川柳の登場を促した。平成一七年、川柳学会名誉会長。多くの著述と講演活動、研究句会および、ジャーナリズム川柳の選者として川柳の社会的普及と川柳人の育成に努める。古川柳から現代川柳まで初めて本格的に体系化した『川柳総合事典※』（昭59）は、爾後の川柳研究の基礎文献として多大の裨益を与え、『川柳二〇〇年の実像※』（平元）に収録された論文では、学究的に川柳の本質を照射し、川柳文芸研究の第一人者として地位を不動のものとする。川柳の歴史の闇に光を与えることを主宰誌「川柳公論」の柱のひとつとし、また、作家の個性を引き出す創作における選句指導は、多くの好作家を世に送る。作家としても独特の実存主義的作風を持ち、ひとたび大会に臨めば、幅広い選者に高点入選する達吟家でもあり、京浜大会における三連覇をはじめ、句会史上における活躍はよく知られるが、本人は自身の句会吟はあまり評価していない。創作は、シンボリックな技法と、独自な修辞による鮮やかな心象風景を造形。《東京タイムズ》、《静岡新聞》、《公明新聞》、《週刊民社》、《いたばし新報》、「小説宝石」、「大宝輪」、「年金時代」、「公募ガイド」、「大塚薬報」など各川柳欄選者。主要編著書

は、『川柳の基礎知識※』（昭53）、『川柳作句教室※』（昭56）、『川柳二〇〇年の実像※』（平元）、『川柳入門※』（平元）、『三柳漫語やなぎのしずく』（平5）、『随想・其角メモ※』（平9）、英訳時事川柳『Senryu』（平9）、『選者考』（平11）、『新堀端今昔』（平14）ほか、句集に『帰去来※』（昭47）、『尾藤三柳句会作品集』（昭51）、『柳のしずく』（平5）など。川柳活動六五年、平成元年、上野東照宮参道に句碑建立。翻訳川柳の海外への発信やインターネット川柳への取り組みなど、新分野への川柳開拓にも熱意を燃やす。Z賞選者（創設以来は一人のみ）、川柳人協会相談役、全日本川柳協会相談役、などを務めるとともに、「川柳公論」傘下5グループ（勉強会）を指導、朱雀会（研究会）、朱談会（川柳サロン）、川柳フォーラム時事などを主宰、老いても幅広い指導力を発揮し尚現役を貫く。〔須田尚美・堺利彦〕

はじめに言葉ありて　よごれつづける
花子野に立てば太郎の空になる
こぶしひらいてもなにもないかもしれぬ
首塚や　ここに候ものは風
能面の緒ばかり拾うきのうの川
乱世を酌む友あまたあり酌まむ　（句碑）

**紫　苑**　しえん　1897–1979【新川柳】本名・藤井勉。明治三〇年三月一九日、新潟県生れ。若くして長野県飯田で修業、大正一二年同地で写真館を開業、逐次高度の技術を生かして業界に確固たる地歩を築いた。飯田地方に川柳の灯をかかげるべく思い立ち、昭和三二年四月、飯田天柳吟社を創立、後進の育成に励み、今日あるこの地方の存在を形づげた。同五三年七月「天柳」を創刊して主宰をつとめ、また南信州川柳大会を開催して二十数回の実務をあげた。随筆をよくし、句文集『紙屑籠』、『人間句帳』、『ほの〴〵人生』、『風越』の著がある。内容は瓢逸・明朗、諷刺・諧謔に富み、笑いをそそるうちにも人生の機微を捉えて、思わず膝を打たせる妙味横溢、好々爺の面目躍如として、また川柳人たる素質を具えた風格がある。昭和五四年三月二日没。享年八一。〔石曽根民郎〕

酒ほどにきかぬ薬を義理で飲み

**塩井梅仙**　しおいばいせん　1864?–1942【古川柳研究】元治元年生れ。『柳樽拾遺詳解』の著者。昭和八年一一月「故事部」（菊判・六三〇頁）、昭和一五年三月「歴史部」（同・五一二頁）を東京・神田区同朋町の建設社から刊行。輪講などの雑誌掲載を除くと、柳樽拾遺の解釈書としては最初のもので、金子元臣は序して「長歌は大薙刀、短歌は太刀、俳句は九寸五分、川柳は剃刀」とし、「黒人達《くろうと》でもその切れ味が一寸わからぬ」川柳への親切な解説ぶりを称揚している。昭和一七年三月一四日、東京で没。享年七九。〔尾藤三柳〕

**栞** しおり 1909–1995 【新川柳】本名・西尾巌。明治四二年三月六日、大阪府八尾市生れ。別号・百洒堂、水鶏庵。麻生路郎*の「川柳雑誌※」の生涯同人。師没後は「川柳塔※」主幹。路郎を講師として昭和六年七月誕生した、阪大病院内・阪大川柳講座入門から。軽妙なエッセイや柳論で知名。阪大を辞めたあと応召により満州に渡る。終戦後、合資会社曙川食糧工業所を経営。路郎没後、継承された「川柳塔」主幹として毎号巻頭言の達筆ぶりを謳われた。これらは平成五年エッセイ集『水鶏庵こむら散歩』として纏められる。また、昭和四五年刊行の第一号句集『水鶏笛※』の巻頭句〈一歩出ずれば吾れ旅人となる心〉は河内西国第一番の札所大聖勝軍寺山門脇の句碑となる。川柳への思い入れは、「先生は常に、いかに激動する時世でも、変らぬものは天地の万物の美しさである。また人の世の情け、親子、兄弟、姉妹、夫婦、恋人、友情の美しさである。深い自然愛、人間愛こそ川柳の神髄である」という葬儀当日の橘高薫風*の弔辞に言い尽くせる。温厚篤実なその人柄は、木盃拝受の叙勲祝いをはじめ祝典三回に及ぶ。平成七年五月一七日没。水鶏院釈真諦。享年八七。自らが発起建立した高野山霊園に眠る。〔東野大八〕

人恋し人煩わし波の音
旅枕雨にしあれば雨の詩
てっちりや路郎門下の生き残り
紅白の梅凍てにけり夫婦星

**しげを** しげを 1902–1982 【関連人名】本名・宮尾重男。岡本一平ただ一人の弟子といわれ、漫画家を業としたが、民俗研究家、江戸小咄研究家としての著書も多い。大正前期から川柳と関係を持ち、「紅※」「きやり※」などの表紙に筆を執り、また川柳画※をよくし、谷脇素文*の川柳漫画※とは一線を画した。昭和九年、当時の第一線作家一〇〇人の肖像に各人の自筆句を配した『昭和川柳百人一句※』は人気を博し、二篇（昭12）、三篇（昭15）を続刊した。多くの川柳家と親交を持ち、半

世紀にわたって外側から川柳界を支えた大きな存在であった。昭和五七年一〇月二日、心不全で没。享年八〇。〔尾藤三柳〕

**繁　夫**しげを　1929–　【新川柳】本名・平山繁夫。昭和四年十月二〇日、兵庫県生れ。診療放射線技師。昭和三四年、三條東洋樹*に師事、昭和五六年より「時の川柳※」雑詠選者。平成一八年、時の川柳社主幹に就任。東洋樹の〈中道川柳※〉をベースに、現代川柳に文学性の移入を志し、評論、講演など実践的に活躍。NHK文化センター講師として新人の育成に努める。(社)全日本川柳協会常任幹事、兵庫県川柳協会副理事長、神戸市芸術文化会議運営委員ほか。著書に『四季逍遥』(平10)、『川柳作家文学を歩く』(平16)など。〔尾藤一泉〕

わが底を旅する一枚の踏絵
千の折れ矢を見ている新しき風よ
邂逅の美酒に新しき暖流

**紫　軒**しけん　【関連人名】本名・小林豊次郎。別号・善八、鶯里、鶯里山人。著述家、俳人。『俳流の女神』(明36年)、『玉琴集』(明37)、『女傑俳諧伝』(明39)、『作文五千題』(明40)、『俳諧三傑伝』(明41)、『作文五千題』(明42)など俳諧関係書のほか、『古今川柳名吟集』(明18)、『川柳名句集』(明39)を著わす。〔尾藤三柳〕

**史　好**しこう　1915–1993　【新川柳】本名・谷垣雄介。大正一四年、神戸市生れ。昭和三九年頃から、療養先羽曳野病院で川村好郎指導の川柳会に参加。同四三年、川柳塔社同人。髙杉鬼遊、香川酔々と共に〈好郎門下の三羽烏〉と呼ばれた。昭和五五年から、橘高薫風*編集長の下で編集実務を担当。同六〇年には、〈春ざわざわ一級河川まだ眠り〉で路郎賞受賞。闘病生活の末、平成五年十月二六日、六九歳で没。同七年、鬼遊が中心となり、『谷垣史好川柳句集』を刊行。薫風はその序で、肩書などに一切無関心な「根っからの川柳人」だと評している。〔桒原道夫〕

その言葉教えた人は死んだんだよ鸚鵡
鉄橋に夕日倖せまだ遠い
鰺一尾　貴公子然と売れ残り

**而笑子**《じしょうし》 1866–1928【新川柳】本名・窪田幸太郎。春昭園而笑（蕉門宗匠）。慶応二年三月一五日、東京・小石川生れ。横浜電信局技師。明治三五年ごろ、柳多留に興味を覚え、封建的俳壇に反発して転向。同三七年投書家を経て読売新聞社に入社。四〇年三月、田能村朴念仁*の後を継いで川柳選者となる。読売川柳研究会※の普及拡大に努力、「死に代り生き代り出る揚場町」とひやかされながらも、私財を投じて全国に多数の川柳作家を生み、久良岐社※、柳樽寺※と明治川柳界を三分した。句風※は写生を主とし、平明を好んで読売派と呼ばれた。「同好」、「川柳とへなぶり※」、「滑稽文学※」、「新柳眉集」などを主宰、また、四〇年には《海南新聞》投句者による海南川柳研究会を松山市に結成、晩年の大正一〇年には自宅に媛柳川柳会を創り、謄写版刷りの「媛柳※」を原紙切りから製本、発送まで独力で続けた。同誌九二集二月号（発行日付＝一一月五日）を発送して、昭和三年一〇月二七日、市外戸塚町源兵衛の自宅で脳溢血により急逝。享年六二。貞山恵幸信士。村田周魚*、佐藤紫紘*、前田伍健*が発起人となって募金、翌四年の一周忌に墓石が完成した。編著書として『末摘花』（明43、滑稽文学社）、遺稿集として前田伍健編の『川柳一糸集』（昭4）が松山から刊行され、而笑子忌が設けられた。

〔東野大八・尾藤一泉〕

初夢の笑ひ屏風へたゝみこみ　（明38『新川柳抄』）

天にまします神様はをかしがり　（同）

手ぶくろを口にくはへて銭を出し　（同）

春の灯を前に髪結ふ女あり　（明43『新川柳六千句』）

ほとゝぎすもう小金井も毛虫なり　（明44、同）

**賤丸**《しずまる》【俳風狂句】①初代・後の四世川柳*こと眠亭《みんてい》賤丸。つなげれば「眠って静まる」の洒落。文化三年初出（柳多留三五篇）。柳多留五八編より評者としても名前を見せる。→川柳 4。

西と北こくふに花の降る所　樽五〇-26

②二代・四世川柳の作家表徳を継ぎ、二世賤丸と名乗った作家。目立った活躍はない。四世川柳よりも先に文政八年正月二三日開キの武蔵野会に出席後没。同四月二八日に追福会（柳多留八九篇）が行われている。〔尾藤一泉〕

五百の内に助兵衛が顔もあり　樽八六-15

**子誠**《しせい》【中間期】市中菴。和笛*の旧友という。『柳多留』二五篇の跋文筆者。詳細不明。〔尾藤一泉〕

折帋が娘へ付くと疵になり　樽二五-3

柱から生れたやつか餅を喰　樽二七-8

**七厘坊**　しちりんぼう　【新川柳】↓日車

**紫痴郎**　しちろう　1882–1968　【新川柳】本名・中島熊七。別号・六極庵、愛染明王、竹翁、弓之介。明治一五年五月二四日、新潟県生れ。一九歳のとき上京、済生学舎に入り医学専攻。明治四〇年、読売川柳会に参加、同志とともに明治四二年四月「矢車※」創刊。川柳は江戸趣味※にあるという気風をただすべく、深刻に現実を詠う新傾向※を標榜し、より新鮮、より文学的な視野に立つ革新運動に参画、新川柳興隆に寄与する一エポックを担った。全国柳壇に新風を吹き込んだ功績は大なるものがある。大正三年長野県平穏村湯田中（現山ノ内町）に医院を開き、かたわら地方新聞に新川柳普及の論説を掲げて多くの共鳴者をかちとり、その機運に乗って昭和七年七月「湯の村※」を創刊、信州柳壇に力強い産声をあげた。誌面にあふれる清新味が話題を呼んで、全国を風靡、また主張を超越して作家をよく受け入れる包容性があり、各地からの往来がはげしかった。昭和一五年六月、惜しくも終刊。その後もよく川柳興隆に力をそそぎ、慈父のごとく敬愛された。昭和三六年四月、門下生により自庭に〈流れ行く水の素直さじっと見る〉、また昭和四四年四月、生地の越後の大崎に〈こんな川の水でも海へ行くのだぜ〉の句碑を建てた。作品集『行く水※』（昭38）がある。昭和四三年六月三〇日没。享年八五。〔石曽根民郎〕

何となく明るい町へ行きたき日

老妻に化粧をすすめ笑ひ合ふ

こんな川の水でも海へ行くのだぜ

木枯の男らしさにスツト立つ

**しづ子**　しづこ　【新川柳】↓三笠しづ子

**柿亭**　してい　1886–1959　【新川柳】本名・坂本彦平。別号・猿冠者。明治一九年三月一〇日、東京生れ。浅草で生れ、神田で育ち、神田明神境内で割烹料理・開花楼を経営、猿冠者と名乗って文士劇の流れをくむ演芸通話会を主宰しつつ大正一〇年早川右近*らと麻の

葉吟社、のち川柳柿吟社を興し、昭和七年から柳誌「川柳柿※」を発行。一若*、仙次朗、胡蝶、司馬亭*、巨呂平（巨郎*）、不及、舞将等が同人で、昭和一三年休刊。ＮＨＫ会長（昭和五一～五七年）を勤めた長男・朝一も一胡*と名乗り、川上三太郎*門下で「川柳研究※」幹事。昭和三四年四月三日、老衰のため没。享年七三。向島小梅の常泉等に葬る（大雄院徳玄法猿居士）。〔坂本一胡〕

**殺された役者の顔へ蚊が一つ**
**下町の恋は祭りの灯に映り**
**師直は若狭之介の塵にむせ**

**二男坊** じなんぼう 1924–1976【新川柳】本姓・平野。岩手県生れ。教師。昭和三五年ごろより作句。昭和三八年北上吟社同人。四六年県南川柳会を結成。柳誌「たばしね」を創刊。岩手県南の川柳普及と新人の育成に努め、県南川柳振興の基礎を築く。昭和五一年三月没。享年五二（義岳院淑堂哲禅居士）。〔高橋放浪児〕

**貧乏も金持ちもないランドセル** （昭48）

**紫　峰** しほう 1908–2003【新川柳】本名・小泉林之助。明治四一年二月一六日、青森県福地村に生れ。種苗店経営。大正一三年六月、川柳入門。野辺地川柳会（昭和八年まで）、「ひづめ」、「川柳隊」に投句。昭和八年、西塚春魚・村井吉重*等と八戸川柳社を創立。「みちのく」そして「ねぶた」、「川柳研究」。青森県川柳社

同人。温厚で素朴な人柄は皆に愛され、以後五〇年間代表を努める。昭和三八年には第一回八戸市文化賞、平成六年には県文化賞、同九年に県褒賞、そして平成一〇年には文部大臣表彰。平成一三年、八戸市特別功労者賞を受賞。句集『すて石』、『苔の花※』、『老猿』。他に句碑が三基。平成一五年六月一八日没。享年九五。〔杉野草兵・岩崎眞理子〕

**知る人ぞ知るすて石になれる幸**
**記念樹が天にそびえて日々平和**
**生き甲斐を知る日ステキな苔の花**

**〆　太** しめた 1825–1898【柳風狂句】本名・中村萬吉。文政八年生れ。麹町山元町に住む紀州家御用の畳業。五世川柳*門。臂張亭〆太と号し、柳風会※の古参判者※。明治二五年一〇月、八世川柳*が没すると柳風会

は二派に分裂、後継を決する社中投票で前島和橋と争った結果、五五五票対四四二票で敗れたが、高番偏重※主義を批判して対抗、麺町連などの支持で九世を称し、正風亭川柳を名乗った。川柳宗家には俗に三種の神器※と称される什器が代々伝えられており、〆太は、そのうちの初代川柳画像を八世川柳の逝去一年前に譲られていたが、同二九年五月、これを培柳吟社（山形県・長井）の魚心*に預けた。明治三一年一一月二〇日没。享年七四。正風院高巌翠柳居士。東京和田堀の常仙寺（寅薬師）に葬る。〔尾藤一泉〕

士族の商法江の島へ塩物屋
了簡が横で真向の運が逃げ
武甲山着込に余る夏木立
幾春や五老も鶴も拾ふ米
（明29、『五愈還暦賀会狂句合』・軸）

**雀郎**　じゃくろう　1897–1960【新川柳】本名・前田源一郎。別号・榴花洞、俳諧亭。明治三〇年三月二七日、栃木県宇都宮市相生町に足袋商前田屋の長男として生れる。宇都宮商業卒。大正三年、地元の宇陽柳風会※に籍を置いて狂句※を学ぶ。大正六年上京して講談社に入社、同七年四月、富士見町に阪井久良伎*の門を叩く。これが川柳への出発で、同一〇年、都新聞社へ入社、同一二年、同紙に川柳募集欄〈都柳壇〉を新設、二月一日付から紙面にいわゆる〈都調※〉の足場を作り、若手作家のメッカとなる。同翌一三年一〇月、河柳雨吉*、平山かほ丸、船井小阿弥などを中心に自選の都柳壇に拠る投句者で都川柳会を設立、東京・日本橋薬研堀（阪下也奈貴*方）の発行所から「みやこ※」を創刊、都調※と呼ばれる作風で一派をなしたが、師の久良伎からは「川柳を知らぬ田舎者」として破門のかたちとなった。「みやこ」は永続しなかったが、昭和にはいると文筆活動はいよいよ盛んになり、三太郎*、周魚*と並んで東京の三巨頭と呼ばれる第一人者の地位を築き上げた。昭和一一年二月、大野琴荘*らと「せんりう※」（第一次）創刊、昭和一二年一月、《都新聞》を退社。〈都柳壇〉も終る。同一四年七月には丹若会を創立した。同一五年に日本川柳協会※が設立されるや推されて委員長に就任、一六年に発足した日本文学報国会俳句部会川柳分科会の委員長も兼ねた。戦後は丹若会を復活する一方、マスコミに活躍、三三年四月にNHKラジオで放送した「川柳のなかの人間天皇」は名放送として話題を呼んだ。雀郎を特徴づけるのは何

よりも真摯な学究的態度であり、『川柳と俳諧※』(昭11)、『榴花洞日録※』(昭12)、『川柳探究※』(昭33)などが主な著書だが、その中で一貫して唱え、かつ実作の上でも先達としての姿勢を打ち出しているのは、川柳の原点である俳諧の〈こころ〉である。「川柳を俳諧につないで考えたのは、私が早いかと思っております。従って私のいま川柳に於てこころざすところもそこにあります。つまり俳諧の平句の心持に立って川柳する。これが私の、主張というよりも実践であります」(至文堂発行『国文学・解釈と鑑賞』昭和三三年七月)という言葉が、雀郎の川柳観を端的に表わしており、彼が俳諧研究に心血を注いだのも、その考えに立ってのものであった。雀郎の川柳精神と作風は、大木笛我*、深山二呂三*、井上矢の倉、太田みづゑ、小堀和三、尾藤三柳*などの門下に受け継がれ、その風を後世に伝えている。昭和三五年一月二七日、尿毒症のため北里研究所付属病院で没。享年六二。宇都宮・宝勝寺に葬る(俳諧亭源阿川柳雀郎居士)。栃木県の大平山(昭和二九年)及び二荒山神社(昭和四〇年)、山形県の飯豊山(昭和三四年)に句碑がある。〔尾藤三柳〕

とかくして正月来たり三日経ち
もの食べて黙つてをれば有難や
音もなく花火があがる他所の町
一生を一間足りない家に住み
子の手紙前田雀郎様とあり(句集『ふるさと』昭40)

**紗　光**　しゃこう　1892-1980　【新川柳】本名・宮本栄三。大正二年二月四日、弘前市生れ。文房具卸商。昭和八年頃、川柳入門。昭和一〇年、成田我洲*等と弘前川柳社を創立。みちのく吟社同人などを経て、昭和二三年、蝶五郎*等と青森県川柳社創立に関わる。同四二年には時の川柳社同人になるなど活動は幅広く、工藤寿久*をはじめとする多くの若者を育成。また「ほのぼの川柳会」等、新人育成を通じての川柳普及活動は現在の基盤となっている。中林瞭象亡き後、青森県川柳社代表を努めた。平成元年上梓された句集『林檎樹※』は、師と慕う弘前川柳社の若い柳人達によって編まれた。平成二年三月二五日没。享年七七歳。〔杉野草兵・岩崎眞理子〕

空腹が続きピアノが狂い出す
かたくなに生きて奢りを寄せつけず
一本の葦を小さな笛にする

**鯱**　しゃちほこ　【柳風狂句】本名・井田林右衛門。号・金光堂鯱。武州八王子町で織物の仲買を業とする旧家で、三井呉服店から暖簾を許された越後屋に生れ、幼少から狂句※の道に入る。六世川柳*に学んで親子のごとく、万治楼義母子*と交わって兄弟のごとしといわれた。壮年に及んで遊蕩に資産を傾けたとき、六世から二葉の短冊をもって戒められたことから奮起、織物工場を起こして家運を回復した。これを「柳風の徳」として、六世のいわゆる「教句」をよく人に鼓吹したという。〔尾藤三柳〕

**初雪やせめて娘の化粧程** (明20「五世六世川柳祭祀狂句合」)

**尺蠖** しゃっかく 1892–1980【新川柳】本名・渡辺一郎。明治二五年七月一六日、新潟県生れ。大正元年上京。技師として五五年間勤務す。大正初期、柳樽寺※川柳会同人となり、爾来評論、創作に活躍六〇余年に及び、「川柳人※」垂天集選評者として、昭和五四年一一月病に臥すまで後進を指導。大正一三年、枕鐘会※創立とともに会員となり新川柳研究に参加、当時は生命神秘主義をとり現実派と対決する。主なる評論に「我等何を詠ふべき乎」がある。昭和四六年『井上剣花坊伝』を著わす。同五三年一叩人編『新興川柳選集※』を監修。昭和五五年二月七日没。享年八八。〔大石鶴子〕

**一匹の蠖の行方に眼が疲れ** (大9)

**自殺論こゝに自由が一つ冴え** (大13)

**澄み切つたいのち抜けたり針の穴** (昭11)

**自閉症の扉の奥は恍惚の闇** (「川柳人」五〇〇号)

参考・・「大正川柳」「川柳人」、『新興川柳選集』(昭53)

**周魚** しゅうぎょ 1889–1967【新川柳】本名・村田泰助。別号・海月堂。旧号・鯛坊。明治二二年一一月一七日、東京市下谷区車坂生れ。父は俳諧師・海月菴昇輝。東京薬学校を修了後、警視庁衛生部勤務。のち《薬業の友》主筆。一九歳の明治四〇年、柳多留三篇までを熟読して、俳句から川柳に転向し、新聞《日本》へ投稿、また雑俳※、狂句※をつくる。明治末年、花又花酔*の紹介で井上剣花坊*を識り、大正二年佐瀬剣珍坊*の仲介で柳樽寺※川柳会の同人となる。同九年四月一日、八十島可喜津(勇魚*)の勧めできやり吟社を興す(創立時は顧問)。同人は可喜津のほか水島不老*、中村鼓舞子で、六月に塚越迷亭*、九月に海野夢一佛*が加わり、西島〇丸*、小林さん翁を客員に迎えて、納札型三つ折の「川柳きやり※」を創刊した。一〇年二月から菊半裁横綴じ、昭和三年新年号から菊判となり、発行部数三千。この前

後から例会の出席者も一〇〇名を越えるようになり、一〇周年記念号（昭和四年五月、一二八頁）を出すころには、東京はもちろん全国を代表する柳誌となった。創作欄に一句組が増え、全没者が出たといわれたのは二〇周年（昭和一五年）までの最盛期である。太平洋戦争に入ると、物資窮乏の波は川柳誌にも及び、それまで活版二〇頁前後を維持していた「きやり」が雑誌統合整理の指令を受けたのは一九年、東京で残存を許されたのは「川柳研究※」一誌だけだった。周魚のおそるべき執念と、川柳への情熱が遺憾なく発揮されたのはこの時期で、以後終戦まで一カ月の休刊も遅れもなく句会報を出し続けた。表向きは「きやり社報」と名を替え、わずか八ページ（終戦時には六ページ）に過ぎなかったが、次々に爆撃を受けたり廃業する印刷屋を追って活版形式を崩さなかった。「川柳研究」は一九年に休刊していたから、焦土と化していく東京で川柳の灯を消さなかったのは「きやり」のみだった。

**働いた顔は鏡に痩せ細り**　（昭20）

これが、大戦下における周魚の収支決算であった。きやり一筋に賭けた周魚は、六大家※と呼ばれた人びとの中では比較的地味な存在であり、著書も少く、作品的にも際立った個性を示していない。「人間描写の詩として現実的な生活感情を重んじる」という平淡な姿勢が、雑詠欄を〈日常茶飯〉と名づけたゆえんだろう。「伝統をそのまま受け継がず近代的な新しい発展の体（すがた）において生かす」といい、「近代の芸術意識を通じて川柳する」といっても、その底を流れる江戸ッ子の趣味性は柳多留の延長線上にあるといってよく、大正末期の新興川柳※勃興時には伝統・既成川柳※の牙城として、かっこうの攻撃対象になったが、周魚は終始その姿勢を崩さなかった。著書に『明窓独語※』（昭16）、『村田周魚句集※』（昭29）、『川柳雑話※』（昭30）がある。昭和四二年四月一一日、腸閉塞で没。享年七七。〔尾藤三柳〕

**しやぼん箱女房でかした初松魚**　（昭15・5「きやり」紀元二千六百年記念大会号）

**掌に運があるとは面白し**

**春の闇酒の匂ひとすれ違い**

**盃を挙げて天下は廻りもち**　（句碑・上野東照宮）

**花生けて己れ一人の座を悟る**　（辞世）

**十字**　じゅうじ　1904–1979【新川柳】本名・藤波英之助。明治三七年九月二日、埼玉県生れ。上尾市でぶどう園自営。昭和四年より作句を始め、同七年に関五本松らと銀河川柳会を興し地元柳人を育成。同一二年「川柳研究※」幹事、同二一年「くぬぎ」、同三五年「さいたま※」同人として活躍。昭和四〇年、諏訪吟社を結成。上尾市の川柳講座等を担当し後進指導に力を注いだ。作風は地味だが土の匂いのする句を黙々と詠んだ。昭和五四年六月九日、脳溢血で没。享年七四。上尾市・徳星寺に葬る（観句釈英居士）。〔篠﨑堅太郎〕

もう何も言わずに歩く蟻となる

**寿鶴** じゅかく 1832〜?【柳風狂句】本名・森銅三郎。号・松楽堂寿鶴。天保三年、市谷生れ。谷中清水町に住み、紀州家の職工方円斎六角に学び、指物文房の製作に従事し、銅斎を名乗る。柳風は五世川柳*に学び、幼年から数十年、大小の会の幹事となって奔走。作句は着想の妙をもって知られ、狂句※の申し子とも称された。別に常磐津寿満太夫の芸名を持ち、盆栽を好んだという。

現在残る初代川柳*最古の画像（長谷川等雪筆、天保三年、四世川柳*調製）の箱書きに「明治廿三年十月廿日　八世川柳*時代寄付　松楽堂寿鶴印」とあるが、この画像がなぜ寿鶴の手許にあったかなど、それまでの経緯は不明である。永らく川柳宗家の什器とされてきたものだが、のち明治二九年五月、九世正風亭川柳（臂張亭〆太*）から羽前長井町の培柳社佐々木魚心*に預けられた。〔尾藤一泉〕

遠の音がしみじみしみし鐘の音（回文）
（明20『五世六世川柳祭祀狂句合』）

出過ては人智も度あり鉋の刃
（明23『狂句百花仙』）

**寿久** じゅきゅう 1930–2001【新川柳】本名・工藤良三。昭和五年、弘前市生れ。雑貨卸業。昭和三一年、弘前川柳社入会（三四年同人）。宮本紗光*に師事。同四三年、青森県川柳社同人（後、副会長）、かもしか川柳社幹事などを経て平成二年、弘前川柳社主幹。宮本紗光の後を受け、新人育成に尽力。俳句誌をも熟読する県内きっての達吟家として知られ、その作品は県内外の柳人達に影響を与え続けた。平成八年、弘前川柳社六〇周年に句集『津軽村※』上梓。平成一三年三月一三日没。享年七一。〔杉野草兵・岩崎眞理子〕

百人のはは生れるそば畑
卒塔婆に何を書き足す津軽村
地吹雪に噫々と吐く息持ち去らる

**祝　平**　しゅくへい　1904–1952【新川柳】本名・小島豊次。明治三七年九月二七日、大阪生れ。堺市の餅、饅頭・寿餅本舗経営。昭和一三年、「番傘※」同人。定金冬二*（当時白柳子）と共に津山番傘を創設。林照子、森中惠美子*らを指導。句集『朱座』。「エエかっこしょう、思うのは川柳やない、川柳のいのちは真実《ほんま》や、すべて正直に詠むのや…。祝平」と、西村左久良発行『祝平百句集』（榎本聰夢編）の扉に〈泣かいでもよいと大人の無理をいひ〉自筆色紙。岸本水府の序は「その句は視野の広いこと、愛と涙にみちみちていること、あの温容をしのぶ明るさとくつろぎを感じたことである」と述べている。昭和二七年九月八日没。享年四八。〔太田紀伊子〕

**母の箸せっせと動くのがうれし**
**己が身を殺すお辞儀をしてしまい**

**寿　山**　じゅざん　1900–1988【新川柳】本名・坊野寿三郎。明治三三年九月九日、日本橋区橘町生れ。書籍・化粧品・楽器商、旅館業。大正五年夏ごろ、川柳三男会句会より入門。昭和六年より川柳鹿連会で落語家に川柳を指導。以後、断続しながら、第二次鹿連会（昭和二八年発足）、仔鹿会（昭和三三年発足）、川柳鹿柳会（昭和四二年発足）など咄家の川柳会に関わり、手作りの柳誌を発行するなどの労をとっている。自らの川柳を〈花柳吟寿山調〉と呼び、著書に『花柳吟壽山調』その1〜その4（昭8〜9）、『落語寄席風俗誌』（昭50、共著）、『色元結 -昭和の初めの花柳界、粋な遊び-』（昭59）、『粗忽長屋』（昭59）がある。昭和六三年一〇月二五日没。享年八八。江戸川区の光明寺に葬る。〔尾藤一泉〕

**十二時が過ぎて待合おもしろし**
**いさかいひにその襟足を見せて呉れ**
**泊る妓の肌着になるとちぢこまり**

**朱雀洞**　しゅじゃくどう　↓天邪鬼

**朱雀洞**　しゅじゃくどう　↓三柳

**春　蛙**　しゅんあ　1910–1980【新川柳】本名・真木武。旧姓・清水。別号・柿草庵。明治四三年一月二六日、長野県生れ。国鉄職員。大正一四年川柳に手を染め、昭和三年金子呑風*担当の《信濃日日新聞》柳壇に投稿して意欲を燃やす。昭和五年郷里の上高井郡牟礼村に柳梵会を組織、昭和七年、真木姓を名乗る。昭和一一年、丸山木毎、竹重雀亭、永井米一朗らと相図り「美すゞ」を発刊。一五年、小諸に転居。その後応召。昭和二二年国鉄中込駅機関区職員で川柳振子会結成。二三年三月川柳浅間吟社を創立し「あさま」発刊。昭和五五年一一月三日没。享年七〇。『句手帳』、『酒の味』の二句集がある。〔石曽根民郎〕

**方角を替へて益々落ぶれる**

**混雑をおこる自分もその一人**

**俊　秀**　しゅんしゅう　1930–　【新川柳】本名・大木俊秀《としひで》。昭和五年一二月一一日、横浜生れ。ＮＨＫ勤務。昭和六一年、同社退職を機にＮＨＫ学園に川柳講座を創設、「川柳春秋※」編集主幹。番傘本社同人や全日本川柳協会理事を務める傍らＮＨＫパラボラ川柳会を主宰。「文芸選評・川柳」（ＮＨＫラジオ）に出演するほか、「光の家」、《全国農業新聞》、《熊本日日新聞》、《国保新聞》などの川柳欄選者。著書に、『俊秀流・川柳入門』がある。「川柳春秋」編集長として多くの川柳家との対談は、史料として面白い。句風は、特に難解なところはなく、日常の視線が中心である。元アナウンサーとして川柳とコトバを橋渡しするような講演を各地で行い、入門者向きの易しい語り口は好感がもてる。〔尾藤一泉〕

**チャクメロでまた僕を呼ぶモーツァルト**

**遺言ひとつ無くて候桐一葉**

**純二郎**　じゅんじろう　1924–1980　【新川柳】本名・土屋甲子太。大正一三年三月一日、長野県御代田町生れ。のち上田市に移る。警視庁勤務（負傷退官）。昭和二八年七月「川柳かわず」創刊、四号から「こづち」と改称、一六号まで発行。昭和三六年三月、上田地区柳壇の大同団結で川柳六文銭吟社発足と同時に副主幹として編集を担当、五〇年病気引退するまで、同吟社の基礎づくりに貢献した。晩年は柳論、句評に活躍し、また作風は純二郎調と呼ばれた。昭和五五年一二月七日、敗血症で没。享年五六。泰山良悟居士。〔尾藤三柳〕

**草笛は鳴らず少年唖となる**

（「川柳六文銭」240号、土屋純二郎追悼号）

**俊　平**　しゅんぺい　1925–1999　【新川柳】本名・寺尾俊平。旧姓・岡。旧号・一臍《いっさい》。大正一四年五月二〇日、東京生れ。昭和六年岡山へ移る。大蔵省印刷局勤務。昭和二九年頃から川柳を始める。奇抜な発想と飛躍する表現

技術が特徴。ユーモアのある話術で魅了。「ふあうすと※」に拠り、一地域の作家ではなく「川柳行脚」と称して全国を廻り、特に東北の大会へは足繁く出席。「東北の関西人」などと呼ばれる。昭和三二年、三太郎*の「川柳研究※」幹事となる。昭和六二年三月、岡山に「川柳塾※」を設立。後進の指導に励む。著書に句集『葦川※』（昭61）、『風の中』（平２）およびエッセイ集『海が砂漠か砂漠が海か』（平11）がある。平成一一年一〇月一九日没。死後、遺句集『寺尾俊平川柳句集』が刊行される。〔大野風太郎〕

両の掌で囲うは思慕のほかになし
風紋のあるたくらみに似たるなり
高い橋僕には捨てるものがない
淋しい日一人の敵を仮想する
海の貌小さき怒りにはあらず

**蕣露庵** しゅんろあん →渡邉信一郎

**笑　菊** しょうぎく 1902–1945【新川柳】本名。相生豊太郎。明治三五年二月二三日、東京生れ。大正九年ごろから作句、昭和初年うきよ吟社同人となり、のち川上三太郎*の川柳研究社幹事となる。句会部を担当、戦時中の川柳研究献金句会に出席人員の最盛期を現出したのは、その温厚な人柄と社交性によるものだが、何よりも東京各句会での巧者ぶりに親しみが寄せられていた。笑菊は、作家というよりも〈句会の人〉というに相応しい。その誠実な人柄ゆえに、昭和二〇年三月一〇日の東京大空襲下、警防団員として最後まで踏みとどまって殉職した。享年四三。〔尾藤三柳〕

昼近き女土方の節まはし　（昭18）

**松　魚** しょうぎょ 1899–1969【新川柳】本名。菅野初太郎。明治三二年六月二日、東京生れ。鍼灸術師（東駒形・遍照院の弘法灸として有名）。大正末年、柳蛙の号で川柳、都々逸に手を染め、昭和初年、久佐太郎の「文芸塔」に拠って幹部同人となる。また、本所に紅倶楽部以来のあづま吟社を興す。「先鋭的な感覚に震えるような映像を描く」（杉原残華）作家として、また袴を欠かさない句会出席の折目正しさで敬愛された。昭和四四年六月二四日没。享年七〇。誠光院慈徳松魚居士。追悼句集に『香華帖』（昭45・3）がある。〔尾藤三柳〕

よろこびの灯にあるところ鯛が反り　（『五万石の風』）

**昇旭**　しょうきょく　→川柳　11

**省悟**　しょうご　1953–　【新川柳】本名・野沢省悟。昭和二八年三月二六日、青森県・野辺地町生まれ。昭和五一年川柳入門。五三年よりかもしか川柳社幹事、杉野草兵*・高田寄生木*に指導を受ける。五九年、第一二回青森県文芸新人賞受賞。平成四年、現代川柳雪灯の会代表。平成一四年、かもしか川柳社および現代川柳雪灯の会は解散、翌年、川柳双眸社を創立して代表。さらに、平成一九年「触光」を創刊。青森県文芸協会理事、「北陽」同人、「文芸あおもり」編集長。評論に『極北の天』（平8）、句集に『ほつれ日』（平1）、『抱擁』（平3）、『ぽん』（平5）、『瞼は雪』（平7）、『野沢省悟集※』（平17）などがある。〔杉野草兵〕

光年の雪降る　瞳から瞳
ちゅうりっぷ謀反人から謀反人
芒野に朽ちるのどぼとけの螢
電子レンジで逢い引きをする少女

**笑三朗**　しょうざぶろう　1898–1956【新川柳】本名・松崎正三郎。明治三一年、福岡市生まれ。学業を了えて西日本鉄道（株）＝当時の博多軌道（株）＝に入社、要職を経て昭和二八年退職。昭和八年、福岡番傘後援会を結成、「城南」を発行。昭和一一年川柳春秋倶楽部に改め、現在の福岡川柳倶楽部初代会長として活躍する。昭和二四年機関誌「どんたく」を創刊、多くの好作家を世に送った。句集『鯛の目』は没後、同倶楽部より刊行された。昭和三一年一一月没。享年五八。〔日下部舟可〕

謡曲のすむまで鯛の目を見つめ

**昭二**　しょうじ　1913–1985【新川柳】本名・奥正二。大正二年、青森県三戸町生まれ。地方公務員。昭和五年頃川柳入門。三戸川柳吟社創立メンバーの中に、担任教師・長谷川霜雨（のち霜鳥）がいた。達吟家で知られ、県内外を問わず幅広く活動。県川柳社同人。最晩年まで新人と同じ姿勢で投句を続け、多くの柳人に影響を与えた。昭和六〇年六月一日没。享年七二。句集に『藪萱草』がある。〔杉野草兵・岩崎眞理子〕

よそで啼け鳥よ父が病んでいる
売ろうかと抱いた鶏あたたかい
子がはしる走る貧富の翳もなく

**昇　叟**《しょうそう》 1828－?【柳風狂句・明治】小林氏。別号・旭海楼。文政一一年生れ。酒商・高崎屋。宗家※に師事して狂句※を学び、柳風会※の古参。長男・釜三郎は、後の十一世川柳*となる昇旭*、次男も瑶林舎昇月を名乗り、柳風会一家をなす。明治二二年、還暦には二四名の楽評※と八世川柳*の立評※で記念大会を催し、額面を奉納している。これを機に頭を丸め、以後隠棲する。〔尾藤一泉〕

**高峰から深き操を御追想**　（明21　昇叟還暦）

**風船の眠気を覚す揚雲雀**　（明21　昇叟還暦）

**つめられて懐ろいたむ賭将棋**　（明21　昇叟還暦）

**松　窓**《しょうそう》 1885–1945【新川柳】本名・斎藤万七。別号・山茶花、蕉風荘。明治一八年三月二四日、京都市生れ。商社勤務。明治三七年ごろから作句。明治三九年六月六厘坊*創刊の「葉柳※」で路郎*、日車*、半文銭*、當百*らと活躍。六厘坊の死後、路郎、日車が新短歌※運動を目ざして大正四年に創刊した「雪※」、またそのあとの「土団子※」にも協力。同誌廃刊後、京都市の川柳界に入り、京都川柳社発刊の「大文字」で活躍。大正八年、緑天、半文銭らと新傾向※雑誌「紙衣」に参加。昭和五年、新川柳※派の「川柳街※」主幹。京都川柳界の大御所格として、昭和二〇年一一月二日、京都市で没。享年五九。〔東野大八〕

**二十年も昔の恋か月まろき宵**　（「川柳ビル」昭10・10）

**宵　波**《しょうは》 1926–【新川柳】本名・吉岡次郎。大正一四年一月四日、山梨県生れ。戦後間もなくの価値観が狂った時代に支えとして田中浮世亭に川柳入門。昭和二八年より東京に移り、翌年より「思潮」同人。三太郎*没後の昭和四七年、佐藤正敏*の依頼により「川柳研究※」幹事となる。以後、川柳研究一筋に句会部長などを歴任、川柳研究大会の基礎を作る。朗々と、歯切れのよい披講※は、独特の魅力があった。「柳都※」にも参加、昭和五八年度の〈川上三太郎賞〉を受賞。特筆すべきは、昭和五六年頃より「川柳研究」の創作欄において「森」をテーマとした句を二十年以上作りつづけ、現在も周囲の作品と一味異なる健筆を揮っていることである。句集に『川柳友達※』（昭60）がある。〔尾藤一泉〕

骨拾う姿は骨に見つめられ
落人の裏も表も深い森
森に居る刻の静かな人殺し

**沼　畔**　しょうはん　1910–1985　【新川柳】本名・菅生尚範。明治四三年三月一二日、広島県賀茂郡郷田村生れ。酒造会社社長。昭和七年、短歌結社・眞樹社同人として短詩型に入る。川柳との関わりは比較的遅く、昭和三八年、西条川柳大会に来賓として参加、投じた一句が抜ける※ことからはじまる。昭和四一年、加茂郡食品衛生協会長に就任、一〇月に加茂川柳社より『酒の句集』を発行、四三年には、酒をテーマとした「昭和柳樽」を全国募集、今日における企業公募川柳の草分け的事業を行う。また、五月一日より、「川柳かも　別冊」を創刊。アンケートにより全国吟社の現状を詳細に調査、第四号からは、「川柳明治百年年表」を連載、貴重な資料を残す。昭和四六年七月、かも川柳会より「新生かも」を分離独立、個人誌として刊行を続け、翌年一二月、広島川柳会の「ひろしま」と「新生かも」を合併し、「ひろしま」の主幹となる。酒の川柳を通じて、社会に川柳を広めた功績は大きい。主な著書に、『西条酒』（昭42）、川柳関連に『酒の句集』（昭41）、『昭和柳樽』（昭43）、合同句集『川柳ひろしま』（昭53）、個人句集『普門苑雑記※』（昭56）がある。昭和六〇年一一月一四日没。享年七五。〔尾藤一泉〕

ほがらかな人の世希《ねが》う　酒造り
酒好きの蝿はお酒に溺れ死に
絵馬古りて村には家もない願主
美しく老いたし白髪今朝をとく

**松　鱸**　しょうろ　?～1853　【俳風狂句】号・素行堂。飛騨高山生れ。江戸中橋で医を業とする。坂倉氏。二世川柳*の門に入り、のち尚古堂杜蝶に学ぶ。文政八年（一八二五）、柳多留八九編に「松鱸」初見。四世川柳*から判者※の允許※を受け、文政一二年飛騨高山に帰って、郷里で俳風狂句※を鼓吹、翌天保元年（一八三〇）には西遊して、同年晩秋に大阪に至り、近江町に居を定める。「東都川柳側素行堂松鱸」として、その年の一一月から地元連衆を集めた月並を開き、翌天保二年には「狂句梅柳※」初編を刊行、同一四年までに二五編に及ぶ。これが江戸柳風（俳風）の大阪における濫觴となった。この間も「ヒダ松鱸」「ナニハ松鱸」として、江戸への求評は欠かさず、『柳

**松鱸翁之墓**
圓通院（天満西寺町）
（『渓花坊川柳随筆』より）

多留※』一二五篇までに二四〇に及ぶ句が見えている。のち、南本町三休橋に庵を移し、南明園玉樹、燈下園史友、尚下堂英蝶ら高弟も、それぞれに門戸を張って年毎に盛んとなる。「梅柳」初編に「東都の柳たるに口をつけて浪花の水にかもしたる富士見酒にして味ひうまくきく者涎を流せり」とあるように、称して浪速柳多留の祖と崇められ、嘉永六年（一八五三）一二月二六日、同地に没した。天満西寺町の園通寺に葬る。〔尾藤三柳〕

**花物言わす女房もものいわず**　樽九三
**虫干も書物ハ道を明けて置キ**　樽九三
**家内安全そくさいでとそを買イ**　樽九四
**最早年内余日なく浅黄もて**　樽九四
**あわれさは子を売判《け》の肉も痩**　樽九七
**それ爰が憚りと消る雪達磨**　辞世

参考：「五十年以前における大坂の川柳」花岡百樹（「葉柳」2巻1号）。「素行堂松鱸翁私考」本田渓花坊（『川柳春秋』S15・7）、「素行堂松鱸翁大阪移住期」本田渓花坊、（『川柳春秋』S16・1）

**如　洗**　じょせん　1875–1928　【新川柳】本名・浜田恵作。明治八年一二月一日、東京・下谷生れ。画家（富岡永洗門）。宮田未尽坊らと根岸派を起し、のち白菊会※を結成して、趣味の広いグループ活動の中心となっていたが、明治四〇年同志を率いて高木角恋坊*の国民柳壇に参加。俳句もまた一家を成していた。昭和三年三月一七日、流行性感冒で没。享年五二。東京・三ノ輪の薬王寺に葬る（恵光院真覚如洗居士）。〔尾藤三柳〕

**羽衣の長閑な尻を蚊がせゝり**

**志　郎**　しろう　?–1949　【新川柳】本名・桝谷吉郎。別号・紅ン坊。生年不詳。日大講師。昭和五年、日本大学さくら川柳会を創設、日大第二講堂で川柳会を開き、八年「川柳日本」を創刊。同じ年「芥子粒※」同人となり、論客として活躍。同三年には阿部佐保蘭*が主唱した川柳翻訳研究会「S·H·K※」発刊に参画したが、日中戦争勃発で応召、戦線から内地へ寄せた〈地に伏せば敵地の草も美しい〉は著名。終戦後は昭和二一年五月、勤務先の東京都立中目黒青年学校に川柳文芸社を創立、魚河岸の

同好者を同人に「川柳文芸」を発行、未定稿の川柳理論の体系化に手を染めたが、昭和二四年五月二〇日没。〔尾藤三柳〕

羽子板へ淡し処女の日の想ひ　（昭22）

**路郎**《じろう》 1888–1965 【新川柳】本名・麻生幸二郎。前号・天涯、千松。別号・不朽洞、不死鳥、霹靂火、遅日荘主人ほか二〇〇ほどある。明治二一年七月一〇日、広島県尾道市生れ。明治四〇年大阪高商卒業後、東京と大阪であらゆる職業に就く。大阪中央電信局外国電報検閲係をはじめ、毎日新聞記者、堺市立公民病院事務長、喫茶店、古本屋、大阪時事新報社広告部長等。昭和一一年〈川柳職業人※〉を宣言（四八歳）。《山陽新聞》、《北国新聞》、《毎日新聞》各柳壇選者。路郎の言う川柳の定義と主張は、「川柳とは人間及自然の性情を素材とし、その素材の組合せによる内容を、平言俗語で表現し、人の肺腑を衝く十七音字中心の人間陶冶の詩である」（昭和一三年五月出版の『新川柳講座』から）、「人間生活を深く掘り下げ、人間陶冶の詩として、純正な川柳を創作することにしている。ワクに入れようとすれば、生活派の川柳とか人生派の川柳とか云うことになるが、ムリにワクに入れようとする創作的態度は採っていない。と云うことは創作は斯くあるべしと一般に固定すべきものでないからである」（『国文学・解釈と鑑賞』昭和三三年七月号の特集から）というもので、「いのちある句を創れ」「一句を残せ」を標榜した。

行末はどうあらうとも火の如し
君見たまへ菠薐草が伸びてゐる
俺に似よ俺に似るなと子を思ひ
寝転べば畳一帖ふさぐのみ
炎の中に忘の字が灰となつて残り

明治三七年（一六歳）《読売新聞》の柳壇（選者・田能村朴念仁*）へ投句をはじめたのが川柳に手を染めた最初。明治三八年、小島六厘坊*主宰の「新編柳樽」が五月に創刊、六厘坊は明治四二年五月一六日、二二歳で夭折するも、その識見と実行力は路郎に大きな影響を与えた。大正三年（二七歳）、西田當百*の媒酌で河盛葭乃*と結婚。大正四年「雪※」を刊行。大正七年「土団子※」を出す。大正八年「後の葉柳」創刊。これらは川上日車*、木村半文銭*らと「川柳の新しい運動」に没頭した時代である。大正一〇年、大阪市外萩の茶屋三日路六六四に転居（水府*居は三日路六六三）。大正一三年二月「川柳雑誌※」

ふるくても供には仁儀礼智信

を発刊、主幹となる。川柳の社会化、初心者指導、古句研究を柱とする。昭和七年、創刊一〇〇号記念の「川柳の夕」を朝日会館で開く。昭和八年、一〇〇周年記念東京大句会開催。昭和九年朝鮮、満州へ川柳行脚。NHKから披講合評を岸本水府と放送。昭和一一年有保証の新聞紙法を適用、掲載拡大化を計る。七月、川柳職業人を宣言、川柳雑誌社を個人経営とする。昭和一三年、北支蒙彊の旅。昭和一八年一二月「雑誌奉還」終刊号。昭和二一年八月「川柳雑誌」再刊。昭和二二年、なにわ文芸賞受賞。昭和二八年句集『旅人※』出版。昭和三一年関西短詩文学連盟結成、初代理事長に就任。昭和三七年大阪市立中央図書館に「短詩文学文庫」を設置、蔵書を寄贈す。昭和四〇年喜寿金婚を迎う。同年七月七日夜、肝臓障害のため死去。享年七六。戒名・柳粋院釈路郎。句集はじめ発刊の著書多数。句碑四基。門下生五〇〇を越す。〔橘高薫風〕

**二呂三** じろぞう 1900–1980 【新川柳】本名・深山二郎。明治三三年一二月二六日、東京市生れ。大正八年三月慶応義塾大学卒業。昭和九年東京で和紙店開業。戦災で藤沢市に移転。幼少のころ、伯父・幸堂得知*に俳諧の手引きをうけて、少年雑誌に投稿。長じて《都新聞》の「都柳壇」に投句し前田雀郎*に心酔、丹若会同人となり、昭和二六年会誌「句集」の発行者に。のち川柳人クラブ（現協会）創立委員、藤沢川柳会主幹、神奈川川柳作家クラブ会長を歴任。後年、清新川柳を主張。五五年三月一五日、蕨市にて老衰で没。享年七九。鎌倉霊園に葬る（受教院法次信士）。〔箱守五柳〕

駒下駄を面白く脱ぐ松の内
爪楊子かけ引きを言う人の口
妻の愚痴戸棚が落ちる程の本
まだ続くよろこび今日の握手する　（辞世）

**震** しん 1905–1993【新川柳】本名・高木震旦三郎《しなさぶろう》、小村寿太郎の命名。別号・墨遊、黙童ほか。明治三八年一二月二六日、角恋坊*三男として東京浅草生れ。大正一〇年ころより日本画を本式に学ぶ。昭和一二年父・角恋

坊の死にあたり、川柳にも力を注ぎ兄の二代目草詩堂主・胡枝花*を助ける。父からは、遺言として〈詩・吟・書・画・刻〉の文人の嗜みから川柳も作句だけに終らせず「総合芸術道」としての確立を託され、兄の草詩堂行事に常に参加。昭和一八年、兄の出征に伴い草詩堂三代目堂主を襲名。同二〇年五月の空襲で笹塚草詩堂焼失。多くの角恋坊遺物を失う。二一年、戦後の川柳活動の手始めに「草詩堂名簿」がつくられ、四月には「草詩※」を復刊。昭和二六年まで「草詩」は続刊されるが、しだいに草詩堂堂人の高齢化により句会は縮小の一途を辿り終焉。昭和二九年一〇月、全国奇人会が開催され、柳界の奇人に推され、NHKで放映。以後、「川柳ころ柿※」（116号より120号）に「柳界の異端者・角恋坊を語る」などの記事を寄せるなど川柳活動も行うが、居住地の小平を中心に詩画書作油絵展、小平美術たのしむ会展など書画と俳句に活動の重点を移す。昭和四七年より野比老人ホームの俳句短歌教室講師。昭和五〇年、牛久へ移転。個展を中心に書画と句作品のコラボレーション活動にはいる。昭和五八年八月五日、第一回ほろほろ忌川柳俳句会が角恋坊の墓所の一つ、東光院で行われると柳話を毎年行う。平成五年二月二日没。享年九二。〔尾藤一泉〕

英雄の素質があって酒に酔ひ（昭4『現代川柳名句選』）
下女の手箱に痩せる小薬　（同）
おいでおいでよと幽霊の長廊下　（辞世）

**陣居** じんきょ　1895–1959【新川柳】本名・中野竹雄。柳号・品川陣居（品川在住による）。別号・竹魚亭主人。明治二八年五月三〇日、東京・日本橋生れ。大正七年ごろ川柳に手を染め、唖三味*、花恋坊*と〈川柳三人男〉の襷がけで大阪を訪問したことがある。「川柳雑誌※」はじめ各柳誌に柳論を発表。句作より川柳評論家で名がある。東洋経済新報社の出版局員で、朝鮮、中国駐在員を勤めたが、北京では青龍刀*と組み、北京初の国際川柳展を開催し注目された。昭和三四年三月七日、肺癌のため死去。享年六三。秀岳院陣居法句居士。〔東野大八〕

四〇年母と暮して羨まれ（昭12『昭和川柳百人一句』）
一人でもなく二人でもなく独り　（同）
肉体を感じさせてる高島田　（同）
社と家の唯一本の道があり

**新　子**　しんこ　1929–2007　【新川柳】本名・大野恵美

子。昭和四年一月二三日、岡山県生れ。県立西大寺高等女学校卒。同二一年、時実雅夫と結婚、同六〇年三月死別。同六二年、曽我碌郎（大野進）と再婚。昭和二九年、二五歳で川柳を始める。同三〇年《神戸新聞》川柳欄（椙元紋太*選）に投句。同三二年、川上三太郎*を知り、川柳研究社幹事として一三年間師事。同四三年三太郎没後、幹事辞退。同四〇年「川柳ジャーナル※」発足、創立社人、同四九年ジャーナル社脱退。同五〇年五月、個人季刊誌「川柳展望※」創刊主宰。平成七年一一月、「川柳展望」を主宰が飛び出し驚かせたが、同八年二月、月刊「川柳大学※」を創刊主宰。

　昭和三八年処女句集『新子※』上梓。私史『花の結び目』、句集『月の子』（たいまつ社）、『時実新子一萬句集』（木木社）などを経て、昭和六二年、句集『有夫恋』（朝日新聞社）で文壇デビューしベストセラーとなる。

　奪う愛きらきらとして海がある
　二人から一人になりぬ豆の花
　墓の下の男の下に眠りたや
　妻をころしてゆらりゆらりと訪ね来《こ》よ
　れんげ菜の花この世の旅もあとすこし

以後、川柳作家・エッセイストとして活躍（連載、月刊週刊合せて一〇本）。著書に『指さきの恋』（文芸春秋社）、『父さんごめんね母さんごめんね』（講談社）、『再婚ですがよろしく』（海竜社）、『愛ゆらり』（大和書房）、『小説新子』、『川柳新子座』（朝日新聞社）、『人間ぎらい人恋し』、『恋唄ノート』（角川書店）、『新子流川柳入門』（ネスコ）など多数。他に、講演、テレビ、ラジオなどの出演の仕事も多く、川柳を文芸として広めつつある功績は大きい。平成八年八月、「川柳大学」別冊として、『時実新子の世界』を出した。新子のすべてがわかる集大成であり、川柳界以外の文壇との交流からも新子の今の位置付けができよう。これら業績に対して、昭和五六年、姫路市民文化賞、平成七年神戸新聞文化賞を受賞する。また、日本文芸家協会、日本エッセイストクラブ会員、社団法人全日本川柳協会理事として活躍。平成一九年三月一〇日、肺癌で没。享年七八。〔寺尾俊平・尾藤一泉〕

**塵　山**　じんざん　1861–1945　【関連人名】本名・梅本鍾太郎。幼名・証太郎、のち高節。別号・風来房柳花。秋の屋望成（秋農屋・狂歌号）。旧号・柳斎黄金。文久二年九月二七日、江戸谷中三崎枇杷橋車北畔生れ。下谷区谷中三崎住。狂歌界の巨匠。七世川柳*門人。古川柳※研究の先駆者。中根香亭*の「前句源流※」（明治三五年）に先立って川柳の沿革を略述（『川柳難句評釈※』総説）、史的研究の端緒をひらき、ひいてはきたるべき川柳復興の契機となった。以後、研究界の最長老として輪講、執筆などに精力的な活動を続け、明治・大正・昭和三代にわたって古川柳研究に貢献した。著書に『花鳥狂歌集』（明25・7）および『川柳難句評釈』（明33・3、文禄堂）、三七年に再版、改題して『評釈川柳難句選』（明42・7、如山堂）、さらに改題して『評釈川柳妙句選』（大10、町田書店）、ほかに狂歌書多数がある。昭和二〇年没。享年八五。〔尾藤三柳〕

**真珠洞** しんじゅどう　1887−1961　【新川柳】本名・速水晋次郎。明治二〇年一一月三日、福岡市生れ。洋品雑貨卸商。大正四年ごろ俳句から転向、古屋夢村*の「影像※」で華々しい活躍を見せ、九州柳壇の代表的作家として、昭和七年、川柳拳骨社を興し、「松囃子」（月刊）を創刊、新興川柳※の一角に旗を挙げた。イデオロギーの面から森田一二*などには「照準のない作家」と評されたが、反面、品川陣居*などはその作家的力量を高く評価した。大戦後は川柳雑誌不朽洞会員。昭和三六年一二月六日没。享年七四。三三年句碑建立。句文集『泉』がある。〔尾藤三柳〕

**人情の刃渡りをする貰い乳**　（「躍進」昭11・8）

**目隠しをされて祖国の弾丸に佇ち**　（「蒼空」昭11・9）

**甚輔** じんすけ　1817〜1895　【柳風狂句】本名・朝倉甚五郎。号・遠近亭甚輔。文化一四年生れ。桑都といわれる武州八王子八木町で生糸染粉商を営む。天保年間に、野沢笑渓とともに五世川柳*に入門、六世が立ってから一時中断したが、明治維新後地元に「水魚連」を組織して柳風の普及に努めた。八王子をして柳風狂句※の園林たる趣を現出したのは、甚輔と平喜の労によるところが多い。明治二八年七月二九日没、享年七九。〔尾藤三柳〕

**外国相撲つき合で見に出かけ**　（『五世六世川柳祭祀狂句合』明20）

**新蝉** しんぜん　1885−1955　【新川柳】本名・大村信善。明治一八年六月七日（戸籍）、鳥取県生れ。昭和三年、むさしの川柳会より「むさしの※」創刊主宰。昭和九年より白石朝太郎*選で同人欄を〈風詩※〉とし、同一三年

三月から誌名も「風詩むさしの」と改称、全国支部を設けて勢力を示す。『風詩年鑑』という句集が刊行され、昭和一九年まで続く。東京川柳界にあって、久良伎*、剣花坊*の中興の祖をはじめ、緒先輩柳人を大切にして自宅で〈先輩謝恩会〉（昭5）を開いたり、〈新蝉の会〉（昭10）を開いたりするなどして、よくその交流に尽くした。昭和三〇年没。享年七〇。〔尾藤一泉〕

**俺の気持を蝉が鳴いて居る**（昭12『昭和川柳百人一句』）
**連峰は今爪立つて夕陽見送る**（同）
**じやあと云ふて今更チンドン屋にもなれず**（同）
**生甲斐のなき世死に甲斐更になし**（昭37『むさしの抄』）

**睡花** すいか 1906–1943【新川柳】本名・釜永光治。

別号・美津路、丁五。明治三九年一月八日、兵庫県生れ。新聞柳壇の投稿から大正一一年「柳太刀※」主催の藤村青明*忌（七周忌）に出席して川柳界に入る。同一四年、菊池明鳥、房川素生*らとめだま川柳会を結成して「めだま」を創刊、神戸柳壇の一角に覇を競ったが、昭和四年、各社合同の機運が熟し、ふあうすと川柳社の創立同人として、統合誌「ふあうすと※」の主要メンバーとなる。夫人よね子（昭和一六年二月二八日没）も同社の同人。昭和一八年八月二九日没。享年三七。〔尾藤三柳〕

**臥ていれば己が羽織のなつかしき**
**中年の恋は茶碗に音をさせ**（昭9『昭和川柳百人一句』）

**水華** すいか 1913–2003【新川柳】本名・関晶。

大正二年一〇月一二日、山梨県山梨郡春日居村生れ。日本大学高等師範卒。神奈川県庁に奉職、金沢文庫長などを歴任して定年退職後、鶴見大学、相模女子大学講師。川柳は昭和四年、旧制中学時代より作句。昭和一〇年、川柳「よこはま」同人となり「川柳紀元」、「川柳道」、「横浜川柳社」等の同人として活躍する。昭和二二年一二月、川柳「路※」誌、中野懐窓*主宰、関水華編集人として創刊。昭和二九年より横浜刑務所文芸指導（篤志面接委員）、《神奈川新聞》柳壇、「警友」、「労働神奈川」等の選者を勤めた。昭和三七年法務大臣表彰（銀盃）を

授与。昭和四二年、懐窓の後を継ぎ、川柳「路」主宰。水華は川柳を「訴えの文芸」と唱え「川柳を活字に残そう」「継続は力なり」をモットーとし、川柳の向上に情熱を傾け一貫した理念で川柳と向きあった。昭和五七年、横浜川柳懇話会（平成一七年、神奈川県川柳人協会と合併、現・神奈川県川柳協会）の会長を志水剣人*と二年交代で平成一四年まで務めた。著書・句集『0の発見※』、『川柳レベルアップ※』、『川柳つれづれ』、『映画賛歌川柳句集』のほか、卒寿の記念にと準備をしていた句集が『結跏趺坐』と題し、遺句集として一周忌に上梓された。平成一五年六月八日、喉頭癌のため逝去。享年八九。法名・文路逍遥翠晶居士。小田原鴨宮の春光院に眠る。〔瀬々倉卓治・金子美知子〕

0の発見で神さまがいなくなる
どの道もローマに通ず靴を買う
生涯の罪燃え尽きて結跏趺坐
ヒロシマのドームアニメで描き残す

**水魚** すいぎょ 1906–1945 【新川柳】本名・筒井信喜。初め珍景を名乗る。明治三九年高知県生れ。高知市に出て、婦人服店、衣料品卸出張店長など。初め個人誌「梅干」を発行するが、昭和八年「帆傘※」編集人となり同誌一筋。よく県外柳人と交わり、高知川柳の名を拡める。戦時下「帆傘」の最期を看る。終戦後川柳復興を志すも機を得ず、二〇年一二月三〇日、不遇の中に三九歳の若さで逝った。〔松村喬村〕

断言をした反応をたしかめる （昭13）

**水府** すいふ 1892–1965 【新川柳】本名・岸本龍郎《たつお》。

別号・三可洞、寸松亭、水野蓼太郎。明治二五年二月二九日、三重県生れ。明治四二年、大阪成器商業卒。地方新聞記者をふり出しに、化粧品、衣料（福助足袋）、洋菓子（グリコ）等の製造会社の商品宣伝を担当。川柳は一七歳ごろ水府丸の柳号で《大阪新報》柳壇（六厘坊*選）や「矢車※」に投句。ことに明治四二年八月創刊の「青柳※」には熱心だった。この「青柳」の二号に当る明治四三年九月、水府丸を水府と改めた。「青柳」は岐阜が発行所だが、編集・印刷は大阪で、卯木*、當百*、百樹*、虹衣*が担当した。明治四四年七月「青柳」が休刊すると、「青柳」創刊の翌月に創設の関西川柳社※（上記四柳人）から、大正二年一月「番傘※」が創刊された。この時の同人構成は當百を代表に五葉*、半文銭*、蚊象、

水府の五人で、第二号から路郎*が参加した。水府は「番傘」創刊の直前、「青柳」休刊と同時に路郎と謀り、青明*、五葉、半文銭、緑天の四人を加えて「轍※」を発刊した。「この轍は同人六人とも本名で短詩と正面から取組もうとした」(水府記)ものだが、二号で廃刊した。廃刊したのは、水府の師・當百が「番傘」を発刊したからである。「番傘」は大正二年に四冊、大正三年に六冊、大正四年に九冊、大正五年にはわずか二冊で、大正五年一一月、當百は番傘と川柳からの引退宣言を行った。「番傘」が月刊を断行したのは大正一五年から。創刊からずっと四六横判(二三頁)で、それが菊判に変ったのは昭和八年一月号からである。「番傘」といえば本格川柳※が表看板だが、水府がこれを表明したのは昭和五年一一月号の巻頭言であった。「伝統川柳—実にイヤな言葉である。誰がこんな名をつけた。伝統川柳に近代のおもひを加えた一句をモノする一党！　それがどうして伝統だ。本格川柳—本格川柳—僕たちは本格川柳と呼ばう」。以上が「本格川柳」と題するその宣言文の全文であった。「これは本格川柳理論を展開したわけではなく、単なる新名称の発表である。近代のおもいを加えた—とわずかにその内容を示しているが、その時代に生きる者がその時代のおもいを句に詠むのは当然のことであって、それに『加えた』などとまるで調味料を添加するような説明をしているのは、水府思考力の限界を示すものであろう」(堀口塊人*「川柳平安」水府篇)。塊人はまたこの稿でつぎのように水府とその作品を適評している。「水府は人生詩人ではなかった。人間苦へ深くメスを入れたり社会悪を強く批判する肌の川柳作家ではなかった。その点、きわめて常識的な、大衆によくわかる句を作る人であった。したがって大衆の喝采を得て、作家としても川柳事業家としても大成功を収めたけれども、今にしてその作品を自己批判してみれば、若干の物足りなさと一抹の寂しさを自ら感じるところがあるのではないだろうか。(中略)水府は認識的要素の多い過去の川柳に対し、情緒的要素をゆたかならしめた好作家であったと私は思う」。水府は番傘川柳本社を主宰し、川柳誌「番傘」、「瓦版※」を発刊のほか、『川柳手引※』、『川柳の作り方問答』、『川柳文学雑稿』、『岸本水府川柳集※』『川柳の書』、『川柳読本※』、『人間手帖』、『母百句』など多くの著作がある。昭和二一年、日本学士会特別会員、日本文芸家協会員となり、翌年、大阪文化賞を受賞。川柳生活五六年。昭和四〇年八月六日、胃癌のため死去。享年七三。永寿院龍嘯水府居士。〔東野大八〕

電柱は都へつづくなつかしさ

人間のまん中辺に帯を締め
ぬぎすててうちが一番よいといふ
道頓堀の雨に別れて以来なり
今にしておもえば母の手内職

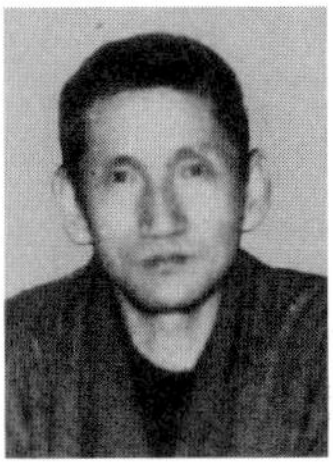

**すゞか** すずか 1890–1948【新川柳】本名・田中兼吉。明治二三年一一月二五日、東京生れ。鮨（大黒鮨）、乾物商。明治三七、八年より作句、大正期には、高須唖三味*、斎藤丹三郎、横山臥龍坊らと芝川柳会※を結成、《国民新聞》にあった唖三味らが昭和八年に創立した第一期「柳友※」にも同人として参加した。隔意のない率直な物言いで東京柳界の〈彦左〉といわれ、芝の大黒鮨は上京作家の歓迎宴など、川柳人の出入りが多かった。昭和二三年二月一五日没。享年五八。実相院唯念日謙居士。〔尾藤三柳〕

**命日の朝を花見で話し込み**（「柳友」55号、昭12・10）

**青雨** せいう 1912–1971【新川柳】本名・西森清久。明治四五年一月七日、高知県生れ。昭和七年川柳入門。郷土柳壇勃興期の第一次「帆傘※」同人。一二年、九州都城に転出ののちも「ふあうすと※」などに清新な作品を発表して注目され、戦後昭和二五年に同誌同人欄に投句を復活。二九年胸部疾患で帰郷。四〇年再び「帆傘」同人。その後胃潰瘍を併発して療養中、四六年四月一三日死去。享年五九。詩性豊かな作風で名を知られ、中でも「女工吾子」「老いたる酒徒」などの連作は特に異彩を放ち、人々の共感を呼んだ。昭和五二年、遺族たちの手によって、遺句集『旅の酒徒』が発刊された。〔岡村嵐舟〕

**犬の如き嗅覚をもち尚貧し**（昭39「ふあうすと」392号）

**青果** せいか 1878–1948【関連人名】本名・真山彬。別号・亭々居。明治一一年九月一日、仙台藩士の家に生れる。明治・大正から昭和にかけて活躍した劇作家・小説家。二高を中退して明治三六年上京、小栗風葉の門下となり、文筆生活に入る。明治四〇年、代診医として見聞きしたことをもとに小説「南小泉村」を書いて注目される。小説「南小泉村」のあと戯曲作家に転じ「玄朴と長英」はじめ「坂本竜馬」、「元禄忠臣蔵」など戯曲六〇編を著作。戯曲資料のため江戸史探求の道程で「川柳の真」を認め、たまたま柳雨*が仙台中学の師だ

った縁で、その川柳著作のほとんどの難句註解に協力し、三面子*の詠史川柳※中の難句四〇〇句を解くなど、いわば〈川柳註釈考証人〉として古川柳研究の識者間で著名。昭和二三年三月二五日没。享年六九。青果院殿機外文棟大居士。小日向・日輪禅寺に葬る。川柳関係の著書に、「川柳雑記」、「刻舷雑筆」などを含む真山青果随筆選集『切支丹屋敷研究』（昭27）がある。〔東野大八・尾藤一泉〕

眠剤をのみて目につく壁のしみ　（「刻舷雑筆」）
来る人も〳〵酒ボケの花を見る　（同）

**井可**　せいか　【新川柳】→花南《かなん》井可

**青岸**　せいがん　?–1927　【新川柳】本姓・前田。兵庫県須磨生れ。明治四五年、神戸川柳乙鳥会結成に参画。同年六月土見秋晴（二号から田中白丈）代表のもとに創刊された「津葉免」（のち「つばめ※」）の編集

を担当。四号から、白丈を継いで代表（編集・発行人）。大正六年一〇月には、椙元紋太*、西田艶笑を加えて「柳太刀※」と改称、発行人として、神戸に柳太刀時代を築く。大正一二年九月、紋太、艶笑とともに新興誌「椎の実」の客員となり、同年一二月、「柳太刀」は六〇号で終刊。しかし、ツバメ会（乙鳥会）の名称は存続、毎月一〇日の会合は続けられた。神戸川柳界の基礎を拓き、「ふあうすと※」統一（昭和四年）への軌道を作った。昭和二年八月三日没。〔尾藤三柳・中川一〕

汀まで椅子を持ちだす貸浴衣　（大2）
レモンティ淋しく銀の匙が鳴り
岩田帯いや気のさした昨日今日

**静観堂**　せいかんどう　1888–1975　【新川柳】本名・小川昌男。明治二一年八月一九日、愛媛県生れ。元軍医。小川伊丹病院院長。昭和一三年、岩崎柳路により川柳を知る。麻生路郎*に師事。自在なユーモア句を残す。句集に『はいまあと』（昭45）がある。昭和五〇年九月一九日没。空浄院博山寿昌居士。享年八九。〔尾藤一泉〕

照る日曇る日女房の顔を見る
女体にはもう一つあるような乳房

**清江**　せいこう　【旧連】桜木連、若菜連で活躍する旧連作家。天明六年三月七日開キの女柳追善句合の催主のひとりであり、初代川柳*三男に比定する説がある。〔尾藤一泉〕

渡し舟淋しく乗て鐺を立　樽一四・31
拍子木のたびに大きくなるおとこ　樽一九・ス6
いいわけに女房ひなしへ身をまかせ　樽二四・32
中の丁扇子遣ひていもの礼　樽二四・37

**静港子**　せいこうし　1923–2004【新川柳】本名・藤本孝治郎。大正一二年五月一七日、神戸生れ。昭和一五年ごろ、小寺郁夢との縁で川柳をはじめる。同二二年、前田幻二との出会いで本格的に川柳に入る。同二三年、「ふあうすと※」同人。同五三年には〈ふあうすと賞〉。昭和六三年に主幹となる。平成九年、神戸市文化団体〈半どんの会〉文化功労賞受賞。句集に『うたかたの抄※』（平11）があり、作風は「難解」より「平易」、「重さ」より「軽さ」、「生真面目」より「ユーモア」をモットーとし、川柳は大衆文芸であると説く。平成一六年九月四日没。釋静港。享年八三。〔赤井花城〕

永い流れのいま静脈のうす明り
伎芸天片頬あたりから　やよい
言いそびれ愛しそびれて壷の闇

**生　二**　せいじ　1900–1964【新川柳】本名・大河原岱次。明治三三年二月二〇日、埼玉県生れ。埼玉県日高町で農業。大正七年より「大正川柳※」、「紅※」に投句。同一〇年一一月、清水美江*、長谷川秀丸らの武蔵野川柳会「蛙の卵」（のちに「蛙※」と改題）に参加。同三年三月「水萩※」を創刊主宰し一六号まで刊行、大正期の埼玉柳壇の基礎を築いた。昭和一一年「ひかわ」、戦後は「くぬぎ」、「あだち」、「さいたま※」同人。由比正雪ばりの長髪と酒豪ぶりで名物男であった。昭和三九年三月二八日病没。享年六三。川越市・延命寺に葬る（実岳道貫信士）。〔篠﨑堅太郎〕

角隠し下を向かねばほめられず　（「大正川柳」大13）
からかへば女房も怒る真似をする　（同）
素晴しい俺になってく酒が出る

**省　二**　せいじ　1887–1985【新川柳】本名・蛭子《えびす》省二。別号・竹馬。明治二〇年一〇月一九日、名古屋生れ。早大商科のころから古川柳※に熱中し、久良岐社※客員。実父が篤三なので、その篤の字を割って竹馬と号し、久良伎*は終生竹馬の呼称を用いた。明治四三年早大卒後渡鮮。

光州酒造㈱の重役。在鮮中は一〇社に及ぶ柳誌に古川柳研究を載せ、経済的援助も行う。内地の各柳誌にも古句解説、研究論文、雑筆を揮い、古川柳研究の大家と目される。終戦で帰国、山口、愛媛の両県に隠棲後も全国各柳誌上に健筆ぶりを見せた。昭和三三年八月一六日、愛媛県で死去。享年七〇。探玄院良吟省道居士。〔東野大八〕

日本は日本松をたて竹をたて（昭27『現代川柳展望』）
貧乏にあき〳〵した日臍をみる（同）
生死関頭法師蝉音痴らし（辞世）

**生々庵** せいせいあん 1898–1986【新川柳】本名・中島蓬太郎。

明治三一年七月二日、佐賀県牛津町生れ。昭和二四年より小児科開業。昭和一四年三月、松坂クラブで川柳に入り麻生路郎*門下となる。川柳以外にも茶道（宗寿門）、舞踊（小川流名取）、日本画（木村杏園門）など多才。昭和一八年には不朽洞会理事長就任。NHK川柳選者、《山陽新聞》柳壇選者。昭和四九年の日川協※創立に参画、二代目理事長を勤める。在任中、全国の吟社、作家を俯瞰する第一回の『日本川柳人名鑑』を企画。著書に『生々楽天※』（昭和51）。昭和六一年二月没。享年八九。〔尾藤一泉〕

浮草は浮草なりに花が咲き
子猫ぞろぞろみな宿命の顔かたち
まわり舞台これは見事な除夜の鐘（句碑）

**清造** せいぞう 1906–1981【新川柳】本名・福永清造。

明治三九年八月二一日、京都市生れ。京都市立商業学校在学中から俳句を作る。昭和四年頃、川柳に転向。昭和五年、京都番傘同人。昭和七年、番傘本社同人。昭和三二年二月、平安川柳社創立同人。四五年、平安川柳社理事長。平安川柳社解散後は、五三年六月、伊藤入仙、田中秀果らと「川柳京かがみの会」を結成。《京都新聞》《朝日新聞》柳壇選者を務め、後進の指導にあたる。昭和五六年五月二三日没。享年七四。〔北村泰章〕

かくれんぼ母はみつかるとこにいる
握手せぬほうの手までがうれしがり
合わす掌の中から幸せが生まれ（句碑）

**西鳥** せいちょう 1908–1969【新川柳】本名・森一男。明治四一年六月一七日、高松市に生れる。高松中、高松商高を経て九州帝大法文学部卒。号は、昭和二四年、森東魚＊（工学博士、古川柳研究家）の向うを張り、「西鳥来たって東魚を食う」と洒落た。野球の名門高松商高に奉職、政治性も野心も発揮せず、〈名門とは昔野球に勝ったこと〉と川柳で野次り、万年教頭で昭和四一年退職。その間「若人」を発刊、学生たち、若い作家を育成。番傘同人。夫唱婦随、かね子夫人とおしどり作家。昭和四四年一月三日、徳島市の子息宅に病没。享年六〇。〔山本芳伸〕

**気の弱い自転車人が突き当り**（句文集『擂鉢谷小屋』）

**青　蝶**　せいちょう　1902–1974【新川柳】本名・小原正雄。明治三五年七月一日、長野県生れ。農業。川柳は金子呑風＊に傾倒し、つねに尊敬の念を失わなかった。伊那地方に浸透せぬ川柳熱を燃え上がらせようと、大会には必ず出席を怠らず、伊那に青蝶ありという印象を植え付けた。昭和四〇年六月、平沢十留、宮崎仁と協力して伊那川柳吟社を創立、順次同好者を集め、同年八月に「川柳伊那」を創刊して主宰格となった。性磊落、人当りがよく、チームワークを取るうえに役立った。酒を好み座談に長けていたが、若き日、結婚式場に姿を現わさず、やっと飲み屋でテレ臭そうな婿殿ご本人をさがしあてたというエピソードもある。昭和四九年六月一六日、栃木県で客死。享年七一。〔石曾根民郎〕

**髪染めるゆとりをもてる老妻でよし**

**星文洞**　せいぶんどう　1895–1981【新川柳】本名・山路重文。明治二八年八月二八日、東京・浅草生れ。袋物製造販売。大正初めから投書家として活躍、同六年四月、下谷、浅草の投書家仲間で「花暦」を創刊（五号まで）、二〇坊を号とする。翌七年横浜へ移り、阪井久良伎＊の命名で、星文洞と改号（ひところは星文洞天川を名乗る）。昭和八年、第一次「柳友※」参与として中央柳界に復帰、以後、日本川柳協会※常任委員（会計長）、第二次柳友会主幹、川柳人クラブ※創立委員（事務局長）、台東区川柳連盟※会長、第三次柳友会顧問、きやり吟社参与など、東京川柳界の中心として活躍、三太郎＊、雀郎＊、周魚＊に次ぐ位置を占めた。作家としても、投書家時代から叩き込んだしたたかな技術を駆使、東京下町の職人気質に根ざした情味ある作風で一家をなした。テーマとして「父と子」、措辞としての〈重語〉が特徴で、三太郎は、その〈すがれた芸〉を推奨している。昭和五六年一月二

一日、心筋梗塞で没。享年八五。翁生院法秀弘徳信士。

〔尾藤三柳〕

恥多き世ながら恥を重ねおり
ぞろっぺな男にうまいがんもどき
死んだってねと人様の話する
もうなぐる年でない子へ腹がたち

**青明** せいめい 1889–1915【新川柳】本名・藤村一。別号・覿面坊《てきめんぼう》。明治二二年二月二五日、高知県野市村生れ。旅芝居座長の父が明治三八年二月、神戸湊川相生座の火災に遭って財産を失ったため、高知の寄宿先・叔父の家より神戸へ出る。明治三八年、覿面坊の号で登場、神戸柳樽寺に参画。三九年六月、六厘坊*の「葉柳※」創刊とともに参加。明治四〇年四月、苦労して会誌「柳」を編集、創刊するが、意見対立で編集を投げ出し脱会。「柳」は三号で終刊。同年、大阪に転居、職を転々とする。このころ、川上日車*と共同して初めて「短詩」の語を用いた短詩社を創立、四一年四月の解散まで続く。七七句（十四字※）も含めた新傾向※作品を研究、明治四一年四月に解散して「葉柳」に合流。六厘坊死後、青明が表札等すべてを引き取り、しばらく活動は停止したが、同四三年、青明が代表となり、川上日車、木村半文銭*、浅井五葉*に新手として岸本水府*、麻生路郎*らを加えて復活。同四四年七月、水府を編集長として短詩社より「轍※」を創刊する。いずれも本名（青明は一）で出句するが、資金面で行き詰まり二号で廃刊。この後短詩社のメンバーとともに「矢車※」に参加。同棲していた菅とよ子も「矢車」、「わだち」に出句。その後、東京を放浪した後、神戸に戻り「ツバメ」句会に出席したりしながら紋太*を指導。活動の中心を「番傘※」に置き、その論客となる。また、「ツバメ」てこ入れのため編集担当を引き受け、《神戸新聞》柳壇を担当、五葉、日車らの作品掲載をはじめた。路郎が「番傘」から袂を分かつ直前の大正四年八月一日夜、日車の工場事務所で行われた番傘句会の席上で路郎と激しい議論をし、句会では〈昼顔は打ち揚げられた傍で咲き〉と翌日の死を予言したような作品をみせる。翌八月二日、須磨の浦で海水浴中、心臓マヒで水死。享年二七。神戸市立春日野墓地に葬る。青明忌は、句にちなみ〈昼顔忌〉という。昭和九年三月、半文銭、紋太編で『青明句集※』㊤㊦が刊行された。〔中川一〕

六厘忌蚊を打ち払ひく
恋なればこそ人の行く秋

『忠烈無窮』の門に廃兵
COGNACの少し残れる壜のあはれさ
須磨へ来てツルゲネーフ読み耽り

**青龍刀** せいりゅうとう　1898–1979　【新川柳】本名・石原秋朗。別号・三里、血涙堂、沙人（俳号）。明治三一年一月七日、広島県大朝町生れ。広島高師附属中学一年より、巌徹と自称して俳句、川柳を独学。大正七年、俳誌「石楠」入会。拓大卒業後、天津総領事館勤務中、大正一一年、天津川柳社の「ホコリ」入会。青龍刀の号で川柳デビュー、同人。大正一四年、大連へ移転、国際運輸会社（満鉄）入社、「白頭豕※」、「通」などの同人となる。ここで、〈川柳非詩論※〉の元祖・湯本白庵の薫陶を受ける。昭和五年、大連での柳誌全滅を嘆き、茗八*、月南*とはかり大連川柳会から「青泥※」を創刊。また、奉天石楠会の「山楂子」の窓花を識り入会。満州建国工作に巌徹で一役、建国後もその筆名で活躍。奉天転居のあと、昭和一四年満鉄系の華北交通に入社し北京在住。この間に、「青泥」を九九号で廃刊、昭和一二年「川柳大陸※」と改称して発刊のかたわら俳誌「春聯」も創刊。同一四年、北京川柳会結成に参画、一五年には東亜川柳連盟参与となる。終戦後二二年、帰国して間もなく「すげ笠※」誌上に発表した「川柳非詩論」は川柳界に大きな反響を呼び、各誌で論争・応酬があった。二二年《夕刊みやこ》の川柳俳句選者を皮切りに、各マスコミ柳・俳壇担当は〈よみうり時事川柳※〉、《全繊新聞》、「全専売」、《療養新聞》など十余程。二八年「人民川柳※」同人、同三二年には、現代川柳作家連盟結成に参画、三五年、「人民川柳」を脱退して諷詩人同盟を結成、「諷詩人※」を創刊（通巻五四冊）。柳俳一如※、柳主俳従※の新ジャンル〈諷詩※〉を唱えた。川柳句集に『青龍刀句集』（昭11）、『龍沙句集』（昭27）、『諷詩龍沙吟』（昭43）などがあり、著書は、俳句、演劇、随筆など幅広く大陸分をふくめ二三冊。昭和五四年九月五日、国立東京弟二病院で肺炎のため没。享年八一。〔東野大八・尾藤一泉〕

どうしてこうも漏れたがる油だ　（昭50「諷詩人」）
戦後は終る原色の群海へ海へ　（昭51、沙人抄）
円満具足　空港は海のまんなかに　（昭53「諷詩人」）
男やもめにわくウジを撫で寒夜の¥酒　（同）

**雪舎** せっしゃ　→川柳　8

**扇　歌**　せんか　1796–1852　【俳風狂句】扇哥とも。本名・岡福次郎。号・常磐津若太夫。都々一坊（都〻一、都々一、ドヾ一坊などと表記）。寛政八年、常陸国久慈郡磯部村生れ。音曲師。「どどいつ」の元祖。江戸では、音曲噺の祖といわれる初代船遊亭扇橋*の門人。天保二年（一八三一）五月六日の布引会に初見（誹風柳多留別篇下・天保4）。以後、真砂連※を中心に『柳多留※』では一三二篇から一六六篇（『柳多留』の終篇は一六七篇）まで、その間最後の会となった「扇橋居士追善会」で評者をつとめているのは、師の縁につながることからだろう。これ以前、芸人としては第一人者となり、門人も抱えて、どどいつ節は民衆唄として江戸市民の間に浸透していった。だが、人気絶頂を迎えたところで天保の改革に際会、江戸での音曲稼業がままならず、一時は京、大阪で興行を続けていたが、天保十四年、老中水野忠邦が失脚、翌弘化元年に寄席営業勝手御免となって、同二年、江戸へ戻った。この頃には、狂句も四世川柳*から五世川柳*に代が移り天保の改革に迎合するかたちで、《柳風式法※》などが明文化され、新しい時代に入っていた。嘉永五年（一八五二）一〇月二九日没。〔尾藤三柳〕

おまんまをはりはりで喰う按摩取　別篇下–7
大名の家主になる御本陣　樽一三五–31
雨もなくふり付けられた伽羅の下駄　樽一三二–29
おっとせい転バぬ先の薬なり　樽一四二–17
中橋の実母深夜に起される　樽一六二–26

**占　魚**　せんぎょ　1895–1986　【新川柳】本名・川瀬重雄。明治二八年六月一五日、岐阜市生れ。書籍商。大正一〇年ごろから作句。「よのころ※」発刊同人。昭和七年八月、「よのころ」廃刊後に「こがね」が創刊されたが、よのころ川柳社を引き継いで主宰。終戦前年まで継続し、戦後はハガキ判「よのころ」を復刊。昭和二一年八月岐阜川柳社「鵜籠」の創立同人となり、二八年まで続いたが、九州から北羊*が来岐、岐阜番傘川柳会が発足し「川柳鵜」を創刊、「川柳鵜」は北羊の番傘脱退により「らんせん」と改題したが、引きつづき同人。昭和四三年九月一九日没。享年七三。著書に『酒百句』。〔東野大八〕

友恋しビールの海にひとりごと

**扇　橋**　せんきょう　1806?–1829　【俳風狂句期】俗称・鉄五郎。船遊亭《せんゆうてい》。生年には寛政四年説と文化三年説があり不詳。元は奥平家の家臣で文政六年（一八二三）に武士

を捨て寄席芸人となる。音曲噺の元祖で名人といわれた。可楽十哲の一人。四世川柳*時代の有力な狂句※作家、点者※で、ほかに、扇橋を盟主とする真砂連※には芸人が多く、春遊亭花山、月光亭芝丸、清流舎芝川、千歳亭松露、和合舎通古、門次楼稲丸、入船扇蔵*、都々逸坊扇歌*なども芸名がそのまま号となった好例。〔尾藤一泉〕

**和歌の浦さつぱりとした浪が打**　樽三七-14
**玉と鍵尻と口とでにらみやい**　樽三七-15
**雪隠で歯をみがいてる居候**　樽三七-20

**鮮山**　せんざん　1902–1986【新川柳】本名・長谷川源吉。明治三五年四月二三日、愛知県・佐織町生れ。大正末より川柳を始める。昭和八年三月、斎藤旭映*の名古屋川柳社創設に参画。勤務先の三菱重工大幸工場内に職域川柳の幸菱川柳会を創設、川柳人を育てた。昭和四九年より同社主幹（三代目）。また、自宅を開放し我楽壮の夕を毎月開催するなど、川柳に対する愛着をみせた。昭和六一年一月二〇日没。享年八三。〔尾藤一泉〕

**離さない子の掌の中にある小石**
**梃子入れて踊らないから笛を吹く**
**鼻先へ突きつけてやる身分証**

**千之**　せんし【俳風狂句期】芝川堂。四世川柳*時代に活躍する小石川連、養老連の作者。町医師（叶*手記）。文化四年『柳多留※』三七篇に初出。同年、小石川澤蔵司稲荷奉額、大塚波切不動尊奉額の補助として連名。天保五年四月二四日の桜木会（樽一四四）で判者※を勤めたのをさいごに消える。弘化年中に礫川*を継ぐも、弘名会の障りにより以降連外となる。『柳多留』五〇篇の幾千代女追善会は、千之の娘九歳のため。〔尾藤一泉〕

**花屋の見世に生ひしげる柳樽**　樽三七-3
**一年をたつた四文でいせ屋買ひ**　樽三七-15
**農民の鍬は打出の小づち也**　樽三七-22

**千枝**　せんし　1889–1959【新川柳】本名・後藤茂一。明治二二年一月二二日、岐阜市に生れる。京染悉皆業。

明治四三年ごろ川柳をはじめ、水光の䍊会に参加、京都川柳界の草創期に活躍。同四五年ごろ渓花坊*の「みづ鳥」創刊に刺戟され、大正二年二月我武者会を興し「へそ茶」を発刊。つづいて福造*、孤山、富士子らと京都川柳会を設立、機関誌「ぎをん」を出したが休刊。大正七年七月福造、千枝、孤山らで「大文字」を創刊。四〇号を出したが新川柳派と対立。幸男*の「対象」など数多の柳誌が輩出、混乱した。昭和二年千枝らの創刊した「京」が最も確実な柳跡を止めた。昭和三四年七月三〇日没。享年七〇。〔東野大八〕

**政見も女将は少し話すなり**（『川柳女性壱萬句』昭3）
**歌麿も観陽も居る涼み船**（『昭和川柳百人一句』昭9）
**「京四季」に謡へる京の春となり**（同）

**宣介** せんすけ 1897–1979【新川柳】本名・岡橋留蔵。明治三〇年四月二〇日、新宮市生れ。職業は弁理士。川柳は昭和八年から関心をもち、「番傘※」に投句。昭和一一年砕壷を識り、新興俳句の理念に共鳴。草城に師事、俳誌「旗艦」同人。昭和一六年戦時統制令で「旗艦」は他の俳誌二種と合併、「琥珀」を創刊、その編集を担当する。戦後、旧旗艦同人と図り「太陽系」創刊。二年後「火山系」と改め、廃刊後飄然と川柳に還り、昭和二四年川柳誌「せんば※」を創刊。「リアリティを失わないロマンチシズム」を標榜した。昭和五四年八月一九日没。享年八一。芳柳院釈留願。著書に『熊野※』がある。〔東野大八〕

**霧を着て模造真珠の躯をひさぐ**
**靴底に当るものありひとり旅**
**老斑のある鏡と古りてわが憎む**

**川草** せんそう 1909–1972【新川柳】本名・新田文夫。明治四二年九月二三日、仙台市生れ。パンと洋菓子の丸藤を経営。「北斗※」同人として活躍、昭和一五年より同誌発行人となる。昭和二二年一〇月、川柳杜人社を興して主宰、「考える川柳」を唱えた。昭和四七年一二月五日、肝硬変のため没。享年六三。仙台・龍宝寺に葬る。霜林院磊落川道居士。没後杜人社同人により龍宝寺内に句碑〈酒さみし友得て旧き友はなれ〉を建立。また昭和五〇年六月、遺句集『囃子※』刊行。〔若山大介〕

**金策を日課となせば無智無策**（『現代川柳展望』昭27）
**ねやの灯閉ぢていさかひ尚続く**（同）
**指人形指を離れてむくろなる**（句集『囃子』）

**川　叟**　せんそう　【柳祖】初代川柳（↓川柳　1）の呼称のひとつ。

**扇　蔵**　せんぞう　1786?–1861【俳風狂句期】本名・鈴木十蔵。前号・新橋、扇蝶。別号・語仏老人扇翁。落語家。初代・入船《いりふね》扇橋の門人で、今日まで落語に名跡を残す入船亭扇橋の二代目扇橋を継承。四世川柳*時代に真砂連で活躍。著書に『奥のしをり』、『落語家奇奴部類』がある。文久元年没。享年七五。〔尾藤一泉〕

軒へふく菖蒲尾長のうしろ向　（『川柳百人一首』）

**仙之助**　せんのすけ　1915–2004【新川柳】本名・前田原《はじめ》。神田仙之助、別号・水歩、九天、静舟など。大正四年七月三〇日、東京・浅草生れ。東京市職員。昭和三年頃より《国民新聞》、《時事新報》などの川柳欄に投句。昭和四年ごろ「うきよ」に参加。同一一年より「きやり※」に参加、巨郎*、杜若*に指導を受ける。同一三年に社人となり編集などを担当。戦中は、南方より「戦線便り」を誌上に送る。復員後はきやり吟社に戻り、『川柳への誘い』（昭51）、『川柳のすすめ―観賞と作り方』（昭54）などの共著では川柳の作り方を担当、後身の指針を示す。「奇を衒うような語句は嫌い」と普段のコトバによる氷原を大切にする。平成三年、きやり吟社主幹（～平8。四代目）となる。著書はほかに共著で『鑑賞 川柳五千句集』（昭57）、合同句集に『川柳きやり七人集　壷』（昭37）、『川柳きやり八人集　壷』（昭55）、句集に『生きる限り』（平12）がある。平成一六年一一月二三日没。享年八九。〔鈴木柳太郎・竹田光柳〕

やった気の金だが足が遠ざかり
咳一つちやんと母親聞いている
風邪薬少し残して春が来る

**川　柳**　1　せんりゅう　1718–1790【柳祖】本名・柄井八右衛門。幼名・勇之助、通称・正通（通説）。享保三年一〇月（通説）、江戸生れ。父・柄井八右衛門（宗円）の長子。九世川柳*の記述では、曾祖父・将曹（一七一二没）の代に京都から江戸へ下り、祖父・図書（一七四九没）の代から浅草新堀端・天台宗龍宝寺門前

の名主をつとめる。宝暦五年、父の退隠で名主職を継ぎ、八右衛門を名乗る。宝暦七年（一七五七）前句附※点者※として立机※、無名庵川柳と号して、同年八月二五日開巻から万句合を興行。以後、寛政元年九月二五日開キまで足かけ三三年間に二六〇万句に及ぶ寄句を捌き、前句附点者の第一人者として盛名をほしいままにした。翌二年（一七九〇）九月二三日、七三歳で没。享年七三。

初代川柳点（選）の句群を特に古川柳※と呼ぶが、その特徴は、都会趣味（新興都市江戸の気風、嗜好、日常語）を基調として、洗練された穿ち※（写実、アイロニー）による笑いを特性としたこと、前句（題）にこだわらず、一句そのものの面白さ（一句立て、独立単句への指向）に重点を置いたことで、これが時代の好尚に投じた。点者の卓抜した選句限と力量ある作者群に恵まれた川柳点の人気は、呉陵軒可有*の手になる選集『誹風柳多留※』刊行によって決定的となり、以後の万句合に、一回の寄句二五〇二四員（安永八年一〇月二五日開巻）とか、年間寄句高一三六六一五員（明和四年）など、未曾有の記録を刻みつつ、やがて前句附そのものが川柳の名で呼ばれるようになる。

前句附の選集でありながら、前句を省いて「一句にて句意のわかり安きを挙」（初篇・呉陵軒可有*序）げた『誹風柳多留』が、一句立て文芸としての契機となった。その文芸上の出自については伝えられておらず、あるいは雪門・蓼太に学ぶといい、また檀林の俳士であるとも、江戸座の出であるともいわれるが、詳かでない。

初代川柳位牌
（龍宝寺）

現在までに確認され得る実作が追悼句などの両三句という寡然も特徴で、立机以前の経歴・系譜を堆測する手がかりはなく、一、二の伝説的書きものはあるが、後人の附会である。

東京都台東区蔵前の天台宗龍宝寺に墓碑（契寿院川柳勇縁信士）と、句碑（伝辞世〈木枯や跡で芽を吹け川柳〉）があり、例年九月二三日には同所で川柳忌※がいとなまれている。〔尾藤三柳〕

世におしむ雲かくれにし七日月　（李牛追善：筥初、天明2）

今ごろは弘誓の舟の涼かな　（李牛追善：筥二、天明3）

上ヶつけておしや切れ行く凧《いかのぼり》　（追善冬の終：天明3年3月19日）

参考：『川柳二〇〇年の実像』、「川柳学」創刊号

**川　柳**　2　せんりゅう　1759–1818　【歴代川柳】本名・柄井弥惣右衛門(幼名・六之助)、のち八右衛門。字は幸孝。宝暦九年、江戸生れ。初代川柳*長子。俳名・若菜*とされるが、すべて通説で不詳。初代の没後十余年

跡絶えていた名跡を川柳風※惣連中の希望で、文化元年(一八〇四)秋から二年九月までの間に嗣号、九月の六会目から〈川柳評〉が見られる。柳多留三五篇(文化三年)は嗣号記念の独選。文化五年春から、社中によって営まれた〈草庵〉に住み、川柳風の立評※を文日堂礫川*と分つ。職業点者となるまでは、武家勤め(一橋家の家士といわれる)をしていたと推定される。すすめられて二世川柳となり、経学へののぞみを捨てたのち、道の面白さを悟って、

**汗をして登り峠に千々の景**

と詠んだという(『新撰狂句　川柳五百題※』明14)。判者を業として一三年(柳多留では三四篇から七〇篇まで)、通説では、文政元年一〇月一七日没。享年六四。浅草新堀端・天台宗龍宝寺※に葬ると伝えられるが、その証はなく、燕斎叶*、素行堂松艫*などによる異説もある。柄井家塋域の二世川柳の墓と比定される戒名には、円鏡院智月寂照信女とあった(現在は剥落して不明)。〔尾藤三柳・尾藤一泉〕

**世の中の恵みを受けつつ返り花**　樽四三‐33
**日に薫る梅や社頭の道直ぐに**　樽六六‐28
**鶯やなれも百千《ももち》の法リの声**　樽六六‐37
**しら波を卯の花垣や御廣前**　樽七〇‐15
**花程に身は惜まれず散る柳**　(辞世)

参考：尾藤三柳「二世川柳の周辺」(「川柳公論」38号)

**川　柳**　3　せんりゅう　1776–1827　【歴代川柳】本名・柄井幸〔孝〕達、(幼名・八蔵)、のち八右衛門(通説)。安永五年生れ。通説では初代川柳*の三男または五男(六世川柳*の記述などでは二世の息)といわれる。二世の没後、血縁が絶えることを惜しんだ川柳風※連中のすすめで、文政二年(一八一九)三世川柳を嗣号、一月一八日の初会に〈三代目川柳〉の名が初見。しかし、点業わずか三、四年(柳多留では七一篇と七六篇に川柳評があるのみ)で文政七年に引退、柳翁※を名乗った。この引退には、社中でのスキャンダル説と、「勤仕いとまなく、両手に花は持たずと礫川*へ立机※を預」け、〈柳へハとどかず梅の庭掃除〉と詠んで辞退したという説などが伝えられている。文政一〇年六月二日没。享年五二。三世が

# 柄井家系譜
（通　説）

曽祖父 柄井将曹
一品入道天真親王、輪王寺入室に従い
延宝10年、京都より東下
正徳2年5月18日没？

祖父 図書
享保元年？、龍宝寺寺侍となる
享保7年、龍宝寺門前町初代名主
寛延2年4月4日没？

父 八右衛門
龍宝寺門前町名主
宝暦5年隠退、宗円を名乗る
天明4年6月2日没？

初代川柳 八右衛門
享保3年10月生れ
宝暦5年、三代目名主（38歳）
寛政2年9月23日没（73歳）
【グレゴリオ暦10月30日】
この代で名主柄井家終る

妻 女柳
天明6年2月17日没

？

長男 二代川柳 弥惣右衛門
宝暦9（1759）年生れ
八右衛門を名乗り、4代目名主
俳名・若菜？
文政元（1818）年10月17日没

五男 三代川柳 孝達
安永5年生れ
俳名・清口？
一橋家の家士
文政10年6月2日没
妻女・柄井家墓碑を建築

孫 宗源
一橋家の家士
天保14年10月19日没
初代・三代の墓碑裏に戒名

曽孫 長源
一橋家の家士
生没不詳

亡くなった時、三世夫人が龍宝寺※に柄井家の墓を再建したと思われ、現存の墓碑には初代夫妻と三世夫妻（三世夫人は赤信女）の戒名が正面に並んでいる。法名・但受院浄刹快楽信士。以後、柄井家は、数代家系を残し（P142の通説も加えた系図参照）、「燕斎叶の手記※」では、一橋家への宮仕えであったという。〔尾藤三柳〕

**柳へハとどかず梅の庭掃除**

（引退にあたって：明14『川柳五百題』）

**蓮の葉の露と消えゆく我身哉**

（辞世）

**川柳**　4　せんりゅう　1778–1844【歴代川柳】本名・人見周助。安永七年九月、江戸生れ。江戸南町奉行・筒井伊賀守二番組与力配下の物書同心（文政4・1～天保12・4）。三十俵二人扶持。はじめ大塚に住み、文日堂礫川*の折句連にあったが、文日堂の前句※復帰とともに二世川柳*門に入り、賤丸（志津丸）と称して、文化三年の『柳多留※』三五篇、二世川柳評に勝句八章を初見。やがて文日堂推薦で評者※となり、同八年の五八篇は賤丸独選で、十返舎一九が序を書いているが、この時の出題中にはじめて「狂句※」の語が見える。文政四年の『柳多留』七四篇には序を書き、同六年ごろから八丁堀中之橋の自宅（百坪という）で月例会を催す。文政七年、三世川柳*の短期引退で空位になっていた川柳号の四世を嗣ぐ。河内屋楼上で催された披露大会は、寄句一万、評者一三名で、九月二一、二二日の二昼夜をかけて開巻、『柳多留』八二、八三篇に柳亭種彦（木卯*）の序で収録された。文政九年八月二八日、向島・木母寺境内に「東都俳風狂句元祖　川柳翁之碑」を建立、末広会（『柳多留』九七～一〇〇篇）を催す。天保三年一一月一二日開巻の成田山不動明王奉納狂句合は、寄句三万、番勝句だけで四〇三〇員。（『柳多留』一二二～一二七篇）。この年、五五歳の賀に、香蝶楼国貞が描いた肖像に、「……今は下の句ありて上の句と云へるは少く、始めより一句に作りたるが多ければ、俳風狂句とよべるぞおのがわざくれなりける　東都俳風狂句元祖　五十五叟　四世川柳」と自署、かさねて〈俳風狂句※〉を宣明、みずから元祖と称した。天保八年六〇歳の折、当時高名な七代

**川柳翁之碑**
（向島・木母寺）

目市川団十郎と横綱阿武松緑之助を左右に、みずからを行司に見立てた三人立ちの絵姿を国貞に描かせ、蒔絵の盃を作らせようとしたが、北町奉行・大草能登守高好に論戒され、狂句評者を退いた。川柳号を鯉斎佃に譲り、柳翁と称したが、実質的には廃業で、点者期間は一四年間だった。眠亭、柳恩庵、風梳庵などの別号があり、また四世嗣号のとき前号を譲った二世賤丸は、その翌年（文政八）に没している。天保一五年二月五日、六七歳で長逝。赤坂・法安寺に葬る。法名・崇徳院仁興普山居士。辞世として、

　香のあるを思ひ出にして翻れ梅

が伝えられている。

前句附※という文芸様式の名はあって、その形式から生れる句体（附句※）に定まった名がなく、恣意的に呼ばれていたものに初めて〈俳風狂句〉の呼称を与えたこと、一方では、松浦静山*を筆頭に大名や旗本、また狂歌堂や六樹園、柳亭種彦、葛飾北斎（卍*）、市川三升、市村羽左衛門、船遊亭扇橋*、都々一坊扇歌*ら、当時世間に知られた多数の人々を傘下もしくは後援者として黄金期を現出した四世川柳の業績は、川柳を一句立て文芸たらしめる基をひらいた反面、文芸精神の喪失と内容的な空疎化への橋渡しともなった点で、功罪相半ばする。

墓所は、明治二三年四月、赤坂・法安寺から三田・薬王寺に改葬、現在も血族により守られている。また、白金の最上寺には、昭和三年に高木角恋坊*により建立された地蔵形式の墓碑がある。〔尾藤三柳・尾藤一泉〕

行燈へじれつたい穴二つ三つ　樽三五-12

当分は釆やるなと母一ツぬぎ　樽三五-7

其面ラでからしをかけと朝がへり　樽三七-28

柿の花すぼんだやうに開くなり　樽五〇-20

こゝろにも上下着せよ今朝の春　（天保3・歳旦）

夜学に更けて埋み火も螢ほど（天保5『川柳百人一首』）

**川柳5**　せんりゅう　1787-1858【歴代川柳】本名・水谷金蔵。天明七年正月、南茅場町に生れる。幼くして父母を失い、佃島の漁師太平次に養われ、のち御用漁師と名主職を継ぐ。二世川柳*、四世川柳*に学び、文化年代後半から頭角を顕わす。佃《たづくり》と称し、鯉（腥）斎と号して、博識多才、早くから巧作者の名をうたわれ、『風流夏柳』（文化11）に一〇句が初見。『柳多留※』には文化九年六二篇に初出。文化一一年（『柳多留』六六篇）には二八歳で初めて評をつとめる。以後、四世を援けて

評者、作者として活躍。天保八年、四世から川柳号を譲られて五世を嗣ぐ。緑亭、風叟と称す。四世とは対照的な性格で、名弘めも月例会を振り替えた地味なものだった（『柳多留』一四六篇、天保九年正月、柳亭種彦序）。五世嗣号の翌年、一六七篇まで続いた『誹風柳多留』が終刊となる。天保一〇年九月、初代川柳五〇回忌を営み、菩提寺の新堀端天台宗龍宝寺※に、辞世〈凩やあとで芽をふけ川柳〉の句碑（木枯の碑※）を建立した。同一二年、『新編柳多留※』初編を刊行、嘉永二年まで八年間に五五編を続刊したが、この間、狂句※の式法を作り、〈柳風式法※〉、〈句案十体※〉と称し、さらに晩年の安政初年には、俳風狂句※を改めて「柳風狂句※」と名づけた。

狂句とは別に著述も多く、歌道の造詣を生かした百人一首の頭註本十余種のほか『遊仙窟春雨草紙』五篇（豊国画、弘化四～五年）、『祥瑞白菊物語』六篇（芳虎画、嘉永四～六年）などの草雙紙、また『俳人百家撰』（嘉永八年）などの伝記物のほか、江戸府内唯一の盆踊りであった佃島の盆唄なども作詞している。

佃島は全島が一向宗（西本願寺）の門徒であったが、五世はその指導的地位にあって教化に尽し、天保改革の折には、鳥居甲斐守から白銀三枚の褒賞を受け、

**身にあまる風にひれふす川柳**

と詠んだが、これが生涯三度目の褒賞（文化四年・孝徳、文政一一年・徳行）であった。

五世の狂句が、みずから「教句」と名づけるような高番句偏重※の方向へ向かったのも、「偐紫田舎源氏」の筆禍で身近な友・柳亭種彦が自殺に追い込まれるなどの時代背景とともに、五世自身の人間的資質が大きく働いていた。点者生活二二年、柳風狂句を全国組織化した。安政五年八月一六日、七二歳で没したが、『武江年表』安政五年の条、同年夏のコレラ流行で物故した「有名の人」のなかに、「狂句点者五代緑亭川柳」と見えているから、その犠牲者の一人であったと思われる。法名・真実院釈浄宝信士。築地の西本願寺別院に葬られる。

**五世川柳墓**
（西本願寺・和田堀廟所）

墓所は、大正一二年の関東大震災後、世田谷区代田の同寺新墓地（本願寺和田堀廟所）に移された。明治三年四月には、築地本願寺境内に六世川柳*によって代表作の

〈和らかてかたく持ちたし人ごころ〉が句碑として建立された（明治一四年五月、向島の三囲神社に移転）。また、昭和四一年一一月、佃島住吉神社境内に富士野鞍馬*筆で〈和らかでかたく持ちたし人ごころ〉の句碑が建立された。〔尾藤三柳・尾藤一泉〕

かんざしの足くたびれる紋日前　樽六五-29
にこにこと出る三月は主の恥　樽七四-7
ありがたさ捨ても拾いもせぬ命　樽八二-11
嶋へ嶋忍んだ果ハ嶋の沙汰　樽八八-39
愛されし雅を思ひ出に散る柳　辞世

**川柳 6**　せんりゅう　1814–1882【歴代川柳】本名・水谷金蔵（幼名・金次郎。通称謹五のち謹）。号・鯉斎、ごまめ。五世鯉斎佃*の長子。文化一一年江戸生れ。佃島の魚問屋。文政九年八月、四世川柳*時代の末広

大会に一三歳で出席。『柳多留※』九九篇に初出。安政五年（一八五八）五世川柳の死により川柳を嗣号、和風亭と称する。明治を迎えての最初の宗家で、柳風狂句※を組織して、柳風会※を創設。明治一三年、佃島細民への布施により政府より木盃授与、また、翌一四年（一八八一）佃島島政の功で有栖川一品親王から、

川風の吹く方よりに靡けども
乱れざりけり青柳の糸

の国歌一章を下賜された時、

吹下す風にひれ伏す糸柳

の句で奉答した。名望があり、渡し舟の船頭が六世をたずねる客からは渡船料を取らなかったという。明治一四年、〈つまらぬといふはちいさな智恵袋〉の句碑を三囲神社に建立、併せて、父である五世川柳の句碑を本願寺から三囲神社に移設した。明治一五年六月一五日没。享年六九。東京・築地の西本願寺の五世川柳の墓所に合葬される（安楽院釈祐正信士）。一周忌追善会の寄句は、全国から三万余章にのぼり、柳橋万八楼において加評・志評八〇余名、開巻二昼夜に及んだと伝えられる。〔尾藤三柳・尾藤一泉〕

**六世川柳直筆巻**　（脇屋川柳蔵）

つまらぬといふはちいさな智恵袋　（句碑）
本復の力だめしにたゝむ夜着　樽一二六

くらわんか慮外者めと田舎武士　樽一二七
藤式部時分は色もまだ薄し　樽一四〇
女気の真ン中へ来る渡し船　樽一四九

**川柳 7** せんりゅう　1825–1891【歴代川柳】本名・広嶋久七（はじめ山縣姓のち広嶋姓）。五世川柳*の姻戚。文政八年、江戸生れ。浅草青野町で煙草商を営む。甘海の門で、はじめ得蕪、満市斎、燕壊、のち雪舎。慶応元年五月二〇日、催主として都鳥波静会を興す。六世川柳*立評。《有喜世新聞》の狂句※欄選者となる。明治一五年七月、柳袋（八世川柳*）、〆太*、真中らの柳風会※長老はじめ社中推薦で嗣号、風也坊と称す。

**何方へ向て可ならんさし柳**　風也坊川柳

同一八年、江東・井生村楼で初代川柳一百年祭を開催、求評二万三千余句。『風也坊川柳立机会』（明16・9）に勝句が残される。同一九年、病気で引退、柳翁となる。明治二四年九月七日没。享年六七。亀戸村・慈光寺に葬る（清風庵涼月柳翁居士）。現在、無縁で、墓所は確認できない。

**花紅葉見ぬとて鳴か時鳥**　（「初老会狂句合」文久3）

**箒木も芽さし長居もならぬ雪**　（小名喜会・慶応元）
**冬枯ハ銀杏斗りの浅草寺**　（「金龍山奉額会」明13）
**大晦日ただ一日の名ではなし**　（「萬題集」明22）
**戸締りを頼むぞ我は先に寝る**　（辞世）

なお、煙草業を継いだ長男（広島久七）は、吸附楼一福の号で柳風会※にあり。〔尾藤三柳・尾藤一泉〕

**川柳 8** せんりゅう　1820–1892【歴代川柳】本名・大久保左金吾、諱・忠龍。のち児玉環（維新後）。士族。文政三年、上毛の冨田永世の男として秩父に生れる。幼年の頃、江戸へ出る。幕臣・大久保を継ぎ左金吾と称す。明治以後は、谷中清水町で漢学塾を営み、のち袋物業。狂句は天保一三年、五世川柳*の門人となり、括嚢舎柳袋と号す。五世の死後も六世川柳*の厚遇を得る。幕府瓦解の際、小田原藩を離れ、児玉環とあらため朝臣となる。奥羽の乱平定の後、新潟県に奉職、十年に及ぶ。辞職して帰京し再び柳の道に戻る。明治一三年四月、礫川*の故事に倣って真中*とともに生前追善会を催し、以後化外老人の別号を名乗る。明治一五年六月、六世川柳没して後嗣定まらず。七世を勧められるが生前供養をし

た身なればと辞退、風也坊川柳の副評を務める。七世隠退に伴い、明治一九年一一月二七日、神田区・相模亭において一府三県（東京、神奈川、千葉、山梨）の社中投票により最多得票。六十を過ぎていることから固辞するも、周囲の勧めにより八世を嗣号。任風舎川柳と号す。明治二〇年五月五、六日、立机※披露会を浅草区・鴎遊館に挙行。祝評一一〇余名。集句二万余吟。披講に二昼夜。出席百余名。柳風狂句※の黄金期を築き、毎春両国・中村楼で催される大会は寄句数万、開巻に二昼夜を徹するのが常だった。明治二二年一〇月『元祖二世三世川柳墓参法筵会』を開催。真正百年忌として、初代川柳墓所に〈一百回記念標〉を改建する。明治二五年六月より老病に悩み、一〇月一日没。東京都・小日向（茗荷谷）の林泉寺に葬る。川柳院徳法環愈居士。現在、法名は無縁塔に収められている。昭和三年、高木角恋坊*により地蔵尊建立（「川柳八世之墓」）、今に残る。〔尾藤三柳・尾藤一泉〕

元祖川柳一百回記念標
（龍宝寺・初代墓所）

日は本に復し維新に照増り　（金龍山奉額　明13）
余り物に福は長寿へ御賞典　（明治15「しげり柳」）
海防に準備厳根に千代の苔　（川柳祭祀：明治20）
マッチに押れて火の消た吉井鍛冶　（同）
散るもよし柳の風にまかせた身　（辞世）

**川柳** 9　せんりゅう　1835–1904【歴代川柳】本名・好信。姓・前島、のち柄井。天保八年、日本橋室町生れ。五世川柳*姻戚（孫甥）。六世川柳*門。号・和橋、万治楼義母子。明治初期の投書家。《團團珍聞》、《有喜世新聞》などの記者を経て《絵入朝野新聞》（江戸新聞）主筆。早くから柳風狂句※で頭角をあらわし、明治一〇年代から二〇年代にかけて作句の第一人者。和橋、義母子のペンネームは「日本橋」に因む。明治二〇年六月一八日の〈五世六世川柳祭祀狂句合〉を主催。明治二二年ごろ《みやこ新聞》に入社。仮名垣魯文の友人。八世川柳*没後の明治二六年四月、臂張亭〆太*と九世嗣号を争い、社中投票（五五五対四四二）で勝って九世を嗣号、緑亭（後の緑亭）と号す。明治二六年、前年の投票結果に承服せず、正風亭川柳を名乗る〆太に対抗するため、無縁となっていた初代川柳*の墓域を整備、また、五

男・中吉に柄井姓を継がせ、自らも柄井川柳と称した。翌明治二七年一一月、柳風会※機関誌※「柳の栞※」を創刊。発行所は、東京浅草新旅籠町四〇番地で自宅。〆太没後は文字通り第一人者となり、勝海舟、杉孫七郎（聴雨）、山々亭有人（条野採菊）、仮名垣魯文、骨皮道人*（西森武城）などの知名士を社中または後援者に、全国に数千の会員を擁した。同三六年、新川柳※の勃興に際会しつつ金龍山浅草寺永代奉額狂句合には、なお全国狂句連の絶大な支持を得た。現在伝えられる初代以降の家譜は概ね九世の手に成る。明治三七年四月一一日、狂句界最後の大立者として逝く。享年七〇。龍宝寺※の柄井家の墓に葬る（緑影院和橋川柳居士）。没後、明治三八年四月、長男・前島柳之（柳風会員）により、三囲神社境内に〈出来秋もこゝろゆるむな鳴子曳〉の句碑が建立された。なお、墓所は、平成一五年三月、百年祭を前に芳忠家墓地（多磨霊園）に龍宝寺から移される。九世川柳について歌誌「万華鏡」に連載された芳忠淳*の長編論文は、平成一七年、同氏により『柳のしずく』として刊行されている。〔尾藤三柳・尾藤一泉〕

**九世川柳句碑**
（向島・三囲神社）

**王子の田楽神前で出す団扇**　慶応元　都鳥波静初会
**耳たふを願う谷中の福詣**　慶応2
**豆の詩に兄か心の鬼は外**　明4・3
**此道の紀元節なり祖の祭り**　明12　元祖川柳祭祀会
**しっかりお仕よと入れ智恵をする女房**　明20
**出来秋もこゝろゆるむな鳴子曳**　三囲神社句碑
**誘はれて行くのは今ぞ花の旅**　辞世

**川柳** 10 せんりゅう 1894–1928【歴代川柳】本名・平井省三。嘉永二年生れ。書家。浅草区役所衛生課長、のち代書業。明治三七年立机※、北窓雪雁《ゆかり》と号し、《時事新報》の狂句※選者となる。同じころ読売新聞紙上に展開された岡田三面子*（筆名・馬狂）との論争は、初の柳・狂公開論争として、転換期の川柳界に活気をもたらした。同三九年、社中の合意が成って擁立され、明

治四〇年一〇月、〈担がれて貫目の知れる樽神輿〉と読んで嗣号し、十世・狂句堂川柳を名乗る。ところが、翌年浅草区長の汚職事件に連坐、在位三年あまりで四二年引退、柳翁となる。ところが、大正二年、十一世川柳*（小林昇旭）が病気で引退後、再び十世川柳として宗家を預かる。大正一二年病気で再引退し、小森和洲に十二世川柳*を譲る。同年、震災で家を失い、浅草吉野町（台東区今戸）に落ち着く。高番偏重※主義を貫き、在位中は終始社中少壮派の批判を浴びたばかりか、外には新川柳※の攻撃を受け、引退後も恵まれないまま終る。昭和三年八月一一日没。享年八〇。東京台東区今戸の瑞泉寺に葬る（慈光院浄誉省道居士）。現在、墓碑は確認できない。〔尾藤三柳・尾藤一泉〕

ふられた割床お互に四苦八苦　（慶応2・2）
並木の瓦斯ハ人相に花が咲　（金龍山奉額　明13）
捕鯨会社は海産の一の銨　（明16）
水雷が抜く敵艦の臍あたり　（《時事新報》）
残す名は花根に返る吉野町　（辞世）

**川　柳**　11　せんりゅう　1865–1917【歴代川柳】本名・小林釜三郎。慶応元年生れ。開晴舎昇旭。旭海楼昇叟*の長男。根津に居た頃、放蕩の兆があり、父より柳風の道に誘われる。すぐに頭角を現し、旭連を組織する。明治五年の本郷根津遊郭移転にともない、深川・洲崎（江東区東陽町）で酒商・高崎屋（瓢箪は高崎屋の商標）を営む。明治一七年ごろ、毎年、祖翁忌に初代

川柳*の画像とともに掲げられた初代直筆の回文※の和歌懐紙を柳袋（八世川柳*）から譲られる。後に柳風宗家什器（俗に三種の神器※）のひとつとなる。明治三九年、九世川柳*から宗家の椅子を約束されていたが、有力社中の反対にあい空手形となる。明治四二年五月五日、十世の詰め腹引退後、少壮派に推されて一一世を嗣号。深翠亭川柳を名乗る。大正二年、病気で引退、木聖と称す。大正六年五月一六日没。法名、知見院通達日淳信士（墓碑）。東京都台東区・谷中坂町の本寿寺に葬る。〔尾藤三柳〕

産婆ヒヤヒヤ結婚の自由論　川柳祭祀：明治20
男権を呑む気女権を拡げて居　（同・大尾）
洗濯は出来ず汚すな親の顔
子を持って嫁交際が広くなり
虫の居所も定まれば人も飽き　（辞世）

**川　柳** 12 せんりゅう 1875–1966 【歴代川柳】本名・小森元吉。明治八年八月二三日、東京柳橋生れ。入山採炭営業部次長。明治二六年、碧竹堂花月に入門、蕉風俳諧を学び、碧流舎花鴎と号す。明治四年九世川柳*に接し、柳風狂句※へ入門。柳霞楼和洲。大正一二年、十世再引退後、同年六月二二日社中から推されて十二世を嗣号、碧流舎川柳と称す。折からの震災により披露を延期する。

**子宝は無事ぞ裸の焼け出され**

大正一三年鎌倉の佐助ケ谷に移り、翌一四年六月一八日、柳橋倶楽部で十二世川柳嗣号立机※大会。

**御贔屓をたのみ披露目の柳橋**

選はあまり上手とはいえず、感吟ほどつまらない。昭和二年点者生活五年で、引退して鎌倉材木座に移り、哉川軒、のち寝覚庵哥枕と号し、もっぱら狂歌に親しむ。昭和四一年七月九日没。享年九一。東京・台東区東上野の長泉寺に葬る（碧流院釈柳霞和洲）。〔尾藤三柳・尾藤一泉〕

**食つちや寝て居る牛臥へ避暑の客**
**酒屋から吉良家へ這入る赤穂塩**
**タイピスト社員注視の的となり**
**ぼろんぼろん涙をこぼす平家琵琶**

**川　柳** 13 せんりゅう 1876–1955 【歴代川柳】本名・伊東官一。別号・酒の屋、癲痴人、阿比留、柳堂静丸。明治一〇年六月生れ。千住警察署警部補。向島寺島町住。はじめ俳諧、雑俳※から明治二八年柳風狂句※の道にはいる。初号・阿比留、紫紅連に属す。のち柳堂静丸と号す。阿比留の号は、浴びるほど呑む酒豪であったからという。六世川柳*門。昭和二年六月、社中推薦で十三世を嗣号、龍宝寺※祖翁※墓前にて継承会挙行。柄井亭（のち有為堂）川柳を名乗る。六世直伝の柳風調※の句を作る。昭和二年、警察官を辞任後、「真編柳樽※」初編を刊行のち三九篇まで刊行。昭和四年五月二六日、浅草・駒形ホテルにて立机会開催。柳風会※再興に努力。昭和二三年、老齢のため引退、柳翁となる。晩年は、東京の句会に時折出席、選句をした。昭和三〇年三月一日没。享年八〇。積行院川柳日一居士。東京・千駄ケ谷の仙寿院に葬る。〔尾藤三柳・尾藤一泉〕

**稼ぎ人は小判を残す橋の霜**
**天気だけ書いた白紙の日記帳**

わらび縄ちとひねくれた住ゐなり
時ならぬ風に柳の幹は折れ
（病中作、辞世とす）

**川柳 14** せんりゅう 1888–1977 【歴代川柳】本名・根岸栄隆。号・みだ六、別号・柳樽彦。明治二一年三月二一日、東京都豊島区千早町生れ。父は軍人、祖父は山形天童織田家の江戸留守居役。日大法科卒。《毎夕新聞》など新聞記者ののち団体役員、計理士。大正八年ごろから作句、第二次大戦中地方句会の立評者となり、昭和二一年六月、柳風狂句※判者心得※の允可※を受け判者に列す。同二三年三月一一日、十三世川柳*・伊東静丸の発意と十二世川柳*の後援で十四世を嗣号。同年六月、東京川柳会を主宰、機関誌「東京川柳※」（四六号から「川柳※」）を発行、また《東京毎夕》、《下野新聞》等の選者となる。六〇歳を越えてにわかに個性的作風に変化、定型※を破る。門下に神山虚六、三浦茄六（山村祐*）、脇屋未完子（十五世川柳*）などがいる。カッパの直筆は一万点を超えるという。著書は『鳥居の研究』（アルス社）、『古川柳辞典※』（六冊刊行。日本新聞社）、句集『考える葦※』（東京川柳会）ほか。昭和五二年八月二七日、胃癌で没。享年八九。東京・雑司ヶ谷墓地に葬る。（釈柳栄信士）。〔脇屋川柳〕

そっくりといわれる
親の癖で酔い　十四世
（カッパ第3401番）

男の子どこからとなく砂が落ち（昭20代）
みんな行ってしまって丸太が一本（昭30）
茹でたらうまそうな赤ン坊だよ（昭33）
小便の泡まるく輝き——いのち

**川柳 15** せんりゅう 1926– 【歴代川柳】本名・脇屋保《たもつ》。号・鮮紅亭、苦川のち未完子。大正一五年九月二一日、東京生れ。昭和二七年頃より苦川の名で貧乏川柳会に所属。鮮紅亭苦川の号は、戦中の昭和一

# 川柳嗣号の系譜

**柄井川柳**
柄井八右衛門
緑亭／無名庵
宝暦7年8月立机
寛政2年9月没
『誹風柳多留』初篇〜24篇
川柳点前句附始祖

**三代目 柄井川柳**
柄井孝達
緑亭／無名庵
文政2年立机
文政7年引退
『誹風柳多留』71・76篇
初代庶出

**二代目 柄井川柳**
柄井弥惣右衛門
緑亭／無名庵
文化元年？立机
文政元年10月17日没
『誹風柳多留』34〜60篇

**文日堂礫川**

**五代目 水谷川柳**
水谷金蔵・腥斎佃
緑亭
天保8年3月11日嗣号
安政5年8月16日没
『誹風柳多留』146〜167篇
『新編柳多留』初編〜55編
初代川柳50年忌・木枯の句碑建立
柳風狂句「句案十体」「柳風式法」

**四代目 人見川柳**
人見周助・眠亭賤丸
柳思庵／風梳庵
文政7年2月嗣号
天保8年引退、柳翁
『誹風柳多留』77〜167篇
俳風狂句元祖

**自称九代目 小林万吉**
小林万吉・野叢亭／太正風亭川柳
明治26年4月嗣号
明治31年11月20日没
宗家一派の神器流出

**八代目 児玉川柳**
児玉 環・括嚢舎柳袋／化外老人
任風舎
明治19年11月嗣号
明治25年10月1日没
初代川柳翁正百回忌

**七代目 廣嶋川柳**
廣嶋久七・得蕪／満市斎雪舎
風也坊
明治15年7月嗣号
明治19年引退
初代川柳百年祭

**六代目 水谷川柳**
水谷 譲・腥斎ごまめ
和風亭
安政5年8月嗣号
明治15年6月15日没
柳風会創設

**十三代目 伊藤川柳**
伊藤宮一・阿比留／柳家静丸
柄井亭／有為堂
昭和2年6月22日嗣号
昭和23年引退
『真編柳樽』初編〜39編
初代川柳一五〇年忌
初代墓所下垣整備

**十四代目 根岸川柳**
根岸栄隆・川柳寺みだら／柳樽亭
昭和23年3月11日嗣号
昭和52年8月27日没
『東京川柳』
東京川柳会創設

**十五代目 脇屋川柳**
脇屋 保・鮮紅亭茗川／未完子
昭和52年8月嗣号
『せんりゅう』
『甲子夜話と川柳』『松浦静山と川柳』『[illegible]』

**十一代目 小林川柳**
小林金二郎・獅睛舎昇旭
探泉亭
明治42年5月5日嗣号
大正2年引退

**十代目 平井川柳**
平井省三・北斎雪庵
狂句堂
明治39年10月嗣号
明治42年引退、柳翁
大正2年再嗣号
大正12年引退
高番篇面十式

**九代目 前島川柳**
前島好信・和橋／万治楼義母子
緑亭
明治26年4月嗣号
明治37年4月11日没
『柳の栞』
柄井家再興
墓所整備
「元祖初代川柳翁肖像」

**十二代目 小森川柳**
小森元吉・獅凰楼和洲
想流舎
大正12年6月嗣号
昭和2年引退

九年一二月、台湾へ水上移動の際に敵潜水艦に狙われた苦労からという。昭和二八年八月、根岸川柳（川柳14*）の門を叩き、翌年八月、東京川柳会の同人となる。翌年九月より未完子を名乗る。東京衣装㈱に勤める関係で江戸文化・風俗に対する造詣が深く江戸趣味を愛好。昭和五二年二月より東京川柳会代表となる。昭和五二年八月、十四世川柳の遺志により十五世を嗣号。昭和五四年六月三日、正式嗣号。東京川柳会主幹を続ける。全日本川柳協会※幹事、日本川柳ペンクラブ※常任理事を歴任。よみうり日本テレビ文化センター講師。平成八年、東京川柳会主宰を後身の青田煙眉*に譲り、川柳を見直す作業に入る。平成一七年五月、尾藤一泉創設の川柳学会※会長就任。門下に平宗星、宮本順子らがいる。作風は、独特のリズムをもつ短詩型で、アイロニーがあり、絵画的イメージによる表現は、現代性と江戸からの伝統性を併せもつ。「作句は生涯の習作と思え」という根岸川柳の遺訓を守るとともに、「川柳は耳から入り心で感じるもの」であり「目↓頭↓笑い‥は今の笑いで、論理による笑わせ。耳↓心↓笑い‥が川柳本来の笑いであり共感である」とし、コトバとリズム感を大切に説く。また、「俗の中に俗を見出すのが川柳の本質」であるとし、アイディアばかり奇抜な現代川柳とは一線を画す。主な著作に『甲子夜話の中の川柳』（平8）、『松浦静山と川柳』（平9）、『お江戸内輪話』（平11）がある。〔平宗星・尾藤一泉〕

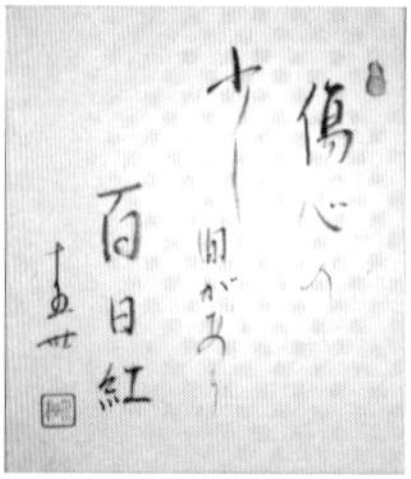

居眠りのマリヤカラスは紅葉す

憤懣を池へ投げ込めば　ポチヤン

余白あり銀の写楽へ逢いにゆく

故里を握り続けている画鋲

巨大なる窓は窓を掘り続け

**草映**　そうえい　1926–　【新川柳】本名・塩見敏明。大正一五年八月一八日、愛媛県松山市生れ。元愛媛県職員。二十代で川柳を始め、《朝日新聞》伊予川柳、四国郵政だより柳壇選者、NHK四国川柳道場指導。（社）全日本川柳協会※常任幹事。NHK学園川柳講座講師。川柳まつやま吟社主宰。県川柳文化連盟会長。平成一〇年、川柳句集『遊心※』。勲四等瑞宝華受賞。平成一七年、（社）全日本川柳協会理事長に就任。〔原田否可立〕

すこしずつ石をずらして線を引く

未熟とは言わず青いともちあげる
仁王門ここから無欲背を伸ばす〈句碑・西条市興隆寺〉

**爪　人**　そうじん　1889–1976　【新川柳】本名・上松喬樹。柳号・巨頭子、のち爪人。明治二二年二月一六日、岐阜市生れ。明治末期より地方新聞柳壇に投句。大正一一年「よのころ※」創刊同人。以後「こがね」、「川柳鵜※」、「らんせん」の同人を経て、昭和二九年には番傘本社同人。「川柳鵜」では一般投句欄〈らんせん〉選者を担当するなど、岐阜川柳界の元老で、岐阜川柳史の生き字引といわれ、関係者の間で畏敬された。昭和四二年番傘同人を辞退。同年岐阜川柳社から爪人句集『ねずみの子』を記念出版。昭和五一年一〇月二四日没。享年八七。寿空竜仁居士。〔東野大八〕

扇風機もおんなも首を横にふり

**爽　介**　そうすけ　1922–　【新川柳】本名・小松原繁。大正一一年一二月二四日、西宮市生れ。昭和三二年一月、「時の川柳※」創立とともに会員となり、三條東洋樹*に師事。三五年、時の川柳社同人。五〇年、副主幹。五五年五月、東洋樹が提唱した〈中道川柳※〉を受け継いで主幹となる。兵庫県警機関誌「旭影」川柳欄選者。全日本川柳協会常任幹事、兵庫県川柳協会副理事長などを歴任。各方面で、後進の指導育成にあたる。社会性と批判精神を川柳理念とし、句集に『草根』、著書に『三條東洋樹の川柳と評言』などがある。〔卜部晴美〕

下積みの誰にも見せぬ火をかばう
椿散る誰か拍手をくれないか
一切を拒絶みどりのただ中で

**痩々亭**　そうそうてい　【柳風狂句】→骨皮道人

**蒼々亭**　そうそうてい　【新川柳】→三太郎

**蒼　太**　そうた　1900–1971【新川柳】本名・平井通。別号・耽好洞主人、壷中庵など。明治三三年八月五日、名古屋生れ。江戸川乱歩の実弟。初め大阪市電気局勤務。昭和四年一一月麻生路郎*主宰「川柳雑誌※」を見て作句を志す。句は哀愁と妖美が漂う。軟派風俗研究に専念し、江馬務の「風俗研究」誌に〈浪花賤娼志〉を連載。山本定一と共著で和本仕立ての雑誌「麻尼亜」を昭和七年から八年まで六冊刊行。六冊目は発禁。同年おなじ体裁で独自に「雑学」二冊刊行、桃源堂主人、綿谷麻耶火、小谷方明の名が見える。その年、私家版『見世物女角力志』一〇〇部頒布。脊柱カリエスに悩む。小康を得て昭和九年上京。古本屋を志望、浪楓書店開業、専ら通信販売で五、六年続く。その間、後楽園スタジアムに勤務。戦後、出版事情が緩和されるや風俗雑誌からの依頼執筆に忙殺。昭和二四~二五年には雑誌「哀歓」四冊発行。自作川柳のほか魔山人、尾崎久弥などの文章を掲載。東京、横浜と転々、川崎に落ち着く。古本業復活と同時に造本を思い立ち、雛本と称する豆本頒布。昭和三四年池田満寿夫オリジナル・エッチング入り江戸川乱歩著『屋根裏の散歩者』につづき数種限定刊行して、紙価を高める。昭和四六年七月二日没。享年七〇。富岡多恵子著『壷中庵異聞』のモデルとして登場。〔石曾根民郎〕

　**燦々と南京玉よわれに散れ**

**窓　梅**　そうばい　【旧連】旧連山の手の主要作家。麹町・平河天神傍に居住。窓梅の名はそれによる。作者として確認できるのは、天明二年三月二七日開キ※別会桜題万句合※（柳多留※一七篇）。寛政元年正月二五日開キの吉例花角力（同二三篇）では、総勝句一〇六のうち一五章を占めている。

活躍の最盛期は、初代川柳*没後の和笛*評時代、麹町の紀三井寺屋で開かれていた鳥組（初音連）の月並では、門柳*、如雀*とともに和笛の副評※を勤めた。和笛評一〇年間の最高実績者（窓梅127、カテウ107、三交104）で、文化年代初期鳥連（麹町グループ）の主評者。和笛没後、文化二年に再建された初音連補助の麹町組連会では、一会目、二会目に見利とともに主評を勤め、さらに同年六月朔日、浅草新寺町の西光寺で行われた川柳風総連衆による桃井庵和笛追善句合（柳多留三一篇）では、川柳風※に判者※として復帰した文日堂礫川*（小石川連総帥）とともに両評を勤めている。二世川柳*登場（文化二年後半）前のこの時期、連衆によって認められた評者は、この二人だけだったことがわかる。だが、この両評のあと間もなく（文化二年後半か三年前半）世を去ったと想像され、麹町組連会の三会目以降も、主評者が狐声*に代わっている。文化四年春発行の柳多留三六篇（麹町組連会）は三年中の勝句を集めたものだが、その中に、窓梅と東水（三年後半か）の追悼句が見えている。

　**ちつた跡迄香の残る窓の梅**　如雀　樽三六-35

　**名の高さ折つても匂う窓の梅**　春駒　樽三六-32

川柳風再興期の空隙を埋めて、以後の時代につなげた貴重な存在であった。〔尾藤三柳〕

じねんじやうけちな花見をあてにやき　樽二三-29
やきもち坂てあま寺の道を聞　樽二四-31
箱入の玉川外かの国になし　樽二四-37
いゝ年で出合に通ふ尉と姥　樽二六-19
ひんのいゝ其日暮しハ花の幕　樽二七-27

**草兵**　そうへい　1932–2007【新川柳】本名・杉野宗平。昭和七年六月二八目、青森市浦町生れ。杉野十佐一*長男。東京薬科大学卒、同三〇年日水製薬研究室勤務。昭和三二年、東京都教育委員会主催の川柳講座で川柳入門。村田周魚*の指導を受け、各地句会に出席。三太郎*、哲郎*、祐*等の知遇を得、のち三太郎に師事。同三四年下北郡田名部町（現・むつ市）で薬店開店、高田寄生木*はじめ地元柳人と交流。同四一年より国立病院薬剤師。各地に転任し同五一年帰青、県内で初めての研究句会Cの会を寄生木、野沢省悟*、北野岸柳と創立。同五二年より十年間「かもしか※」〈北貌集〉の選者、同五七年よりかもしか川柳社代表。昭和五八年、篤志家からの寄付を基に本格的な作家賞としての川柳Z賞※を制定、没年まで事務局を努めた。平成八年五月五日蟹田町観瀾山に、おかじょうき川柳社の同人達と協力、三太郎作〈夜があけて鴉だんだん黒くなり〉の句碑を建立。父・十佐一が龍飛岬に〈龍飛岬立てば風浪四季を咬む〉の三太郎句碑の建立に尽力したことと合せ特筆される。また全国的規模の、蟹田町で主催する風のまち川柳大賞の制定、運営に尽力。句集に『学生日記』（昭60）、『C※』（平元）がある。平成一九年七月一二日没。享年七四。〔野沢省悟〕

あいつはもう死んだかな防波堤の右が北
石小さく淀む収容された乳歯
諦めてまた諦める指の萎え
遺影なき葬送聖歌第二六六

**蒼平**　そうへい　1931–【新川柳】本名・山崎晋。昭和六年九月九日、東京生れ。一八歳頃から川柳、俳句に親しむ。昭和二六年、川上三太郎*（蒼蒼亭）により一字を貰い蒼平と命名。翌年「川柳研究※」幹事。その後、俳句では「墻頭」、「握手」同人、川柳では「崖集団」、「黒潮※」顧問などを経て、昭和四八年、川柳とaの会を飯尾麻佐子*、墨作二郎*らと創設、中村冨二を主幹に迎え「人※」を発行。昭和五五年、冨二没後は、

翌年『中村冨二・千句集』を刊行、すべての吟社活動から手を引く。日本川柳ペンクラブ常任理事、短詩形交流の会常任幹事、全国俳誌協会会員、口語俳句協会会員。NHK「おしゃれ工房」講師。NHK「H2O」川柳欄指導。日本文化センター講師などを歴任。平成九年、川柳蒼の会を創立主宰、また、現代川柳「隗※」を創刊主宰。常に新しい表現を求めて、作句に評論に鋭い感覚を示す。句集に『山崎蒼平集』（昭32・川柳新書）、『鬼』（昭52）、『山崎蒼平句集※』（平14）があり、また、『現代川柳歳時記』、『神様と鬼ごっこ』（平5）等の著述がある。〔尾藤一泉〕

父となりたり炎天をゆく海へゆく　30代
僕の影また子が泣いて帰るなり　40代
太陽の真下に金の成る木なし　50代
いつまでもをとこをんなでいたい雲　60代

**聴夢** そうむ　1907–1997【新川柳】本名・榎本靖。明治四〇年九月二四日東京市小石川区戸崎町生れ。京都帝国大学卒業後、大阪市役所に入る。その後、民間会社を経て、戦後は経済調査庁、行政監察局に勤務。昭和一三年、《大阪時事新報》川柳欄に投句。一六年「番傘※」同人。二二年三月、平賀紅寿*らと東京番傘藤光会（のち東京番傘川柳社）を復活。以後、転勤先の各地で川柳活動を続ける。「番傘」編集部長・一般近詠選者なども務める。作品は、定型の句姿と批判精神を金科玉条とし、知の川柳、客観句を守り通した。句集に『山の灯』、著書に『ものは相談』がある。平成元年日本川柳ペンクラブ会長。平成九年一月二四日、肺炎のため没。享年八九。法名・釈柳青。〔今川乱魚〕

ある時の勇気は白を白という
神風が吹いた歴史に裏切られ

**素行堂** そこうどう　【俳風狂句・柳風狂句】→松鱸《しょうろ》

**素生** そせい　1900–1969【新川柳】本名・房川善之助。明治三三年八月一日、大阪市生れ。明治四二年から神戸市に終生居住。大正一〇年《神戸新聞》柳壇に投句し、大正末年、夢遊とめだま川柳会創立。

昭和四年四月椙元紋太*中心のふあうすと川柳社に同志一八人と参加。同社の創立同人。昭和三五年句集『道※』を発刊。同三七年「ふあうすと※」全人抄選者。家業は生菓子製造販売（昭和九年雑貨商に転業。戦後戦災により

再び菓子商にもどる)。生来朴篤誠実な人柄で、ひたすら川柳と手づくり生菓子製造に打ち込む。作句も人間苦をあたたかく客観描写し、微苦笑素生と敬愛された。昭和四四年七月二九日、心筋梗塞で死去。享年六八。房光院善岳浄徳素生居士。〔東野大八〕

ふんふんと一家を統べるうしろ向き
もの置いて寝る六畳はわが広さ

**蘇堂**《そどう》　1885–1949【新川柳】本姓・伊藤東。

明治一八年山形県生れ。開業医(長井市)。大正期山形県川柳界の第一人者。柳樽寺※門。緋縅連を地元に創立。「大正川柳※」第一二〇号(大正一一年)の第二回川柳作家番附に西方の横綱(東方は東京の古谷盈光*)として推されている。大正一二年九月一日の関東大震災後、剣花坊*を援けて危機に瀕した「大正川柳」の震災第一号(一三七号)を白河能因会から発刊させる努力をした。県内置賜の後進からは〈親父〉の名で敬愛され、長井川柳社、雁吟社、小天狗連、紅吟社、松川吟社など大小結社を生む基礎を作った。昭和二四年六月没。享年六四。〔斎藤涙光〕

体育の話何つちも腕を撫で　(「大正川柳」大11)
尼寺の夢がさめれば虫が鳴き　(同)
山彦の様な世間をなぜ憎む　(句碑)
音もなく池のうたかた一つ消え　(辞世)

**素梅女**《そばいじょ》　?–1952【新川柳】本名・阪井琴子(戸籍ではこと)。生年月日不詳。阪井久良伎*夫人。東京市名誉職俳人・伊藤荘翁の長女。明治四年一二月創立された東京高等女学校第一期生で、鳩山春子と同窓。生花・東江流師範。夫・久良伎(辨)との間に三男四女を儲く。久良岐社※同人。家事と育児に追われながら、「獅子頭」では雑詠選者に当たるなど、川柳一筋の〈川柳久良伎〉をたすけ、また伊藤政女*などとともに新川柳※初期における女流※作家の草分けとしても活躍した。昭和二七年一二月二八日没。〔東野大八〕

梓弓元の女房に逢ったやう
竿竹屋竿竹らしい声で売り

**素遊**《そゆう》　【柳風狂句】本名・小野譲平。号・葆光堂素遊。甲斐国東山梨郡日川村五〇番地住。曲水亭花

宴（小野宗右衛門、薬舗）の父。素遊の表徳はすでに天保期から見えており、柳風の草分けの一人だろう。嘉永七年の柳風狂句※合に次いで、慶応二年、甲斐田中白山社奉額の《松の寿》を編纂した素遊が、初めて一丁田中桃渓連として楽調とともに催した「国恩狂句合」（明治二年十一月）が、おそらく明治に入ってから最初の企画と推定される。同名の冊子は素遊が編し、六世川柳*が序文を書いている。〔尾藤三柳〕

**手に請て見れば色なし萩の露**　（明治4・新京楼額面）

**村雲**　そんうん　1893–1970　【新川柳】本名・木幡勝蔵。別号・菊影庵。明治二六年一月二八日、島根県生れ。職業は木彫師。大正一三年ごろから作句。川柳一筋で昭和七年ごろ「番傘※」同人。番傘わかくさ会会長。水府*、夢路*に傾倒し、川柳は本格川柳※というのが信条。「海図※」誌上で番傘論争を展開、柳界の話題をまいた。昭和四五年四月八日没。享年七七。〔東野大八〕

**モカとならとけて悔なし角砂糖**

# た行

**大八** だいはち　1914–2001　【新川柳】本名・古藤義雄。号・東野大八。大正三年六月一日、愛媛県大洲市生れ。高等小学校卒業とともに、投機に失敗した生家の経済的な理由で大阪船場に丁稚に出されるが、その封建的制度に反発、三年後、大阪のスラム街の日雇人夫となる。この時の生活をルポした小説が、大毎の大衆文芸に入賞。これを機に《大阪新聞》の見習記者となる。程なく徴兵検査で甲種合格、満州独立守備隊入営。その軍中から恤兵用の雑誌の《月刊満州》に投稿。それが縁で現地除隊して城島舟礼の招きで同誌へ入社。その折の筆名〈東野大八〉の名付親は、八木沼丈夫（関東軍宣撫班長「討匪行」の作者、歌人）で、爾来在満中はこれを本名・柳号とす。城島が《新京日日新聞》社長となり、それに従い新聞記者となる。昭和一三年北支作戦の報道員として北京駐在後、乞われて《蒙彊新聞》社員となり四年後現地召集、負傷し隻手となる。川柳は石原巌徹（青龍刀*）の「川柳大陸※」同人。その戦時の川柳統合誌「東亜日報」の設立同人。満州文話会副部長を勤む。戦後は、大陸から引揚後、柳誌「むつみ」を通し麻生路郎*を識り、その「川柳雑誌※」に十数年にわたり寄稿。路郎死去による再刊誌「川柳塔※」に「川柳太平記」（「川柳の群像」）長期連載、二二四回を数える。《日刊新愛媛》編集長に就任中、義父死去により岐阜県に転入、その後新聞社等に勤務。昭和四九年、日本川柳協会設立には、発起人・堀口塊人*に協力。地元岐阜川柳協会設立と共に双方の顧問となり、「川柳塔」ほか中部地区数誌の相談役となる。『川柳総合事典※』（昭59）では、川柳家の項目に健筆を振るう。著書に『風流人間横丁※』（昭39）、『没法子北京』（平7）、『人間彩影記』（平8）がある。平成一三年七月一八日没。法輪大八居士。死後『川柳の群像』（平8）、句集『ああしんど』（平17）が刊行された。

〔寺尾俊平・尾藤一泉〕

**大和魂の背骨を抜いたキノコ雲**
**うれしい日丹下左膳を真似て寝る**
**老斑よ空即是色花ざかり**

**鯛坊** たいぼう　→周魚

**大　雄**　だいゆう　1933-　【新川柳】本名・斎藤大雄《ひろお》。

昭和八年二月一八日、札幌市生れ。北海道大学卒。昭和二六年、新聞雑誌への投稿で川柳をはじめる。昭和三三年札幌川柳社が創立された翌月より参加、四二年、主幹となる。北海道大学に勤務のかたわら、川柳普及に力を注ぎ、「急行の止るところに川柳結社を」設けるべく道内の川柳行脚を続け、大きな成果をあげた。また、著作、カルチャー教室での新人育成、多数の新聞雑誌の柳壇選者、公募川柳※選者として川柳の社会普及への貢献度が高い。主要なる著書は、『北海道川柳史』（昭54）、『現代川柳入門』（昭54）、『川柳の世界』（昭59）、『川柳のたのしさ』（昭62）、『情念句―女性川柳の手引き―※』（平4）、『川柳ポケット辞典』（平7）、『現代川柳ノート』（平8）、『情念の世界』（平10）、『川柳入門』（平7）、『選者のこころ』（平13）、『川柳はチャップリン※』（平13）、『現代川柳のこころとかたち』（平15）、『名句に学ぶ川柳うたのこころ』（平16）、『現代大衆川柳論※』（平17）、『川柳力』（平19）などがあり、句集に、『喜怒哀楽※』（昭49）、『北の座標』（昭58）、『刻の砂』（昭60）、『能面』（昭60）、『斎藤大雄句集』（平3）、『春うらら雪のんの』（平14）など多数。多くの文筆活動や結社、作家指導を通じ、川柳という文芸自体に寄せる大雄の情熱は熱く、川柳界における指導的役割は大きい。なお、平成七年より斎藤大雄賞を設け、川柳界の貢献に対し表彰を行っている。平成一九年、川柳二五〇年※の節目に北海道文化賞受賞。〔遠藤泰江・尾藤一泉〕

**いなければ淋しいものに夫婦仲**
**貧しさの順に凍てつく冬の街**
**里へ行く枕の中から汽車が出る**

**大　楼**　たいろう　1889-1939【新川柳】本名・酒井公。明治二二年六月二七日、愛媛県生れ。大正八年ごろ柳号・鹿の子で作句をはじめ、昭和四年ごろ大楼と改号。前田伍健*と出生が同年とあって親交を深め、伍健とともに川柳句会の振興を呼びかけ、伍健・大楼のコンビで愛媛県下の川柳興隆に力を尽す。大正一二年「川柳雑誌※」の創刊と同時に同人。川柳雑誌社松山支部長となり、二度にわたり松山を訪れた路郎*を迎え、県下大会の催主となる。昭和一四年五月一八日、急性肺炎のため松山市で死去。享年四九。公徳院柳誉大楼居士。〔東野大八〕

**生は死の根元といえどまた悲し**

**滝の人** たきのひと 1897–1965【新川柳】本名・田沼升。明治三〇年一二月九日生れ。横浜市神奈川滝の橋に住居し、〈滝の人〉を称す。横浜生命保険会社経理課長。大正八年川柳銀河社、芦蟹吟社各同人。昭和三年横浜貿易柳壇に参加。昭和六年一月「川柳みなと」を創刊、主幹となる。職務の関係で東京、福岡などに転勤、戦後横浜に復帰。昭和二四年九月「はもん」を創刊、主幹。昭和三一年春死去。享年五九。〔関水華〕

創痍強く聖歌の中に慎みぬ　（「川柳みなと」昭8）

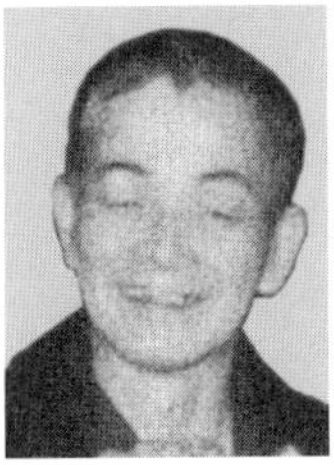

**卓三太** たくさんだ 1893–1966【新川柳】本名・山本卓三。明治二六年八月一六日生れ。昭和一一年、祝竹葉*の蒲田研柳社に同人として参加、以来「番茶※」、「せせらぎ」等を経て、戦後二二年にいち早く「川柳白帆※」を興し、他界するまでの二〇年間主幹の座にあって、有望な新人を育てた。抒情的な、また意欲的な句風で卓三太調とも言われ、昭和三〇年代には《サン写真新聞》の選者として活躍。研師を業として川崎に居を構え、酒を愛しつつ最後まで青年卓三太を自認し通す。昭和四一年一二月一〇日、奇しくも白帆例会日に没す。享年七三。〔成田孤舟〕

昔むかし海ありき　青二才を育てる

**啄　梓** たくし　【旧連】『誹風柳多留』の彫工で川柳風の作者。本名・朝倉啄梓。東叡山下薩秀堂主人。屋号の「桜木*」も板木、「梓」も板木の意味で、アズサをツイバむというのは、板木師を洒落てひねったもの。〔尾藤一泉〕

**多久志** たくし 1902–1982【新川柳】本名・若木真彦。明治三五年六月一五日、広島生れ。金沢を第二の故郷とし、のち西宮市に移る。尼崎日産自動車会社会長。麻生路郎*に心酔して川柳雑誌社同人、川柳塔社となってからは副理事長として、後進の指導に情熱を注ぐ。西宮北口川柳会などは最後まで手塩にかけた。句集『老いの坂』（昭42）、『続・老いの坂』（昭54）のほか、合同句集、随想集などの編著書がある。学究肌で博識、また温厚誠実な性格で敬愛されたが、浄土真宗に深く帰依、生前に書き遺した「お別れのことば」が葬儀で読み上げられた。昭和五七年八月一六日、西宮市香雪記念病院で没。享年八一。帰真院釈泰成。〔尾藤三柳〕

漢薬の匂いおならに出て寂し　（『続・老いの坂』）

**濁　水**　だくすい　1881–1947【新川柳】本名・中澤春城。明治一四年九月一二日、高知県生れ。旧高知師範卒業後、県内各地で教壇に立つ。大正一二年神戸に転住して川柳を知り、阪神の柳壇で活躍。大正一五年帰高するや地元《高知新聞》に「高知柳壇」を創設して川柳の普及に乗り出し、その後一八年の長きにわたり選者として後進を育成、優秀な川柳人多数を輩出して、高知柳界の基礎を築いた草分け的存在。終戦後間もなくの昭和二二年四月三日、病いを得て郷里野市町で死去。享年六六。同町中央公民館前庭に近江砂人*の筆による〈しばらくは太古に遊ぶ龍河洞〉の句碑がある。〔岡村嵐舟〕

　**叱つても足袋をすぐ脱ぐ児の達者**

**竹　馬**　たけうま　【新川柳】→省二《せいじ》（蛭子）

**たけし**　たけし　1916–　【新川柳】本名・仲川幸男。

大正五年九月一五日、愛媛県伊予市生れ。県立伊予農業学校を卒業後、家業の建設業に入る。昭和一六年、陸軍の召集兵として送られた満州の部隊の上官に、川柳好きの人がいて手はどきを受けたのが川柳との出会いで、翌年、転送された大阪の日赤病院で、岸本水府*、麻生路郎*の指導を受ける。戦後、地元松山の川柳家、前田伍健*にめぐりあい、その指導を受け、伍健を中心とする川柳まつやま吟社を創設し、師・伍健の没後、川柳まつやま吟社を主宰、県川柳界のリーダーとなる。昭和二六年、松山市議選に当選。以来、市議二期、愛媛県議六期で県会議長も勤め、同五五年に参議院議員に初当選する。昭和五九年、句文集『国会の換気扇』を刊行し、同六一年には「国会に文化の香りを」という呼びかけで短詩文学愛好議員懇談会を国会に作り、その幹事長として七〇人近い議員をまとめて、研修会等も企画した。平成元年『続・国会の換気扇』を刊行。同二年、請われて日本川柳協会会長に就任し社団法人化に尽力。同四年、文部省より設立認可を受け、社団法人全日本川柳協会会長として、目標の一つに現代川柳の教科書掲載を掲げ、川柳の質的向上に率先した。同年、『続続・国会の換気扇』刊行。平成四年、多年政界に貢献した功により、勲二等の叙勲を受けている。〔野谷竹路〕

　**選挙には強い議員の国訛**
　**政治かなし今日も玉虫色で暮れ**

**竹　二**　たけじ　1908–1962【新川柳】本名・大山竹治。

前号・一狂。別号・双竹亭。明治四一年二月一四日、神戸市生れ。三菱銀行役員。大正一二年秋から川柳を作り始め、「番傘※」同人。昭和八年「ふあうすと※」に転じ、一狂を竹二と改号。「ふあうすと」雑詠選者、《神戸新聞》読者文芸選者。独特のたたずまいを持つ作品は〈竹二調〉と呼ばれ、そのリリシズムの魅力に傾倒する多くの支持者を得た。「竹二調の探味と滋味の抱懐は思想としての頂点であらう」（葵徳三*）と評価された。著書に『大山竹二句集※』がある。昭和三七年一一月五日没。享年五四。暢真慈恵善士。〔東野大八〕

**東京はよし仰向けに寝る不敵**

**門標に竹二としるすいのちかな**

**花火黄に空の重心全く西**

（『大山竹二句集』）

**竹　路**　たけじ　1921–2003【新川柳】本名・野谷武。大正一〇年九月一八日、東京都豊島区巣鴨生れ。法政大学文学部国文学科卒業。旧制中学時代の昭和一二年、「川柳研究※」の添削欄に〈叱られた子に面白くみみず伸び〉の句が掲載されて作句意欲を煽られる。同一四年「川柳研究」の誌友となり川上三太郎*に師事。同一六年「川柳研究」幹事となる。また、松崎登美路と新人育成を目的とした「川柳一路」を創刊したが、昭和一八年二月陸軍入隊となる。戦後昭和二一年二月復員。同年「川柳研究」の復刊に参加、同五〇年「川柳研究」新人教室を担当、長期にわたり新人を育てた。同五六年足立川柳会結成。同五七年永年つとめた教職を退職。同年川柳人協会理事。同五八年川柳研究年度賞審査委員長。昭和五七年在職中の活動をまとめた川柳句文集『中学校の四季※』を出版。同六〇年、読売日本テレビ文化センター講師。同六三年、日本川柳協会常任理事。平成二年日本川柳ペンクラブ常任理事。平成五年、社団法人全日本川柳協会理事。同七年、川柳人協会副会長。同八年日本川柳ペンクラブ副会長。同九年、榎本聴夢初代会長逝去のあと日本川柳ペンクラブ会長、翌一〇年川柳研究社代表となる。同五九年にNHKから「川柳を作ろう」を四回放映。平成四年には入門講座のテキストにも使われている『川柳の作り方※』（成美堂出版）、『野谷竹路句集』（詩歌文学刊行会）を出版。多数のカルチャー教室で教える。平成一五年二月八日没。享年八一。〔山本克夫〕

**クラス会それぞれが抱く私小説**

尾が見えた日から偶像軽くなる
酔い痴れてなお一本の葦である

**太 路** たじ 1890–1972【新川柳】本名・丹波泰一。明治二三年九月二一日、大阪市生れ。呉服商。川柳は大正末年から始め、全国の二十数誌へ投句。超党派主義だが、昭和四年堺番傘社を創立。堺に住み堺番傘の生き字引といわれ、健吟ぶりはつとに知られた。戦後は昭和二九年堺折鶴川柳会をつくって新人育成に当り、番傘二軍の役割を果たした。昭和三四年古稀を記念して句集『沈丁花』を、四五年満八〇歳を記念して句集『傘寿』を出した。昭和四七年九月二七日没。享年八二。〔東野大八〕

豪商であった提灯箱の紋

**彳** たたずみ 1839–1907【柳風狂句】本名・吉村太平。

別号・翠柳亭。天保一〇年頃、相模の国厚木生れ。鮮魚・乾物商・千歳屋。六世川柳門人。一五歳で先代の翠柳亭彳（嘉永四没。享年四三）の号を継承、柳風会の相州厚木の有力作家。「斯道の忠臣」と称される。狂歌、俳諧にも通じ、「厚木音頭」製作者のひとりとして知られる。大正六年没。享年六八。〔尾藤一泉〕

親の教諭ハ譲られた宝数　『柳風肖像　川柳百家仙』

**竜 雄** たつお 1928–【新川柳】本名・福岡龍雄。昭

和三年一月二七日、金沢市生れ。戦前、《北国新聞》在職中に川柳を知る。山田良行*に師事。良行の日川協理事長就任にともない、北国川柳社主幹となる。水府*、良行の主唱してきた〈本格川柳※〉を受け継いでいる。石川県文芸協会理事。句集に『照る日曇る日』がある。〔尾藤一泉〕

円空仏つつけばはしゃぎそうな顔
パソコンが無能を笑う音を出す

**佃** たづくり【俳風・柳風狂句】五世川柳*の旧号。江戸・佃島の御用漁師で本名は水谷金蔵。堂号の鯷斎《せいさい》（＝生臭い）は職業から、佃（＝つくだ煮）は居住地から付けられた雅号。↓川柳 5〔尾藤一泉〕

**辰 二** たつじ 1892–1966【新川柳】本名・田中辰二。別号・鳴風。明治二五年、東京生れ。大正七年東大国文

科卒業後、旧制福知山中、豊橋高女教頭を経て大正一一年五高教授、のち熊大法文学部教授で退任。江戸文学を専攻、古川柳研究の権威で、『柳樽拾遺論講』はじめ、至文堂、学燈社発行の各国文学誌上に独特の古川柳解釈の名論稿を展開。またラジオを通じ、柳雨*と川柳講座の長講を試み、熊本在住中は鳴風の柳号で熊日柳壇選者をもつとめた。「川柳雑誌※」、「川柳しなの※」誌上の古川柳※論稿は、雑筆に及ぶまで好評を博した。昭和四一年七月二八日、熊本市で没。享年七四。〔東野大八〕

**谷脇素文**　たにわきそぶん　1878-1946【関連人名】本名・谷脇清澄。明治一一年一二月一五日、高知県生れ。日本画家のち漫画家。昭和の初めから同一〇年代にかけて、〈川柳漫画※〉と名づけた戯画を創出、独特の線画でユーモラスな人物を描き出し、素文マンガ※として大衆に親しまれた。『川柳漫画うき世さまぐ※』（大15）の好評で名を得、講談社出版の諸雑誌で人気を高めたが、〈川柳漫画家〉素文の名を決定づけたのは、昭和五年から六年にかけて平凡社から出版された『川柳漫画全集※』全一二巻（一〇巻まで刊行）であった。しかし、その一般的人気と川柳の大衆化という付随的業績とはうらはらに、説明的に過ぎる絵柄と、低俗な人物画が川柳界からは冷視されるという反面をもっていた。昭和二一年四月二八日没。享年六九。〔尾藤三柳〕

**狸兵衛**　たぬべえ　1891-1935【新川柳】本名・大崎秀次郎。明治二四年七月六日、東京生れ。明治末年から作句、大正はじめ近藤飴ン坊*主宰の東京日日川柳会の同人となる。のち北沢楽天に漫画を学び、『楽天全集』の「川柳警句金言集」の川柳を作る。大正期の東京川柳界で健吟家の称があったが、その後一時中断、昭和一〇年一月、東京柳友会の客員に迎えられて、復帰に意欲を見せたのも束の間、翌翌月の三月二七日、四四歳で急逝。復帰までの期間に書き留めた作品が、ノートに約七千句あった。温恭院静聴日秀信士。〔尾藤三柳〕

人肌の酒の欲しさよ梅屋敷　（「柳友」昭10・2）

**玉　章**　たまずさ　?～1819?【古川柳】花山麓玉章。天明～文化期の作者。飛脚宿カ。単に作者というにとどまらず、川柳没後の川柳風※再建に力を尽している。同期の旧連一甫が、折句の宗匠文日堂礫川*となっていたのを川柳風に呼び戻して、和笛*後空席の判者に据え、また御三卿一橋家の軽士となっていた川柳の血族を探し出して三世川柳*にするなど、東西に奔走している。上野山下に住んで花屋久治郎*とも密接な関係と想像され、川柳評になる各地奉納額の句を書写して柳多留三一篇（文化２）とし、廃絶寸前の版行を繋ぎ、これに総連の「桃井庵和笛追善句合」を加えて三二篇以降を軌道に乗せた。作者としては文化以後、旧連※を集めた下谷グループの評者をつとめ、文化三年（一八〇六）の二世川柳*嗣号記念の独選十会（柳多留三五篇）では、文日堂に次ぐ抜群の勝句※を獲ている実力者の一人。因みに、落語の枕などによく引用される〈松の内我女房にちっとほれ〉という通り句※は、玉章の句（柳多留七〇篇）である。文政二年に没したとおぼしく、文政四年（一八二一）五月十八日、賎丸（のち四世川柳*）が催主となって、玉章と前後して世を去った川柳（二代）、玉章、有幸*、菅裏（二代・花屋久治郎）、雨夕の五人を追福する「五霊追善会」が開催されている。五人は殆ど同時代を生きた有力者で、賎丸は「柳多留の呑仲間」と記している(七八篇)。〔尾藤三柳〕

　うなつてもきにかゝらぬは蔵の内　樽三一-33
　小半帖くんなと鼻をひくつかせ　樽三一-34
　**水茶屋はとくしんしたりしなんだり**　樽三一-38
　**くうかいと天海どれも野をひらき**　樽三二-27

　**武蔵坊あたかもまことらしく読み**　樽三五-11
　うつくしさ火のしをかける朝帰り　樽三五-19

**民郎**　たみろう　1910–2005　**【新川柳】**本名・石曽根民郎。明治四三年八月一六日、長野県松本市生れ。彦根高等商業学校（旧制）を卒業後、家業・印刷業を継ぐ。昭和五年大阪の麻生路郎*の「川柳雑誌※」を識り、路郎*門下として作句を続け、不朽洞会洞友に推され、同一二年一月に月刊「しなの※」を創刊。民郎句集『大空』（昭16）刊行のあと、戦後いち早く『川柳の話』（昭22）、『自選川柳年鑑句集』（昭25）、『現代川柳展望※』（昭27）、『川柳手ほどき』（昭28）などを相次いで刊行。同四一年第一回松本市芸術文化賞を受賞。引きつづき『古川柳信濃めぐり』（昭41）、民郎第二句集『山彦※』（昭45）、民郎第三句集『道草』（昭51）、『まつもと歳時記・住めばわが町』（昭56）と次々出版、旺盛な作句活動を続けた。「川柳しなの」は、新川柳※と古川柳※に関する記事が同居し、総合的な視点で川柳の研究を深めた。『古川柳信濃めぐり』、『田舎樽』などの古川柳著書にも、民郎の深さが伺える。松本市立図書館の新館落成を機に柳書一

万三千冊を寄贈。平成一七年九月二一日没。享年九五。
〔東野大八・堺利彦〕

想い出のひと多くみな月のなか
ほころびに似てこの酔いをたのしむか
生涯に川柳の壁どんと来い

**田安君殿** たやすのきみどの 【旧連】飯田町中坂の取次・にしきに投句された作品の暦摺に朱筆されていた名前。田安宗武と比定されている。〔尾藤一泉〕

けいさんが袋に入ルるとかんが出来　明元信3

**太郎丸** たろうまる 1899–1975 【新川柳】本名・三浦鈴太郎。別号・浜太郎。明治三二年八月一四日、東京生れ。金庫会社社員。大正二年ごろから新聞柳壇に投句、同九年榎田珍竹林（のち竹林*）、鈴木まこと等と川柳栗社をつくり、「栗」を創刊。同一一年一月には早川右近*、田中不倒人*らと新星会を結成、川上三太郎*の指導を仰いで「桂馬※」を発行、大正末年から昭和初期にかけて、東京川柳界に新風をもたらした。以後、川柳以良加、求真会《ぐしんかい》※を経て川柳研究社顧問。戦後は昭和二四年川柳人クラブ会長（四代目）、川柳人協会会長として力を尽くした。昭和五〇年三月二五日没。享年七五。釈柳翠信士。〔尾藤三柳〕

冬の日の烟突いやに稼ぐなり（昭9、『昭和川柳百人一句』）
うつとりとしていて変に思はれる（昭11、句集『甍』）

**駄　六** だろく 1879–1927 【新川柳】本名・市村保太郎。別号・俗佛庵。明治一二年東京生れ。慶応義塾卒。やまと新聞記者、のち松竹キネマ蒲田撮影所計画部長。特に桃中軒雲右衛門の浪花節台本の作者として知られる。新川柳※の曙光期の明治三七年五月二六日、《やまと新聞》紙上に〈新編川端柳※〉（初期は「新撰」）という欄を設け、新聞《日本》の〈新題柳樽※〉、《電報新聞》の〈新柳樽〉、《読売新聞》の〈新川柳〉などの欄と競う一方の勢力となった。ことに同欄の花柳吟※と土匪吟※は話題を集め、この欄への投句者を川端連と呼んで、下萌社創設の母体となった。作家としても世に駄六風の名があり、明治三七年松岡多々鳴の喜寿を祝った〈御長命請合申し候閻魔判〉は、当時名高かった。斗酒なお辞せず、奇行が多かったが、「江戸ッ子のいさぎよしとせ

ざるところ」を口癖に、私財を投じて友人を救う一方、自身は常に貧しかった。昭和二年一二月六日没。享年四八。東京・高田の南蔵院に葬る（保徳院祐光俗佛居士）。〔尾藤三柳〕

**五百羅漢中に一人の蝕歯病み**　（明38・11「川柳」）

**号外を買はずに済ます尾張町**　（同）

参考：「川柳きやり」第九巻第二号「市村俗佛君を悼む」（昭2）

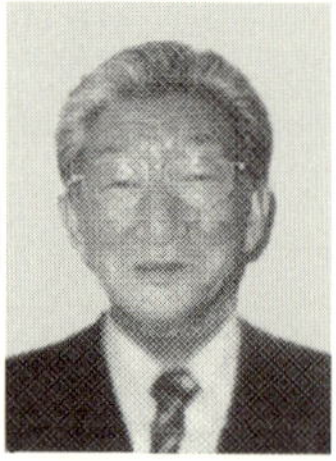

**竹仙**　ちくせん　1925–　【新川柳】本名・伊豆丸武之《たけし》。大正一四年三月三〇日、福岡県生れ。昭和二五年、筥松川柳会（会長・安武仙涙）で川柳と巡り合い、その後、福岡川柳倶楽部に入会。東京転勤後、東京番傘川柳社、番傘本社同人を経て、平成三年、東京番傘川柳社会長に就任。平成六年、再び福岡に戻り、福岡番傘川柳会に所属（平成八年会長）、平成一六年には番傘九州総局長にも就任。勤務先は日本洋書販売KKであった。そのため、カタカナ題に強い選者と評判になった一時期もあった。平成六年、退職してから出版した『波のまにまに人生面白し』（平8）には、「川柳雑学エッセイ」が満載されている。同一五年、福岡市文学賞受賞。〔江畑哲男〕

**義理チョコといえど三月十四日**

**花から花へ蝶は伝言板を持ち**

**半分は女いくさがまた起きる**

**竹葉**　ちくよう　1869–1945　【新川柳】本名・祝祐三郎。明治二年京都生れ。東京・柳橋で染物業を営むかたわら、《万朝報》の狂句（喜常軒三友選）に投句して川柳を知り、三友没後自宅で毎月句会を開く。関東大震災後蒲田に移り、昭和一一年、山本卓三太*、小沢変哲（俳優・小沢昭一氏実父）、今村緑泉などを語らい、蒲田研柳社を創立。京浜地区の川柳人を集め、御園神社に例会を開く。第二次大戦中、戦災で日光市下鉢石に疎開。昭和二〇年七月二七日、心臓麻痺で死去。享年七六。〔祝白糸〕

**勇敢に水着で歩く肉体美**　（昭13）

**竹林**　ちくりん　1898–1974　【新川柳】榎田桂太良。明治三一年六月二〇日、静岡市生れ。大正五年、《静岡民友新聞》川柳欄へ投稿したのが最初。のち上京、同九年創立の川柳栗社同人となり、珍竹林と号した。

同一二年帰静、一四年静岡川柳会（のち静岡川柳社）を興す。以後多くの新人を育成、静岡川柳界隆盛の基礎を固めた。月刊「静岡川柳※」主幹としては、伝統川柳※を重んじ、毎月第一日曜日を例会、第三日曜日を小集句会として指導に努めるかたわら、静岡刑務所篤志面接委員（受刑者の川柳指導月二回）、県老人クラブ講師、静岡市・清水市・焼津市の各寿大学講師、《静岡新聞》川柳壇選者、ＮＨＫ県民文芸川柳選者、富士市民文芸川柳などの選者として活躍。また静岡県川柳協会会長、静岡市川柳協会会長、静岡市文化団体連合会川柳部門理事長として、県文化団体の横の連絡に幅の広い活躍をした。五〇年にわたる文化活動の功績に対して昭和三七年、静岡市条例により〈文化功労賞〉を受ける。さらに四九年藍綬褒章を受章。昭和四九年一二月二三日、脳溢血で没。享年七六。静岡市大谷・西敬寺に葬る（染香院釈竹園霊位）。〔朝倉草太朗〕

洗い髪風もめっきり春となり

鰹節一本槍の母の味 （句集『鎹』昭48）

**千万騎** ちまき 1922–1948 【新川柳】本名・岡田喜一。大正一一年一月二七日、台湾生れ。台日新聞にあった塚越迷亭*に師事して川柳を知り、上京して明治大学商学部

に在学中の昭和一八年四月、柳の芽青年作家聯盟を結成、幹事長となる。ワラ半紙半裁、謄写版刷り一五頁の機関誌「柳の芽※」第一号に、「青年川柳昭和維新の熱声」「創造の歓喜　脈搏つ十七字との戦ひ」など、川柳への烈々たる熱情を吐露（「心の宝石」）、その清新な活動が期待されたが、同年一二月、第一次学徒出陣で海兵団入団。二〇年九月海軍大尉で復員、川柳へ復帰したが、昭和二三年九月一五日、勤務先で急逝。享年二六。浄信院義獄喜道居士。〔尾藤三柳〕

覚悟とは別に侘しき靴の黴 （昭17）

参考：「柳の芽」千万騎追悼秋季号（昭23・12）、尾藤三柳「落丁の時代」（「柳友」昭48・11）

**茶喜次** ちゃきじ 1885–1954 【新川柳】本名・大野一郎。別号・江戸迺家。明治一八年一〇月二五日、東京生れ。興行師。明治三九年ごろから《読売新聞》、「五月鯉※」などへ投句、のち柳樽寺※に入る。その後、高木角恋坊*の「明治文学」（明治四一年）、「江戸文

学※」（明治四二年）、「カンシャク玉」（明治四五年）に参画、ずっと後の角恋坊死後も草詩堂人として、二代目草詩堂堂主となった高木胡枝花*を助ける。また近藤飴ン坊*、伊上凡骨*、関口文象*、佐瀬剣珍坊*らと「たぐり会」（そばを食う会）というグループも作っていたのが明治末年から大正初め。大正一〇年、凡骨の「川柳村※」に同人として参加したが、同誌の中絶で第一線を去った。昭和二九年一月四日没。享年六八。〔尾藤三柳〕

**野良相撲草をむしつて立ち上り**
**汽車の窓どこで切れてもいゝ話**
**片袖を開けて圓タク如何さま**
（昭9『昭和川柳百人一句』）

**茶　童**　ちゃどう　1870–1940　【新川柳】本名・五味実江。明治三年一〇月八日、信州上諏訪生れ。職業軍人。高須唖三味*の岳父。大正五月五月、東京市赤坂区に黄白社を創設、漢詩、和歌、へなぶり※、俳句、川柳、新体詩の綜合誌（個人誌）「黄白」を発行、投稿者には無料で配布した。格調の高い趣味誌として、川柳専門誌とは別な意味で、大正前期の川柳界に貢献した。昭和一五年一月九日没。享年六九。〔尾藤三柳〕

**元日の朝から人間喰ふ支度**　（大7「黄白」七号）

**茶　六**　ちゃろく　1901–1988　【新川柳】本名・藤島広司。別号・柳蛙洞。明治三四年二月五日、東京・京橋区新富町に生れる。東京専売局に勤務（昭和前期まで）。大正七、八年ごろから新聞・雑誌の川柳欄に投句。

特に《都新聞》の〈都柳壇〉（前田雀郎*選）を中心に頭角をあらわす。大正一四年、自署によれば「川柳だんまり吟社同人」とある（村沢小萩らのだんまり吟社は昭和二年結成）のは、記憶違いか。翌大正一五年五月には、尾藤三笠*、鈴木利二郎、木村あき坊と四名で、川柳すずめ吟社を創立、機関誌「すずめ※」（吟社名、誌名は雀郎に因む）を発刊。翌昭和二年三月号（通巻第一〇号）から四六判に切り替え、西原柳雨*、蛭子省二*、雀郎、川上三太郎*、高木角恋坊*ら当時一流の作家、研究家が稿を寄せるようになる。この間、若手による東京の代表誌のおもむきを呈したが、同六年に廃刊。その後、昭和七年一月、三浦太郎丸*が結成した「以良加※」の同人となり、さらに同じ年、第一回の句会を開催した「川柳きやり※」の下部組織川柳きやり同舟会の同人になるなど、句会の名手として活躍を続けるが、日中戦争から第二次大戦後にかけての約二〇年間は、川柳界を遠ざかった。

戦後、昭和三〇年代から復帰、以後、川柳人協会※会長、東都川柳長屋連※差配（会長）、日本川柳協会※会長などを歴任。号・茶六の読みを「さろく」と改めて、東京川柳界の第一人者の地位を占めた。作家としてのピークは、「すずめ」時代の昭和前期。年齢的には二〇代後半から三〇代前半の間だが、古巣の都調※に加えて、〈つぎ足した炭から夜の影動き〉など、品川陣居*が〈新感覚派〉と名づけたセンシブルな作風も見せた。大戦後の復帰以降は、もっぱら句会席上で同席者の膝をたたかせる〈句会作家〉に徹した。しかし、技術的な第一人者であることは誰もが認めるところであった。作品集に、『川柳全集・藤島茶六』（昭56）がある。昭和六三年一一月一二日没。享年八七。千葉県亥鼻公園に〈息切れがする石段のいい眺め〉の句碑がある。〔尾藤三柳〕

　通夜の席下駄を渡って靴を履き
　風の中駆けて来た子の熱い銭
　ふるさとのゆきもきえたりかなたより

**千　代**　ちよ　1922–1955【新川柳】本名・秋山千代恵。大正一一年九月九日、善通寺裏門筋に生れる。料理店・十五夜の次女。藤間流の名取。軍人の妻として安定した生活も、戦後の開墾事業の無理がたたり昭和二四年国立善通寺病院伏見分院に入院、柳誌「はちのす」を知り、まるで何ものかに憑かれたように死までの六年、熱っぽく書きまくった。昭和三〇年一一月一一日、手術のためのガス麻酔が命を奪った。没後、遺句集『秋の露』出版。「枯葉」（終幕の科白）連作は死の未来を暗示。〔山本芳伸〕

　炎ゆるもの言葉とならず枯葉踏む
　風の口笛に枯葉踊らねば

**鳥　起**　ちょうき　1921–1960【新川柳】本名・大井戸清。大正一〇年四月一一日、高松市亀井町生れ。都島工業機械設計科在学中、学徒出陣。軍隊にて肺結核発病、愛媛陸軍病院より国立善通寺病院伏見分院に転療。昭和二四年五月「はちのす」を創刊、療養川柳に新風を起こす。昭和二七年国立高松療養所に移ってからは、「からまつ」の同人として青木正清等と活躍。〈菜畑を王者のようにゆるい試歩〉と、肺活量のない体を自嘲。敬虔なカトリック信者で、洗礼をうけ、ヨハネというクリスチャンネームを持つ。終生独身。信仰と川柳のあり方に悩む。昭和三五年一二月二八日没。享年三九。栗林公園裏・姥ケ池墓地に眠る。〔山本芳伸〕

　蝉殻を掌にころばせて病む男
　冷笑に似てアンプルの泡動く

**鳥　語**　ちょうご　1909–1967　【新川柳】本名・生島由勝。明治四二年一二月一九日、大阪市生れ。ふとんわた寝装具業。若年から「番傘※」一筋に投句し、昭和一〇年ごろから番傘同人。戦後二三年八月同社の

経営部長に就任。水府*直系としてその信任に応える一方、健吟家として知られ、句集『鳥語※』がある。番傘同人近詠選者として実力を発揮し、昭和三九年、番傘川柳社幹事長に就任。四〇年以降は呼吸器疾患で病院、自宅で闘病生活を続けたが、昭和四二年五月二二日没。享年五七。妙法柳央院鳥語日勝居士。〔東野大八〕

**京都まで迎えた記者に酒のこと**

**蝶五郎**　ちょうごろう　1899–1959　【新川柳】本名・後藤長五郎。明治三二年四月一六日、青森県生れ。黒石町で提灯、傘業を営む。大正二年より作句。大正一三年川柳みちのく吟社同人、昭和二年吟社事務所と会計

を担当、小林不浪人*の片腕として吟社の運営、新人育成指導に励み、「国民川柳※」、「川柳研究※」の後援会員として三太郎*を師と仰ぐ。昭和一一年青森県初の個人句集『壷』を、同二二年には第二句集『いづみ※』を刊行。昭和二二年暮、川柳みちのく吟社を退き、翌二三年山田よし丸、佐藤狂六、成田我洲*、金枝万作*等の強い要請で青森県川柳社の創立に踏み切り、二月に「ねぶた※」を発刊、代表者となる。以後「みちのく※」に代り、青森県の代表誌として県内各柳社の主要柳人が加入し、川柳普及活動の役割を果たす。昭和二七年病に倒れるが、創作活動を休まず、同三二年第三句集『雪の声』を刊行。昭和三四年一月一八日、脳溢血で没。享年五九。出生地・浅瀬石（じょんから節発祥の地）の共同墓地に葬る。同墓地に〈目を閉じて灰色もよき色のうち〉の辞世の碑を建てる。昭和五二年九月、不浪人碑のある黒石市・中野神社に、よし丸との友情の碑〈退いて見る世の中の面白さ　蝶五郎〉、〈一に人二に人三に和が足らず　よし丸〉が建立された。県川柳人連盟では昭和三五年より蝶五郎賞を制定、功労者に授与す。〔後藤柳允〕

**人生は複雑なもの花が散る**（『現代川柳展望』昭27）
**両膝に双手を乗せてままならず**（同）
**健康をほめて貧しき語にかへり**（同）
**十二月一本橋へ差し掛り**（『いづみ』昭22）

**潮三郎** ちょうざぶろう 1890–1947 【新川柳】本名・村井慶四郎。旧号・潮鳥三郎。明治二三年一一月二七日、小樽市生れ。新聞販売店。大正一三年九月、函館に川柳黎明社を結成、新興川柳※を標傍した「黎明※」を創刊したが、二号で廃刊。のち昭和二年黒潮吟社、一〇年には潮吟社を興し、同年一〇月「潮」（一二年三月「川柳うしほ」と改題）を発行して、「忍路」以来冬眠状態にあった函館柳界の覚醒をうながした。一二年には小樽へ移り、一五年創刊の第二次「番茶※」（小樽川柳社）に参画している。昭和二二年四月一六日没。享年五六。〔尾藤三柳〕

**黒髪の黒さを子等へ降りそそぎ**

参考・・斎藤大雄著『北海道川柳史』（昭54）

**張　六** ちょうろく 1876–? 【新川柳】本名・白石正文。明治九年一〇月六日、東京・本所生れ。書店主(高円寺三才堂)。明治三七年ごろ堺枯川（利彦）の『家庭雑誌』に連載された古川柳※評釈に興味を感じ、高木角恋坊*に指導を受ける。同志を集めて春雨会を結成、紫色の謄写版刷り柳誌を出す（月刊）。四〇年代には江東川柳会※と称し、銭湯の二階で月例会を開いた。大正三年五月、島田天涯子*、石谷まさる等と紅倶楽部を創設、月刊「紅※」を発行して、大正前期東京柳界の中心となる。〈超題※〉と名づけた課題の広義解釈は、当時の張六が主唱したもの。大正一二年の関東大震災で紅倶楽部は霧散したが、東京の川柳史に〈紅時代〉と呼ばれる一時期を画した功績は大きい。没年不詳。〔尾藤三柳〕

**我まゝに育つて焦げた飯を好き** （大12「紅」10－3）

**珍茶坊** ちんちゃぼう 1894–1935 【新川柳】本名・藤田照満。明治二七年一二月一五日、東京市浅草森田町生れ。読売新聞広告部勤務。明治四〇年ごろ珍茶坊の名で「オタノシミ」へ投句、慶応義塾在学中の大正五年一一月、東京で柳樽寺※川柳会と勢力を二分した紅倶楽部同人となり、歯切れのよい連吟ぶりを見せるとともに雑詠選に当たった。また珍茶亭主人の名で芸能批評なども書く。昭和一〇年四月、高輪倶楽部の盟友高須唖三味*に乞われて東京柳友会客員となったが、一〇年六月一日、胃潰瘍手術後にショウコウ熱を併発して急逝。享年四〇。宮の坂・佛立講本山乗泉寺に葬る。慧光院法照日満信士。〔尾藤三柳〕

**遠くから小僧蜜柑を貰ふなり** （「紅」大2・2）

参考・・『珍茶坊句抄』（昭10）

**珍　馬**　ちんば　1883?–1924【新川柳】本名・村穂八三郎。俳号・柴舟。明治一六年（?）島根県津和野生れ。画を学び、明治三八年九月創設の私立盲唖学校（松江市）に図画教師として赴任したが、のち山陰新聞入社、四一年一二月には松陽新報に移る。これ以前、三七年から東京の新聞《日本》や『ハガキ文学※』に川柳作品を見せていたが、四一年一月《松陽新報》新年号附録に〈かるた〉と題して掲載された一〇句が、島根県川柳史の第一歩となる。号は剣花坊*にちなんで毛珍坊としたが、同年の二月には同志が集まり、それぞれに坊号※を名乗って乱坊会※が創立された。大正四年、同会を弥次馬会と改称、毛珍坊が珍馬と改号したのをはじめ、笑覚坊→餡馬（のち、あん馬）、苦論坊→炎馬、恋笑坊→トン馬など坊号は馬号に改められた。大正一〇年五月、県下初の大会を開いたが、これが新しいグループが次々と芽生える契機となった。同年六月には珍馬を指導者に仰ぐ渋柿会が結成され、一一年五月には県下第一号の川柳誌「団栗」（二号から「頬杖」と改杯）を創刊、地方柳誌として急速な充実を遂げ、県川柳界発展のいとぐちを作った。一二年六月、《山陰民報》（鳥取県米子町）の主筆として松江を去った珍馬は、翌大正一三年九月一二日、胸部疾患のため四一歳で客死したが、彼が播いた新川柳の種は、七〇年を経て大きな実を結んでいる。〔以上は、山根梟人著『島根県川柳史』による―尾藤三柳〕

**人の金人が使ふに腹が立ち**

**パツと燃えたつ文殻に目をつむり**

**蔦　雄**　つたお　?–1937【新川柳】本名・平瀬保太郎。

読売川柳研究会創立期から大正初年にかけての同派を代表する作家。〈写生の蔦雄〉といわれ、「川柳とへなぶり※」、「滑稽文学※」などで一風を立てた。明治末年には川上三太郎*、寺井紅太郎*ら柳樽寺※川柳会の作家とともに、京橋、日本橋を中心に千鳥会※を結成するなど、閉鎖的な読売派にあって、幅広い活躍をみせた。句集に『平瀬蔦雄句集・菖蒲革』（大7）がある。昭和一二年六月二三日、東京・南品川の自宅で没。〔尾藤三柳〕

**道具箱耳のあたりへ藁草履**　（大3）

**鶴　彬**　つるあきら　1909–1938【新川柳】本名・喜多一二。別号・喜多一児、山下秀。明治四二年一月一日、石川県河北郡高松町に竹細工職人松太郎の次男として生れ、

翌年叔父弁太郎の養子となる。大阪で工員として働き、大正一四年「影像※」五月号に喜多一児の号で投句、川柳界に入る。森田一二*、田中五呂八*の論争に触発されて、無産者川柳※を志す。昭和二年森田に伴われて上京、井上剣花坊*を識り、「川柳人※」八二号に「僕らは何を為すべきや」を発表。翌年二月、郷里高松にプロレタリア川柳研究会を主宰、ナップ（全日本無産者芸術連盟）に加入。四月研究会員の検束、家宅捜査などに遭い、六月筆名を山下秀と改めたが、同年九月から鶴彬となった。川柳活動は通算一三年になるが、軍隊での収監など四年の空白があり、実質的には約九年、この間一貫してプロレタリア・リアリズムの作品と、階級闘争に根ざす川柳理論を展開、多くのエッセイを残した。

昭和一二年一二月三日、思想犯として勤務先の東京深川・木材通信社で特高警察に検挙され、収監中の翌一三年九月一四日、赤痢で死去。享年二九歳。岩手県盛岡市本町通の真宗大谷派光照寺に葬る。法名・釈明証位。金沢市に句碑があり、また墓前では毎年鶴彬忌が行われている。新興川柳※の象徴的作家。〔尾藤三柳〕

高粱の実りへ戦車と靴の鋲
屍のゐないニュース映画で勇ましい
出征の門標があつてがらんどうの小店
万歳とあげて行つた手を大陸へおいて来た
手と足をもいだ丸太にしてかへし
胎内の動きを知るころ骨がつき
（昭12・11・15「川柳人」二八一号掲載―最後の作品）

参考：一叩人編『鶴彬全集』（昭52）、同『評伝・反戦川柳人・鶴彬』（昭58）、同『新興川柳選集』（昭53）

**鶴子** つるこ 1907–1999【新川柳】本名・大石鶴子。

明治四〇年六月二〇日、東京市神田区南甲賀町一三番地に、父・井上剣花坊*、母・信子*の次女として生れる。昭和三年実践女学校専門部を卒業し、同六年大石泰雄と結婚、三男一女の母となる。同三三年母・信子の没後、川柳作句を復活させる。昭和五二年三月東京で開催された第一回全日本川柳大会で大賞を受賞した。

転がったとこに住みつく石一つ

なお、父・剣花坊が創刊した「川柳人※」六〇一号（昭和五七年四月二〇日発行）から編集に従事、柳誌上では山村寛が編集人となっていたが、実質は主導編集をするようになった。師系といえば勿論のことながら父・剣花坊である。直接指導をうけるというより、平生見聞していれば学び知るようになろう。「無産派川柳※を根本に据えた剣花坊の社会主義的リアリズム」の流れに沿う。したがって、「日常茶飯※の凡俗な句を欲せず、また言葉を磨き過ぎて象徴的になり過ぎた句についても欲しておらず、現実の人間、世相を平明な、よく磨いた語で詠むことを理想としている」。また、「狂句※に戻ることを川柳として認めることは、久良伎*・剣花坊の悲願の汗を思う時、許すことは出来ません。川柳人にもっと川柳史を勉強して欲しいと思います。大会※ばかりが流行る川柳では、真の川柳は滅びます」と意気軒昂に語った。剣花坊・信子の意志を受け継ぎ、平成一一年五月、死去するまで川柳作家として作品を発表。平成五年八月には、柳樽寺川柳会の発行で句文集『大石鶴子川柳句文集※』を出す。鶴子死後、「川柳人」は、佐藤岳俊*が主宰となり、現在も定期発行されている。〔山本克夫・平宗星〕

人間が蟻んこになる大破壊
金属疲労いざ定年のあばら骨
川柳を愛し苦しみ生かされる
みんな逝ってしまった道のひとり

**鶴太郎** つるたろう 1892–1949【新川柳】本名・観田長松。明治二五年六月一日、石川県生れ。帝国火災勤務。二〇歳代から詩川柳を志す。ふあうすと川柳社の同人となったが、当時井泉水、放哉、一石路などの俳壇自由律運動に刺戦され、「ふあうすと※」内にも自由律※川柳が台頭、昭和八年ごろから誌上で盛んな論争が行われた。昭和一〇年はじめ、鶴太郎を中心に了念、棄郎、規堂、擁一らがふあうすと同人を脱け、同年三月自由律川柳誌「視野※」(孔版・八頁)を創刊。次第に勢力を張り、やがて活版・二四頁、同人二〇名を数えたが、戦争の進展により昭和一六年四月「戦場人」、「近代」、「巻雲」と合同して「川柳公論」となる。鶴太郎は、選者となるが休刊。鶴太郎の死後、昭和二七年、ハガキ判で復活、第一号を出し昭和五二年まで続く。昭和二四年五月三〇日没。享年五六。没後『観田鶴太郎句集』(昭29)がある。〔東野大八・中川一〕

大時計一分ごとに針がとび〔半文銭『川柳作法』大15〕

**徒然坊** つれづれぼう 【新川柳】↓久良伎

**定岡** ていこう 【柳風狂句期】本名・丸屋斧吉、菅原氏。字・鳳卿。号・八島五岳。俳名・定岡、岳亭、神哥

堂。青山久保町に居住。北斎（卍*）門の画家、戯作者。『絵本柳樽※』一〜六篇の著作がある。鹿子連。〔尾藤一泉〕

桑をとる女にほれてひよんな事　樽三五-20

一升でも飲むが一詩はなんとして　樽三五-29

**亭々居**　ていていきょ　1878–1948【関連人名】本名・真山彬。小説家、劇作家、考証家の真山青果が古川柳研究の論文に用いた別号。「仙台方言と川柳」（大正二年『随筆』）、「川柳年中行事の疑問句について」（昭和三年『やなぎ樽研究』）、「臆測二三」（昭和六年、同）などの古川柳考証を東京亭々生、亭々居などの号で寄稿、とくに昭和一七年一〇月、写本『寝物がたり』を引いて「関西川柳学会会報」に紹介した「天保頃の川柳作者」は、後期柳多留研究の貴重な資料となった。戦後は、「古川柳研究」の復刊（昭和二三年一月）に尽力した。→青果〔尾藤三柳〕

参考：『真山青果随筆選集』第三巻（昭27、講談社）

**檉風**　ていふう　1867–1942【古川柳研究】本名・長岡不二雄。明治元年三月一三日、米沢藩士長岡権左衛門の次男として現山形県西置賜郡白鷹町に生れる。幼名・辰四郎、成人して不二雄と改名、諱は恂、字は子廸。号・木枯庵檉風また松露庵華月（川柳）、旭峰（漢詩）、山廼家芋麿（狂歌）。町長、郡会議長、郡教育会長、

置賜織物組合長、県会議員等歴任。資性風流にして川柳に通じ古川柳研究家として「やなぎ樽研究※」、「川柳觽鉾※」、「山陰川柳」、「現代川柳」等に筆を振るい「川柳つれづれ拾遺」、「鉄硯未穿」、「川柳丸山風俗誌」、「川柳叢説」、「武玉川雑考」、「教訓柳樽」等を著し、別に柳雨*・卯木*・三面子*・花月*・鳴風等と共著の「誹風柳多留拾遺輪講」がある。昭和一七年六月二六日没。享年七五。〔長岡民雄〕

**笛我**　てきが　1904–1970【新川柳】本名・大木勝蔵。明治三七年一一月一六日、東京市本所区（現墨田区）生れ。大正八年高小卒で深川木場へ初奉公中、《深川新聞》川柳欄（西島〇丸*選）へ投句、一銭五厘の葉

書一五枚を初受賞、昭和二年ごろから『歌舞伎』、《都新聞》などへ投句、六年結婚で中絶。二〇年きやり句会出

席を機に、前田雀郎*主宰の丹若会復活に参加、事務局担当。川柳長屋連、川柳人クラブ（現川柳人協会）にも加入。鋼管商㈱柳川商店社長。昭和四五年四月二四日、脳軟化で没。享年六五（釈勝縁信士）。〔臼倉寿夫〕

**コーヒーが旨い夜永の肩を寄せ**　（遺句集より）

参考：句集『町の音』（昭45、おもいで吟社刊）

**鉄扇花**　てっせんか　1900–1971【新川柳】草木定一郎。

明治三三年一一月一日、東京生れ。印刷業。大正七年「大正川柳※」を知り、投稿を始める。改号三度。角恋坊*主宰の草詩堂※同人。また落合六文銭（のち行詩堂*）と「芽生」（川柳世相研究会）、「おひろめ」（おひろめ会）などを発刊。昭和二年あぢさい吟社を創設、「紫陽花」を主宰したが、永続しなかった。同七年、和田天眠子、柳山門（のち三門）の川柳倶楽部※に参加、〈はつきりと隅に居るのは鉄扇花〉と土匪吟※に詠まれた独特の呼名で、戦前句会の人気作家だった。昭和四六年七月二四日没。享年七〇。〔尾藤三柳〕

**女房と三人で出る友が来る**（昭9『昭和川柳百人一句』）

**哲郎**　てつろう　1925–【新川柳】本名・片柳哲郎。大正一四年五月二八日、横浜市に生れる。昭和一八年、中野懐窓*、北村雨垂*の両氏を訪ね川柳を知る。翌一九年冬に〈風や海や　わが石くれのどこまで飛ぶ〉の句を創り、川上三太郎*門下の革新派川柳家雨垂をして「少しうますぎる」と云わしめた。昭和二二年、「川柳研究※」の三太郎の門灯を仰ぎ門下生としての許しを得た後、川柳研究社の幹事となる。同二五年、中村冨山人（冨二*）を中心に松本芳味*、金子勘九郎等と川柳鴉組を結成。同二九年一一号より機関誌「鴉※」の編集を担当し、同年一六号まで（年間六冊）発刊、一八号より編集を芳味に譲る。昭和三〇年代は「鷹※」。同四〇年代は「川柳ジャーナル※」において新人育成選者として選評を活動的に行う。同四三年三太郎没、翌年「川柳研究」の〈途上集〉選者となる。同五〇年代は泉淳夫*の「藍※」に参加、平成元年淳夫追悼号まで活躍。平成元年「とまり木」一四号より〈青炎集〉選者となる。平成五年、「とまり木」代表市川衣津夫急逝のため三八号で終る。平成五年七月、現代川柳「新思潮※」を創刊（隔月刊）。幾多の彼を信奉する作家を内包。川柳における文語定形を重んじ「現代川柳の美学」を説き、己の主義主張、己の求める川柳がおよそ五〇年有余変わることなく、ひたすら自分に対し誠実に純粋に真剣に作句する潔癖さは見事である。作品集に昭和三九年、川柳「鷹」発行所の個人句集『黒塚※』と二五年後の平成元年一一月発刊の第二句集『乱　乱』がある。〔山崎蒼平〕

凍る天　父はひとりのものなりし
門の榎に鈴鳴りの父祖の切なや
風の門、唐土の鳥を呼ぶ亡父なり

**天涯子**　てんがいし　1889–1966【新川柳】本名・島田豊三。別号・三浦屋。明治二二年二月一〇日、東京市本郷区真砂町生れ。白山花街の見番取締役。明治三八年、窪田而笑子*主宰の読売川柳研究会※に入り、四〇年創刊の「滑稽文学※」同人となる。次いで而笑子の媛柳川柳会発行「柳眉集」同人を経て、大正三年、春雨会※→下町川柳会の旧同人らと紅倶楽部を興し、「紅※」を創刊。一時期川柳界を離れ、新聞などの選を専らとしていたが、終戦後いちはやく文京川柳会を設立、明治草創期の情熱がなお衰えないことを示した。昭和四一年五月二二日没。享年七七。〔尾藤三柳〕

**宇宙から見れば霊長這ふ計り**（昭9『昭和川柳百人一句』）

**天邪鬼**　てんじゃき　1904–1959【新川柳】本名・礒部源一。別号・朱雀洞。明治三七年八月七日、横浜市生れ。横浜市中区根岸町に居住。大正一一年作句以来、横浜貿易柳壇投吟、芦蟹吟社、国民川柳会、川柳鬼の会、みなと吟社、川柳地帯社、横浜川柳社各同人。戦後マックアーサー劇場宣伝部文芸係長などになったが、病弱のため辞職。昭和三四年一〇月四日、肺結核のため死去。享年五五。〔関水華〕

**木枯は盃を持つ耳にまで**（昭23『現代川柳句集』）

参考：関水華編『現代川柳句集』中、礒部天邪鬼集『塵労その他』（昭23）

**天　笑**　てんしょう　1934–【新川柳】本名・河内權治。昭和九年、堺市生れ。昭和四二年六月頃より作句、八木摩天郎の堺川柳会に入会。同四三年七月、川柳塔社同人。同五五年四月、堺川柳会代表。平成七年五月から約三年間、NHKラジオ川柳選評を担当。同一二年九月、「川柳塔※」としては、生々庵*、栞*、薫風*に続き、四代目主幹となる。「一句は自画像」をモットーとし、その句風は伸びやかである。〔桒原道夫〕

ふところにバラと銀河とエンピツと
生きてゆくその日その日のあみだくじ
杉木立いま満月をさし上げる

**東魚**　とうぎょ　1889–1945【新川柳】本名・森栄一。明治二二年三月八日、東京・神田の生れ。東大工科卒。生涯土建畑を歩き、最後は間組社員。一七歳で阪井久良伎*の『川柳梗概※』を読み、久良伎門に入る。前号・斗拱子。東魚は、大正七年に師の命名。夜叉郎*を識り、大正六年創刊の「花束※」、同九年創刊の「川柳詩※」に参画したが、その後は古川柳※研究に打込み、卯木*の『川柳江戸砂子※』に協力。また「川柳雑誌※」に武玉川論講、「番傘※」に誹風柳樽拾遺輪講、昭和九年には関西川柳学会結成の発起人に参加、「三味線草※」の柳多留四篇論講から「関西川柳学会会報※」の柳多留論講まで八年間連載。秋農屋（塵山*）、雀郎*、省二*、花菱*などと交わる。『川柳霹靂火』、『凡人経』などの著書がある。昭和一五年、間組北京支社へ転属、青龍刀*や陣居*らによる北京川柳展にも協力。昭和二〇年一〇月二日、間組北京支社で脳溢血により死去。享年五六。〔東野大八〕

運転手女車掌を君で呼び　（『川柳女性壱萬句』昭3）
猥談へニヤリと一人進み出で　（『昭和川柳百人一句』昭9）
痴話喧嘩他人の頃を云ひつのり　（同）

**豆秋**　とうしゅう　1892–1961【新川柳】本名・須﨑清次。明治二五年九月一〇日、香川県坂出市生れ。「三等重役になっても、浪六*の八軒長屋式長屋に二十余年を一庶民として終焉の日まで、長屋のひょうきんなおッさんとして送った」（麻生路郎*悼文）。中学時代は文学青年で、啄木風短歌に擬ったが、昭和三年路郎の川柳に行きあい、ひたすら師は路郎一筋で歩んだ。勤勉誠実な人柄に、生来の瓢逸な性格が加わり、作句も豆秋調といわれるユニークさを発揮、〈柳界の一茶〉とか、〈良寛豆秋〉の通称で親しまれた。昭和三六年五月四日、大阪市阿倍野の自宅で直腸癌のため死去。享年六八。〔東野大八〕

院長があかん言うてる独逸語で
暮れていく如き往生したいもの
やれやれと安心している棺の中
短冊のけいこでもして死を待とう　（辞世）

**冬青** とうせい 1905–1985 【新川柳】本名・森下治作。別号・冬声、白々坊。明治三八年六月一四日、石川県金沢市生れ。染絵工。大正一一年「百万石※」句会に参加。冬声の名で川柳入門。酒井雅楽頭に師事。大正一五年、芽生川柳社から「よそご」を創刊するも一号で廃刊。昭和六年一一月、新興川柳誌「海鳴り」を創刊するも五号で廃刊。同年、《金沢新報》柳壇選者。昭和一七年前後に、東京で論争された「柳俳一如※」の俳詩運動に共鳴、廣瀬佳風らと俳詩石川支部を創設、終戦間際まで活動を続ける。昭和二一年二月、蟹の目川柳社を創設、「蟹の目※」を創刊してその後の発展の基礎を作る。昭和四八年、石川県川柳作家協会初代会長。著作に句集『うみなり』、句文集『ぽかたん人生』があり、鶴彬*の句碑と同じ卯辰山に句碑がある。昭和六〇年没。享年八〇。〔尾藤一泉〕

おぼろ月脳の性器は沼が好き

透明な重なり今日から明日にいる

落葉かく音海鳴りの重なりし　（句碑）

**十千棒** とうせんぼう 1884–1967 【新川柳】本名・正木徳三郎。明治一七年一二月二八日、東京市本所相生町生れ。美術工芸師。明治末年から作句、柳樽寺※川柳会の同人となる。花又花酔*、吉川雉子郎*らと親交があり、雉子郎とは共に「大正川柳※」の編集にたずさわり、また両者連名の関西旅行記「やなぎ順礼」を同誌に記したりしている（「大正川柳」第五五～五六号）。終戦後も最晩年まで夫人付き添いで句会に出席、また後進のよき相談役をつとめた。昭和三三年より「きやり※」社友。昭和四二年一一月四日没。八二歳。〔尾藤三柳〕

七月のみそか明治の大みそか　（大正改元）

**刀三** とうぞう 1902–1937 【新川柳】本名・井上富之助。明治三五年一二月一二日、京都府船井郡八木町生れ。寺尾商店、日米工務所、内外蓄音器商会と勤務先を変える。大正一三年林田馬行ら四名と柳誌「灰」を出す。つづいて「大大阪※」「川柳雑誌※」同人となり、塚崎松郎、林田馬行、黒木鵜足、河野春三*等と川柳使命会を結成、昭和四年合同句集『雑音に生く』の刊行後柳界を去る。才気換発で多弁、常に柳界を罵倒す。作品は清新にして

詩情に富み、名作家の一人である。生家に病を養うも昭和一二年一二月三日没。享年三五。〔河野春三〕

世帯して俺のくらさにおどろくな　『雑音に生く』

**當百**　とうひゃく　1871–1944　【新川柳】本名・西田嘉吉。明治四年二月二一日、福井県生れ。小学校卒業後丁稚奉公に出されて世の辛酸をなめ、二八歳の時大阪毎日活版部に入り、校正課長で停年退職。川柳を始めたのは大毎在勤中の三五歳からで、當百（天保銭のことで、一〇〇文が八〇文の価値しかなく、少し足りない人間の意に通じる）と称し、六厘坊*、七厘坊（日車*）と西柳樽寺に拠って柳誌「葉柳※」を出す。六厘坊の死去で廃刊後の明治四二年九月卯木*、百樹*、虹衣*らと関西川柳社を興し、岐阜で発行の「青柳※」の印刷編集を担当、作品も寄稿した。大正二年二月「青柳」の一時休刊を機に、五葉*、水府*、半文銭*、蚊象らと関西川柳社改め番傘川柳社を設立して柳誌「番傘※」を発行した。この創刊号の冒頭に當百は〈上酎屋へい〳〵〳〵と逆はず〉の自作の句を据えたが、これが大阪法善寺横丁の正弁円吾亭前の句碑となって現存している。當百は水府の川柳の師だが、大正二年四月、路郎*・葭乃*夫妻の仲人役も務めた。昭和三年二月水府編集で『當百句集』が出たが、作品は明治三九年から昭和二年までの六一八句。當百は大正五年娘の結婚を機に、五葉、水府に後事を託し番傘を引退。また勤め先を停年退職後は謡曲指南などで自適。昭和一九年六月三〇日病没。享年七三。〔東野大八〕

巡業の故郷に飾る唐錦
封印は身代金で解かれけり
先斗町《ぽんと》行き合ふ傘も上と下

参考：堀口塊人著『西田當百』（構造社刊）ほか

**柊馬**　とうま　1941–　【新川柳】本名・石田宏。昭和一六年京都市生れ。十代の頃より川柳を始め、論客として知られる。「川柳ジャーナル※」最後の編集人。「ＣＩＲＣＵＳ」、「ＫＯＮ－ＴＩＫＩ」の編集人を経て、現在「バックストローク※」同人。毎号同人作品を鑑賞、連載の「詩性川柳の実質」は他ジャンルや若手川柳人からも好評。川柳の伝統を引き継ぎ、文明批評、現代批評、ひいては無頼性による自己批評の内在する信念

と含羞のある作品を一貫して書き続ける。彼が居なければ川柳の革新は後退したであろう。句集に『ポテトサラダ』『石田柊馬集※』。共著に『現代川柳の精鋭たち※』。〔樋口由紀子〕

まんなかにあしたのパンと書いてある
トルコ桔梗の青見せてから首しめる
くちびるはむかし平安神宮でした
ゆうべ　ロールキャベツのうつくしき

**冬眠子**　とうみんし　1899–1972

【新川柳】本名・清水喜一郎。明治三二年四月八日、北海道小樽区(現小樽市)生れ。北海道庁勤務。農政関係を歩み、昭和三〇年退職。大正九年大崎黄奈坊のすすめで川柳を始める。大正一五年「はららご※」の編集を担当、小樽柳界の礎石を築く。戦後北海道放送「四季の綴り」川柳選者、《北海道新聞》読者時事川柳選者を担当し、新人の育成、川柳の普及に尽力。初代北海道川柳連盟代表として柳界に寄与。句集『樽』(昭40)がある。昭和四七年一〇月二七日没。享年七二。〔斎藤大雄〕

平社員互ひに髪が薄くなり（昭27、『現代川柳展望』）
せつかちがせつかちになる雪が消え（同）
わざわざの客をいたわる粉吹雪（昭38、合同句集『うろこ』）

**濤明**　とうめい　1890–1970

【新川柳】本名・大嶋太平。別号・東野日人、川柳居平洞。明治二三年一月八日、福岡県福間町に生れる。明治四〇年渡満、旅順の関東都督府勤務。俳誌「ヒヅメ」創刊。大正二年、大連かわせみ川柳会に入る。大正四年、懸賞募集川柳「花」(井上剣花坊*選)で〈毒草に火焔のような花が咲き〉が三位入選。大正五年大連に移り、「紅柳」同人。同年帰国して井上剣花坊、阪井久良伎*を訪ねる。六年大連川柳会参加、七年大正川柳同人、九年柳誌「娘々廟※」を、一三年には「白頭豕※」を創刊。釜山日報、満州新聞、大連新聞、奉天毎日、平壌毎日、朝鮮新聞はか大陸主要新聞の柳壇選者となる。昭和一六年新京に東亜川柳連盟を結成、「東亜川柳※」を発行。大陸川柳界の発展に尽した重鎮。満州土木建築公会常務理事（勅任官）として終戦を迎え、二二年引揚げ、熊本に居住。二三年川柳むつみ会を結成。二五年には川柳噴煙吟社を創立、主宰する。

《夕刊くまもと》、《西日本新聞》、《毎日新聞》の柳壇も担当した。昭和四五年八月六日、腸閉塞で没。享年八〇。大浄院禅柳証涛居士。「川柳は一つの信仰であり、宗教である」が一貫した主張であった。〔吉岡龍城・東野大八〕

**虫けらはやはり自分の世と思い**
**太陽を真ン中にしてみんな生き**
**鉄拳の指をほどけば何もなし**（『娘々廟』昭46）

**兎猿子** とえんし　1900–1963　【新川柳】本名・三橋賢助。明治三三年一〇月四日、横浜市元町生れ。川崎市井田に洋裁用雑貨商を営む。村上余念坊*主宰の芦蟹吟社同人、以後、潮詩社、川柳誌「よこはま」、「紀元」、「川柳道」に同人として参加、横浜川柳社の主要同人として活躍。ユニークな句風をもって知られる。昭和三八年九月二九日没。享年六二。高岳明彦信士。〔関水華〕

**不良行けど行けど一夜川音のみ**
（昭23『現代川柳句集』）

参考：関水華編『現代川柳句集』中、三橋兎猿子集『涓滴』（昭23）

**時彦** ときひこ　1920–2001　【新川柳】本名・宮本義彦。大正九年一月四日、高知県吾川郡伊野町生れ。昭和

一二年、大阪三越川柳会天守閣に入門。昭和二一年、筏川柳社、漣川柳会創立参加。昭和二三年「番傘※」同人。同二七年、「帆傘※」復刊に参加。同三三年より亡くなるまで帆傘川柳社の編集長として屋台骨を支え、県川柳界の発展に尽す。昭和五八年六月から平成五年三月まで《高知新聞》〈高知柳壇〉選者。昭和六一年よりNHK学園川柳講師、平成元年より高新文化教室川柳講座講師など後身を指導。日川協※常任理事。平成二年、高知県文化功労者表彰。同五年、日川協会長賞受賞。句集に『麦稈帽』（昭27）、『ながれ』（昭62）、『ながれⅡ』（平9）他がある。平成一三年三月八日没。享年八一。〔北村泰章〕

**なんとなく井伏鱒二が読みたい灯**
**思いだす度におもいで遠くなり**

**杜渓** とけい　?–1893　【柳風狂句】本名・奥村嘉蔵。別号・慎斎、知時庵。羽前の国東置賜郡住。生年不詳。明治八年より柳風狂句※に入る。地方判者※。郷里の学業不振を憂い、主唱して学校の新築を行い、また、赤湯新規開削を斡旋するなど地域振興に尽す。明治二六年四月

二六日没。〔尾藤一泉〕

戻る道隠せ吉野の花の雪　（明19『柳風交誼人名録』）
行く道の闇をも照す雪蛍
（明23『柳風肖像　狂句百花仙』）

**吐月峯**　とげっぽう　1903–1964【新川柳】本名・石島正三。明治三六年八月一六日、長野県上田市生れ。上京して会社役員。川柳は大正中期、十六、七歳のころから始め、昭和一四年、角本天地人（犇郎*）、坂口丘翁、山本宍道郎らと川柳群社を創設、機関誌「川柳群」を発行。一六年一〇月には同人句集『群鼓』を刊行したが、戦争激化で中絶。昭和二一年一〇月、通巻三六号を復刊第一号として、表紙にヌードを配するユニークさで再刊、句会も復活したが、永続しなかった。文もよくし、東京柳界異色の存在だった。句集に『石島吐月峯句集』（昭16）がある。昭和三九年一〇月七日没。享年六一。〔尾藤三柳〕

子の話米に触れしを寒く聞き
（昭21「川柳群」復刊第一号）

**十佐一**　とさいち　1906–1979【新川柳】本名・杉野林平。明治三九年一一月一日、青森市生れ。薬局経営。昭和一八年に川柳入門。川上三太郎*、西谷みさを*に師事。

昭和二六年津軽線の開通により、工藤安亭*等とおかじょうき川柳社を創立、「おかじょうき※」創刊。豪放磊落な大人の雰囲気で人望厚く県内外を問わず幅広く活動し、三太郎との親交は生涯変らなかった。現おかじょうき代表の北野岸柳をはじめ、師と仰ぐ作家も多い。昭和五三年頃に始まった青森市のハンセン病療養園（松丘保養園）内にある北柳吟社との交流句会は他柳人達の協力も得て開催され、その後長男杉野草兵*に引き継がれ、平成一六年まで続く。竜飛崎に師・三太郎の〈竜飛崎立てば風浪四季を咬む〉の句碑を建立（昭41）。昭和五四年九月四日没。享年七四。没後、遺句集『旅鴉』、『やませ』が編まれた。〔杉野草兵〕

旅鴉　心を空の色にする　（句碑・昭55）

**斗　酒**　としゅ　1887–1942【新川柳】本名・山本和久三。別号・文章は禾口、俳句は漣南。明治二〇年、横浜弁天通に生れ、Y枚（横浜商業学校）卒業。軍隊生活の後東京外国語学校に学ぶ。横浜貿易新聞社入社。編集局長時代、昭和三年柴田五万石*の協力を得て貿易柳壇新設、川柳の普及につとめるほか、川柳地帯社を主宰。ハマの画伯・小島一谿と共著で『横浜百景』（昭8）を出版、川柳、俳句を掲載。また島紅石遺句集『水と闘ふ』を編集発刊。昭和一七年七月六日没。享年五五。智照院和光良久居士。〔関水華〕

我が猪口に恵方の幸の澄み亙り（「川柳みなと」昭8）

**都々一坊** どどいつぼう 【俳風狂句】→扇歌

**登美江** とみえ 1891–1974【新川柳】本名・河西辨一。明治二四年四月一一日、山梨県小笠原町生れ。町助役、翼賛壮年団長、町教育委員、町議会議長、遺族会長等を歴任する一方、大正五年ひさご吟社創立、「ひさご※」発刊。新川柳※発展の一翼を担う。山梨毎日新聞柳壇の選者、県芸術祭川柳部門の審査員、各吟社の顧問、賛助員として活躍。昭和四九年一月一四日病没。享年八二。小笠原町久成寺に葬る（円覚院法智日辨居士）。町文化協会の発起で、同町内に〈人の和は尊し路地と路地の雪〉の句碑建立。〔雨宮八重夫〕

**冨　二** とみじ 1912–1980【新川柳】本名・中村冨二。明治四五年二月一五日、横浜市伊勢佐木町生れ。家業は米問屋、のち古書店経営。大正一三年に川柳を知り、昭和三年ごろから《横浜貿易新報》柳壇に冨山人の号で投句、六年「川柳みゝず」同人、七年「ふいご」（のち「まとひ」と改称）同人、一〇年「川柳知古《しるこ》※」同人などを経て、一三年六月、金子勘九郎と二人誌「土龍」を発行したが、三号で終わる。戦後は、中野懐窓*の「路※」、山本卓三太《たくさんだ》*の「川柳白帆※」、昭和二四年には復刊「みゝず」等に拠ったが、二六年新進気鋭の作家たちによる〈からす組〉を結成、二六年一月「鴉※」を創刊して川柳革新の陣頭に立つ。句会で名人の名をほしいままにした冨山人の号を本名に改めたのはこのころからで、以後、現代川柳作家連盟※結成（三二年五月）、革新系川柳誌を統合した「川柳ジャーナル※」創刊（四一年八月）にいたる新しい川柳運動の中枢にあって、めざましい作品活動と、青年作家育成のリーダーシップを発揮した。四七年には〈川柳とaの会〉の主宰に推され、季刊誌「人※」を発行（四八年六月）、昭和五五年五月三日、胃癌で死去するまで、革新川柳※

の旗頭として巨きな足跡を残した。享年六八。神奈川新町・浄土真宗良泉寺に葬る（信知院釋賢冨）。著書に川柳新書『中村冨山人集』（昭30）、『中村冨二句集』（昭36）、短詩形文学叢書『中村冨二集』（昭49）、合同句集『鴉※』（昭32）、『鬼※』（昭51）。没後、『中村冨二・千句集※』（昭56）、『童話』（昭59）がある。〔尾藤三柳〕

パチンコ屋オヤ貴方にも影がない
千人の爪ののびてゆく　静けさ
神が売る安きてんぷら子と買いし
マンボ五番「ヤァ」と子供ら私を越える
太陽は一つ　卵は二つある
夜が来た　兎も亀も馬鹿だった

**智子**　ともこ　1926–1997【新川柳】本名・小出智子。大正一五年、和歌山市生れ。昭和四二年九月、金井文秋指導の「南大阪川柳会」に初出席。同四六年二月、川柳塔社同人。同五四年には、「勝山双葉川柳会」を興し、後進の育成に努める。同五五年、路郎賞受賞。同六年十月、川柳塔社副主幹。各地の大会の選者も務め、川柳塔を代表する一人として大いに活躍した。同八年十月には、女性として初の理事長となるが、病気が再発し、同九年六月二二日、七〇歳で没。句集に『蕗の薹』（平7）がある。〔楽原道夫〕

新しいカレンダーほど強くなし
月見草ひとりの湖をもつひとに
病院の帰りは魚屋へ寄って

**東洋樹**　とよき　1906–1983【新川柳】本名・三條政治。前号・峰月。明治三九年四月二一日、神戸市生れ。兵庫県立商業時代から秀才の名が高かった。大正一〇年ごろ神戸の中心誌「柳太刀※」で頭角を現し、同誌廃刊後の一四年一一月、古沢清公子、佃嶺月、藤井契柳らと覆面川柳社を結成、「覆面※」を創刊。昭和四年五月には各吟社の大同団結が成り、ふあうすと川柳社の創立同人として、代表の椙元紋太*を助けた。東洋鬼を名乗った昭和前期は、〈かみそり東洋鬼〉の渾名が示す名作家ぶりを謳われたが、第二次大戦中、「鬼」を「樹」に改めた。昭和三二年一月、《朝日新聞》兵庫版あさひ文芸の投句者中心の時の川柳同好会（現時の川柳社）から「時の川柳※」を創刊、時事川柳の意義づけ、四行連作の妙味

など、中道川柳※を基盤としたユニークな川柳誌として、その抜群の指導力とともに、神戸を二分するにとどまらず、全国的な有力誌に発展させた。昭和三五年前後から三九年九月まで「ふあうすと※」同人創作欄〈明鏡府〉の整理を房川素生*と交代で担当。同四一年七月、ふあうすと川柳社幹事に選任されるも、やがて同人を辞退。四八年から三條東洋樹賞を設け、六一年までに一八回を数える。日本川柳協会※創立委員。著書に句集『ひとすぢの春※』(昭15)、『ほんとうの私』(昭32)、『基礎から最新の型まで』(昭53)がある。昭和五八年一一月一二日、脳動脈硬化症のため自宅で没。享年七七。神戸祇園神社ほかに句碑数基。〔尾藤三柳・中川一〕

**ひとすぢの春は障子の破れから**(『ひとすぢの春』)
**子を抱いて我も凡夫の列に入る**
**てっちりを囲んで右派も左派もなし**

**豊　次**　とよじ　1913–2007　【新川柳】本名・堀豊次(旧姓・宮田)。大正二年三月八日、京都市に生れる。兄の宮田甫三《ほさん》、弟の宮田あきら*とともに、川柳三兄弟として知られる。昭和七年川柳木馬の会に入会、本格的に川柳に打ち込む。戦前は、「木馬」を合併して再発足し、自由律※論争に論陣を張った布部幸男らの「川柳街※」に参加。さらに、芸術のための人間詩川柳を標榜し、柳俳無差別※、自由律を志向した「川柳ビル」の同人として活躍。戦後は、河野春三の「人間派※」、「天馬※」、所ゆきらの「でるた※」などの同人として作品を発表。昭和五〇年頃までは、河野春三*、宮田あきら、松本芳味*、山村祐*らの川柳革新派と共に歩む。またこの間、同三二年に今井鴨平*を委員長として発足した現代川柳作家連盟に、発起時より参画。戦前・戦後を通じ、一貫して人間詩としての現代川柳を希求した。昭和三二年京都柳界に誕生した福永清造*、北川絢一朗*らの「川柳平安※」に参加。「平安」解散後は、「川柳新京都※」を経て「川柳黎明※」同人として、息の長い作家活動を展開。平成一九年五月四日、慢性腎不全のため没。享年九四。〔堺利彦〕

夫婦　魚の色彩を食べてしまう
眼をとぢると家鴨が今日も歩いてる
別れ来し静かな町の帽子店
中年の掌に蟬殻をのせている
夢に見たやがての前に立っている

**都　楽**　とらく　?-?【柳風狂句】本名・池田兼吉。笑亭。神田鍛冶町生れ。浅草蔵前住。六世川柳*門。曽祖父は享和三年に〈写し絵〉を考案した初代・都楽で本人は四代目。幻灯器械映画製造舗を営み、時代の要請に即した〈仏教映画之部〉として《日蓮上人御一代記》、〈教育幻灯映画〉として《修身家庭教育》や《人身生理解剖之図》、《妊娠解剖之図》などのソフトも制作、成功を収める。柳風会※にあって、スポンサー的な役割を果たし、昭和三年の初代川柳*塋域整備にも関わり、その名を囲いの柱に残す。生没年不詳。〔尾藤一泉〕

**肘曲たよりも楽寝そ孝枕**　（明15『しげり柳』）

**うつり変る世教育の幻燈会**　（明19『柳風交誼人名録』）

**呑　風**　どんぷう　1895–1979【新川柳】本名・金子喜一郎。別号・籠妻居、有魚亭。明治二八年九月六日、上田市生れ。料理飲食店経営。大正三年秋、花岡百樹*の川柳指導を仰ぎ、のち二一歳のとき川柳会を創立、瓢会と称し同志を集め、その先頭に立つ。中京の「鯱鉾※」をはじめ全国柳壇に投稿。昭和六年百樹門下の塩入不及、桜井由紀丸、林草一と六文銭川柳社を興して「六文銭※」を創刊、こんにちの川柳六文銭上田吟社の基礎を築いた。県下同好の推進に力を尽し、ＮＨＫローカル放送、《信濃毎日新聞》夕刊柳壇選者として活躍した。昭和五六年、句集『籠妻居※』を刊行。上田公園内に句碑〈城一つ伸びゆく街の灯を見つめ〉建立。上田市文化功労賞受賞。昭和五四年一二月七日没。享年八四。〔石曾根民郎〕

**再婚を拒む遠くの子が一人**

# な行

**尚美** なおみ 1930– 【新川柳】本名・須田尚義。昭和五年三月三〇日、栃木県足利市家富町に生れ。同二一年足利市立工業学校卒業。昭和二七年、毛野川柳クラブ（中山翠月主宰）に入会して川柳界に登場。

同年、宇都宮市に疎開していた前田雀郎*を知り私淑。雀郎選《下野新聞》〈下野柳壇〉へ熱心に投句。この時期からとくに川柳の深奥に魅せられる。昭和三二年、埼玉県羽生市に移住。清水美江*を知り、あだち川柳会（後の埼玉川柳社）に入会。同三六年同会同人。この頃から美江の主張した「川柳は雑詠が生命」に共鳴し指針とする。昭和五二年から平成元年まで埼玉川柳社の「さいたま※」編集人として活動。平成三年、川柳新聞社から川柳句集『螢火※』を出版。同句集は平成四年、第二三回埼玉文芸賞受賞、同年さらに禾山庵文芸サロン賞も受賞する。平成一五年、句集『自画像』刊。なお、伝習作品を脱した現代川柳を創作しながら「川柳とは自分自身との葛藤と救いの場」であるする。埼玉川柳社雑詠年度賞、川柳路吟社年間最高賞、川柳青空論文最優秀賞などを受賞。日本川柳ペンクラブ常任理事、埼玉県川柳協会幹事、短詩形交流の会幹事を歴任。短詩型文学を幅広く捉え、作句、評論に意欲的に活動している。〔山本克夫〕

モノクロの景色と一匹になれる
問答の果てに散らばる魚の骨
忽然とコーヒーに浮くハムレット
たましいを揺する楽器と夜もすがら

**浪六** なみろく 1865–1943 【関連人名】本名・村上信《まこと》。別号・眠獅庵、ちぬの浦浪六、無名氏。慶応元年一一月一日、堺生れ。明治二三年、報知新聞社入社。作家。食満南北*の師。古川柳のよき理解者。「正に是れ世態人情を穿てる一篇の人間学」「或は野夫の鋤鍬を取ッて哲人の千思万考を嘲るの慨あり」という浪六の江戸川柳※観は、「空想的な不健全な西洋の文学趣味」に対する批判を具体化したといわれる文学観と相通ずるものであった。『うき世の裏表※』（明42）の人生観照にその一端が示されている。そのほか著書に『江戸川柳草紙』（昭21）がある。昭和一八年一二月一日没。享年七八。〔尾藤三柳〕

**奈良武**　ならむ　1880–1910　【新川柳】本名・竹林龍津。明治一三年七月一六日、石川県鹿島郡徳田村に生れ、三三年七尾中学第三学年修業、同年九月京都市四川学舎に入る。同三五年四月出京、三八年横浜市山下町のアランオーストン商会に入社。同四〇年幻怪坊*、半魔、六橘、喜与志の四人と横浜に川柳社を設立。翌四一年一月「新川柳※」創刊、同人一〇名となる。それより先、回覧五句集「芦蟹」第二号で〈紙一重扨ても凡夫の浅間しき〉が天位を得る。作品集に「柳俳無差別※句集」と銘うつ。明治四三年六月一二日没。享年二九。同年六月一八日に久良岐社主催で追悼句会が行われた。〔河野春三〕

**十七字天に昇つて星となれ**　（明43、奈良武号）

**成　之**　なりゆき　1815–1889　【柳風狂句】本名・牧野純吉。号・雅功堂成之。上総国市原郡戸田村の里正。医を業とし、家伝薬「安静丸」の本舗として知られる。武術を好み、書画を友とし、また方位の術に精しかった。天保末年から柳風に遊んで、後進の指導に力を入れ、南総を連衆※二百余名の地とした。文堂阿豆麻*とともに「南総の二秀」と呼ばれ、安政三年の五世川柳*主催になる「祖翁七十回忌」にはともに評者※に列している。

南総養老連の先覚不倦、一得の「両霊追善会」の六代目和風亭川柳による勝番※四百吟には、高番※第十一番以下に句が見えている。

第十一番　**千人の葬の詩解てから悔**　成之

鶏鳴庵松仙は次男、意想楼雲烟は三男、去来庵五柳は五男という狂句※一家。妻幾子は田安藩士田中氏の女で、幾女と称し『柳風肖像狂句百家仙』（明23）に〈立寄ばさて去がたし柳蔭〉の句とともに収録されている。

明治二十二年八月九日、七十四歳で亡くなったが、翌二十三年六月二十五日雅功堂で行われた追悼句会には会者二百余名、集吟二万一千余。八世風也坊川柳主評の開巻に三日間を要したという。勝番句は翌年三月《成之居士追善会柳風狂句合》上下として刊行された。〔尾藤三柳〕

**崩れてはかけ形なし雲の峰**　辞世

**南谷子**　なんこくし　1909–1973　【新川柳】本名・伊達清厚。別号・邪奈衣《じゃない》。明治四二年三月二一日生れ。仙台市根岸・福聚院住職。昭和六年より作句、「北斗※」「宮城野※」編集同人、上京遊学中は「川柳研究※」へも参加。童謡オテントサンの会にも関係し、またNHKクイズ番組へもたびたび出演するタレントでもあった。作風洒脱、多くのファンを持つ。昭和四八年五月八日、癌のため没。福聚院に眠る。享年七四。十五世愚堂清厚大和尚。四九年九月、後藤閑人*編集により遺句集『笹鳴※』が宮城野社より刊行された。〔若山大介〕

**いい雨が石の上にもふっている**　（昭44、句碑）

**南北**　なんぼく　1880–1957　【新川柳】本名・食満《けま》貞二。明治一三年七月三一日、堺市生れ。同三九年、村上浪六*を通じて東京歌舞伎座・田村成義のもとに入り、福地桜痴の門で作者修業。のち十一代目片岡仁左衛門につき、転じて松竹合名社に入社。初代中村鴈治郎の座付作者としてながく大阪劇界に活躍した。川柳は大正三年、たまたま《大阪朝報》柳壇選者・岸本水府*の眼にとまって親交を重ね、南北居は前年発刊されたばかりの「番傘※」編集所にあてられた。「番傘」創刊時の四六判時代は、誌面も南北の句と雑文で埋められた。大正一二年に劇界から身を退いたが、玉屋町の自宅は、昭和一九年までの約二三年間、番傘句会場にあてられた。「南北さんは番傘の恩人」とは水府の口癖であった。奇言奇行、まことに川柳的素行の持ち主で、数限りないエピソードの中でも〈転居鬼〉をもって呼ばれる転居好きで、その数七五回、〈引越してからの原稿よくはこび〉の句もある。また、南北の訃報に接した路郎*は〈宿替えの今度は番地ないところ〉の悼吟をよせている。著書に『南北』、『大阪の雁治郎』などがあり、「あしべ踊り」の作詞者としても知られている。〈盛り場をむかしに戻すはしひとつ〉ほか句碑三基。昭和三二年五月一四日没。享年七六。〔東野大八〕

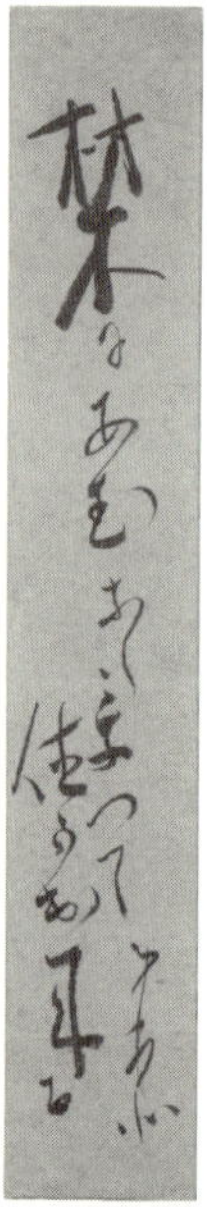

**大坂の声と顔とに別れる日**
**今死ぬと言うのにしゃれも言えもせず**　辞世

**二恵**　にけい　1908–1972　【新川柳】本名・中村治三郎。旧号・鉄兜《てつとう》。明治四一年七月二〇日、東京・浅草生れ。地方公務員。八十島勇魚*の指導を受けて、「きやり※」社人（同人）となり、昭和一四年勇魚没後の句会部を自宅に引き継ぎ、その主任となる。また勇魚が

興した手草会や、のちの雷吟社で新人育成に力を注いだ。大東亜戦争に応召帰還後、昭和二六年一〇月には台東川柳人連盟の結成に参画、また三〇年には勤務先の台東区役所に双葉グループを発足させるなど、多くの後進を柳界に送った。昭和四七年二月五日、胃切除後死去。享年六四。〔尾藤三柳〕

海苔の味浅草はもと海と言う
梯子乗り江戸の匂いに暫し居る
除幕式久しい友と碑に並ぶ　（川柳句碑除幕）

**二山**　にざん　1892–1967　【新川柳】本名・紀豊三郎。明治二五年六月二六日、京都・四条月鉾町生れ。写真材料販売業。明治四四年ごろから作句、藤村青明*、西田當百*らに師事。神戸の「つばめ※」同人、のち本田渓花坊*の「みづ鳥」に参加、ほどなく藤本蘭華（福造*）、後藤千枝*らと京都川柳社を創立する。昭和三二年、「川柳平安※」創立同人。晩年は平安川柳社顧問。幼少より祇園祭鉾ばやしを七〇年にわたり奉仕。その作曲も多数。昭和二七年京都市文化功労賞受賞。昭和三九年、山科に隠棲。同四二年七月二二日、自己作曲の鉾ばやしの録音を聞きつつ家族や川柳人に見守られ、膵臓癌で死去。享年七五（顕誉祥道豊山禅定門）。〈七十世を祇園ばやしに生きてなお〉を死の数十日前、自ら辞世と定める。遺句集に『桐火鉢』がある。〔北川絢一朗・東野大八〕

桐火鉢京で育つた指を見せ
熱帯魚育てあぐんだ子に似たり

**西原柳雨**　にしはらりゅうう　1865–1930【古川柳研究】本名・西原一之助。慶応元年七月二六日（旧暦）、久留米生れ。苦学力行して中学博物学教員免許をうけ、仙台、久留米、佐賀、岡山、愛知、山口等各地の中学教師で過す。明治二〇年福岡農学校在学中に古川柳※に魅入られ、柳雨と号し教壇の余暇はあげて古句※研究に没頭。処女出版は大正二年の『川柳難句類解※』（博文館刊）で、それに注目した三面子*の全面協力と、篁村、小波、臨風、紫影*、瓊音*、花月*、卯木*、剣花坊*、久良伎*、山叡等斯界の学殖の校閲を得て、大正一四年『川柳江戸歌舞伎※』（春陽堂刊）を発刊。これには坪内逍遥博士が四千字に達する序文を寄せ絶賛した。それに力を得て、翌年には『川柳江戸名物※』（春陽堂刊）、『川柳三尾

志』（図書刊行会版）、『川柳吉原志※』（春陽堂刊）を出し、このあと昭和二年の『川柳雑俳集※』（日本名著全集、興文社刊）は、当時川柳人のバイブルとされた。この他『川柳年中行事※』、『川柳風俗志・上巻』、『川柳から見た上野と浅草※』、『評釈川傍柳』、『川柳仮名手本』等がある。柳雨は明治三三年から大正八年まで一八年間、岡山県高梁市の高梁中学で教鞭をとり、この在勤が教師生活で最も長く、柳雨の代表的名著の数々はここで生まれ、また数々の礎稿が編まれていたことになる。晩年教職を去ると上京、三面子の葉山別荘に仮寓し、一〇年計画で編纂中だった『誹風柳樽講義』と『川柳辞典』の完成に心血をそそぐうち、病魔に犯され、故郷久留米に帰り九州医大に入院。昭和五年四月二七日、悪性膿腫のため同病院で死去。享年六四。教進院川柳居士。〔福井天弓〕

土用干以来論語に興味持ち　　『西原柳雨小伝』

投げたのもすてたのも筆の名が高し　　（同）

返事かく筆の軸にて王を逃げ　　（同）

美しい花火も末は糸芒　　（同）

参考：井上束著『西原柳雨小伝』（昭53、非売品）

**如　雀**　にょじゃく　?–1811【旧連–中間期】安永五年、角力句合に初出する桜木連の作家。以外にも諫皷、杜若などの取次で出句が見える。既に明和八年（一七七一）刊『誹風柳多留※』六篇の扉絵の中にも表徳※が確認され、川柳評万句合古参の作家であったことが予想される。初代川柳*没後の句会時代まで活動を続け、麹町組連会の評者として四〇篇以降、文化九年の六二篇までその名が見られる。ただし、文化八年八月一七日開キで如雀、箕山、末学追善の会が、有幸*、菅裏*を催主に行われているので、それ以前に没したのであろう。〈川柳風※〉の古参に対する惣連の態度が伺える。〔尾藤一泉〕

手水組でハ無イかなと局いひ　　樽一一–4

蝉丸に似た人をよぶ大法事　　樽二四–30

薄雲て海老屋も鯛を釣気也　　樽五一–18

何かしらしよわせて送る仲の町　　樽五四–45

**沼波瓊音**　ぬなみ　けいおん　1877–1927【関連人名】本名・沼波武夫。明治一〇年一〇月一日名古屋生れ。東京帝国大学国文科卒業。明治、大正期に教員や新聞記者などの仕事をしながら、国文学者、俳人として活躍、実体験を生かした小説や随筆、俳句を発表。明治三三年『俳諧音調論※』、同四〇年には『俳論史』を公にする一方、俳誌「俳味」を主宰、また俳諧研究の一環として、柳多留研究にも手を染めている。その間、三七年九月刊の池田錦水著『独習自在 川柳入門※』（東京・大学館）に序文を寄せるなど、当時勃興の新川柳※にも理解を示し、自作も数多く残している（『瓊音全集』）。『やなぎ樽評釈』（大6）は古川柳研究の好著。俳句では「筑波会」に所属、その他著書に、『蕉風』（明38）、『俳句講話』（明39）、『俳句階梯』（明41）、『芭蕉の臨終』（大2）、『瓊音句集』（大2）、『始めて確信し得たる全実在』（大2）、『瓊音全集』（昭10）など多数がある。昭和二年七月一九日没。享年四九。〔尾藤一泉〕

**回数券恭しくも帛紗より**　（明44・6　全集）

**社会劇舞台はいつも応接間**　（大元・11　全集）

**信子**　のぶこ　1869–1958【新川柳】本名・井上信子。明治二年一〇月、山口県生れ。結婚前郷里で赤十字の看護婦を勤めた関係上、日露戦争で予備召集を受け満州に従軍する。明治三二年剣花坊*と結婚。大正五

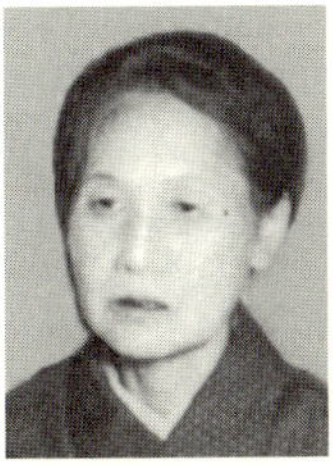

年ごろから本格的に川柳を作り出す。大正一三年八月、枕鐘会※成立とともに会員となり、新川柳※研究に精進する。大正一五年一月、現代川柳家叢書第一編、白石維想楼（朝太郎*）編『井上信子句集※』を柳樽寺※川柳会から刊行、信子初期の作品を収める。その序文は吉川雉子郎*（英治）。大正末期に起った新興川柳※運動は近代川柳史の特筆すべき事柄で、主張論陣は熱をもって闘わされ、創作にも手きびしい批判が加えられた。信子の作品も例外ではなく、追求思考によりまた時代の推移により、次第に変化を示すようになる。昭和五年川柳女性の会を創設、女流※の育成に乗り出した。同年四月、井上信子第二句集『蒼空』を柳樽寺川柳会から刊行、〈何う坐り直して見てもわが姿〉の自句をもって序に代える。昭和九年九月、剣花坊の長逝に遭い〈一人去り二人去り仏と二人〉の句を詠み追慕する。昭和一〇年「川柳人※」休刊。この間『井上剣花坊句集※』を編纂上梓。同一一月個人誌「蒼空※」発行。いよいよ高まる戦争機運の中で、反戦作家鶴彬*を庇護し、真の平和を願う心を〈国境を知らぬ草の実こぼれ合ひ〉の句に吐露する。この句については、昭和二六年二月二〇日付《東京日日新聞》のブラリひょうたん五〇

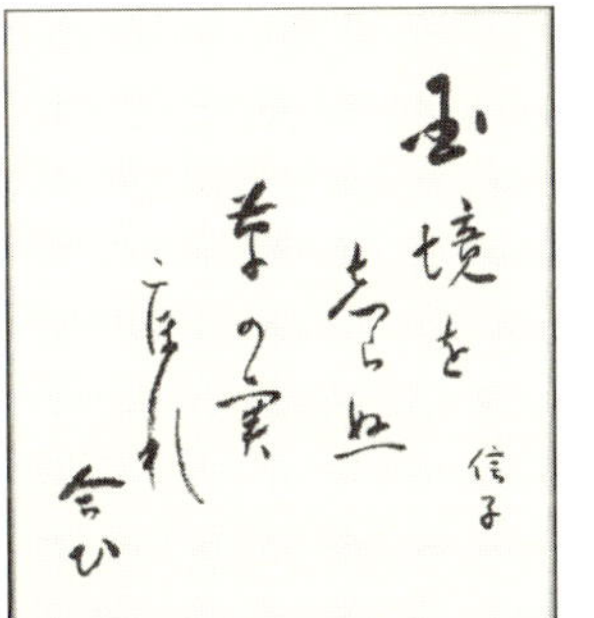

国境を知らぬ草の実こぼれ合ひ
信子

四号で高田保が「烈婦」として取り上げ激賞（のちに出版された単行本、高田保著『ブラリひようたん』にも収録されている）。昭和二三年八月、「川柳人」復刊に努力し自ら主宰者となる。昭和三三年四月一六日没。享年八八（柳人院幸室貞信大姉）。〔大石鶴子〕

**職工を一人も出さぬ非常口**　エラー！リンクが正しくありません。

**一線へ素肌の空と素肌の地**　（昭5）

**煙幕を張り唾にしてさて税をとり**　（昭12）

**草むしり無念無想の地を拡め**　辞世

参考：『新興川柳選集』『井上信子句集』『蒼空』（句集）

**信子**　のぶこ　1894–1976【新川柳】本名・三城信子。明治二七年七月一〇日、東京生れ。祝竹葉*の番茶川柳社で川柳を知り、高須唖三味*の知遇を得て、昭和二二年創立の白帆吟社（番茶川柳社の後身）同人となる。また、同年復活の第二次柳友会には、二星、文彦、範子ら一家を挙げて社中となり、川柳一族をうたわれる。祝白糸とともに関東の女流※を代表、戦後の川柳界に色彩を添えた。昭和五一年五月一五日急逝。享年八一。〔尾藤三柳〕

**お隣の生活の音窓へ来る**　（昭27『現代川柳展望』）

**恋ごころ二つの理知に若葉鳴る**　（同）

**十六貫五尺一寸むし暑し**　（昭32『五万石の風』）

**のぼる　昇ル**　のぼる　1829–1915【柳風狂句】本名・石田傳之助。別号・旭松園。朝日楼。初号・蔦江。文政一二年生れ。神田岩本町の蒲団屋。旧派※柳風会※の長老で、朝日連。十世川柳*にも擬せられていた。明治二七年、名弘会を開き昇ルとする。明治三七年関口文象*、金子金比古*、宮崎水日亭*らの川柳研究会が発足するや、〈禿爺〉と称して出席、すでに七〇を越えて、孫のような剣花坊*や角恋坊*ら新派※の作家たちと積極的に交流、古川柳※や狂句※についての造詣で新川柳※初期の人々に影響を与え、また草創期柳樽寺※の生き字引として名物的存在であった。大正四年二月五日没。同年三月、昇居士追善柳風狂句合が、十世川柳の手により開催された。〔尾藤一泉〕

**言葉余つて意のたらぬ空つ世辞**　（明35、金竜山浅草寺永代奉額狂句）

**神の地を離れ仏の群に入り**　（辞世）

**のぼる**　1922–2002【新川柳】本名・平田昇（旧姓・山内）。大正一一年一一月一三日、釜山生れ。旅館業。泉

淳夫*門随一の逸材。福岡在の昭和二三年、「川柳街道」に参加、「ふあうすと※」初投句。翌二四年、壱岐へ移り、壱岐川柳社を創設、会長となる。《壱岐日報》に柳壇を創設、選者として壱岐に川柳を根付かせ、光武弦太朗*らを育てる。同二五年、「ふあうすと」同人。同二八年、現代川柳藍グループ※参加。同二八年、房川素生*句集『道』（昭35）刊行を発案。泉淳夫句集『女絵師』（昭40）、『楽屋酒』（昭53）を刊行。平成一四年八月一三日没。享年七九。遺句集に『川柳・海の声※』（平16）がある。〔中川一〕

万の蝉なくわが痩身へ槍ぶすま
百花咲いてわが半身の車椅子
**花篝この明るさの死を賜え**

**呑気坊**　のんきぼう　1855–?　【新川柳】本名・鏑木政治。明治一八年、千葉県香取郡山田町生れ。小学校教師、のち八日市場市でワンプライスショップ（薬品・雑貨）を経営。また町の図書館長を勤め、地域新聞を発行した。昭和二五年六月、吉田機司*、楠田匡介らを招いて東総川柳会を開催、終了後、おもと川柳会を結成し、八月機関誌「おもと」を創刊した。三六年一〇月、同地天神山に〈おもと川柳会記念碑〉、四二年夏には〈頌徳碑〉が建設された。昭和三七年三月、会長を河野十九人*に託し、京都市に移住。〔西村在我〕

**耳打ちの影が障子によく映り**

# は　行

**梅志**《ばいし》　1894–1970　【新川柳】本名・後藤喜四郎（通称・房三）。別号・鬼子。明治二七年一〇月一三日、水戸市生れ。商店主、観世流謡曲師範。昭和一〇年三月から川柳をはじめ、麻生路郎*に師事。「川柳雑誌※」不朽洞会員。謡曲は拍子が八ツよりなり奇数音を嫌う、川柳も謡曲と同様リズムが大切―という川柳リズム論を掲げ、「川柳雑誌」改題後の「川柳塔※」に十余年にわたって名句鑑賞を連載。水戸ッ子らしい直情豪放さと誠実な人柄で、社中の大久保彦左と親しまれる。晩年に『後藤梅志名句鑑賞』を刊行。昭和四五年一月一五日没。享年七五。〔東野大八〕

元日のどこかで笑う声がする

**白雨**《はくう》　1915–1953【新川柳】本名・前田昌和。大正四年五月二日、香川県三豊郡勝間村生れ。昭和一四年三月、東大工学部建築学科卒。昭和二一年一〇月満州国通化より引揚げ、善通寺国立病院伏見分院入院。昭和二五年病床においてキリスト教入信、洗礼。七月、川柳に手を染める。重症、一切を夫人の世話にまかせ、横臥のままの作句で、療養柳誌「はちのす」のホープとして注目されたが、昭和二八年六月一日、同病院にて没。享年四八。没後夫人の手で遺句集『朝の虹』刊行。〔山本芳伸〕

妻に礼言われて粥を食べ終り　（句集『朝の虹』）

**白外郎**《はくういろう》　1886–1964【新川柳】本名・太田泰治。明治一九年八月二〇日、茨城県生れ。埼玉県栗橋町で内科医院開業。大正五年に栗林古雅（久良岐社※同人）に師事して作句を始め、同六年塚脇一狂子らと川柳皐月会を結成、回覧誌「皐月」は埼玉県内で発行する柳誌の嚆矢となる。昭和一一年きやり吟社社人。戦後は常に清水美江*の相談役を務め、その軽妙洒脱な句と人柄は埼玉柳壇の最長老として慕われた。「さいたま※」、「むさし野※」各顧問。昭和三九年一〇月、肝硬変で没。享年七八。栗橋町・常薫寺に葬る（観月院徹真泰翁居士）。〔篠﨑堅太郎〕

喜寿祝い禿もめでたい数に入れ
安定所今日もあぶれた児と出会ひ

**白　雲**　はくうん　1922–2003　【新川柳】本名・村山兵太郎。大正一一年五月三一日、秋田市生れ。日本大学電気工学科中退。村山質店を経営。昭和二一年から一〇数年間、闘病生活。同二八年頃より川柳を始め、同三一年、川上三太郎*主宰「川柳研究※」の幹事。同四〇年より秋田魁新報社「さきがけ柳壇」の選者。同四一年、杉川柳会主宰となる。機関誌「杉※」を発行。同四五年から同五二年まで秋田県川柳懇話会長。同六二年九月、秋田市旭北栄町にある菩提寺・浄願寺境内に川柳句碑〈枯木には枯木の好きな鳥が寄り〉を建立。句集に『微光微塵』（昭35）、『鴉はあるく』（昭38）、『海猫の街』（昭48）、『男鹿の風』（平12）などがあり、柳論に『白雲柳談※』（昭56）などがある。平成一五年一〇月七日没。享年八二歳。浄明院釋太玄。〔平宗星〕

**夫婦楽し共に生れず共に死なず**

**枯木には枯木の好きな鳥が寄り**

**白眼子**　はくがんし　1895–1979　【新川柳】本名・北村修一。明治二八年一一月三日、三重県多気郡相可村生れ。函館市で歯科医開業。大正一一年六華川柳社を創立し、俳句より川柳に転向。川柳野蘭会、揺籃川柳社、川柳紅茶会、北海川柳社、漁火川柳社、福山川柳野蘭会などを興し、大正末期より昭和初期にかけて函館、道南地方において活躍。論客としても知られ、川柳への情熱は一生衰えなかった。昭和四四年、句集『想い出※』刊。昭和五四年三月三日、癌で没。享年八四。〔斎藤大雄〕

**想い出となれば憎めぬ人ばかり**（昭44、『想い出』）

**白　鳳**　はくほう　1900–1976　【新川柳】本名・小林秀一。明治三三年、岡山県美作町生れ。大正五年旭川市へ移住。大正八年川柳を始める。大正九年岡山県津山市に薬店開業。大正三年津山の川柳鶴城吟社同人および柳樽寺※川柳会に入り、以来剣師逝去まで投句。大正一五年津山川柳会を結成。昭和八年には個人誌「はばたき」を創刊したが、六号で廃刊。白河市の大谷五花村*の東北川柳社および能因川柳会客員。昭和三五年津山鶴城吟社、津山番傘ほかと連盟を結成、死去まで会長をつとめる。著書『南支を征く』（戦争文学全集にも収録）、『昭和維新蜂火は揚る』（大阪出版）、『真版宮本武蔵とその一族』。句碑が美作一の宮、美作国分寺ほか数基あり。昭和五一

年四月一四日没。享年七六。〔菅生沼畔〕

トンボすい　するり白衣の前うしろ

どの顔もかおも瞼に入れて逝く　　絶吟

**伯　峯**　はくほう　1920–2002　【新川柳】本名・石原健一。大正九年七月一六日、鳥取県生れ。昭和一三年一〇月、広島川柳会に入門。「川柳雑誌※」不朽洞会員として麻生路郎*に師事。応召で一時川柳を離れた後復員。昭和二五年八月、「川柳ひろしま※」復刊幹事。昭和四二年に広島川柳会三代目会長に就任、《毎日新聞》地方版選者、毎日文化センター講師などで後身を育成。平成一一年六月、広島県川柳協会を創設、会長となる。著書に『毎日川柳』（昭39）、『全国鉄川柳人連盟20年史』（昭52）、句集に『潮流』（昭41）、『石原伯峯句集』（平2）がある。平成一四年四月、不慮の事故で没。享年八二。〔尾藤一泉〕

日輪は山上にあり火葬場

帰りなんいざ望郷の灯が

我が墓碑に無名の酒徒と刻むべし

**白　柳**　はくりゅう　1905–1970　【新川柳】本名・清水清。旧号・喜芳、白柳子。明治三八年三月二一日、石川県小松島市生れ。職業は宮大工。大正一三年一月、「川柳雑誌※」創刊号より投句、白柳子の柳号で活躍。昭和六年、「若葉会」を「ねこ柳大阪支部」としてねこ柳同人。昭和九年九月、鶏牛子*の「三味線草※」の編集にあたる。昭和一一年一月より顧問に渓花坊*、久留美*を迎え「川柳若葉」を発行（同年八月、六号で廃刊）、一〇月に、「三味線草」の活版化に伴い同人として参加。そのあと昭和一二年から「川柳雑誌」同人で達吟ぶりを発揮、四月には「北大阪」、「このみ」、「川柳若葉」が合同して「川柳国※」（一三年四月解散）の創刊に編集同人となる。「川柳国」廃刊後は、「このみ」を復刊し、昭和一五年六月、「川柳雑誌」に参加、常任理事となる。昭和三二年一〇月、白柳と改号。昭和四〇年「川柳雑誌」廃刊と同時にスタートした「川柳塔※」編集長。大万川柳、どんぐり川柳会の指導にあたり後進の指導につくした。明朗な人間諷詠で友好吟社や各川柳会に人気があった。昭和四五年一一月一二日、心筋硬塞で急死。享年六五。釈白柳。没後、川柳塔社から『清水白柳遺句集※』（昭46）

が刊行された。〔東野大八・尾藤一泉〕

窓の陽へ産ぶ毛を見せてタイピスト
青筋を立てて無口でいる弱味
阿蘇に来て阿蘇の見えない湯に浸る

**一**　はじめ　1932–　【新川柳】本名・中川秀一。昭和七年三月二六日、大阪市生れ。昭和三五年から職域川柳※で作句。同四三年「ふあうすと※」同人。副主幹、編集長を経て理事。雑詠選者。昭和四五年、藍グループ※へ加入、翌年より「ふあうすと」、「藍」ほか多くの柳誌に評論、鑑賞、作家論、エッセイ、書評等健筆を振るう。作品は、心をうたう詩性川柳を志し、硬質の叙情と評される。平成元年〈ふあうすと賞〉。阪神淡路大震災時、編集長として半壊の事務所、全壊の印刷所等を回って柳誌の定期刊行を死守。被災柳人を励まし、消息を全国に発信した。〔赤井花城〕

海より帰る　月光を身に満たし
パン匂う朝　誕生日の薔薇のジャム
パフェ溶ける　横顔に妻の歳月
振りかえる百の鏡の耶蘇の顔

**葉十**　はじゅう　【旧連】旧連有力作家のひとり。名の判るものでは、『柳多留』より『川傍柳』に多くの作品が見られ、山の手の作家であったと想像される。寛政三年の初代川柳*追善句会の三評のひとり。『柳多留※』での初出は、八篇（安永二）の呉陵軒可有*の序に好士五〇名の中に登場する古い作家のひとり。その他詳細不明。〔尾藤一泉〕

ぐつとこゞんでぶつかけを嫁は喰い　安永二智2
舟までが血気さかんに見えるなり　川傍初
十両の礼金とんだ顔の嫁　川傍二
しんぞうを相手にむす子じれている　天明元梅3

**蓮夫**　はすお　1919–1998【新川柳】本名・渡辺蓮夫。大正八年八月二六日、東京・小石川生れ。昭和一七年文部省勤務時代に、同室の「川柳研究※」幹事であった田辺幻樹*により川柳を知り入会、同一八年幹事。同一九年毎日新聞社東京本社に入社し、二年目に札幌の北海道総局に転勤して二年程在勤する。その間に文芸欄を作り、川柳欄の選を担当する。帰京後、「川柳研究」の句会部長や編集長を歴任。川上三太郎*没後の昭和四四年

から「川柳研究」吟詠欄の選者。同五一年、佐藤正敏*の後任として幹事長に就任し、同社の代表となる。昭和五三年、《毎日新聞》の全国版に〈まいにち川柳〉欄を開設、その選者として全国的に川柳家を育て、愛好者の増加に貢献した。日本川柳協会には、その創設期から関わり第一回の日本川柳協会主催全日本川柳東京大会は、伊藤柳涯子・尾藤三柳*・山本克夫らと企画立案して実現に努めた。また、第一回国民文化祭の川柳部門大会に際しても、文部省との折衝に当るなど、果した役割は大きい。この他、昭和五九年、剣花坊*五〇年忌を企画・実行、柳樽寺句会の復活を図るなど、全国的な視野に立った活動も多い。作風は、川柳を意味の詩としてとらえ、伝統を踏まえた明快な作品が多い。著書は川柳全集の『川上三太郎』（昭55）と『渡辺蓮夫』（昭58）、句集『一期一会』（平8）などがある。後年は、社団法人全日本川柳協会常務理事、川柳人協会会長、川柳研究社代表として川柳界の指導的な立場で活躍する一方、NHK学園講師、草津栗生楽泉園の川柳指導等カルチャー、マスコミ面への普及にも尽力した。なお、昭和六二年に川柳人協会文化賞、平成四年度の叙勲で、木盃一組台付を文化に対する功績で受けている。平成一〇年四月一五日没。享年七八。蓮徳院柳詠日行居士。〔野谷竹路〕

地にしがみついて雑草冬に耐え
春の水稚魚のいのちが透きとおり
ピッケルも錆びて遥かな山となり

**葩　夕**　はせき　1896–1967【新川柳】本名・山室達男。明治二九年横浜に生れ、逗子開成中学校から千葉薬学専門学校卒業。薬剤師。戦中、小田原市在の印刷局薬方勤務。新倉裕侍*、田中美水*系と自ら称す。大正末期から川柳芦蟹吟社句会に出席。昭和九年三月「まとひ」同人。同一〇年五月「川柳知古※」を創刊。小田原市酒匂に転居後、大塚製薬『薬報』川柳選者として十余年、厚木あゆつ吟社顧問。昭和四二年一月二一日死去。享年七一。平素大山を愛していたので、厚木あゆつ吟社の有志により句碑〈納め太刀遠く晴れたる相模灘〉建立。法名・明徳院葩達心居士。小田原市酒匂・久保山に葬る。〔関水華〕

鑑札の下へ逃げ込む犬の蚤

**初勝男**　はつがつお　1894–1934【新川柳】本名・伊沢伊之助。前号・花実道、狸公庵。明治二七年三月二七日、東京市京橋生れ。天理教布教師、画家（尾形月耕門）。大正七年、寺沢素浪人*選の都柳壇へ投句して川柳に入る。同九年、石田酔多楼（のち夢人）らと「灰神楽※」を創

刊。昭和七年、藤島茶六*、高峯茶の丸*らと二猪口村※を結成、また昭和八年一月、夢人とともに自作の人形による川柳漫画人形展を新宿・三越デパートで開催するなど、異色の作家として東京柳界に人気があった。昭和九年四月八日病没。享年三九。東京・染井霊園に葬る（女流作家・伊沢青葉の実父）。〔尾藤三柳〕

**鉄瓶の蓋が舞出す灰神楽** （昭9『灰神楽』創刊号）

**お袋の影仏壇の灯になづみ** （昭3・8『すずめ』）

**八翠坊** はっすいぼう　1883–1946【新川柳】本名・安井清助。明治一六年七月二六日、広島市十日市町生れ。職業軍人（終戦時、陸軍少佐）。大正二年一月愛媛県川柳誌の第一号「凧※」を発刊。同人は八名だが、選者には井上剣花坊*、窪田而笑子*、今井卯木*、近藤飴ン坊*など当時一級の柳人を網羅した。カイゼル髭に中尉の軍服で馬に乗り、印刷所通いをしたのは有名。奇言奇行の持ち主で、話題は豊富。大正八年広島第五師団に転じ、予備役。一〇年、広島川柳会発足時より選者として指導。昭和三年ＪＯＦＫ開局で入局したが、満州事変で再役。大陸を転戦して終戦、帰国を目前にして昭和二一年六月二三日、瀋陽で客死。享年六二。夫人も柳女と号し川柳人。〔東野大八・馬場木公〕

**下り坂にたかをくくつて茶屋を出る** （渡満を決意の折）

参考：長野文庫著『愛媛県川柳史』

**馬　奮** ばふん　1886–1965【新川柳】本名・松尾庄次郎。明治一九年三月一五日、青森県三戸生れ。金融マンとして昭和二一年まで勤め、その後三戸信用組合を再建し専務となる。明治四四年ころより東奥日報社の川柳募集に投稿をはじめるが、特定の柳社には同人として加盟しなかった。大正一五年、佐藤霜烏（のち長谷川霜烏）等と三戸川柳吟社を結成、「みちのく※」の小林不浪人*等の協力を得て三戸川柳社の礎石を築いた。昭和二九年青森県川柳社同人に加盟、不浪人、蝶五郎*亡き後は彦左衛門と自称し、建設的な意見で県柳界を刺激、中央柳界からも陸奥の快翁・馬奮様として親しまれた。昭和三六年喜寿を記念して句集『翁』を刊行、同年一一月青森県教育委員会から第三回青森県文化賞を川柳人として初受賞する。四〇年九月一九日、下顎癌で没す。享年七九。三戸町の長栄寺に葬る（閑誉皎柳馬奮居士）。また、

没後の昭和四一年九月に句集『命の値だん』、四二年一二月に毛筆句集『泥足』が地元川柳人により刊行され、人徳者として現在も語り継がれている。〔後藤柳允〕

**叱っては見たが子供は俺に似る**（句碑・三戸城山公園）
**丁度いい長さで手足二本づつ**

**浜田義一郎**　はまだぎいちろう　1907–　【関連人名】明治四〇年、東京・神田生れ。昭和七年、東京大学文学部国文科卒。中央大学、東洋大学、大妻女子大学教授を歴任。『江戸川柳辞典』（昭43・東京堂出版）の編者。著書に『蜀山人』（昭17）、『岩波日本文学史講座・川柳狂歌』（昭33）、『大田南畝』（昭38）、『にっぽん小咄大全』（昭43）、『風流たべもの誌』（昭43）、『江戸切絵図』１・２（昭49・50）、『江戸たべもの歳時記』（昭52）『川柳のすすめ』（昭54）、『江戸文芸攷』（昭63）など、多数あり、江戸風俗研究を中心に江戸川柳を幅広く紹介した功績は大きい。特筆すべきは、『椎の実筆』の中に「燕斎叶の手記」を発見し、昭和四〇年「文学」（岩波書店）に紹介、その後『江戸川柳辞典』の巻末に全文を翻刻収載したことである。この文書により、初代川柳*没後から五世川柳*までの同時代史が文書によって知られる契機を作った。〔尾藤一泉〕

**春　樹**　はるき　1922–2004【新川柳】本名・唐沢輝男。

大正一一年一〇月九日、東京・神田生れ。東芝社員。昭和二一年、東芝社内に川柳若草会を結成、西島〇丸*に師事し、「白帆※」創立同人、東都川柳長屋連※店子として関東川柳界で活躍。神奈川川柳人協会の第二代会長などを務める。句会における達吟家であり、切れ味のよい披講※と呼名※は、多くの人の耳底に残る。川柳紳士ともいうべく、言動に裏表がなく、先輩後輩分け隔てない川柳に対する意見は、いいアドバイスとなった。句集に西村在我*との二人集『二人羽織※』（平４）がある。平成一六年八月二〇日没。享年八二。〔尾藤一泉〕

**休日の男が眠るコップの中**
**蝶を奪った剃りあとの蒼さ**
**父の貌しているさんまを裏返す**

**春　雨**（初代）　はるさめ　1880–1946【新川柳】本名・篠原春治。明治一三年五月二七日、甲府に生れ（役所の手違いで、原簿は同年八月七日生れ、春治の治は次となっている）。明治三七年久良岐社※同人となり、同三八年五月五日同社が「五月鯉※」を発刊すると同時に久良岐

社甲府支部を設立、当時隆盛を極めていた狂句※を排撃し、新川柳※樹立の拠点とした。明治四二年一月《山梨日日新聞》に柳壇を設け、新川柳鼓吹に努めたため、たちまち全県下に普及。大正二年五月、山梨日日新聞社に入社。大正五年三月、執務中脳溢血で倒れ人事不省となったが、一命はとりとめ、それ以来まったく聴力を失う。大正六年三月「新宝暦※」発刊、県内柳誌刊行の緒を開いた。それより一カ月前の二月一一日、県下の川柳家有志は、師の功績を表彰するため、法華寺に〈川柳や江戸紫に八文字〉の句碑を建立、記念句集『ムラサキ』を刊行。その後、「川柳さんにち」、「川柳常会」等を主宰、県内各柳社、柳誌等の選者、顧問等枚挙にいとまなく、川柳家の信望を一身に集め、山梨県は川柳王国として全国から注目されるに至った。昭和二一年四月一五日、疎開先の穴山村（現韮崎市穴山町）で病没。享年六五。甲府・法華寺に葬る（信柳院法覚日浄信士）。〔雨宮八重夫〕

**アレキシフ哈爾賓へ来て首をなで**（明38）

**罹災者の身にいろ〳〵な飯の味**（昭20・11・13句日記）

参考：『篠原春雨川柳集』（昭28）

**春　雨**（二代）　はるさめ　1898–1970　【新川柳】本名・中沢力。前号・紫雲。明治三一年一一月五日、甲府生れ。警察官の父とともに台湾、満州等各地の署長官舎に転住、父が満州で客死後、東京で程々人生苦をなめ、大正一〇年帰郷、一八歳のころ川柳に志し、昭和二一年篠原春雨*の遺志を継ぎ二代春雨を襲名、「サンニチ柳壇」、「ホーム川柳」、NHK、YBS等のラジオで川柳家の開拓、指導に努めるほか、柳誌「川柳無名」、「歩道」等を主宰。昭和四五年一二月五日没。享年七二。甲府・妙詮寺に葬る（恵隆院春雨法道日力居士）。太田町公園内に〈ふるさとはここにもあった樹々の肌〉の句碑がある。句集に『騒愁』。〔雨宮八重夫〕

**春の灯に戦犯の家早く寝る**（昭22「ころ柿」26輯）

**春　巣**　はるす　1913–1975　【新川柳】本名・北川睦男。大正二年四月二八日、大阪市生れ。阪大医学部卒。大阪市立桃山病院長など。医博。昭和一二年麻生路郎*指導の阪大川柳会に入り川柳入門。翌年、川柳不

朽洞会会員。昭和二二年、柳誌「翠柳」同人。昭和二六年より、大阪市交通局文化部川柳会長として「川柳大阪※」発刊。昭和三一年「川柳雑誌※」不朽洞会理事長。路郎の死後、「川柳塔※」創刊とともに同人、四六年川柳塔社副主幹。阪大医学部の学生のころから柳多留を愛好。「川柳雑誌」に硬軟両様の随筆、エッセイで活躍。人間味豊かな筆致でファンも多かった。四九年句集『聴診器※』を刊行。昭和五〇年一二月二七日、胃病のため枚方の自宅で死去。享年六二。顕照院釈宝医居士。〔東野大八・尾藤一泉〕

サービスに医者は注射の跡を揉み
病名もいわずに命保証され
われながら完全癖に腹が立ち

**春三** はるぞう　1902–1984【新川柳】本名・河野春三。明治三五年三月一〇日、大阪市生れ。堺中学卒業後、大阪の住友銀行に入社。大正一二年大阪外語英語部受験に失敗し、大阪市北浜の大日本火災に入社したのは二一歳。この頃、《大阪日日新聞》柳壇麻生路郎*選に、また《大阪今日新聞》柳壇岸本水府*選に投句したのが川柳開眼の始まり。二〇歳の折、水府選の特選となり水府から春魚の称号を贈られ番傘茶話会に入会。大正一四年水府の勤める堺市の福助足袋株式会社へ水府の世話で入社。同一五年津山市農業塚田加津との結婚を機に、堺市の柳人らと堺川柳会を結成したが、昭和二年、川柳に革新川柳の存在することを知り、人間性諷詠を新しい基盤とすべく路郎の「川柳雑誌※」に投句を始め同誌の月評会に加わり、林田馬行らと川柳使命会の同人となる。昭和五年使命会を解散、馬行と塚崎松郎の三人で「川柳時代」を発刊準備中、同志二人と意見合わず発刊を中止。また、勤め先の会社重役と衝突、自営の新古書籍商を営む。昭和一九年戦争被災のため安西冬衛の世話で堺市役所に入り市史の編纂に従事したが、堺市の全市被災で、老父を伴い妻の郷里津山に転住。戦後、堺に戻り古書店経営。父の死後、馬行らとバラック建ての住居で柳誌「私※」を三年間必死で刊行。〈水栓のもるる枯野を故郷とす〉の句はこの時の作。被災や自営業の古書籍商も三度失敗。昭和二五年「私」を解散、亀井勝次郎*と二人誌「人間派※」を発刊。この折上京し松本芳味*・中村冨二*を識り、同人誌として「人間派」を知友の石曽根民郎*・小宮山雅登*らと結成したが資金難で解散。「波乱万丈の生活苦を支えた唯一のものは革新川柳」と言明。

その後「天馬※」（昭31）の創刊、『現代川柳への理解※』（昭35）の刊行、句集『無限階段』（昭36）、「匹」（昭43）創刊と次々と手がけ「私は衝動買いが好きな男」と自嘲。「川柳ジャーナル※」への参加を最後に、昭和五九年六月三日に没。享年八三。『定本河野春三川柳集※』他。〔東野大八〕

おれの　ひつぎは　おれがくぎうつ
母系につながる一本の細い桐の木
流木の哭かぬ夜はなし　天を指す
堕ちて黒縄地獄の　責めの甘美を

**ハロー**　はろー　1897–1977【新川柳】本名・本間八郎。別号・玻瓈。明治三〇年六月一〇日、埼玉県生れ。昭和三三年より作句。同三七年「さいたま※」同人。同三八年一月清水美江*、太田白外郎*らの指導で埼玉県北葛飾郡の新人育成に奔走、やがて「むさし野」を創刊主宰。お花見句会、やまめ食味句会等ユニークな企画で東京、埼玉の柳人交流を図った。小冊子ながら『本間ハロー句集』（昭38）がある。昭和五二年一月一五日、心不全で没。享年八〇。埼玉県幸手町・神宮寺に葬る（法挙清岸居士）。〔篠﨑堅太郎〕

泣く奴があるかと父も水っ洟

**半角**　はんかく　1883–1957【新川柳】本名・三好茂市。明治一六年四月二八日、四国・淡路島生れ。北海道北見市で電気商を開業。根岸川柳（川柳14*）に師事し、北見市を中心に道東地方に川柳を普及。昭和二八年新聞柳壇より北見地方の投句者を中心に柳誌「オホツク」を創刊。大沢竹童らの間接的な協力によって北見オホーツク川柳会を創立。《北見日日新聞》、北海道放送（川柳アラカルト）などの選者を担当し、道東地方の川柳普及に尽力。昭和三二年四月一一日没。享年七三。〔斎藤大雄〕

金がもの言って真理はおしだまり（昭45『凍原』）

参考：北見川柳社刊、合同句集『凍原』（昭45）

**半顔**　はんがん　1860-1921【新川柳】本名・足立正枝。別号・狂画堂、半顔居士。元会津藩士。維新後、東京、大阪で新聞記者をした後、実業家。狂歌、狂画をよくした。また、長崎に移り風俗研究を行っている。明治三五年四月六日から〈寸影〉の欄名で新聞《日本》に久良伎*の〈ねこ柳※〉（三月二日）に

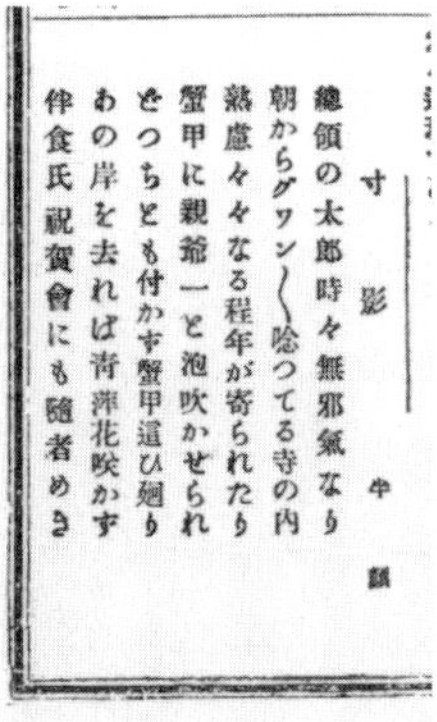
寸影　半顔

総領の太郎時々無邪気なり
朝からグワン〳〵唸つてる寺の内
熱慮々々なる程年が寄られたり
蟹甲に親爺一と泡吹かせられ
どつちとも付かず蟹甲這ひ廻り
あの岸を去れば青萍花咲かず
伴食氏祝賀會にも随者めき

次いで登場。古島一雄*の意図する新聞川柳欄定着への初期作者として登場。残念ながら、この欄も定着せず、剣花坊*の〈新題柳樽※〉欄登場まで、新聞欄の模索が続く。大正一〇年四月一〇日没。長崎・崇福寺に葬る。享年六一。〔尾藤一泉〕

知ったふり陸軍省は鉄砲洲
箱馬車で配送される新聞屋
細君ははち巻で居る選挙熱

**半狂堂**　はんきょうどう　→外骨

**半沢柳坡**　はんざわりゅうは　【関連人名】本名・半沢政平。柳坡粋史。明治二五年、『川柳作法指南※』によって川柳の起源から形式、特性、宗家※の問題などをはじめて体系化し、川柳を文芸として位置づけたもっとも早い人物。詳細不明。〔尾藤一泉〕

**反　省**　はんせい　1916–1995　【新川柳】本名・広瀬省吾。大正五年一二月一〇日、大阪生れ。新聞川柳から昭和三七年番傘本社同人。水府*に師事して本格川柳※を推進、同五六年には、「川柳瓦版※」主幹となり主宰の片山雲雀*を助け、雲雀没後は〈よみうり時事川柳※〉選者の後を継承。晩年には番傘川柳社を離れ、時事川柳※に力を注ぎ、その地位向上に努める。日本川柳協会※副理事長などを歴任。NHK学園川柳講座講師。平成七年一二月二六日没。享年八〇。釈反省。〔尾藤一泉〕

山の辺の道限りなし詩ごころ
母いない子をなぜ差別白い花
五千余の蓮華へ神はどう詫びる　（平7）

**帆　船**　はんせん　1914–1996　【新川柳】本名・永田春雄。大正三年三月二二日、大阪生れ。司法書士。昭和一〇年八月「川柳昭和※」同人として川柳をはじめ、職域川柳※の指導者として活動。昭和四七年二月、

堀口塊人*主宰「川柳文学※」同人として塊人を援け、五五年三月には二代目主幹となる。仕事柄、昭和四九年創立の日川協事務局長として、組織作りに貢献、大阪川柳人クラブ、豊中川柳会会長、千里川柳会会長、NHK学園川柳教室などで精力的に新人指導にあたった。句集に『永田帆船句集※』（平2）がある。平成八年五月二六日

没。享年八三。法岳浄安信士。〔尾藤一泉〕

おちこちに友あり心美しき
とある日の客が写楽に似ておかし
前うしろ右も左もただ無なり　（絶吟）

**半文銭**　はんもんせん　1889–1953【新川柳】本名・木村三郎。別号・八厘坊、寒浪、阿羅漢、萩村。明治二二年三月七日、大阪市生れ。明治三七年ごろから小島六厘坊*に兄事。八厘坊と称し同三九年「葉柳※」同人。同四二年九月、西田當百*、岸本水府*、浅井五葉*らと関西川柳社を興し、創立同人となったが、同じころ砂糖仲買人の職にあって生活苦にさいなまれたことから、プロレタリア文学に関心を深める。同四四年七月、水府、麻生路郎*らと実名による新短詩を目指して「轍※」を創刊したが、二号で廃刊。大正二年一月関西川柳社により「番傘※」が発刊されたが、番傘調の句と妥協できず、同八年川上日車*、路郎と三人で「後の葉柳※」に参加。これも三号で廃刊となると、「番傘」はじめすべての既存柳誌と絶縁、日車とともに川柳革新運動の口火ともなった「小康※」を発刊、路郎とも袂別した。「小康」は、森田一二*の「新生※」、田中五呂八*の「氷原※」とともに新興川柳運動の中心となった。半文銭のプロレタリア川柳における「生命主義」は、「小康」誌上における〈芭蕉去って一列白き浪がしら〉によく象徴されている。しかしその拠りどころの「小康」も短命であった。「窮迫せる生活のドン底に沈みつつ、精神的にも物質的にも幾多の難関に直面した。あるいは家主より家を逐われ、金貸しより封印をうけ、妻と別れ、住み馴れた土地を去り、三人の幼児をつれ幾度路頭に迷ったかしれない。この間、なお屈せず所期の目的を貫徹するため、同志の陣営によって文字通りの悪戦苦闘を続けた」（『木村半文銭句集※』昭和八年刊・自序）。新興川柳運動は大正一一年ごろから五呂八の「氷原」が休刊する昭和六年ごろまでとされており、それより以前、大正一五年に『川柳作法※』、昭和四年五月には『川柳の作り方研究』を著わし、特に後者は五呂八の激賞をうけたが、さきの句集ともども、軍国日本のファッショの靴音はついに半文銭の苦悩と孤独の軌跡を抹殺し去った。川柳以外にも著作は多く、「少年の悩み」を代表とする通俗小説四、五〇種のほか、雑文学書類約二〇種、また少年雑誌『楽園』などにも筆を執っている。昭和二八年一二月一六日没。享年六四。〔東野大八〕

出した手の筋が哀れを物語り　（大12・5）

人間味一匁ほど街に棄つ　（大14・5）
書いて消す生死一字や紙の上　（昭4・9）
炎天に彼の勲章を見し惧れ　（昭5・9）
亀の子のしっぽよ二千六百年　（昭12・8）

**樋口由紀子**　ひぐちゆきこ　1953–　【新川柳】本名・渡邊由紀子。昭和二八年一月三日、大阪府高槻市生れ。結婚後、姫路市在住。昭和五六年、時実新子*の「川柳展望※」会員。第一五回川柳Z賞大賞受賞。「MANO※」発行人。攝津幸彦に憧れ「豈」同人。「バックストローク※」同人。『現代川柳の精鋭たち※』の編集や「セレクション柳人」の企画で常に読書界に向けて川柳を発信。「意味で屹立する文芸」「思いから言葉へ」「モノよりコトを書く」などの川柳観を持ち、思いの表出だった川柳を言葉の力によって日常的文脈とは次元の異なる鏡像としての川柳作品へと深化させた。句集に『ゆうるりと』、『容顔※』、『樋口由紀子集』。〔小池正博〕

式服を山のかなたに干している
ねばねばしているおとうとの楽器
二週間経ったら思慕は意味になる

**日車**　ひぐるま　1887–1959　【新川柳】本名・川上卯二郎。明治二〇年九月一二日、大阪市生れ。明治三四年、府立市岡中学で同期の小島六厘坊*と文芸仲間となり、ともに日本派俳人・松村鬼史の指導を受け、新聞《日本》の正岡子規、河東碧悟桐選の俳壇に投句。明治三七年後半頃より同新聞の川柳欄〈新題柳樽〉（剣花坊*選）へ投句をはじめる。当時中学生でありながら六厘坊が《大阪新報》に作らせた柳壇へも投句。明治三八年四月、六厘社創設に参画、「新編柳樽※」へ作品を見せる。路郎*と六厘坊は同年だが、日車は二人より一つ年長であるため、六厘坊に対し七厘坊と柳号をつけた。この頃、六厘坊とともに学業をおろそかにしていると両家家庭に訓戒があり、その後中退か。父親から川柳を厳禁されたため、七厘坊を日車と改めた。「新編柳樽」は四号をもって「葉柳※」と改め、六厘坊と日車はその誌上で筆鋒を洗い、二度も絶交したが、その都度路郎と斎藤松窓*が仲裁に入った。やがて六厘坊が肺患で死去、「葉柳」は一七冊で廃刊。大正二年関西川柳社※が機関誌「番傘※」を出すと、一応これに籍をおいた路郎と日車は、同四年八月「番傘」を脱退、「雪※」を創刊した。この新雑誌は路郎

と日車が伝統川柳※を捨て、新短歌運動と銘打つ川柳革新を目指したもの。創刊号は日車が新作四二句にコントを出し、その創刊趣旨として「少年期から青年期への、自己の内攻的推移に根ざしつつ、路郎と私は異なる二人を一人格で結晶せしめた」と宣言している。「雪」創刊号は一見日車特集号の観がある。しかし川柳を新短歌※で標傍するこの新雑誌は既成川柳※人の抵抗と白眼視にあい、一四冊で消滅した。このあと大正七年六月、日車と路郎は、松窓、ふくべ、柳珍堂らと「土團子※」を出したが、これも長続きせず、さらに、木村半文銭*を誘って「後の葉柳※」を出し、これを三号で小島紺之助主宰の「楊柳※」に合体、親剣花坊・反久良伎*の線を強烈に打ち出す。しかし大正八年九月、主力同人・柳珍堂の死によって「楊柳」も八号で終止符を打った。このころ膨湃と高まる革新川柳のうねりは、日車と半文銭を駆りたて、ついに多年の同志路郎と決別し、両人で革新川柳誌「小康」を発刊した。しかし、プロレタリア川柳と称すべき

夜具をしく事も此の世の果てに似つ　日車

日車*と半文銭*の「小康」も、やがて田中五呂八*や森田一二*の新興川柳※運動の強烈な波濤に埋没。新短歌運動以来の尾を曳く日車の情操主義川柳は次第に迫力を欠き、かつてはその多彩な迫力に溢れた凄じい作句精神や柳論も精彩を失って、実妹の住む近江八幡市に逼塞する。昭和八年一〇月、文庫版箱入りの『日車句集※』が自選で刊行された。句の配列など、気配りの利いた良著である。また、同市で郷土史を編み、一方、番傘川柳文庫として岸本水府*が『日車句集』（昭31）刊行の労をとった。その自序に日車はこう記す。「人生の果てにたどりついた私は、これで何もすることはない。峻烈な世上の批判はやがて一句も残らず削り去ってくれるであろう」。その句集は、大正三年から昭和三〇年までの作品の中からわずか一二三句を抜き出す小冊子に過ぎなかった。昭和三四年一一月九日、近江八幡市の病院で中風症のため死去。享年七二。〔東野大八・中川一〕

天井へ壁へ心へ鳴る一時　（大12・5）
向日葵の日に廻る時みな疲れ　（大12・7）
夜具をしく事も此の世の果てに似つ　（大12・11）
猫は踊れ杓子は跳ねろキリストよ泣け　（昭12・4）
厠にゐたら出たよ・念仏
錫　鉛　銀

**美江**　びこう　1894–1978【新川柳】本名・清水策治。別号・姿不見。明治二七年六月一五日、埼玉県生れ。公務員。大正七年より作句、同一一年「蛙の卵」をはじめ「蛙※」、「鉢杉」、「くぬぎ」等を創刊のほか、昭和一〇年川越氷川吟社を創立、「ひかわ」発行、昭和二二年川柳くぬぎ吟社を創立、「くぬぎ」を発行するなど埼玉県内柳誌のすべてに参画して普及指導に奔走。昭和三三年「さいたま※」の前身「あだち」創刊で県下柳人の結集を実現、埼玉柳壇の興隆期を築いた。また創作活動でも、みつばち、病妻譜、昆虫記等の連作を全国各誌に発表し、十四字※作家としても著名。昭和四四年川柳文化賞受賞。著書に句集『みつばち※』(昭44)、『小径の風光』、『清水美江句集』、『清水美江句抄』などがある。同五三年一二月一九日肺炎で没。享年八四。大宮市・青葉園に葬る(津徳院実山和江居士)。〔篠﨑堅太郎〕

　はち吹雪渾沌の譜を地に充す(『みつばち』昭44)
　見送れば秋天高しはち高し
　秋生まれはちの生命線長く
　月の雫に生きる庭石

**美水**　びすい　1897–1937【新川柳】本名・田中安輔。明治三〇年横浜市神奈川通生れ。駿河屋米店。幼少より身体障害者(右手右足半身不随)であったが、不自由を克服して川柳に専念。大正八年川柳銀河社を創設して「川柳銀河」を刊行。大正一一年には「あしかに」編集担当。昭和四年ごろ「鮮流」主催の川柳作句研究道場(句会)に出席して、川柳盛衰論を談じる。神奈川県の鶴見に実水堂と称する古書店を経営。のちに中区日之出町に移る。昭和一二年一〇月三日没。享年四〇。神奈川通七丁目・良泉寺に葬る。美水信士。〔関水華〕

　約束へ首を粗末にする男(大14「川柳はま」第9号)

**英子**　ひでこ　1910–1964【新川柳】本名・笹本英子(旧姓・西村)。明治四三年二月二八日、鳥取県生れ。昭和九年大阪砲兵工廠工員のころ、長宗白鬼らに川柳を学び、「番傘※」に作品を発表。以来番傘いざよい会草創期の一人として大阪柳界で活躍。三一年番傘同人。三〇年間川柳の灯を消さず苦難の生涯を乗り切る。昭和三九年八月一四日、脳溢血で死去。享年五四。溝上泰子著『日本の底辺』(未来社刊)のモデルに登場。昭和

四〇年一一月、松江番傘川柳会は笹本英子句集『土※』を刊行。序文と題字は水府*がその死の四日前に書いた。昭和五五年完全復刻版発刊。〔東野大八〕

ラブレター書かぬ息子をはがゆがり
意地悪き女へ運のそれていく
泣く女泣かぬときめてから強し

**人真似** ひとまね 【柳風狂句】本名・坂本〔紀〕延夫。号・坂廼本人真似。別号・幽山、米中庵園工。下野国宇都宮石町で代々上絵を業とする。十四歳で宇都宮の宮比連※に加わり、南総の雅功堂成之*と交わり、明治の新調を志す。宮比連は、江戸で六世川柳*に学んだ二荒山宮司中野衛門（一面亭ぽつぽつ）が、慶応年間に組織した五文字会、縁連から発展、明治三十年には宇陽川柳会と改称した下野唯一の狂句※団体。幹事に画家の菊地愛山がいたが、人真似は、この愛山に狩野派の絵を学んでいる。また、和歌は梅園春男に従った。〔尾藤三柳〕

世界のはれ着　太陽の一ツ門　（明23『柳風肖像狂句百家仙』）

**雲雀** ひばり 1893–1982 【新川柳】本名・片山忠次郎。明治二六年二月八日、福井県勝山市生れ。京大卒。弁護士。大正八年五月、「番傘※」同人。戦後、昭和二八年発足のよみうり川柳友の会（三三年、よみうり瓦版の会）を岸本水府*から引き継いで二代会長となり、四一年「川柳瓦版※」を創刊、時事作品のユニークな川柳誌として定着させた。四九年、日本川柳協会※の創設に尽力、初代理事長として本部を片山法律事務所に置いた。日本川柳協会名誉会長。〈よみうり時事川柳〉選者。昭和五七年二月六日、心不全のため大阪府豊中市の市立豊中病院で没。享年七九。〔尾藤三柳〕

憲法は九条だけがほぼ分かり　（「瓦版」）
わいせつの実は裁判所も困り　（同）
週間紙と書いてしまった週刊誌　（『日本川柳人名鑑』昭55）
わたしにもバレンタインがひとつ来る　（同）

**白虎** びゃっこ 1916–1989 【新川柳】本名・奥田裕《ひろし》。大正五年一〇月三日、京都府東山生れ。父も兄弟も教師という家庭に育ち、大阪工業大学卒業後、国鉄（ＪＲ）技師。昭和四六年国鉄退職後は測量会社のコンサルタン

ト、不動産管理会社の役員、大阪工業大学の評議会議長を勤める。川柳は昭和七年、学生時代から岸本水府*の「番傘※」に投句、白水会（現・堺番傘川柳会）の句会に出席した。以来水府の直弟子として番傘の本格川柳※を推進。同一七年、後に番傘本社同人となる市川賀代子（雅号・かよ子）と結婚。同二四年矢野千両、川村伊知呂、田名部修三らとうめだ番傘川柳会を興し、会長となる。同五〇年から五一年まで番傘編集長、同五八年から六二年まで番傘一般近詠選者、同五七年から死亡する平成元年一月まで番傘川柳本社幹事長。川柳句集に『五風十雨』（昭48）、共著に『今日の川柳』（昭42）、事典に『川柳歳事記※』（全国の川柳誌から一万一〇〇〇の例句を集め、季節ごとに分類した労作。創元社・昭58）がある。昭和六二年堺市小客城址に句碑を建立。昭和六三年の番傘記念事業大阪大会終了とともに病気入院。平成元年一月一七日、胃癌のため没。享年七二。〔今川乱魚〕

人づくり木綿は木綿それでよし
鏡餅毀誉褒貶にかかわらず
薄ら氷の半分ほどはわが情け

**瓢太郎** ひょうたろう 1933– 【新川柳】本名・竹本正秀。昭和八年一二月一二日、東京・港区生れ。会社員。父・飛田瓢軽坊《ひょうきんぼう》も狂歌師で川柳家。昭和二七年、父について川柳作句。後、村田周魚*に師事、同三三年に「きやり※」社人。一時期は、革新的川柳にも足を踏み入れるが、きやりの伝統的諷詠を継承する。東京の句会を中心に幅広く活躍、昭和四九年からは川柳人協会※、同六三年からは全日本川柳協会※などで川柳の発展に努力、NHK学園ほか東京近郊数箇所で川柳教室を開き、新人育成に努める。平成八年、きやり吟社主幹となる。以後は、定型に関して一家言を持ち、社内での選句に関し妥協を許さない。平成一四年に初めて開催された〈可有忌〉では、その実現に指導力を発揮する。《毎日新聞》多摩版、「薬事日報」、文芸総合誌「楽府」などに川柳欄を持ち川柳の社会化にも寄与。句集に『東京』（平17）がある。〔尾藤一泉〕

兄弟が寄るとお袋生きている
善人の欲こつこつと金を溜め
本当の無欲の意地が怖くなり
父に似た頑固他人ばかり褒め

**洋** ひろし 1935–1996 【新川柳】本名・大島洋。昭和

一〇年大阪生れ。印刷会社社長。昭和四六年、《河北新報》柳壇から川柳の道に入る。同年六月の仙台市民文芸協会句会に参加、たちまち頭角をあらわし、東北川柳界の各大会で次々に優勝するという目覚しい活躍を見せる。昭和四九年、「宮城野※」同人。「杜人※」をはじめ、「ふあうすと※」、「平安※」、「川柳研究※」に参加、昭和五一年一月には、尾藤三柳*を慕い、創立間もない「川柳公論※」委員として加わり、独特の「苦悩する現代人のポエジー」を描き出す。昭和五三年の宮城県沖地震で印刷所に大きな被害を受けるが、五六年には現代川柳アカデミー・海の会を創設、後身の指導にあたる。晩年、仙台から北海道へ活動拠点を移し、終始、川柳の現代性を問い続けた。著書に『川柳のレトリック』（昭62）があり、句集に『人間砂漠※』（昭50）、『人間流砂』（昭51）がある。平成八年一月没。享年六一。〔尾藤一泉〕

人間砂漠転がる一個のゴムまりか
象の眼にたった一日桜咲く
橋に雪積もる日密告決意する
薬袋の中のコントが解せぬ父

**比呂史** ひろし 1932–2008 【新川柳】本名・泉毅。昭

和七年一月二日、大阪生れ。幼時、川柳家の母・梨花女に抱かれて「番傘※」句会に出席。一五歳で作句を始める。昭和二六年、「ふあうすと※」同人。翌二七年、梨花女とともに網干川柳同好会を創設。句会に紋太*、東洋樹*、句沙彌*らが応援に来る。椙元紋太の人格と川柳観に傾倒、「ふあうすと※」一筋に川柳活動を続け、多くの若手川柳家を育成。同六二年、ふあうすと副主幹の後、平成一一年、主幹。兵庫県川柳協会理事長、全日本川柳協会理事。同一三年に兵庫県功労賞、「半どんの会」文化賞受賞。著作に『比呂史の川柳』（平14）と『泉比呂史川柳句集』（平14）がある。紋太*の人格と川柳観「川柳は人間である」に傾倒、「穿ち※」を川柳の根本として生涯を川柳普及に捧げた。平成一八年一月六日没。享年七五。〔赤井花城〕

太陽を味方に欲をみんな捨て
にんげんはみんなおんなじ雲うごく
許す目のその奥底は海だろう
線路を歩く許してくれるまで歩く

**博造** ひろぞう　1941–　【新川柳】本名・田中博造。昭和一六年一〇月二四日、京都市生れ。昭和三六年頃川柳に出会う。昭和三九年、「川柳平安※」同人。昭和四一年、「ふあうすと※」同人の安西峰代と結婚。同年、石田柊馬*・岩村憲治らと「川柳ノート」創刊。その後「川柳新京都※」を経て、「川柳黎明※」の創刊に参画、第三雑詠欄〈桂の譜〉選者。京都柳壇を中心に活躍。平成一五年、「バックストローク※」創刊同人。現実相に迫る比喩の作品には定評がある。句集に『田中博造川柳作品集』（平14）、『田中博造集※』（平17）。〔堺利彦〕

六月の象がさみしくふりかえる
体内のさびしい炎売り歩く
遠雷は妻かも知れぬかるい尿意
登りつめると都はるみが座っている
サーカスが去った広場を持ち歩く

**風詩人** ふうしじん　1920–2006　【新川柳】本名・佐藤一夫。大正九年三月一日、長野県生れ。第二次大戦中は中国東北部を転戦、陸軍少尉。昭和二〇年に復員、同二二年、港区に株式会社第一工芸社を設立、社長。昭和五〇年、〈よみうり時事川柳※〉に投句、選者・石原青龍刀*の薦めで時事川柳研究会（渡部艶歯会長）に入会。翌年、諷詩人同盟に参加、青龍刀門下生として時事川柳に励むかたわら、同五四年、師の助言で「川柳公論※」にも入会。長く本名一夫を号として活躍。同五六年には、同誌時事川柳欄〈時の目〉年度賞受賞。昭和五七年、艶歯会長のあとを継いで時事川柳研究会会長。この間、日本川柳ペンクラブ常任理事、《読売新聞》千葉版、群馬版およびテレビ東京〈木曜川柳〉のそれぞれ川柳選者、よみうり日本テレビ文化センター講師などを務める。古武士的な一徹さの反面、後進を育てるハンドリングに長け、時事川柳研究会を押しも押されもしない大勢力に導いた。作風は明快で、テクニックを固持するタイプとは一線を画しているが、複眼的なものの見方に秀で、時事川柳の正道を歩み続けた。句集に『風詩春秋』（平10）がある。平成一八年没。享年八四。〔尾藤三柳〕

先代は戦死　当主は突然死　（平3・5）
江戸っ子が風下で食う輸入ずし　（平4・10）
討ち入りの数には足らぬ新派閥　（平4・12）

**風柳**《ふうりゅう》 1928–　【新川柳】本名・大野英雄。昭和三年一月六日、新潟県新津市生れ。長岡工業専門学校（現・新潟大学工学部）卒。同二三年北越製紙株式会社に入社、製紙研究部門・人間教育部門に従事、同五七年北越製紙を退職後、新潟県生産性本部常任理事・事務局長に就任。県内各企業、労組、団体などの経営や組織の活性化の指導に当る。昭和二三年秋、江戸川柳研究家阿達義雄*と「柳都※」を創刊。今日に至り平成一〇年には五〇周年を迎えた。昭和二六年六月新潟で川上三太郎*と出会う。川柳の師として作句よりも人間の生き方について懇切に学ぶ。同二九年一月から、三太郎推薦により《読売新聞》〈越路時事川柳〉欄を担当、以後今日まで続く。二〇歳にして柳都川柳社主幹になった風柳を囲む、若き軍団は当時全国からも注目され、県内一〇か所に支部を作るなど、地域の地盤を作り、伝統を守り、革新を許容し、中道の川柳を目指した。昭和三四年一〇月、東北川柳大会（於仙台）に参加したとき、白石朝太郎*に会い、厳しく川柳を凝視する朝太郎に心酔、以後柳都川柳大会には、三太郎、朝太郎を招聘してその薫陶を受ける。昭和四五年、東洋樹川柳賞を受賞。現在、社団法人全日本川柳協会理事。ＮＨＫ学園講師など。多くの川柳欄を担当、独自の川柳普及活動が認められて、平成五年、新潟日報賞、同七年、新潟県文化功労賞を受ける。また、平成一三年には、『定本 大野風柳句集※』（平10）により、第二回日本現代詩歌文学館館長賞を受賞。平成五年七月、大野風柳文学碑として〈蟹の目に二つの冬の海がある〉を新潟県山北町笹川流れ夕陽会館前に建立。平成一五年叙勲・木杯。著書に『浄机亭句論集』（昭35）、『浄机亭川柳随想』（昭43）、『五七五のこころ』（昭62）、『びじねす川柳傑作選』（平5）、『日本一感動を呼ぶ「母」への一句』（平8）、『しみじみ川柳』（平10）、『花る・る・る』（平10）、『大野風柳の世界』（平5）、『風のまなざし』（平13）、『うめぼし柳談』（平17）、『川柳よ、変りなさい！』（平18）、など健筆を揮い、また、川柳作品の染筆も色紙短冊等に限らぬ幅広い活動を見せ、川柳指導者として常に柳界をリードしている。〔寺尾俊平・尾藤一泉〕

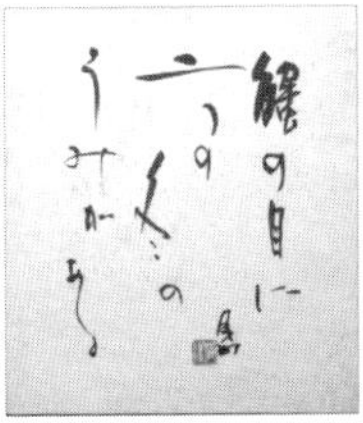

横断歩道ひとりで渡るただ一人
すぐに止む霙の中を歩いている
鮭の歯に神話が生きておりまする
切り株の平らにつもる雪の愛

**福　造**　ふくぞう　1892–1968　【新川柳】本名・藤本福次。別号・蘭華、蜻蛉庵。明治二五年三月一日、京都市生れ。絵画用品商。川柳は高等小学校時代から作句、冠句※も手がけた。明治四二、三年ごろ、冠句雑誌「二葉」に架柳選の新川柳※欄が設けられたことから、川柳一筋を歩む。大正三年二月、孤山、富士子、千枝*等を同人として京都川柳社を興し、柳誌「ぎをん」を創刊。しかし同人間にトラブルが起き一時休刊。大正七年六月楽山、千枝らと「大文字」を刊行、四〇冊まで続いた。昭和二七年京都市文化賞受賞。昭和四三年三月八日、脳軟化症で没。享年六〇。釈彩筆蘭雲居士。〔東野大八〕

**御大典祇園囃子を秋に聞き**　（昭3）

**福恋坊**　ふくれんぼう　1915–1961　【新川柳】本名・豊間根公任。大正四年、岩手県県生れ。昭和一八年ころより作句。昭和三一年、北上吟社同人。昭和三五年、同人辞退。同年豊間根川柳会を創立、会長。病弱をおして柳誌「山脈」（季刊）を発行。三陸沿岸の川柳普及と新人の育成に努めたが、翌年死去のため。同川柳会は一年余で解散、「山脈」も五号で終刊となった。昭和三六年三月、肺結核で没。享年四六。岩手柳界初期の、特に三陸沿岸の川柳開拓者として惜しまれる。〔高橋放浪児〕

**死もたのしみんなが泣いてくれるから**　（昭36）

**武　骨**　ぶこつ　1899–1982　【新川柳】本名・直江清次。明治三二年四月一三日生れ。薬局経営。大正九年ごろから句会へ出席、東京・きやり吟社の社人となり、小樽にきやり支部を結成。戦後は昭和二三年、川柳粉雪吟社創立同人、のち田沢杜茂角の跡を襲いで三代目主幹（小樽川柳社と改称）。道内川柳の和を唱え精力的に活躍、北海道川柳連盟会長（二代）として多大の貢献をした。小樽市教育文化功労賞、北海道文化団体協議会賞などを受賞。五五年一一月、六十余年の句業をまとめた『歩み』を上梓、同じ月の文化祭席上で倒れて、療養中、昭和五七年六月三〇日、老衰で没。享年八三。大照院釈清観。北海道川柳界の長老。〔尾藤三柳〕

**金屏風今日は酔ってはならぬ酒**　（句集『歩み』）

**ふじを**　1926–1959　【新川柳】本名・林和子。昭和元年東京生れ。若くして未亡人となった不幸を背負いながらも、一児の母として強く生き、「川柳研究※」の川上三太郎*に師事、「おんな」の句を書くようにという指導に応えた。「私の下にたった二年しかいなかったが、彼女の書いた作品は誰かから誰かへ口から耳へと永く伝承される事であろう」と三太郎は追悼の言葉で述べている。女性の性に真正面から取り組み、後の多くの女性作家に影響を与えた。わずか三四年という短い生涯で、最晩年に川柳と出会い、数年のうちに川柳界を駆け抜けた。関連

書籍として新垣紀子著『恋川柳—川柳作家・林ふじをから、恋して生きていくあなたへ』にその生き様が描かれている。昭和三四年没。享年三四。死後、川柳研究社柳友会より『林ふじを句集※』（昭34）が刊行された。〔尾藤一泉〕

抱きよせてわが子の髪の素直さよ
接吻のまゝ窒息がしてみたし
子にあたふ乳房にあらず女なり
ベットの絶叫夜のブランコに乗る
ギリギリに生きる私に墓はいらない

**扶桑**　ふそう　1907–1958【新川柳】本名・平野武夫。別号・紫香。明治四〇年七月一五日、名古屋市生れ。洋品卸商。昭和のはじめ撫骨の号で川柳に打ち込み、鈴木可香の紫会同人として機関誌「紫」誌上で活躍。昭和六年二月番傘同人に推され、扶桑と改号、番傘後援誌「傘の雫」を発行、昭和一二年には名古屋番傘川柳会設立の産婆役をつとめた。自宅を番傘事務所にあて、水府*、夢路*らの本社役員を招き、しきりに愛知県下における番傘勢力の普及発展と、「めいばん※」の名を高めることに努めた。昭和三三年一一月九日没。享年五一。扶山滴水居士。〔東野大八〕

愛される巡査余慶のある田舎

**浮沈子**　ふちんし　1895–1938【新川柳】本名・水川恒三。明治二八年四月四日、丸亀市上金倉生れ。家業は酒の販売。神戸の柳誌「覆面」の黄八に師事、また犬養木堂のファンであった。丸亀市会議員、副議長、商工会議所副会頭等の要職を歴任、その激務のなかでの川柳活動で香川県川柳界の今日を築いた一人。番傘同人。北平山町にある塩原多助寄進の金比羅灯籠前に〈広重の絵になる港鯛が釣れ〉の句碑がある。昭和一三年一月二日没。享年四二。丸亀市福島町・遍照庵に葬る（浄恒院快雅竹堂居士）。〔山本芳伸〕

太陽と話してみたい朝の海　（墓碑銘句）

**普天** ふてん 1888–1966【新川柳】本名・戸倉誠司。明治二一年二月二六日、兵庫県生れ。日東紡専務。終戦後は郷里の水上村村長。川柳は大正一二年二月「川柳雑誌※」創刊と同時に同人となり、のち不朽洞会委員長となる。麻生路郎*の川柳社会化運動に協力、多くの後進を育成した。はじめ雑俳※研究から入り、学生時代には〈小山文三〉のペンネームで随筆雑文をよくし、昭和二五年路郎の序文で『普天随筆』を出版した。過疎地化する一方の村政に腐心し、寒村の村長日記は感銘深いものがある。昭和四一年六月二六日、大阪市の阪大病院で没。享年七八。〔東野大八〕

蓑笠で雨中の人となるもよし

**不凍** ふとう 1948–【新川柳】本名・細川守。昭和二三年五月一三日、北海道石狩郡当別町生れ。十七歳のとき、水泳中の不慮の事故のため、第七頸椎脱臼骨折で、以来、下半身と両腕の神経麻痺となる。当時、高校の担任であった塩見一釜*の勧めで川柳を始める。同四一年三月、登別国立病院一〇二号室で作った〈歩けないこの悲しみを誰が知る〉の一句が処女作。その後、東田木念人、高村三平、佐藤冬児らの川柳作家の影響を受け、〈墓碑銘の影に産まれる私の卵〉などメタファー※を用い、自己の内面を客観的に心理分析的に描いた作品を発表。同四五年七月、三〇〇部限定で工都叢書刊行会より処女句集『青い実』を発行。同年「こなゆき※」（九月号）に初めて不凍の号を用いる。命名者は、塩見一釜。この前後、相次いで肉親の死に遭遇する。同四七年「こなゆき」の第一回草笛賞と「川柳研究※」（昭47年度）の年度賞を受賞。その後、「川柳研究」の「途上集」や「川柳ジャーナル※」の創作欄などに投稿し、数々の賞を受賞。同五八年には、第一回の川柳Z賞を受賞し、その名を全国に知らしめた。句集に、『雪の褥※』（昭62）、『細川不凍集』（平17）がある。現在、「新思潮※」会員。〔平宗星〕

喪服から蝶が生れる蛇が生れる
乳房から蛍出てゆき母は生贄
鳥は地に母のさいはてわがさいはて
生い立ちのそもそも濡れている花火

**不倒人** ふとうじん 1902–1973【新川柳】本名・田中起《おこす》。明治三五年五月二一日、東京・日本橋蛎殻町生れ。柳樽寺※に学び、大正末年から頭角を現わす。川上三太郎*を中心に三浦太郎丸*、早川右近*、古谷盈光*、田中金一郎

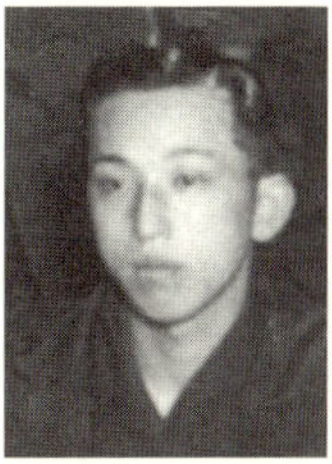

*らと川柳新星会を結成、大正一四年一月、黒表紙の尖鋭誌「桂馬※」を創刊、また海野夢一佛*、中山青葉冠、河柳雨吉*、平山かほ丸らと作句の夕を開催して研鑽につとめた。昭和五年、川上三太郎の国民川柳会創設に参画、川柳研究社と改称後は顧問となり、太郎丸、盈光らと三太郎を援けた。昭和四八年六月一六日、直腸癌で没。享年七一（釈不倒信士）。〔尾藤三柳〕

**父と子と母と子と又違ふ悔**（大14「桂馬」第二号）
**抱かれれば母の心が匂ふやう**（昭9『昭和川柳百人一句』）
**投げやつた眼に追憶を阻むもの**（同）
**音もなく夢の釣鐘落ちて来る**（同）

**芙巳代** ふみよ 1927– 【新川柳】本名・前田文代。昭和二年九月六日、姫路市生れ。昭和四一年より川柳を始め、岡橋宣介*の感性に惹かれ、四四年「せんば※」同人となる。革新性に駆りたてられるように「川柳ジャーナル※」へも投句していた頃、定金冬二*と出会い、「言葉を盗むな、心を盗め」など決定的な影響を受ける。五五年に冬二の「一枚の会※」の結成に参加。句集に『しずく花※』（昭58）、『日ぐれ坂』（平6）。人生の苦渋、生きるということの自己愛をベースにした情念は、後に芙巳代調といわれる世界を確立した。現在、冬二の意志を継ぐ「明暗※」代表。〔石部明〕

**胸をうつ話をいくつしたことか**
**馬よりも貧しく生まれ傘を干す**
**ぬくい冬敵も味方も隙だらけ**
**靴をそろえて償いが一つ済む**

**冬　二** ふゆじ 1914–1999 【新川柳】本名・定金正之。旧号・白柳子。大正三年一月三日、岡山県津山市生れ。昭和六年頃、「漫画川柳」と出合い、川柳を知る。同二〇年一二月、近火のため家を全焼。この時、冬二は本気で川柳をつくることを決意。昭和二三年二月、「番傘※」の小島祝平の要請により、津山番傘川柳会を創立。同二七年九月八日、祝平没後、その遺志を継いで津山番傘川柳会の機関誌「川柳しろやま」を創刊。その後、代表を辞退。昭和三一年七月、川柳みまさか吟社を創立し、創刊号を発刊。この昭和三〇年代、大山竹二*

に憧れて「ふあうすと※」竹二選雑詠欄に投句、竹二に因んで冬二と改号。のち「ふあうすと」同人。ふあうすと賞を二度受賞。「ふあうすと」雑詠選者。同四四年に大阪府富田林市に移住。大阪では、リアリティを失わないロマンチシズムを標榜した「せんば※」（岡橋宣介*主宰）に所属。同五四年八月一九日、宣介没後、その遺志を継いで谷口光穂、前田芙巳代*らの同志と共に現代川柳を追求する「一枚の会」を同五五年三月に創立し、八月に創刊号を発刊。以後、「川柳の鬼」として関西柳界を中心に全国に活躍し、男女を問わず多くのファンを有する。冬二作品の魅力は、詩的リアリティ、温かい人肌のポエジー、映画的なモンタージュ手法、私小説的な物語性にある。平成一一年一〇月一日、闘病の末、心不全で没。享年八五。作品集に『無双※』（昭59）、『一老人』（平15）がある。平成五年六月、津山に〈悲の面はたった一つで下りてくる〉の句碑が建立された。〔平宗星・中川一〕

ふところの鵜が突けば逢いたくなる
にんげんのことばで折れている芒
一〇〇挺のヴァイオリンには負けられぬ
割箸を割ると枯野が見えてくる
一老人　交尾の姿勢ならできる

**ブライス**　ぶらいす　1899–1946【関連人名】

レジナルド・ホーレス・ブライス。英人。文学者、詩人。第二次大戦後、学習院大学で教鞭を執るかたわら、一茶の研究、俳諧の研究から古川柳※のよき理解者というにとどまらず、現代の俳句、川柳へもすぐれた洞察を示した。昭和二四年には英文の『ＳＥＮＲＹＵ※』（北星堂）を著わし、翌二五年には吉田機司*と共著で『世界の諷刺詩川柳※』（日本出版協同ＫＫ）を出版。ほか著書に『日本のユーモア』（昭32）、『オリエンタル・ヒューマー』（昭34）、『川柳雑俳に現われた日本人の生活と性格』（昭36）、『江戸川柳』（昭36）などがある。昭和三九年一〇月二八日、急性肺炎で没。享年六五。鎌倉市松ケ丘の〈駈け込み寺〉東慶寺に葬る（不来子古道照心居士）。〔尾藤三柳〕

下闇に青き夢みるかたつむり　（俳句）

**不　老**　ふろう　?–1834【新川柳】本姓・水島。前号・食山人。東京生れ。八十島可喜津（勇魚*）、加藤鼓舞子（可喜津の義弟）とともに、きやり吟社創立同人。当時、下谷・車坂に住んでいた鯛坊（周魚*）の趣味の社中にあって、可喜津を引き合わせたのが大正四年、これが「きやり※」創刊（大正九年）の端緒となった。作品的には取り立てて言うべきことはないが、文章力はすぐれており、昭和四年の「きやり」誌上に連載した「川柳と歴史」は、蘊蓄をしのばせるに充分な好文である。昭和九年三月二一日没。〔尾藤三柳〕

**幼稚園樹より大きい花を書き**（昭4「きやり」10－5）

**不浪人** ふろうにん 1892–1954【新川柳】本名・野呂長三郎。別号・林蝶三。明治二五年二月三日、青森県黒石生れ、のち母方の小林姓を名乗る。明治四四年ごろ、蝶三郎と号し、《東奥日報》川柳欄に投句、大正三年黒石尋常小学校に奉職のころ「大正川柳※」に句を投じるとともに、同僚、小学生に川柳を教え、同七年八月、川上三太郎*等のすすめもあって川柳みちのく吟社を興し、青森県初の柳誌「みちのく※」を刊行。雑俳※とのけじめをつけ、黒石から県内各地の愛好者を募る。大正一〇年東奥日報社に入社、のち県内各地に川柳普及の行脚を続け、「みちのく」誌上では〈ちび筆〉と称し、活発な評論で全国の知名柳人を刺激、東北の荒夷《あらえびす》と喧伝されるとともに、川柳王国を築き上げる。昭和一四年東奥日報社を退職、同年青森市役所に入る。昭和二〇年七月空襲にあって八月黒石の実家に帰り、十一月「新生みちのく」を、また二三年一月には「月刊読物」を発刊して、戦後の川柳活動を始める。同年「新生みちのく」を「みちのく」に復したが、病のため柳誌は休刊、昭和二九年一月一九日、脳溢血で没。享年六一（通達院不浪日入信士）。昭和三八年、句集『みちのく』が発行された。青森県川柳人連盟は昭和三〇年以来不浪人賞を制定、永くその功績を讃える。〔後藤柳允〕

**あきらめて歩けば月も歩きだし**（昭37中野神社句碑）

**動中に静を求めて煙草の輪**

参考：『青森総覧』（昭4、東奥日報刊）

**文魚** ぶんぎょ 【中間期】小石川連、文日堂礫川*門下の女流※作家。詳細不明。この時期の女流作家は珍しく、『誹風柳多留※』でも「女」とわざわざ肩書きされている。文魚のほか烏友、登蝶などの名があるが、長くは続かなかったようである。〔尾藤一泉〕

**玉づさと女郎の胸ハうらおもて** 樽四六－19

**げぢくを捨る団扇のいそがしさ** 樽五〇－26

**文庫** ぶんこ　1903–1989　【新川柳】本名・長野軍四郎。明治三六年二月一九日、愛媛県今治生れ。古本商。川柳の過去、現在（当時）、未来に対し体系化した持論を持って、川柳以外の何ものにも媚びない根っからの川柳人。特に川柳の未来への展望は、独自の説得力があった。汐風川柳社三代目代表。著書に、句集『つるし柿』、『しあわせ』（昭42）、『よろこび』（昭55）、『たしなみ』（昭57）、句論集に『せんりゅうのおと』、『愛媛川柳の流れ』全四巻（昭48～54）がある。平成元年没。

慰問袋おんな心の針と糸
こわす時分かる仕事の上下下手
やわらかい芽にも大地を割る力

〔原田否可立〕

**文象** ぶんぞう　1870–1962　【新川柳】本名・関口文蔵。明治三年九月三日、東京生れ。高商教授。明治三六年ごろから唖竿棒の号で作句、三七年六月、久良岐社※設立の中心となる。同年九月、金子金比古*、水日亭*とともに川柳研究会を発起、それまで交流のなかった初期川柳作家を横に結ぶ東京川柳界の基礎をつくった。以後、明治末年から大正期にかけて東京柳界の長老として尽力、戦後も夫人を介添えに句会に出席していた。昭和三七年一一月一八日没。享年九二。〔尾藤三柳〕

号外や己が手柄のやうに売り
頼朝も居候だと居候
六区ではツイ楽隊に足が合ひ
ほととぎす啼きあ米でも下るかい

（『昭和川柳百人一句』昭9）

参考・関口文象・金子金比古編『文金集』（昭3）

**文蝶** ぶんちょう　1898–1964【新川柳】本名・土井角太郎。明治三一年一二月五日、大阪市生れ。職業は板金加工業。昭和の初め須崎豆秋*、閒路、柳笑らと「柳の窓」という小柳誌を発行。麻生路郎*の眼にとまり昭和六年「川柳雑誌※」同人、その一徹誠実な人柄と実作一路を買われ、晩年には不朽洞会常任理事長となった。一名〈川柳麻生宗信徒〉と杯されるほど路郎に傾倒。また、〈はしご酒の文蝶〉のニックネームがある酒豪で、「川

柳雑誌」の名物男として敬愛されていた。昭和三九年七月二三日、胃癌のため没。享年六五。釈文蝶。〔東野大八〕

自殺する人とは知らずガスは出る

**文日堂**《ぶんにちどう》 【俳風狂句】↓礫川

**米花**《べいか》 1900–1973【新川柳】本名・清水金造、時に山口雪彦の筆名を使う。明治三三年四月一七日、山梨県に生れ。幼少期、父母と上京し淀橋に居住。一七歳のころ『活動写真雑誌』川柳欄に投句。はじめて活字になった句が〈橋の月帯をつかんで訳を聞き〉。大正九年、天津駐屯軍職員として渡支。句会に選者として中沼若蛙を迎え指導を受ける。昭和三年日本租界浪花街の米花方が白河吟社の「蒙古風」発行所となる。昭和四年「蒙古風※」と「長城」が合併、「てんしん※」を創刊。昭和五年帰国。「すずめ※」の同人、編集に参画。「むさしの」にも関わりをもつ。昭和六年二月、甥の大神田風花とともに「芥子粒※」を創刊し主宰。川柳の詩的向上に意欲を燃やし、自由律※川柳にも理解を示すなど幅広い指導力を発揮した。また、ハワイにおける柳壇の誕生と、その育成にも大きく寄与。昭和一二年支那事変拡大の背景の中で「芥子粒」は廃刊したが、戦後、昭和二三年「川柳思潮」を主宰発行。三七年句集『旅路※』上梓。昭和四八年七月二四日、高血圧症により没。享年七三。金剛軒華岳浄栄居士。山梨県上野原町・悉聖寺墓地「清水家」の墓に父母とともに眠る。〔鈴木泉福〕

美しきわが空ついに捉らえ得ず　絶吟

**平喜**《へいき》 【柳風狂句】本名・大平新蔵。号・鯛亭平喜。武州八王子八日町の産。土地草創以来十余代の旧家。挿花・抹茶の師範のかたわら、柳風には甚輔よりやや後れて登場、六世川柳*時代から好吟を見せていたが、明治維新の変革で柳風が衰微したのを嘆いて、同士を語らって再興を謀り八王子に地方屈指の作者集団を作り上げた功績者の一人である。〔尾藤三柳〕

頭巾まで縮緬皺の楽隠居　〔『五世六世川柳祭祀狂句合』〕

暖まる世の静さや炉の手前　〔『柳風肖像　狂句百家仙』〕

**へな翁**《へなおう》 【新川柳】↓久良伎

**へなづち**　へなづち　【新川柳】→久良伎

**放江**　ほうこう　1874–1930　【関連人名】本名・富士崎和一郎。明治七年一二月二六日、新潟県北蒲原郡水原町生れ。裕福な染物屋であったが、和一郎の少年時代に家運傾き、彼は高等小学校一年で退学。その後東京、横浜などで丁稚奉公をしたり、少し長じて旅館の男衆などをして各地を転々としていたが、この間に俳句を学んだ。明治三五年秋、漂然と福島市の藤金旅館に身を寄せ、女中の小平はんと結婚。三八年福島民友新聞社に入社した。放江は、俳人としては句集『冬扇抄』を出版したりして華々しく活躍しているが、川柳との関連においても、大曲駒村*と協力して「末摘花」の解明につとめた功績は高く評価されてよかろう。末摘花研究にかかったのは昭和三年二月であるから、同五年九月九日、福島市の大原病院で生涯を閉じるまでわずか三年足らずであるが、放江没後その遺志をついだ駒村によって完成、出版された『誹風末摘花通解』を見ると、放江が研究に力を注いでいたことがうなずける。さらに〈九樽道人・方壷散史共述〉としているのを見ると、二人の友情が深いものであったことも察せられて奥ゆかしい。〔藪内三石〕

**朝の蚊の窓のがれ行く涼しさよ**　（辞世＝句碑）

**邦春**　ほうしゅん　1897–1961　【新川柳】本名・北村時蔵。初め時坊を称する。明治三〇年、横浜市保土ヶ谷区仏向町生れ。保土ヶ谷高等小学校卒業後、西区の高木薬品株式会社勤務、取締役を最後に退職。「あしかに」に所属。その後、昭和七年「ふいご」創刊。一九号から「まとひ」と改題を機に、病気のため引退。北村雨垂*の実兄。昭和三六年四月六日没。享年六四。保土ヶ谷区仏向町・正福院に葬る。〔関水華〕

**今更に親父となった腕を組み**

参考・横浜市教育委員会編『ハマの川柳人たち』（昭52）

**芳伸**　ほうしん　1909–1983　【新川柳】本名・山本隆賢《たかよし》。明治四二年一二月二六日、兵庫県淡路島生れ。明石、大阪、神戸を経て高松市に住む。昭和七年ごろから椙元紋太*に師事、同一一年ふあうすと川柳社同人、のち副主幹として雑詠〈真珠圏〉選者。ほかに《四国新聞》の四国柳壇選者、高松市文化協会理事、高松市文芸協会副会長。五二年、鱗川柳作家グループを結成して主幹、季刊「鱗※」を発行、四国川柳界を超えて全国的活動を見せた。昭和五八年五月一五日、胃痛で没。享年七

二。句集に『老い※』（昭和五八年五月刊）が、また志度町に句碑（五五年四月建）がある。〔尾藤三柳〕

一塊の土わがものならず故郷去る
花鰹風があるとも思われず
その愛のいのちを賭けし美しさ　　・句碑

**芳菲山人**　ほうひさんじん　1855–1909【新川柳】本名・西（旧姓・小沢）松二郎。安政二年五月、長崎生れ。明治一三年東京帝国大学卒。理学士。工業学校長。教職のかたわら狂歌、狂文をよくし、芳菲山人、芳菲坊、放屁と号す。滑稽家、奇傑としてつとに知られ、正岡子規などとも親交があった。金石文の大家であり、また達磨の蒐集家で、みずから「達磨」と称した。明治二二年二月一一日の帝国憲法発布の当日、時の文相森有礼が暴漢に襲われて刺殺された事件に材を採り、二月一九日付の新聞《日本》に投書した狂句※（作者名なし）、

ゆうれいが無礼の者にしてやられ
廃刀論者庖丁を腹に刺し

が、のちに同紙が川柳欄を開設し、明治新川柳※復興の牙城となる契機になった。その後も〈だるま〉〈だるまろ〉などの筆名で新聞《日本》に狂句を投じている。明治四二年二月没。享年五四。〔尾藤一泉〕

参考：『西理学士遺稿　芳菲達磨』（大15）
『珍物畫傳』珍物子著（明治42・楽山堂書房）

**芳　浪**　ほうろう　1904–1965【新川柳】本名・土橋芳次郎。明治三七年、東京・浅草田島町生れ。瓢箪印・土橋金物店。大正一二年ごろから《都新聞》の都柳壇（前田雀郎*選）で頭角を現わし、竹田花川洞*らの手引きで東京柳界に登場するや、天才児芳浪の名をほしいままにした。昭和二年、家号にちなむ「ひさご※」を発刊、四年には小川雨後亭*ら八人で川柳八笑会※を組織、また観音吟社を結成するなど二〇代から一流選者に列した。第二次大戦後は二一年八月発足の東都川柳長屋連※の代表（発行人）として特異なグループ活動を見せる一方、川柳人クラブ（現川柳人協会）の創立委員、のち会長（三代目）として、東京川柳界の発展に尽くす。昭和四〇年八月七日、脊髄癌で没。享年六一。愛柳院釈芳浪居士。〔尾藤三柳〕

まだ抜けば目立たぬ白髪抜いている　（昭38）

**放浪児** ほうろうじ　1912–1981　【新川柳】本名・高橋正吉。大正元年一〇月一七日、岩手県北上市生れ。昭和の初めから川柳を知り、北海道の「茶柱※」（昭和七年創刊）に拠ったが、同誌廃刊後、一一年に創刊した浜夢助*主宰「北斗※」（仙台）に所属、さらに「川柳研究※」幹事となる。戦後二一年、地元の若者に呼びかけて北上吟社を創設、機関誌「北上※」を発行、昭和五六年には誌齢三〇〇号を越えた。その間、四九年県芸術文化功労者に推され、五五年岩手日報文化賞を受賞するなど、地方文化に貢献。昭和五六年六月一〇日、肺癌で没。享年六八。放光院圓山浄正清居士。北上市・称名寺に葬る。〔尾藤三柳〕

　悔ばかり多く人生黄昏れる　（「北上」三〇六号）

**北　斎** ほくさい　【俳風狂句】→卍

**朴山人** ぼくさんじん　【新川柳】→朴念仁

**牧　人** ぼくじん　1911–1978　【新川柳】本名・小浜正一。明治四四年九月二七日、愛媛県生れ。宝石商。昭和一二年、麻生路郎*門下の鬼才鮎美*の句にひかれ、朴人と号して川柳を書き始める。当時阪神電鉄社員で職場機関誌『軌音』で活躍。体調を悪くし、入院中に明和病院で明和川柳会を結成し牧人と改む。このあと阪大川柳会誌「野獣」の選者。昭和四一年路郎賞を獲得、人間詩人として多くの秀句を残す。昭和五三年五月一二日没。享年六六。正蓮院牧人信士。〔東野大八〕

　揚っても揚っても雲雀には空がある

**北　斗** ほくと　1922–1991　【新川柳】本名・堀口成吉。大正一一年六月三日、東京向島生れ。東洋インキ製造社員。昭和一〇年代より、川柳では剣花坊*門人である父・堀口碧郎により俳句に手を染める。昭和三一年、伊藤正紀、竹本瓢太郎*らと蜂窩房（「川柳アパート」）を創刊。昭和四〇年、岳父・堀口祐助*の死にあたり、「川柳かつしか」を継承、代表となる。翌年以降、川柳長屋連店子、川柳人協会、日川協の理事などを歴任。昭和五八年には、飛柳会を継承、中野川柳教室、所沢盲人教室、小平市川柳教室、NHK学園川柳教室などで川柳指導。昭和六二年より《熊本日日新聞》川柳欄選者。平成三年九月二八日、脳溢血により没。享年六九。死後、伊藤正紀を編集者として遺

稿集『北斗星』（平５）がある。〔尾藤一泉〕

水中花泡の立つ日を誰も居ず
病人の視野に動かぬ雲ひとつ
言い勝って出た日を俄雨に濡れ

**朴念仁** ぼくねんじん　1868–1914【新川柳】本名・田能村梅士。別号・木念仁、朴山人、秋皐。明治元年生れ。読売新聞記者。法律新聞編集者。明治三七年、《読売新聞》の狂句※欄を〈新川柳〉と改め、翌三八年五月、投句家による読売川柳研究会※を設立。また、新狂歌へなぶり※の創始者（明治三八年二月二四日、第一声）でもあり、三九年一一月には両文芸を合わせた機関誌「川柳とへなぶり※」（二号まで）を発行、翌四〇年二月「滑稽文学※」（のち「川柳とへなぶり」のち「滑稽文学」）を刊行して、久良岐社※、柳樽寺※川柳会に対抗する明治新川柳※の三派鼎立※時代をつくる。作句、選句とも写生を重んじ、淡泊で上品な句ぶりは、山の手風（久良伎*）と評された。初期の読売新聞投句者は而笑子*、門外漢、樽拾、柳影子、出鱈目、弥二郎、笑倒子、素骨、伝兵衛、無一堂、茶坪、いしば、紫紘*、望洋子、去風などで、明治四〇年二月には、新聞選者をはじめ後事を而笑子に託して退いたが、現在にいたる読売系川柳人脈の基を築いた新川柳中興※の指導者であった。著書に『明治法律学校二十年史』（明34、明治法律学校出版部講法会）、『世界最古の刑法 』（明37、有斐閣）、『新川柳抄』（明38、読売新聞日就社）、『へなぶり』（明38、読売新聞社）、『車声帆影』（明39、読売新聞社）がある。大正三年一月一六日、腎臓病の悪化で東大病院皮膚科において没。享年四七。〔尾藤三柳〕

ほろ酔の箸絹ごしをもてあまし　『新川柳抄』
母親の笑顔で見舞安堵する　（同）

**木念人** ぼくねんじん　【新川柳】↓朴念仁

**北　羊** ほくよう　1915–1979【新川柳】本名・野口嘉寿美。大正四年九月三〇日、福岡県直方市生れ。既製服卸商かねせん㈱社長。昭和八年ごろから作句。昭和一五年番傘同人。居住の北九州市戸畑区で「戸畑番傘」発刊。終戦まで応召三度、その陣中吟は好評。二一年戸畑番傘を復活して「まち」発刊。二五年岐阜へ移住。岐阜番傘川柳会を創立し「川柳鵜※」発刊。四一年番傘を離れ岐阜川柳社と改称、同会長、「鵜」改め「らんせん」を発刊、その後「柳宴※」と改める。著書に『浮世へんぺん』、『有情』、監修に『菊花石』『藍川』。《朝日新聞》柳壇選者。昭和五二年、長良川に〈鮎うましながらの水は澄みに澄む〉の句碑建立。昭和五四年一月一七日没。享年六三。〔東野大八〕

**匂う墨へ色紙の機嫌悪い日も**

**北　海**　ほっかい　1898–1982【新川柳】本名・前山凛司。明治三一年四月七日、新潟県生れ。新聞記者であった戦前から川柳活動、終戦後ユナイテッド旅行案内社の日本人部主任として渡米、ハワイ州ホノルル市に住む。昭和二三年、川柳雑誌社支部ウイロー社をホノルルに設立、以後三十余年にわたり海外川柳の発展に尽力した。昭和五七年八月二二日、関係する民謡連盟の会長としてマウイ島訪問中心不全で危篤となり、ホノルル・クイン病院で没。享年八四。葬儀はホノルルの細井葬儀所で曹洞・ミッション総監松浦師を導師に挙行された。〔尾藤三柳〕

**寄附帖へ二世は親の見栄を捨て**　（昭32『五万石の風』）

**梵**　ぼん　1927–【新川柳】本姓・下村。昭和二年七月一二日、新潟生れ。幼少時より父の書庫の『柳多留※』や『飴ン坊句集※』に親しむ。小島政二郎に『武玉川』を習い、阿達義雄*に古川柳※を学ぶ。テレビタレントとして〈川柳家〉を演じ、川柳の社会化に貢献するとともに、昭和四四年一〇月、武玉川研究会（のち武玉川文芸社）より季刊誌「武玉川※」を創刊、武玉川研究の提唱を行う。『柳多留』に一五年先立つ『武玉川』に川柳の前身を見出し、「川柳の詩ごころの範を求むるならば、それは柳樽ではなく武玉川にである」として、阿達義雄、清水美江*をはじめ石原青龍刀*、丸山弓削平*、さらには荻原井泉水、室山三柳など一流の執筆者を「武玉川」に迎え、十四字※の研究、普及を行う。著書に『テレビ川柳』（昭53）がある。また、《産経新聞》新潟地方版選者なども務める。現在は、インターネットにて〈川柳誌「武玉川」〉の充実したホームページがある。〔尾藤一泉〕

**音痴も春の風を唄うか**　（昭55『川柳研究合同句集』）

**鏡までだました紅へ満ち足りる**

**医師に親しくされるほど老い**　（平17・8）

**凡　骨**　ぼんこつ　1875–1933　【新川柳】本名・伊上純蔵。明治八年五月二一日、徳島県生れ。木版彫刻の名手、また奇人として知られる。『文金集』の第五回川柳研究会（明38・1・11）の条に、「名匠凡骨君の初見参」とあり、以後東京川柳界の名物男となる。折からの日露戦争で〈苛薩克《コサック》は馬に突貫して貫ひ〉の句は特に名高い。明治四四年三月、岩田郷左衛門*とレッド倶楽部を結成、新傾向※へ一石を投じた。大正期には、百号を迎えた「大正川柳※」を〈紙屑〉と呼び、飯沼鬼一郎、吉川雉子郎*、佐瀬剣珍坊*、岩田郷左衛門*らと「川柳村」を発行（大10・1）したが永続せず、大正末期からは川柳からも遠ざかった。昭和八年一月二九日没。享年五八。東京・台東区谷中坂町の本光寺に葬る。〔尾藤三柳〕

**若後家の金庫と寝てる春の宵**（昭3『川柳女性壱萬句』）

**凡　凡**　ぼんぼん　1909–1979　【新川柳】本名・深井章。明治四二年一一月七日、満州生れ。昭和一二年遼陽図書館長となり、「塔麓人」（二号で廃刊）発行。遼陽には昭和二年ごろより半生棒らの遼陽川柳会があったが、会員は一〇名前後に過ぎず、凡凡の着任で大陸著名人を招いて大会を催し、隆盛に赴く。これを機に高橋月南*、石原青龍刀*、小林茗八*らと交友を深め、昭和一三年創刊の「川柳大陸※」同人となり、「塔麓人」を合体。昭和一八年奈良県の叔父の死去で正光寺を継ぐべく住職得度を受ける。夫人文女も僧籍にあり、女流川柳人。終戦で引揚げ後の二一年一月「むつみ※」を発行。昭和五四年五月九日、同寺で没。享年六九。法宜院釈章道。〔東野大八〕

**泡喰つた慾三面に拾はれる**（昭21・3「むつみ」三号）

**凡　柳**　ぼんりゅう　1901–1989　【新川柳】本名・内藤喬木。明治三四年七月二五日、大分県別府生れ。十六歳より川柳に惹かれ、大阪時代に岸本水府*の門に入る。大正一二年に帰郷後、川柳の空白地帯・大分県に川柳の普及活動を行う。昭和三年、別府番傘川柳会を創設、県内に新聞柳壇を創設、水府を招き、大分柳壇を育て上げる。昭和四三年には、県下の番傘系吟社を統合、大分番傘川柳連合会創立。句集に『人間』がある。平成元年一二月二日没。享年八八。〔尾藤一泉〕

**かろうじて住めば別府を羨まれ**

**人間になろう日が暮れ陽が昇る**

# ま行

**マイタ**　まいた　【俳風狂句】『柳多留※』二九篇で「前田」で初出、三五篇からマイタを名乗る狂句作家。「古句遺ひ」の異名をもち、10句中に1、2句の古句※を出したともいう。桜木、名木など下町で活躍。〔尾藤一泉〕

引馬で大門を出るけちな客　樽三五-4
膳立を笠でかぞへる御師の宿　樽三五-10
きなんしは俗おいでるは出家なり　樽三五-32
初鰹下戸は煮てくふあぢきなし　樽三五-33

**前田安彦**　まえだやすひこ　1931-　【関連人名】本名・前田安彦。昭和五年一二月二四日（戸籍では、昭和六年一月六日）、東京・向島生れ。前田雀郎*長男。宇都宮大学教授として食品化学の専門家。文部省在外研究員としてデンマーク工業大学で専門分野の研究を深め、放送大学講師としても広く後進を育てる。〈漬物学〉のスペシャリスト。雀郎の晩年から川柳への関係は深く、栃木県の雀郎祭り川柳大会や、栃木での国民文化祭において雀郎を通じて川柳を講演。川柳界外部から客観的に川柳を見つづける。平成一七年、川柳学会※の創設には、準備段階から共鳴、精神的柱として、学術的川柳のあり方について、多くの学会に関わる立場から指導を行う。平成一九年の川柳二五〇年実行委員会の発足から参画、実行委員長として纏まりにくい川柳界のスタッフを糾合に辣腕を振るう。川柳関係の評論は、「川柳学」をはじめ柳誌にも執筆。専門の著書には、『初学者のための食品分析法』（昭50）、『新つけもの考』（昭62）、『日本人と漬物』（平8）、『漬物学―その化学と製造技術』（平14）、『体にじわりと効く薬食《やくしょく》のすすめ』（平14）など多数。現在なお現役として全日本漬物協同組合連合会常任顧問、（社）全国漬物検査協会理事・顧問という忙しい職務に身を投じている。〔尾藤一泉〕

**正　夫**　まさお　1903-1980　【新川柳】本名・大井正雄。明治三六年三月一三日、明石市生れ。昭和八年渡満。弁護士秘書で北満駐在中川柳に手をそめ、「番傘満州野」同人。椙元紋太*の来満を期に「ふあうすと※」同人。このあと濤明*らと「東亜川柳※」を興す。終戦後の昭和四〇年、大陸引揚げ川柳人を結集した大陸柳人同窓会を設立。

その手腕を塊人*、砂人*らに買われ、昭和四九年の日本川柳協会※結成と同時に事務局長に就任。昭和五五年四月二二日、脳軟化症で死去。享年七七。大智院正誉舎浄林居士。私家版『日僑仔』、『明石海峡』等があり、明石浄蓮寺に句碑建立。〔東野大八〕

浜昼顔いかなご小屋のなかで咲き　（句碑）

**麻佐子**　まさこ　1927–　【新川柳】本名・飯尾正子。初号・マサ子、昭和六二年より麻佐子。昭和二年一月三日、北海道生れ。主婦。昭和三十年頃から川柳を初め、まもなく川上三太郎*に師事し「川柳研究※」幹事となる。昭和四八年山崎蒼平*と共に、中村冨二*を主宰者とした「川柳とaの会」を創立、「人※」誌を創刊、女性革新川柳作家と呼ばれながら、自ら川柳「魚」を昭和五十三年創刊し女性詩川柳主宰者として活躍。平成八年には、グループ「あんぐる」の創刊に参加。句集『小さな池』がある。〔山崎蒼平〕

もの書きの刃を研ぐ喉のうすあかり
興亡の魚は深く馨るかな

**政女**　まさじょ　1882–?　【新川柳】姓・伊藤（旧姓・竹内《たけのうち》）政子（まさ子）。別号・瀟湘。明治一五年七月、東京生れ。作家・伊藤銀月の夫人（のち離別）として、みずからも『当世一百人』（銀月と共著、明治三八年、隆文館）、『後の月影』（同三九年、隆文館）、小説『杏菓牡丹』（四〇年、也奈義書房）を著わすなど才女ぶりを発揮、また明治新川柳※初期の女流として、阪井素梅女*（久良伎*夫人）、下山京子（岐陽子*）とともに、その　先駆け。久良岐社※創立とともに社中となり、機関誌「五月鯉※」に「柳訳水滸伝」などの筆を揮うかたわら、当時唯一の交流句会・川柳研究会※では、男まさりの歯切れのいい句で女傑の名をほしいままにしたが、銀月と別れたのち大正期には川柳界からも去った。〔尾藤三柳〕

深々と更けてアレアレ波の上　（銀月と結婚の日）
九紋竜やゝともすれば肌をぬぎ　（柳訳水滸伝）

参考：『当世一百人』第三巻附録「よまひごと」他、新風俗詩『五月鯉』（明38～40）

**雅登**　まさと　1917–1976　【新川柳】本名・小宮山雅登。大正六年一〇月三〇日、松本市生れ。川柳作家・石曾根民郎*経営の印刷工場に勤務。昭和一二年ごろより作句。応召後復帰、「川柳しなの※」同人として

活躍。意欲的に応募し、「私※」特別作品一席、「せんば※」特別作品一席、「腕※」今井鴨平*賞一席。人間探究の鋭い視角は注目を浴びた。「人間派※」「鴉※」「でるた※」「創天※」「現代川柳※」「地上派※」「天馬※」「馬※」「川柳現代※」「鷹※」「不死鳥※」「川柳ジャーナル※」など精力的な投稿に励み、傾向としては抽象より凝縮にあると評価され、生活がにじみ、つねに低い位置から冷徹な目を注ぎ、おのずから庶民的リリシズムをみなぎらせた。昭和五一年八月一二日没。享年五八。遺句集『昏れて※』がある。

　山脈は雪子はうつくしく寝たり（昭27『現代川柳展望』）
　朝は清冽たり妻よその眸を失うな　（同）
　胡瓜もみ妻に与える夢あらず　（昭23、「私」賞）

〔石曾根民郎〕

**正　敏**　まさとし　1913–1999【新川柳】本名・佐藤正敏。

大正二年七月六日、東京生れ。中央商業学校卒。昭和五年から作句を始め、初め楽天坊、悌明、夏輔、冬輔などを経て、同八年より本名をそのまま雅号とする。同七年に「川柳紅座」同人、同九年に「川柳芥子粒※」同人。「川柳研究※」はじめ都内の各句会で活躍。戦後の同二二年に川柳研究社の幹事となり、一時期「川柳研究」の印刷を担当。同二七年「川柳思潮」の同人を兼ね、同三〇年、埼玉県に居住していた関係で、清水美江*に誘われ「さいたま※」客員。同四〇年、句集『ひとりの道※』を発刊、同四四年、師・川上三太郎*没後の川柳研究社の幹事長となり、同社の存続と発展に努めた。同五一年、幹事長を辞退して同社の顧問になり、同年、「川柳公論※」顧問。作風は『ひとりの道』の序文で、「句材は狭い。然し深い。つめたいようで温かく、温かいがきびしい。しかも自分を削るに微塵も用捨がない」と師・三太郎が述べているように、自分の思いを深く求める主観句で、当時の多くの若い作家に影響を与えた。昭和五四年、川柳人協会※より川柳文化賞を受賞、同五六年より地元の足立川柳会の育成に協力し、同五九年、足立区長・教育委員会・文化団体連合会連盟の感謝状を地域文化の向上に寄与したとして受けている。昭和六三年、埼玉県川柳協会の設立に伴い顧問。平成四年には、社団法人全日本川柳協会※より功労賞を受賞。岩手日報・逓信協会・全電通新聞・学事出版社・梅上保安協会・全日本海員組合などの文芸欄川柳選者として活躍する一方、昭和六二年からは、NHK学園の川柳添削講師として後進の指導にも当たり、息の長い指導者として活躍。平成一一年一〇月

五日、大腸ガンで没。享年八八。天真院徳翁正道居士。新潟県長岡市の長興寺に葬る。〔野谷竹路〕

まじまじと友も救えぬわが十指
曲り角から一枚の夜空となる
しみじみと思うひとにはひとの過去
鶴を折る心に今は遠き修羅

**真砂巳** まさみ 1914–1980【新川柳】本名・田中正三。大正三年三月二四日、埼玉県生れ。昭和一〇年から作句、同一八年きやり吟社社人。戦後は「くぬぎ」「柳乃芽※」同人、三三年「うきしろ」顧問および雑詠選を担当。同時に「さいたま※」同人、清水美江*を扶け運営委員長として渉外面で活躍、埼玉と東京のパイプ役を果した。同五〇年「さいたま」代表（雑詠選者）となり、埼玉柳壇の振興に尽す一方、日本川柳協会※常任理事、川柳人協会※理事として貢献した。昭和五五年七月七日、胃癌で急逝。享年六五。行田市・安楽寺に葬る（真正昧信士）。〔篠﨑堅太郎〕

筆まめの筆に溺れる落し穴
人去って白百合白く静止する

**真酔** ますい 1774–1846【狂句期】本名・通称・伊兵衛。号・増井、石橋庵、彙斎、万寿井山人、平奇山、無事庵、無事楽斎など。安永三年生れ。戯作者、俳諧作者。雑俳点者。彫師（つたや）。尾張国名古屋御園街住。天保以降雑俳点者として活躍。弘化三年一一月二七日没。主著作に『誹風妻楊枝』（文政7）、川柳風狂句集『似口鸚鵡がへし』、『撰集楽』、『春御幸・千賀の由縁』、『指南車』、『津島土産』などがある。〔尾藤一泉〕

参考：尾崎久弥『江戸軟文学校異』（昭3）、尾崎久弥『近世庶民文学論校』（昭25）

**松歌** まつうた ?–1830【俳風狂句】生没不詳。身分は武士。明和、安永頃からこの道に入るというが、『柳多留※』二六篇初出。二世川柳*から四世川柳*時代に活躍。天保四年三月に松歌居士追福会が息子の二世松歌*の手で行われ、『柳多留』一二八篇となっている。評者としては五六、七二、七三、七四、七七各篇に現れる。東橋作・初代川柳*の画像〈秋月川柳像〉の下絵を保存していて、四世時代に新しい画像を調製する際に提供した。文政一三年三月七日没。享年七五。〔尾藤一泉〕

何の事はねえ初会は御儀式　樽二六・26
きめ所をきめて年増は静《しずか》也　樽二九・4
撫牛のやうに寝て居るけちな晩　樽三六・20

**松　歌（二代）**　まつうた　【俳風・柳風狂句】松哥とも。武隈楼。呉服連の作家。初代・松歌*の子で、初代没後、名跡を継承。親子作家。能書家で、天保二年の「元祖川柳翁肖像」（三種の神器※）を調製する際には、元祖川柳の辞世ほか、四世川柳*、文日堂礫川*の句賛を染筆する。一二八、一五五、一五八、一六〇、一六四各篇で評者。作品は、五世川柳*時代の『新編柳多留※』にも見られ、弘化二年の初音会まで息の長い活動を行っている。〔尾藤一泉〕

あとけなさいつから表盆ざんす　樽一二八・45
行燈を昼とぼす日を暦で見　樽一五一・19
年代記背に灸点の破軍星　樽一六六・28

**松　山**　まつやま　1760–1841【俳風狂句】肥前平戸藩主・松浦壱岐守清・松浦静山。六万一千七百石。宝暦一〇年江戸生れ。享年八二。『柳多留※』三二篇（文化２）から一六五篇まで長期にわたり出句。多くの勝句がある。また、著述『甲子夜話』で川柳についての多くの記述を残す。四世川柳*門。表徳※は、松山、柳水（五二篇以降）、流水。天保一二年没。豊功院殿静山流水大居士。〔尾藤一泉〕

あさの中よもぎハ四十七本也　樽三五・10
荒海や闇を着て寝る楽屋番　樽四二・9
大手は生田搦手ハ杵屋也　樽五二・20
飛鳥山どなたの墓とべらぼうめ　樽八九・26
綱が戸を左の方で伯母たゝき　樽一六五・24

参考：『松浦静山と川柳』脇屋川柳　一九九七　近代文芸社

**松浦静山**　まつらせいざん　【俳風狂句】↓松山

**真　中**　まなか　1816~1894【柳風狂句】本名・佐藤由朗。号・大過堂真中。文化十三年生れ。元士族。浅草馬道一丁目に住む。安政年間から柳風狂句※に遊び、高番※の句を得意として、六世川柳*立机※会（安政

五年）をはじめ巻頭一番を取ること数十回という達吟で名を成す。明治十二年、六十四歳の折、三つ年下の友人括嚢舎柳袋（のち八世川柳*）と議り、「生霊追善会」（生前葬）を行い、人々を驚かせた。七世川柳*以後の柳風会※にあっては、長老として影響力を発揮した。明治二七年三月一八日没。享年七九。〔尾藤三柳〕

祈る隙なきは神慮に又叶ひ　（明23『柳風肖像狂句百家仙』）

**儘　成**　ままなり　–1812?【中間期】まゝ成。別号・東朔軒。和笛*評時代からの作家。生年不詳。文化九年以前に没。『柳多留※』六二篇で追善会が行われている。作品のいくつかに、古句の焼き直しがみられる。

片乳房握るが欲ㇰの出来はじめ　樽二六–27

は、後に2度使い回しされるほどの句。〔尾藤一泉〕

花のまくそつと覗て叱られる　樽二六–24

親父まだ西より北へ行く気なり（古句）　樽三二–3

柳樽池の汀でひらく也　樽三四–29

本来の水に帰るや雪達磨　辞世　樽六二–36

**真　弓**　まゆみ　1892–1951【古川柳研究家】本名・水木真弓。別号・笑々子。明治二五年一一月二〇日、奈良生れ。三高を経て大正六年東大国文科卒業。長崎、宮津、岩国の各中学校教諭を経て、大正一一年以来松江高校教授および島根大学教授を歴任。昭和二六年四月二一日没。享年五八。岡田三面子*が初代川柳評万句合の勝句刷の蒐集研究に尽力したあとを継承して、綿密な探査、正確な分類に没頭。その研究成果を「やなぎ樽研究※」「三味線草※」「川柳しなの※」「古川柳研究※」等の専門誌上に逐次発表し、その間昭和一四年には「川柳出典の研究」により文部省より奨学研究助成金をうけた。その業績は川柳研究の基礎をかため、川柳学の飛躍的発展に寄与した。昭和二五年以後刊行された新しい川柳研究の基本資料として、山沢英雄校訂『誹風柳多留』（五冊）、同『誹風柳多留拾遺』（二冊）、千葉治校訂『初代川柳選句集※』（二冊）等、一連の岩波文庫版のほか、岡田甫編『定本誹風末摘花』、さらに岡田甫校訂『誹風柳多留全集※』（三省堂版、全一二巻）などがあるが、これらはいずれも〈水木本〉と呼ばれる故人生前の研究成果を伝える稿本なくしては生れ得なかったといえる。〔石曾根民郎〕

**万　作**　まんさく　1909–1986【新川柳】本名・金枝万作。明治四二年、青森市生れ。銀行員。昭和五年、蝶五郎と出会い、同九年、仕事で上京して三太郎*と出会う。

「川柳研究※」会員。その間「みちのく東京後援会」を旗揚げする。昭和二三年、青森県川柳社創立に参画し、事務方をまとめる。また数々の柳論で「月刊川柳・ねぶた※」を支えた。昭和五三年、創立三〇周年を記念して発行した『川柳句集・ねぶた』は、三〇年間の柳誌から佳句を選んで編んだ足跡の見える句集。昭和六一年五月二二日没。享年七七。〔杉野草兵・岩崎眞理子〕

占いに出た幸運にまだ会えず
雪消える早さへ草の芽の早さ
われに似た性を許さず子を叱る
泣けばすむことに泣けない愚かさよ
よろめけばわが影ながら酒匂う

**卍**《まんじ》　1760–1849【俳風狂句】幼名・時太郎、後に鉄蔵。葛飾北斎。別号・勝川春朗、卍、画狂老人ほか多数。宝暦一〇年九月二三日　江戸本所割下水生れ。浮世絵師として有名であるが、「卍」の号は狂句作家としての表徳※として文政六年頃から用いられた。安永八年、勝川春朗の画号をもって浮世絵画壇に登場。以後、九十年の生涯を画業に専念するが、文政八年『誹風柳多留※』八五篇に序文を寄せるとともに作品を見せている。また、女郎花連をみずから主宰、月並を行っている。『謎解き　北斎川柳』の中で、著者の宿六心配は、それ以前の「万治」「万字」「錦袋」などを北斎の川柳における別号と推論する面白い記述を行っているが、「北斎と断定した」という「百々爺」は、真砂連の作家で、『俳風狂句百人集※』（天保六）で見る限り別人であろう。最後の小布施逗留から江戸へ帰った翌嘉永二年没。享年九〇。南惣院奇誉北斎信士。浅草・誓教寺に葬る。今日、北斎が終焉を迎えた小布施の町の各所に一八二基の北斎の句碑が建立されている。〔尾藤一泉〕

婚礼を蜆ですます急養子　樽九一－34
気違ひのとらまへたがる稲光り　樽九六－31
泥水で白くそだてたあひるの子　樽一〇五－6
浪幕の中にころりと寝左エ門　樽一〇七－10
盆カタ〳〵チヽヽヽヽと升でしめ　樽一〇七－11

**万鯫**《まんゆう》　【旧連】初期からの有力作家。市谷住。初めは風也の表徳※というが、記録には作品がない。八篇の扉に「万鯫」名があり。二二篇の序文に名と句。安永2年10月の万句合を最後に作品が見えなくなる。〔尾藤一泉〕

かるたの絵我敷嶋の道ならで　樽二-36
じやうだんに談義などきく花戻ﾘ　樽六-16
わるがたい下女君命をはづかしめ　樽九-35
友たちを女房ハつらておとす也　樽一一-25
はやり医者一ﾄかたまりにねふらせる　安二宮1

**万よし**　まんよし　1885–1954【新川柳】本名・庄健一。明治一八年三月二三日、兵庫県生れ。大阪・道頓堀の上かんや（関東煮）主人。大正七年ごろから毎月店頭川柳を募集しているうち自ら作句するようになり、同一四年、創刊二年目の「川柳雑誌※」同人、のち川柳雑誌社道頓堀支部長となり、神戸市湊川で一か月にわたる川柳展覧会を開くなど普及に尽した。昭和四年社会民衆党公認候補として大阪市議選に立候補して初当選、地方政治にも活躍した。昭和二九年八月一四日、脳溢血で没。享年六九。〔尾藤三柳〕

**故郷のないのを誇る釜が崎**
**上かんや時には客に管を巻き**　（昭9『昭和川柳百人一句』）

**萬　楽**　まんらく　1899–1987【新川柳】本名・金泉光三郎。明治三二年八月二〇日、大阪生れ。昭和三年より《大阪中外商業新報》（現《日本経済新聞》）柳壇に投句、川柳界に入る。同五年、「番傘※」同人、八年には、《大阪中外商業新報》、二八年には《大阪証券新聞》柳壇選者。番傘本社をベースに北浜川柳会、尼崎川柳会、ふたば川柳会、日赤病院番茶クラブなど大阪近郊の句会を指導。本格川柳※の旗手として昭和四〇年、水府*より「がす燈」（大阪瓦斯）柳壇選者を継承、番傘折鶴川柳会会長、大阪川柳人クラブ会長となる。句集に『わが家』（昭34）、『北はま』（昭47）などがある。昭和六二年一月二五日没。享年八七。正覚院光萬日楽居士。〔尾藤一泉〕

**北浜の柳へ欲を忘れたし**
**株売れと人間ドックから電話**
**投機株おんなに稀なよい度胸**　（昭47「北はま」）

**三　笠**　みかさ　1905–1955【新川柳】本名・尾藤治郎右衛門。明治三八年七月二三日、東京・神田須田町生れ。地方公務員、旅館業。大正一〇年ごろから川柳を始め、同一二年からは主として前田雀郎選*《都新聞》に投句、大正一四年、藤島茶六*らと「すずめ※」を興す。昭和一〇年、「柳友※」（第一期）同人。一八年一

月黎明吟社を創立したが、雑誌統合整理で翌年解散。二〇年柳友会（第二期）同人。きやり吟社客員。また、川柳人クラブ※創立に参画。その間、自宅で連句の研究会を開催するなど、戦後復興期の東京川柳界に尽力。朱雀洞文庫※の初期資料は、三笠が収集したもの。句集に『三笠句集』（昭３）がある。昭和三〇年五月三〇日、肺結核で没。享年四九。東京・浅草の曹洞宗祝言寺に葬る（大徳院法光治覚居士）。孫の尾藤一泉編で句文集『親ひとり子ひとり』（平13）がある。〔尾藤三柳〕

**見馴れない下駄に女房裏へ来る**　（昭3「三笠句集」）
**子の育ち配給米へ母の知恵**　（昭18「きやり」）
**花へ来て花を忘れる貸しむしろ**　（昭20「柳友」）

**三笠しづ子**　みかさしづこ　1882–1932　【新川柳】本名・丸山貞子。明治一五年、東京生れ。弁護士・丸山長渡夫人。大正一二年柳樽寺※川柳会に参加し、「大正川柳※」に拠り創作を始める。同一三年八月枕鐘会※の成立とともにその会員となる。大正末期に起った新興川柳※運動の渦中にあって、「女史の句の本質は、悪魔的な批判と、無常観的な自然詩と、余りに人間的な恋愛詩から出来上つている」と田中五呂八*に評された。「氷原※」「影像※」等にも作品を発表した。美貌に恵まれ、およそ八年間の川柳生活に数千句の作品を遺す。昭和七年一〇月二三日没。享年五〇。遺族により『三笠しつ子川柳集※』発行。〔大石鶴子〕

**さんらんと輝く指に爪が伸び**
**いくたびか身構へながら引きずられ**
**一杯のお茶の色にも出る心**

**美瓜露**　みかろ　1924–　【新川柳】本名・奥久雄。大正一三年六月一四日、石川県金沢市生れ。昭和一六年、「俳詩」から川柳入門。昭和二一年、「蟹の目※」創立同人。同年一二月、蟹の目川柳社を辞し、川柳甘茶くらぶ創立に参加、のち代表。石川県川柳協会副会長、参与を歴任。編著書に『石川近代川柳史』（平４）、『近代川柳』（平８）、句集に『紙てっぽう』（平２）、『箪笥町二十四番地』（平11）がある。〔尾藤一泉〕

**金沢の屋根の一つに生まれけり**（『箪笥町二十四番地』）
**東京に娘が独り住むサリン**
**バブル消えビルのガラスが反逆す**

**みさを** 1903–1994 【新川柳】本名・西谷みさを。明治三六年、青森市生れ。建具等の内装会社経営。大正九年頃、井上剣花坊*に触発され川柳を始める。小林不浪人*に師事。大正一三年、川柳みちのく吟社同人。昭和五年、津がろ川柳社を創立、主宰。戦後昭和二二年、開催された地元新聞《東奥日報》主催の「第1回県川柳大会」に関わる。平成六年五月三日没。享年九一。同年、句碑が建つ。句集に『洗い髪※』がある。〔杉野草兵・岩崎眞理子〕

**たゆとうてやがて花びら又流れ**
**ひと握りしかない母の洗い髪**
**子が二人居て秋の川なお静か**

**水調子**《みずちょうし》 1892–1926 【新川柳】本名・平野慎三。明治二五年三月四日、東京・下谷生れ。洋品商。早くから俳句を作り、丹次郎の名で都々逸に活躍、また『講談落語界』に名所名物番附などを発表。川柳は大正五、六年ごろから手を染め、同九年一〇月の「紅※」七の一〇から活発な句作を見せるが、同一五年一一月二八日、三四歳で急逝。浅草・行安寺に葬る。雙誉専修信士。〔尾藤三柳〕

**大薩摩佳境に入ると掻き廻し** 〔「紅」八の五〕

**美竹**《みたけ》 1928– 【新川柳】本名・速川美竹。

昭和三年八月一三日、兵庫県神戸市に生れ。戦争のため旧制中学校は二年足らずしか行かず、後は勤労動員のため卒業まで工場で働く。青山学院大学英米文学科卒業。教職五五年。立正大学名誉教授。朝日カルチャーセンターで専門の英語・英米文学の講座ほか川柳の指導も行う。平成四年、川柳レモンの会を創設、主宰するとともに「レモンの会会報」創刊。日本川柳ペンクラブ※常任理事、川柳学会創設に参画、理事。翻訳川柳の第一人者。主な著書に『速川美竹の英訳川柳・開けごま※』（柳都川柳社）、『現代川柳ハンドブック』編集執筆（雄山閣）、『国際化した日本の短詩』共著（中外日報）、その他。〔尾藤一泉〕

**基地の中から歯をむいた赤ずきん**
**君が代の他は聞こえてこぬ音痴**
**シュレッダーに首を差し出す民主主義**
**永田町迷彩服がよく似合う**
**コンドーム持参で歌う海征かば**

**みだ六**《みだろく》 【新川柳】↓川柳14

**未知庵** みちあん 1904–1958 【古川柳研究家】 本名・母袋光雄。別号・瓢々子。明治三七年四月一〇日、現・長野県上田市出身。昭和三年神戸高商卒。紐育ナショナル・シチー銀行神戸支店入社。就職斡旋の竹重虚心は古川柳研究家で、その慫慂で、この道に入る。帰郷の途次、飯島花月*、花岡百樹*と相接して大いにこの道の精進を促され、「やなぎ樽研究※」、「鯱鉾※」等に寄稿、いよいよ専念する。昭和七年儀部鎮雄発行の『やない筥』二篇解題。同年一二月神戸支店退社。翌年長野県下高井郡の農学校で簿記、英語の教諭。岐阜柳書刊行会の校訂で『やない筥』四篇、『柳籠裏』三篇発行。また藪忠の『川柳蓄麦の花』を編む。かたわら「湯の村※」、「三味線草※」、「川柳しなの※」などへの寄稿。昭和一三年『川柳善光寺物語』頒布。一四年長野県赤穂公民実業学校に転任。古川柳研究会から『川柳江の島土産』(昭15)、書物展望社から『川柳楠公記』(昭16)上梓。一八年松本商業学校に転任、翌年退職、紙統制(株)入社。終戦後の二一年長野県庁渉外課勤務。しなの川柳社より『川柳信濃国』(昭24)、近世風俗研究会より『川柳四目屋攷』(昭31)上梓。昭和三三年七月二一日急逝。享年五四。生来酒を嗜み、談論風発、いささかも乱れなかった。没後の三四年、有光書房より『川柳見世物考※』発行。〔石曾根民郎〕

**三日坊** みっかぼう →水日亭

**水日亭** みつひで ?–? 【新川柳】 本姓・宮崎。前号・三日坊。三日天下をもじってミツヒデ(水日亭)と改号。日本橋富沢町の木綿シャツ卸問屋。主として《電報新聞》に投句、阪井久良伎*一門の最古参。明治三七年六月の第一回川柳会および久良岐社※創立の発起者で、同社幹事となる。久良伎・剣花坊*初対面の仲介役をつとめ、三派連合川柳研究会※発足の推進者として東京柳壇の基礎をつくった。一方、作句面でも連作※の嚆矢である「鹿島みやげ」其一～其五(《電報新聞》所載＝百五十余句)を発表するなど非凡な力量を発揮、企画者としても作家としても、明治新川柳※胎動期の功績者のひとり。また、文人画風の絵や篆刻にもすぐれ、つとに古句研究への関心を示すなど、けだし久良伎の信望最も篤い才人であったが、その才気ゆえに、やがて師弟間に確執を生じ、久良岐社からも一度は去ったが、大正七年8月、西尾一童として市民詩社同人に復帰。しかし「花束※」廃刊後、再び久良伎を離れ、川柳界からも去った。生没年とも不明だが、大正後期に四〇代で没したと思われる。〔尾藤三柳〕

日のあたる墓へ乞食は腰をかけ (明39)

鹿島みやげ
萬丈の紅塵あとに都落ち
赤帽に三等切符と小声なり　水日亭

**三ツ輪**　みつわ　【柳風狂句】本名・飯島実。号・稲廼舎三ツ輪。明治十年代言士となり、また蚕糸業取締所の理事をつとめる。若年で五世川柳*の門に入り、幕末から活躍した甲州の代表的狂句※家。文久三年、「御嶽山奉額会」催主のひとりとして『桃に柳』刊行。明治四年、六世川柳*を立評※とする額面会では、柳志、雨石、善丸とともに加評※五十句抜き、明治十二年五月には、北山とともに六世川柳を招いての「甲府石和八幡宮奉額会狂句合」の編者、十五年十一月の「風也坊川柳（七世）立机会」の評者、十七年の「培柳蕃殖会狂句合」の会幹（序文執筆）を挿んで、二十一年六月には「八世川柳立机会柳風狂句合」の評者をつとめて、二代の川柳誕生に立ち会っている。また、桑弧社甲斐支部長として二五年八月『桑弧集』を編んでいる。〔尾藤三柳〕
親は子の子は親の夢旅の留守　（明4・新京楼額面）

**美禰坊**　みねぼう　1881–1956【新川柳】本名・森脇喜兵衛（十代目）。別号・霞洞。幼名・峰槌。明治一四年二月六日、広島市十日市町生れ。油と肥料の卸問屋を経営。書画をよくし、歌舞伎にも通ず。明治以降の芝居番付、新聞主要記事切抜き、号外の収集家としても知られ、信仰心厚く、殺生を嫌い、匿名義捐家でもあった。同町内の親友・安井八翠坊*を説いて大正一〇年三月一日広島川柳会を創立、同会運営、のち長女・森脇幽香里*に引き継ぐ。昭和三一年七月一二日、急性肺炎で没。享年七五。広島市寺町・正善坊に葬る（釈秀禅信士）。〔馬場木公〕
塞翁が馬を説いてる左前
人情にもろいぶっきらぼうの味　（「鏑鶴」創刊号）

**みのる**　1911–1987【新川柳】本名・柏葉みのる。明治四四年八月二八日、青森県下北郡東通村生れ。郵便局勤務。昭和五年、《東奥日報》に投句。田名部川柳社に所属。「ひづめ」、「みちのく※」、「川柳隊」など

に所属、同二三年、青森県川柳社創立に参画。昭和三五年、田名部川柳社を下北川柳社に拡大し、県内外幅広く活動。「かもしか※」そして「ふあうすと※」、「川柳研究※」の同人。県川柳年度賞、川柳研究年度賞、県文芸協会賞を受賞。句集に『銃眼※』、『鳥獣戯画』。昭和六二年没。享年七六。〔杉野草兵・岩崎眞理子〕

見てならぬものを見てきた眼をつむり
石の冷たさに秘められた温か味
みかえりの坂ででんでん虫乾く

**三箱** みはこ 【俳風狂句】正しくは→「さんはこ」

**見也子** みやこ 1930– 【新川柳】本名・村井澄子。昭和五年二月二八日、愛知県生れ。結婚により昭和二六年より京都在。昭和四五年、北川絢一朗*の指導により川柳を始め、福永清造*、堀豊次*など革新の気風盛んな指導者と出会う幸運に恵まれる。四八年、平安川柳社同人。同社解散後、五三年に「川柳新京都社」を設立する絢一朗と行動を共にする。平成三年刊の句集『薄日※』では精神の内に沈めてゆく自省の豊かさと厳しさを、淡い情念として結晶した作品に高い評価を得る。生涯の師、絢一朗亡き後、平成一二年「川柳・凛※」を設立。《京都新聞》柳壇選者。〔石部明〕

低唱やうろこ一枚ずつ落す
神の手にいつかは返す飯茶碗
いくつ計に出会う厨の薄明り
滅ぶもの美しければ沖へ出る
哀しいときは哀しいように背を伸ばす

**宮尾しげを** みやをしげお 【関連人名】→しげを

**茗人** みょうじん 1914–1976 【新川柳】本名・森田源之助。大正三年六月二四日、倉吉市生れ。昭和一三年渡鮮、《朝鮮新聞》柳壇選者・大島濤明*に師事。昭和二〇年引揚げ帰国後、河村日満らと鳥取川柳会結成、「川柳鳥取」を発刊。昭和三三年六月、《日本海新聞》柳壇選者となる。以後、日本海川柳友の会会長のかたわら『川柳手帖うみなり』を出版。作句に情熱をそそぐ一方、後進の指導に熱心で、県下の川柳振興に大きな足跡を残した。昭和五一年八月二七日、鳥取市で死去。享年

六二。浄源院能誉茗人居士。うみなり川柳会は遺句集『たこの糸』を発刊、「茗人賞」を設定した。〔東野大八〕

**たこの糸のばして風にさからわず**

**茗　八**　みょうはち　1888–1962【新川柳】本名・小林亀八。明治二一年四月二八日、群馬県太田市生れ。明治末年渡満、終戦まで大連埠頭勤務。而笑子*選の読売柳壇から川柳を会得、渡満と同時に古川柳※調ともいうべき茗八調で大陸柳界を風靡した。本名の亀八は、中国語のワンパ（蔑称）に通ずるので、名前忘れの植物と称せられる茗荷から一字をとる。大連では中沼若蛙の川柳句帳舎（大正一一年創立）に在って青龍刀*、月南*らと「通《かよい》」を出す。円満洒脱可笑味の極こそ川柳、が持論。終戦引揚げ後は下駄商兼自転車預り業。川上三太郎*がこの茗八調を評価、「川柳研究※」に茗八二〇〇句を企画中、昭和三七年九月七日、心不全で死去。享年七四（円融院釈棋遷）。〔東野大八〕

**海水着おんなにむだな皺はなし**

参考：『合本大陸川柳』（大陸川柳社）

**み　わ**　1930–　【新川柳】本名・西来みわ。昭和五年六月二一日、長野県生れ。昭和二八年、療養中に三太郎*

と出会い、昭和三一年、「川柳研究※」会員、翌年上京、同三三年に幹事となる。昭和四六年、自宅の電話を解放した〈ダイヤルフレンド〉を主宰、大いに社会貢献する。平成一五年、病床の野谷竹路*に後を託され「川柳研究」代表。句集に『母子像』（昭41）、『たんぽぽ』（平4）、『風車』（平6）、『ねんころり』（平15）がある。〔尾藤一泉〕

**歩いてみる駆けてみる展けるかも知れず**　（昭57）

**永遠に母は駆けてる音である**　（平6）

**二〇〇一年踏み出す歯型整える**　（平13）

**夢一佛**　むいちぶつ　1893–1962【新川柳】本名・海野信正。明治二六年六月六日、東京生れ。明治四一年ごろから《読売新聞》《万朝報》などに投句（当時・夢之介）。のち寺沢素浪人の「黒髪※」に拠っていたが、大

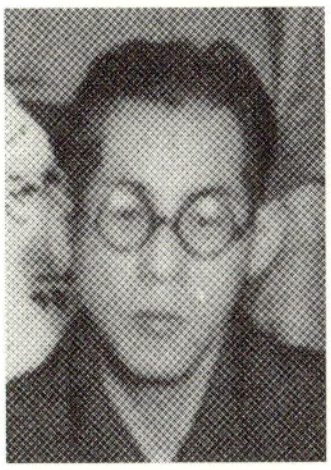

正九年、「きやり※」が創立されると、塚越迷亭*の誘いで第六号から同人となる。作句の夕のち作句研究会を主宰、また昭和初期には日本川柳社を興すなど活発な川柳

活動のかたわら、著述にも専念、去来亭のほか春谷夢華子の別号もある。昭和三七年三月一八日没。享年六八。代表著書に川柳史を体系的に説いた『川柳史講話※』（昭和一〇年、四六判・四〇〇頁）があり、基本史料として重要な役割をはたした。〔尾藤三柳〕

手を合はす仏に済まぬ事ばかり　（昭4「川柳きやり」10周年記念号）

雷が落ちてつからの冷奴　（昭9『昭和川柳百人一句』）

他人の子を親に返した手が寒い　（同）

矢車に子心となる髭を剃り　（同）

**六佳史**　むかし　1906–1982【新川柳】本名・関口正男。明治三九年一一月、茨城県生れ。ガラス店経営。横浜在住の大正一〇年川柳を知り、昭和の初め国民川柳会幹事、以後川柳研究社を通じて一筋に川上三太郎*に尽したが、なかんずく昭和二一年一〇月の「川柳研究※」復刊に際しては、私財を投じてその原動力となった。二二年の川柳人クラブ※創立会員、また川柳長屋連※の一員として好作家ぶりをうたわれる。三五年四月、小型横綴じの「ちまた」を創刊、句会のない柳誌を標榜した。川柳研究社幹事長、同顧問。昭和五七年三月二一日、心不全と腎盂炎で没。享年七五（柳樹院正誉覚道居士）。四谷・西念寺に葬る。〔尾藤三柳〕

金貸しの温情らしいのが憎し　（昭36『ちまた』12号）

**麦　彦**　むぎひこ　1931–【新川柳】本名・田口正寿《まさとし》。昭和六年八月二九日、カリフォルニア州アラメダ市生れ。日本大学法学部卒業後、NTT天水電報電話局長などを経て、平成元年退職。田中辰二、大嶋濤明*に師事。同二八年六月、九州地方を襲った豪雨による水害時〈水引いて誰を憎もう海流す〉を作句。川柳活動の原点となる。川柳噴煙吟社副主幹。日本川柳ペンクラブ常任理事。日本現代詩歌文学館評議員。熊本県文化懇話会会員。作品は常にユニークな〈目〉で社会事象を掬いとり、川柳が本来持つべき特性を軸に組み立てられていて、およそ隙がない。まさに批判精神を核として社会の〈いま〉を切り取る川柳を一貫して書き続けているが、単なる時事吟ではなく、根底に流れるヒューマニズムに特色がある。句集に『群羊※―川柳でつづる昭和後期―』（昭54）、『昭和紀』（平元）。著書に『やさしい川柳入門』（昭59）、『川柳入門・はじめのはじめ』（昭62）、『川柳とあそぶ』（平4）、『麦彦の時事川柳教室※』（平4）、『川

柳技法入門』（平6）、『現代川柳入門※』（平6）、『時事川柳入門』（平7）、『川柳こころ遊び』（平8）、『元気が出る川柳』（平11）、『川柳表現辞典』（平11）、『三省堂現代川柳必携』（平13）、『現代川柳鑑賞事典』（平16）、『現代女流川柳鑑賞事典』（平18）などがある。昭和六一年、第一八回東洋樹川柳賞受賞。同六二年、第二二回熊本県文化懇話会新人賞、第二三回熊日出版文化賞受賞など。〔須田尚美〕

八月のどちら向いても英霊よ
北京上海快晴銃殺刑日和
昭和完結　完結しないのは「わたし」
味噌汁は熱いか二十一世紀

**夢考** むこう　1894–1962【新川柳】本名・船木熊吉。

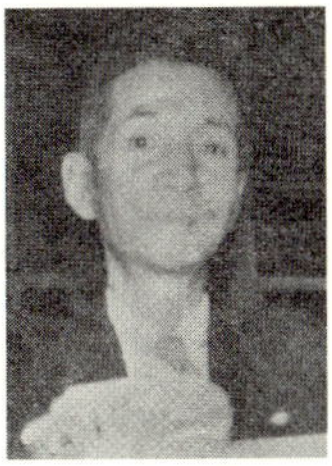

明治二七年五月一八日、福井県敦賀市生れ。元電電公社職員。一三歳から作句、「番傘※」同人。昭和二一年敦賀番傘川柳会を創立し、「かもめ※」創刊。《中部日本新聞》《読売新聞》福井版の柳壇担当。福井番傘川柳会の川崎銀甲*と協力して北陸地区の番傘系団体発展に尽した。また「ふあうすと※」の椙元紋太*とも親交があった。昭和三七年五月一九日、気管支喘息で没。享年六八。敦賀市・永巌寺に葬る（本来夢考居士）。〔山田良行〕

むかしの女はすなおであった水鏡
（昭35『川柳二百人集』）

参考・句集『かもめ』（昭38・7・20）

**六三四** むさし　1904–1959【新川柳】本名・宇田川憲治。明治三七年八月一〇日、埼玉県生れ。熊谷市で印舗自営。昭和八年から作句、同一〇年に実弟の宇田川小伎久（のち花南井可）主宰の熊谷川柳会「あら川」同人。同一六年「川柳研究※」幹事および熊谷支部長となり、小伎久とともに兄弟で県北の川柳普及に尽力した。戦時中は次々と出征する柳人の留守に川柳の灯をともし続けた。戦後二六年に復刊した「くまがや」「蟻の塔」同人。昭和三四年五月一六日、胃癌で没。享年五五。熊谷市・石上寺に葬る（琢章憲雄居士）。〔篠﨑堅太郎〕

神の鈴振る人間の得手勝手

**夢詩朗** むしろう　1893–1978【新川柳】本名・出口高次郎。明治二六年七月六日、北九州市生れ。大正一三年渡満、満鉄消費組合に勤め昭和二年撫順支部勤務中、新聞柳壇をみて師匠なしの無師坊として出発、のち撫順川柳社の福井天弓に師事して夢詩朗と命名され、「蛇皮線」(のち「琥珀※」)同人。昭和六年満消大連本部に転勤、「番傘※」同人となったのを機会に大連番傘川柳会を創立、「大連番傘」を発刊。昭和一四年満鉄を退社し青島で軍納入商として独立。青島河北川柳社同人。終戦で帰国後は出生地で書道塾を開き、北九州川柳界で活躍。小倉番傘川柳会客員。昭和五三年六月六日、脳溢血で死去。享年八四。妙法瑞雲院慈温豊景居士。私家版『夢詩朗の本※』刊行。平尾台に句碑がある。〔東野大八〕

うなぎ屋の団扇働く音をたて
ふるさとをおもう真こころ此処に止め　(句碑)

**夢草**　むそう　1942–　【新川柳】本名・天根利徳。昭和一七年一月二日、島根県飯石郡掛合町生れ。同三七年住友電気工業株式会社社員。日本川柳ペンクラブ理事。川柳活動は昭和三四年一七歳のとき《島根新聞》に投稿したのが始まり。同四二年番傘川柳本社同人参加、同五二年脱会。昭和四五年平安賞受賞、同四六年紋太賞を受賞。二〇代にして中堅作家の地位をかためる。同五七年、時実新子*の川柳展望社創立に参画。会計担当。

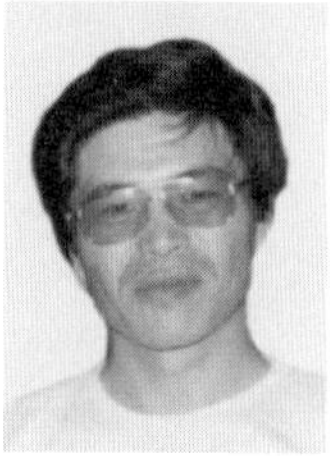

季刊「川柳展望※」三号から編集担当。以後、平成七年の八三号まで新子個人誌「川柳展望」を支えて異色の季刊全国誌として発展させる。昭和五三年『天根夢草川柳集』を展望叢書①として発行、展望叢書の企画・編集を手がける。同六一年「川柳展望」自由吟選〈火の木集〉選句を新子からバトンタッチされて担当。同六四年、川柳集『掛合村※』発行。タイトルの由来は島根県山間部の出生地の地名。平成二年《アサヒグラフ》の川柳新子座大賞受賞。同七年九月一日、新子個人誌「川柳展望」終刊。改めて季刊「川柳展望」編集発行人(代表者)となり、同八年二月発行八四号から再出発。現在ミニコミ紙「はろーあさひ」選者、サンケイリビング豊中・西宮講座講師などカルチャー講座を多数受け持つ。句集に『我我』(平17)がある。〔田口麦彦〕

出生の土地からひとり乗った汽車
掛合村の墓と外人墓地の墓
平凡はたのしかぼちゃの花が咲く
ともだちが遊んでくれる浮世かな

**夢村**　むそん　1895–1952　【新川柳】本名・古屋《こや》寅雄。明治二八年、萩焼の東光山窯元・大和松緑(作太郎)の五男として生れ、のち古屋松緑の養子となる。陸軍除隊

後、中国新聞社（広島市）に入社。大正一四年一月、広島に川柳影像社を創立、それ以前の「新川柳・千里十里※」（大正一二年一〇月創刊、千里十里吟社。通巻一六号まで）を「影像※」と改題、革新誌の旗幟を鮮明にする。夢村の川柳革新志向は、「革新運動肯定の理由」（大正一三年一〇月「氷原※」）などですでに打ち出されていたが、新傾向※陣営でも森田一二*、鶴彬*などの無産派※とは対極の生命派※にスタンスを置き、田中五呂八*、木村半文銭*らの側に立って、イデオロギー論争を展開した。「詩は我々の宗教である」とする夢村は、鶴彬の決闘書に対して「詩を作るより田を作れ」と応酬する。論者としてもしたたかであるが、作品も大正一四年前後から深まり、形式的には自由律※が目立つようになる。この句・論にわたる活躍は昭和六年ごろまで続くが、満州事変、日中戦争、太平洋戦争の間に数度の応召と、原爆による留守家族の被爆、在広同人の壊滅などで、復員後は苦闘の生活の中で川柳のペンを折らざるを得なかった。晩年は中国新聞徳山支局長となるが、昭和二七年七月六日、五七歳で没した。〔伊木鶯生・尾藤三柳〕

**銭出して貰へる卵まんまるき**　（大15）

**ぢゃんけんぢゃんけん命のぢゃんけん**　（昭2）

**源平に分れ狼の強行軍**　（昭6）

参考：一叩人編『新興川柳選集』（昭53）

**夢楽**　むらく　1886–1955　【新川柳】本名・敦賀谷諫治郎。明治一九年八月一九日、北海道江差町生れ。歌人・川柳家。司法書士、旭川市で酒醸造業を営む。大正六年千葉笑坊、加藤精坊（破天光）らと川柳熊《おやじ》会を創立、互選会を開催して旭川地方に川柳を普及する。のちに旭川川柳社と改称し主幹となる。昭和一一年「川柳あさひ※」を創刊、その誌齢は現在まで続く。昭和三一年旭川市神楽公園上川神社境内に句碑〈陽の露のめぐみ柳の芽が育ち〉建立。また同社では「夢楽賞」を制定。昭和三〇年六月三日没。享年六九。〔斎藤大雄〕

**父親がうたって子守唄淋し**（昭35・合同句集『蝦夷柳』）

**迷亭**　めいてい　1894–1965　【新川柳】本名・塚越正光。明治二七年一月八日、東京生れ。全国浴場新聞経営。大正三年ごろ川柳を知り、大正九年「きやり※」第三号から同人となる。矢野錦浪*の紹介で毎夕新

聞に在社、昭和一四年渡台して台日新聞に入る。一五年、台北に台湾川柳社を興し、川柳誌「国姓爺※」を発刊。終戦で引揚げ後は、きやり吟社顧問として村田周魚*を援けるかたわら、川柳人クラブ※委員長、川柳長屋連※の長老としてパンチの利いた柳文活動を展開。瓢逸奇行の風刺人として知られる。錦浪傘下の高輪クラブでは雉子郎*（吉川英治）はじめ三太郎*、飴ン坊*などとともに活躍した。昭和四〇年三月一二日没。享年七一。〔東野大八〕

火事があるよと病人に起される（大正11）
境遇の似た同性の恋
長ッ尻まじないの利く奴でなし

**鳴　風**　めいふう　?–1966【新川柳】本名・田中辰二。東京帝国大学文学部卒業。大正二年に第五高等学校教授として熊本に赴任、熊本県で初めて川柳の講話と川柳会を催す。昭和二年《九州日日新聞》に川柳壇を開設して投句募集、またJOGK開局とともに川柳講話、日本最初のラジオ放送川柳・ラジオ柳壇を毎週開く。西原柳雨*と川柳研究の交流あり。戦後熊本大学教授となり、熊本川柳研究会を主宰。昭和二五年五月柳誌「川柳研究」を発刊。昭和四一年七月二八日没。〔吉岡龍城〕

今度行く先は零丁零番地　（辞世）

**犇　郎**　めきろう　1913–1946【新川柳】本名・角本金蔵。大正二年一月一一日、東京生れ。専売局職員。昭和四年、一七歳で天地人と号し、川柳界に投ずるやたちまち注目を集める。華やかな句会活動ののち、昭和八年九月犇郎と改号。昭和一四年創刊の「川柳群」同人となり、生活の中に自己を視つめた作品に、すぐれた把捉力と深まりを見せた。また観察の鋭い人物評などに才筆を揮った。一九年五月応召、昭和二一年五月三日没。享年三三。「川柳群」復刊第一号（二二年一〇月）は追悼号。鈴木久春らとの三人句集『乳をすゝる』（昭和六年）が第一アンソロジー。〔尾藤三柳〕

子とでんぐりかへし役人をやめられず

**女　柳**　めやなぎ　?–1786【古川柳】初代柄井川柳*の妻女に比定される。天台宗龍宝寺※の初代川柳の墓に、契寿院川柳勇縁信士と並んだ微妙院浄信法性信女（天明六年二月一七日没）がそれと考えられる。誹風柳多留二一篇に、天明六年三月二七日開キ※の女柳追善句合が掲載されている。また幕末の戯作者柳下亭種員（柳亭種彦＝木卯*＝門、明治には《団団珍聞》記者）の『新編歌俳百人選』（嘉永二年＝一八四九）に、〈天人は小田原町を覗いて居〉の句意を解いた才女として初代川柳妻女の逸話が記されているが、名はない。〈めやなぎ〉は〈かわやなぎ〉の配偶の意味で、定まった表徳（俳号）というのではなかろう。〔尾藤三柳〕

**木　卯**　もくう　1783–1842【誹風狂句】柳亭種彦*こと本名・高屋知久、幼名・主税、宇吉。通称・左門のち彦四郎。別号・柳亭種彦、愛雀軒、足薪翁、修紫楼等。狂歌名・種成。天明三年（一七八三）五月一二日江戸生れ。旗本小普請組・高屋知義の子、家督二百俵。狂歌を唐衣橘洲に学ぶ。当時、橘洲社中に同名の彦四郎がいたので「種の彦どの」と呼ばれ、自らも種彦と名乗るようになったという。狂句では下町の中心作家・木卯、立評者としては柳亭。文政五年秋の『柳多留※』七五篇に初出。翌六年からは、柳亭種彦の名や木卯の名で七七、七八、七九、八二、八三、一四六（五世川柳名弘会）の各篇に序文を寄せている。四世川柳、五世川柳と交わりが深く、評者としては、文政六年一二月開キ※の句会ではじめて登場。洒脱な作風は、いかにも戯作者らしい。資料として岡田三面子*編『木卯柳句抄』（大正15）がある。筆禍で科を受け、天保一三年七月一八日没。芳寛院勇譽心禅居士。赤坂一ツ木、平河山浄土寺に葬る。主著作としては、戯作に『阿波濃鳴門』、『奴の小万』、『浅間嶽面影草子』、『女合法辻談義』、『高野山万年草紙』、『千瀬川一代記』、『正本製しょうほんじたて』、『邯鄲諸国物語』などがあり、『偽紫田舎源氏』は天保の改革に触れて発禁となった。随筆に『還魂紙料』、『用捨箱』、『足薪翁百話』などがある。〔尾藤一泉〕

鴨と羽白を〆たがる生田川　樽七五－2
飯鮹とみゆる禿のちゞれがみ　樽七九－13
大くびが笑ひ化物縫直し　樽七九－16
屋根舩の間取ぐらいな火打箱　樽一三六－16
ちるものとさだまる秋の柳かな　（辞世）
我も秋　六十帖をなごりかな

参考：「川柳公論」171号、「ゆかりの柳」

**木　耳**　もくじ　1895–1972【新川柳】本名・宇和川勇雄。明治二八年九月二一日、愛媛県生れ。明治末年慶大を中退し渡満。煙草原料商。大正初年訪露の旅行中、柳多留※に接し、満州の番傘系柳誌に投句。大正末年番傘同人、満州番傘の大幹部となり、番傘勢力の普及拡大に尽力。昭和一二年奉天で「番傘満州野」を発刊。戦後、水府*一家の生計まで支援したが、〈大陸柳壇回顧録〉の掲載をめぐる不和から番傘を脱会。食満南北*、住田乱耽*と洒魚会を作り、ハガキ柳誌を出すかたわら、大陸柳壇回顧録の完成に努力した。昭和四七年一〇月一一日、脳軟化症で没。享年七七。秋覚寿光居士。〔東野大八〕

二ん月の寒さ侘しさふり返り

**黙然人** もくねんじん 1876?–1948 【新川柳】本名・和田(不詳)。明治九年生れと推定、月日不詳。大正一〇年天津川柳会を設立、「ホコリ※」発刊。同人は麦村、一考、意想郎、黙然人など二〇余名。この川柳社設立は大連より意想郎が来任、《天津日報》に勤務し、同紙に川柳欄を設けたことから川柳熱が高まったもの。黙然人は意想郎に師事し、当初より反非詩派を標榜、終生一貫した。昭和一三年北京へ移住。ホテル経営。同一七年六月帰国。静岡県に落ちつき、昭和二三年五月一九日、千葉県鋸間町で夫人とともに自決。享年不詳。〔東野大八〕

**侮られたくないバラは棘をもち**　(天津時代)

**木毎** もくまい 1888–1944【新川柳】本名・丸山梅雄。別号・春の家、春野若菜。明治二一年三月一四日、長野市生れ。医師。学生時代《万朝報》に投稿、川柳作句の道に入った。大正一一年帰郷し、開業のかたわら金子呑風*の知遇を得て柳華会を創立、一方竹重雀亭の万柳会との競合接触に力を尽くし、のち「美すゞ※」を同志とともに発行、長野を中心とサる川柳の普及につとめた。『川柳句集善光寺』第一輯(昭和一〇年)、第二輯(昭和一一年)を出版。こんにちの長野県川柳作家連盟の嚆矢として、県下における作家の結集と融和を図った功績は大きい。昭和一九年没。享年五六。〔石曾根民郎〕

**口癖に死にたい隠居医者を換え**

**黙朗** もくろう 1912–1996 【新川柳】本名・越郷《こしごう》喜三郎。明治四五年七月一八日函館生れ。昭和七年より作句。昭和一〇年、村井潮三郎*の「潮」吟社にはいり頭角をあらわす。昭和一二年、小樽へ移ると小樽川柳研究会に入会、また、東京の「国民川柳※」、「柳友※」などにも参加、山路星文洞*、川上三太郎*の影響を受ける。昭和二二年樺太から帰朝後、旭川で敦賀夢楽、佐藤鶯渓らと「あさひ※」を復刊。その後、札幌川柳社にも在籍した後、昭和四三年四月、「川柳あきあじ※」を創立して代表となる。「川柳は共感度のたかいものでありたい」という基本的理念を持ちつづけ、指導にあたった。

日本川柳協会理事。北海道川柳連盟事務局長、会長を歴任。昭和六二年には、芸術文化功労者として叙勲。句集に『ふるさと※』（昭49）がある。平成八年五月二〇日没。享年八四。浄光院善誉喜道居士。〔斎藤大雄〕

やっとひとりになれたデスマスクの笑い
雪ぞふるふるさとの雪音もなし

**黙六** もくろく　1906–1989【新川柳】本名・賀波沢六郎。明治三九年四月一〇日生れ。国民新聞工務部勤務。昭和七年、やよい吟社を創設、翌八年四月には、第一次「柳友※」を創刊、昭和一二年の応召により唖三昧*、星文洞*に託すも、戦争により終刊。戦後、横浜に移り、昭和二三年「はもん」創刊。これは、一年で東京・新宿へ移転のため廃刊。昭和四八年一〇月、戦前の旧柳友同人および共鳴者により第三次「柳友」復刊。一時期は、東京柳界における一勢力になるも、同人の高齢化により解散。平成元年三月三一日没。享年八二。〔尾藤一泉〕

達筆で人を泣かせる手形書く
デモ去って広場しばらく人臭し

自堕落な帯締め直す稲光り

**木綿** もめん　【旧連】→呉陵軒《ごりょうけん》

**百樹** ももき　1877–1946【新川柳】本名・花岡茂三郎。幼少時の愛称は桃太郎。別号・渾巴堂。明治一〇年一二月一八日、上田生れ。明治三〇年《中央新聞》、『団団珍聞』などに投稿。父祖伝来の蚕種製造業で種紙の行商に出張が多く、前句附※、川柳の趣味を生かして旅先で普及、吟社を創立させて地元の人たちを指導。のち古川柳※研究を志し、明治三八年『川柳類纂※』を公にして、この方面にも尽瘁した。翌年家業を廃して大阪道修町の日本売薬株式会社大阪支店長となる。明治四二年、今井卯木*、渡辺虹衣*、西田當百*等とともに関西川柳社※（のち番傘川柳社）を創立して、大阪川柳界の基礎づくりに貢献。大正二年帰郷、金子呑風*、塩入不及、猪坂絹堂、田口碧浪、桜井由紀丸、花岡巴江らを誘導して上田六文銭川柳社が生れ、新しい川柳活動の第一歩を踏み出す。《信濃毎日新聞》柳壇選者として新人育成に力を注入し、その穏健な句風に愛着を覚える同志をふ

やしてゆく。再び大阪に赴いたが、晩年帰郷、病魔におそわれ、昭和二一年二月二七日没。享年六八。上田市新田の呈蓮寺に葬る（澪巴院樫誉百樹居士）。同寺に〈つがもねえ此の鉢巻は江戸の色〉の句碑が昭和三一年に建てられた。芝居に精通した故人にふさわしい作品として親しみを持つ。〔石曾根民郎〕

芒原幼名を呼ぶ父母の声　（辞世）

**桃太郎**　ももたろう　1899–1969【新川柳】本名・渡辺良太郎。別号・桃良子、春の家。明治三二年一二月一八日、東京・本郷生れ。会社員、のち喫茶店、書店経営。大正一二年から《毎夕新聞》、ついで《都新聞》に投句。関東大震災後のきやり吟社復活記念句会（大正一三年九月一四日）に初めて出席、一五年一月から社人（同人）となる。川柳入りを導いたのが、先輩の田中金一郎*・司馬亭*兄弟であった縁から、第二次大戦後の昭和二一年、川柳長屋連※創立に際し、携えて創立同人となる。諸芸能に通じた粋人で、生涯若旦那の面影を失わなかった。昭和四四年一月一九日、胃癌で没。享年六九。正徳院白良信士。〔臼倉寿夫〕

再縁を強ひられる身の置きどころ　（「きやり」昭4・5月号）

**桃井庵**　もものいあん　【旧連】→和笛

**森の家**　もりのや　【新川柳】→一二

**紋　太**　もんた　1890–1970【新川柳】本名・椙元《すぎもと》文之助。別号・昌木二八。明治二三年一二月六日、神戸市花隈生れ。菓子製商〈甘源堂〉主人。明治四一年、新聞、雑誌で俳句、川柳を知り甘井紋太の号で投句（狂句のようなものと後年述懐）。明治四五年、同町内の中井質店・中村一山宅で開かれていた神戸川柳乙鳥会「ツバメ」句会に出席。大正二年九月、「ツバメ」同人。住居が近かった藤村青明*に兄事、急速な進歩を見せる。句風は西田當百*流といわれた。「ツバメ」が第一九号で休刊中、大正六年七月二一日の藤村青明三回忌（昼顔忌）記念誌『昼顔』を西田艶笑と共同編集、前田青岸*を発行人として刊行。これを機に、大正六年一〇月、一枚もの二つ折の「柳太刀※」創刊の編集に携わる。代表・青岸を

たすけて神戸に〈柳太刀時代〉を築く。大正八年、《神戸新聞》神戸柳壇選者。「柳太刀」終刊後、富田青波主宰「椎の実」客員。青波夭折後、群小誌割拠時代には、「番茶」客員のほか、数誌の顧問格として出句、指導。昭和四年六月、各柳社が狭い作句傾向を越えて、広い思想で集結、活動するために〈ふあうすと川柳社〉が創立されたとき、その代表、編集発行人となる。素生*、睡花*、東洋鬼（のち東洋樹*）、浄平ら同人一八名は、すべて同格であり自立してそれぞれの個性で幅広く活動すべきであるとし、主幹にはならず、同人は弟子ではないとして「先生」と呼ばせなかった。生涯「紋太はん」で通した。紋太の思想を代表する主張は、

①「川柳は人間である」（「ふあうすと」大11・6）

②「自力自作」（「ふあうすと」昭15・10）

③「川柳明治創設説」（「ふあうすと」昭15・5頃）

④「題詠より創作」（「ふあうすと」昭26・7〜10）

このうち①は、大正一一年から一二年にかけて起こった「新生※」、「氷原※」などの新興川柳※が川柳詩論を展開、旧満州国の「通」を中心とした大陸川柳系が穿ち、軽み、諷刺のみの川柳非詩論※を掲げ、いずれをも肯定できずにいた紋太が、吉川雉子郎*（英治）が川柳界を去る直前に「大正川柳※」誌上で発表した「川柳常識読本巻の一」の「芸術非芸術」に触発されて、大正一一年六月の「柳太刀」四六号に執筆した評論をベースに補強、発展させたもの。川柳は詩も非詩も含めた幅広いものであって、例えば〈何々川柳〉といった狭い枠内のものだけというのは間違っている（「本格川柳※是非」昭7・8「ふあうすと」という批判もここから生れた）という考えであって、それが「自力自作」（ひとと違った個性ある作品を自分の力で創作、多様性のある柳社、柳界をつくること）、「題詠より創作」（個々の人間と一体化した主動的な創作には雑詠がふさわしい）ということにつながる。ただ、紋太自身は「自分はどちらかと言えば川柳詩派である」と、後年書いている。

「川柳明治創設説」は、明治以前にジャンルを表す言葉としての〈川柳〉はなく、川柳は、明治に興ったとするもの。「川柳味は、川柳として独自の持味、川柳に限ってそれを尚ぶ雰囲気、永きに渉って川柳に保たれている風格、川柳によって初めて発揮し得る境地、柳人の多くが川柳なりと認めている情緒、そんなものをひっくるめ、そこから醸し出てくる一種の匂い、味い」（「四十万句の行方」昭16・17）として、伝統川柳にだけ囚われることなく広がりを得るものであることを主張した。

昭和二六年、〈兵庫県文化賞〉受賞。昭和三七年六月、

眼底出血左半身動脈硬化により編集発行人を増井不二也に移す。いったん病状は安定するが、昭和三八年九月、脳出血で右半身不随となる。「ふあうすと」の将来を考えて、昭和四一年七月、鈴木九葉*を主幹として自らは代表・会長となる。左手で作品と評論を書きつづけ、六大家※の中でも執筆、評論は多い。昭和四五年四月一一日没。享年八〇。廣済院釈普文。著書に『椙元紋太川柳集』(昭23)、『続・椙元紋太川柳集』(昭25)、『わだち※』(昭27)、『茶の間※』(昭29、33再版付録)、『微笑園』、『川柳椙元紋太句集※』(昭43)等がある。〔東野大八・中川一〕

電熱器にこつと笑ふやうにつき
知つてるかあはゝと手品やめにする
鼻唄の出る暮しよい秋となり
健康というべしバナナ立てて食い
につぽんを囲み昆布の森うごく

参考:『川柳椙元紋太句集』(昭43)、「ふあうすと」五〇周年記念号(昭54・6)。没後に、川柳全集⑧『椙元紋太』(昭和55)、『椙元紋太の川柳と語録』(平16)がある。

**門柳** もんりゅう 【旧連】初代川柳*の〈連枝〉といわれる牛込の植木屋。「かどのやなぎ」—門口に柳を植えるのは、植木屋のしるし。麹町初音連の月並再建に主評者として招かれ、柳多留三三篇より評者となる。〔尾藤一泉〕

夕立は十七屋から京へ知れ　樽一七-32
たんざくがねがへりをして御たんしやう　樽二二-38
いやな下女浅間額に作るなり　樽二四-38
禁酒だとおつしやりませと袴腰　樽二六-4
異見云盡《いいつく》し母親手を合わせ　樽二七-31
むらさき帽子口紅粉をうばふ也　樽二七-16

# や　行

**八重夫**　やえお　1903–2002【新川柳】本名・雨宮幸作。

明治三六年一月二一日、山梨県東八代郡黒駒村生れ。甲府市西高橋町住。大正七、八年ごろ、篠原春雨*の〈さんにち柳壇〉に清圃の号で初投句。昭和二年、宮内省に入省、省内に千代田吟社を創設、また、石田吐月峰、角本犇郎*、野本昭四らの「川柳群※」に加盟。甲府に疎開した昭和一九年一〇月、日被吟社を創設「日被句会報」創刊（一三号から「ころ柿※」と改題）。昭和二二年、川柳ころ柿社主宰となり「川柳ころ柿」創刊。全国有数の柳誌に育て上げたが、社内の新旧論争により主幹の座を降り、個人誌「跨線橋※」を創刊。中沢久仁夫らの仲間を得て、同人誌「次元※」に改題。昭和三二年には、現代川柳作家連盟創立に参画、副委員長を務める。「ころ柿」は、昭和三四年二月号（通巻151）を最後に廃刊。現川連解消後は、「鷹集団※」に拠る。昭和四五年、「川柳青空」を創刊。メディアでは、戦後より《山梨時事新聞》、《山梨県民新聞》、《サンケイ新聞》山梨版選者や、NHKラジオ文芸川柳選者などを担当。広く、川柳の社会化に尽す。著述に青空叢書『八重夫柳話集』（昭50）、川柳句集『遍路美知※』（昭52）、『群青』（昭54八重夫選）がある。平成三年一〇月二七日没。享年八九。浄徳寺に葬る。同所に句碑〈一本の道あり明日へひた行かな〉がある。〔吉岡宵波・尾藤一泉〕

こんな——だが生きねばならぬプライドよ
棺に釘打つ記憶みな新しく
幾億のザーメンに勝ちし一人の駄犬
未知の次元へ遍路の鈴は哭く（『遍路美知』巻頭句）

**夜叉郎**　やしゃろう　1888–1926【新川柳】本名・伊東薫太郎。

別号・五月庵（俳句）、酔仙（和歌）。明治二一年二月一四日、東京生れ。会社役員。明治三〇年代末に阪井久良伎*の門に入り、若くして異才をうたわれ、当時、久良岐社で行っていた同人研究五句集（回覧誌）の世話役をつとめるなど、実力者として自他ともに認められていた。大正七年四月、久良伎を立てて市民詩社を興し「花束」を創刊したが、同九年、突然久良伎と

袂を分かって、川村花菱、篠原春雨*らと川柳詩社を興し、「川柳詩」を主宰、作句本位を脱した研究的な姿勢を打ち出す。大正一五年九月九日、骨盤カリエスで急逝。享年三八。東京・小石川の日輪寺に葬る（尽界浄薫居士）。〔尾藤三柳〕

病人の見ておく医者の鼻の穴　（辞世）

**夜　潮**　やちょう　1882–1960【新川柳】本名・岡田芳夫（旧姓・石井）。明治一五年一〇月一四日、津山市生れ。県立津山中学校長。川柳を二〇歳ごろからはじめ、のち麻生路郎*の「川柳雑誌※」常連投稿家となり、同社の津山支部設立に寄与し、昭和二七年五月より不朽洞会会員。津山中学退職後は農業に従事しながら作句に専念。温厚誠実な人柄を反映し、主として身辺雑記に材をとる。昭和三五年一〇月二二日没。享年七八。温修院恭仁義芳居士。〔東野大八〕

意見して帰れば妻に意見され
人前で蚤をつぶせる年になり
枕木となって一生終わらんか

**夜潮音**　やちょうおん　【古川柳研究】→阿達好雄

**寄生木**　やどりぎ　1933–　【新川柳】本名・高田利兵衛。昭和八年六月二日、青森県下北郡川内町生れ。靴店経営。昭和三五年浜夢助*選《河北新報》柳壇により川柳入門。同年地元川内川柳社に入会、杉野草兵*と出会い川柳指導を受ける。同四〇年より、同川柳社の句会報「川内句会報」を創刊、編集を務める。同四四年同会報を「川柳かわうち」と改称、さらに同四六年四月、一〇一号より「かもしか※」と改称。この間一貫して編集を務め、一地域結社の句会報を全国誌にまで発展させた。昭和四三年青森県文芸協会新人賞受賞、これを機会に同会員となり後理事を務め、川柳人として県文学関係者と幅広い交流を持つ。同五一年第一回青森県芸術文化報奨受賞。同五六年より個人句集シリーズとして〈かもしか川柳文庫〉を刊行。昭和五二年、杉野草兵*を「かもしか」の選者に迎え〈北貎集〉を設け、県内の新人作家を多数育成した。作品集として『父の旗※』（昭50）、『砂時計』（昭60）、『しもきたのかぜ』（平元）、『夜の駱駝』（平2）がある。句は、生活者としての眼を失うことのない温い

句が多い。また、風土を活写した作品も味わい深い。〔野沢省悟〕

しもきたのかぜ　とつべんのおとこたち
山頂に風あり人を信じます
くちびるにゆきのあたたかさをのせる
しあわせをはさむ　がらすのぴんせっと

**也奈貴**　やなぎ　1889–1955【新川柳】本名・野々垣のち坂下卯三郎。別号・粋好庵、梅塘。明治二二年一一月一七日、東京生れ。全国浴場組合長、区会議員。明治三八年久良岐社※へ入門。はじめ無茶坊、明治四二年五月改号。同社の「獅子頭※」、「川柳文学※」同人などを経て大正三年七月「川柳毛槍」(川柳若柳会)を発行、以後「黒髪※」(みやこ吟社)、「せんりう※」(川柳無名会)、「川柳詩※」(川柳詩社)などに関係、久良岐社の古参として大正期をピークに活躍、古川柳※への造詣も深かった。昭和三〇年五月一四日没。享年六六。〔尾藤三柳〕

お仮屋へ来て神主は蘇り　(昭9『昭和川柳百人一句』)
別荘の店請になる下女の親　(同)
春の山レンズへ這入れ〳〵なり　(同)

**山沢英雄**　やまざわひでお　1870–1965【古川柳研究】号・碌々。川柳関連の論述としては、「三味線草※」昭和一三年二月号に「柳多留序文の研究に就いて」を出して以来、「古川柳研究※」、「近世庶民文芸※」、「古川柳真髄」、「柳」、「古川柳通信」、「国文学解釈と鑑賞」、さらには川柳雑誌の「川柳しなの※」、「せんりう※」、「番傘※」等にも寄稿している。特筆すべきは、岩波文庫の『誹風柳多留』の西原柳雨校訂（昭5）を再校訂し、研究資料の基本となる前句※入り定本を昭和二五年に刊行（五冊本・索引つき）したほか、同岩波文庫の『誹風柳多留拾遺』上下（昭41）、『誹諧武玉川』四巻（昭59）の校訂作業を行い、手軽にこの分野の史料を検索する道を拓いたことである。〔尾藤一泉〕

**山村浩**　やまむらひろし　【新川柳】→一二

**山本松谷**　やまもとしょうこく　1870–1965【関連人名】本名・山本茂三郎。別号・昇雲。明治三年、高知県土佐後免生れ。『日本名所風俗画帖』、『松谷花鳥画譜』、『松谷漫画』などで当時人気のあった日本画系風俗画家で、東陽堂の絵画部員。『風俗画報』の表紙、挿絵を描く一方、同誌第二三五号（明治三四年七月一五日発行）から〈風俗柳樽〉と題し、見開き二ページの絵入り川柳を連載、また日露戦争中、同誌臨時増刊として発行された『日ボン地』（鶯亭金升*編）には、〈戦時柳樽〉として、やはり見開き二頁の時事句※に辛辣な筆致で絵を添えている川柳画※の草分け。昭和四〇年没。享年九六。〔尾藤三柳〕

**祐**　ゆう　1911–

【新川柳】本名・三浦祐。明治四四年六月七日、静岡市生れ。県立静岡商業を経て、昭和一一年明治大学文学部史学科卒業。昭和初期の人形劇団「プーク」入団。戦後再建第一回公演より人形劇脚本を執筆、NHKプークその他により放映・上演する。プーク賛助劇団員（戦後）、UNIMA（国際人形劇連盟）理事を経て現在フリー。昭和二八年現代詩より川柳へ転身。根岸川柳（一四世*）の東京川柳会に所属し、はじめ茄六。同三〇年九月より『川柳新書』（非売品）として、当時の新鋭、中堅作家の句集、全四二集（昭33・11）まで川柳新書刊行会の名で毎月一冊無料刊行し、新聞社、図書館、放送局、学校等へ寄贈し、現代川柳の啓蒙運動をしてきたことは大きな業績である。昭和三二年、川柳鴉組の季刊誌「鴉※」一九号に同人参加、二三号より山村祐のペンネームで評論「川柳は現代詩として堪え得るか」を連載。その後評論家として革新的川柳論を次々と発表。川柳評論誌「海図※」発行、現代川柳作家連盟機関誌「現代川柳※」編集、短詩形詩誌「森林※」主宰。一行詩誌「短詩※」主宰。柳俳交流研究誌「対流※」「短詩形文学」を津久井理一、西垣卍禅子、古川克己、川崎三郎各氏と発行又は共同編集。日本現代詩人会会員。現代俳句作家連盟顧問。主著『現代ヨーロッパの人形劇』、『台湾の人形芝居』、句文集『沖縄離島行』、諷刺詩集『大礼服』、エッセイ集『短詩私論※』、『続短詩私論』、『山村祐集』（短詩形文学全書）、一行詩集『一行の青春』、エッセイ集『一行の青春』、『新・川柳への招待※』等がある。作句、批評を続けた革新的川柳家である。〔山崎蒼平・平宗星〕

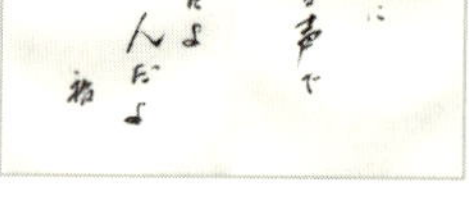

ガニ股の向うの景色うつくしい
壁面へ私の影をいっしんに貼る
鰯雲　地に手が生えて群れたがる
死は　手袋のように垂れ下っている
眼よ　しろい骨の杯を　私に見たか

**有幸** ゆうこう 【中間期】下谷入谷住。集者として四方に走り句を集めて会莚に力を注いだという。当人も有力な作家で、『柳多留※』二七篇初出。〔尾藤一泉〕

**焼香ハ煙リをつまむよふに見へ** 樽二七-20
**山吹を桔梗へ出したにはか雨** 樽三三-7
**すつぽんと月吉原と吉田町** 樽三四-26
**夕立のやうにやりては笑い出し** 樽三五-41
**高い敷居のふみ台に母ハなり** 樽四三-21

**祐侍** ゆうじ 1889–1936【新川柳】本名・新倉勇治。明治二二年六月一九日生れ。鳥居薬品株式会社横浜倉庫主任、のちに同社取締役に就任。大正七年川柳に入り、同一三年四月、横浜在住の川御人で川柳浜の会結成、同人。昭和一〇年五月知古会を創設、主宰者として古川柳※主義を貫く「川柳知古※」を発刊。横浜市中区相生町二-四九に居住、〈ハマの御大〉で通る横浜川柳界の宿老。昭和一一年九月一七日没。享年四八。〔関水華〕

**聞き慣れた声に被告は振り返り**（昭4「選粒」創刊号）

参考・句集『波満』（昭3）、「川柳知古」通巻18号・新倉裕侍追悼号（昭11・12）

**祐助** ゆうすけ 1892–1965【新川柳】本名・掘口松吉。明治二五年八月二三日、東京日本橋生れ。染物店。明治四三年、花又花酔*の紹介で柳樽寺※に入る。大正初年の柳樽寺句会で活躍。大正七年には寺沢小尺一らと川柳やよい会を結成、また昭和一一年、京橋川柳社を創立、「京橋」を発行、牧四方などの俊秀を生む。第二次大戦後は葛飾区に移り、二三年、関根木九、鈴木一吉らと川柳かつしかグループを結成、城北に川柳の拠点を育てる。東京川柳界の長老として敬愛され、掘口北斗*は女婿。句集に『栗の花』（昭27）がある。昭和四〇年一〇月二〇日没。行年七三。飯能市・観音寺に葬る。酔翁松風信士。〔尾藤三柳〕

**社線から一路我が家へ銀河澄む**（昭27『現代川柳展望』）
**孫抱いて月は童話と唄を生む**（同）
**思惑が当たって広い路を行く**（昭38）

**夕帆** ゆうはん 1904–1982【新川柳】本名・村山雄治。明治三七年九月一四日、秋田県生れ。秋田中学中退。昭和五年から川上三太郎*に師事、のち川柳研究社幹事。昭和九年、県川柳誌第一号「秋田川柳※」（小西乱明主宰）

の創刊に参画、同一一年一〇月には土崎川柳研究社を興して「川柳みなと」を創刊するなど、県川柳界の草分けとして重きをなす。五〇年間川柳一筋、最後まで全国各誌への投句を欠かさず、一日平均三〇章を作句していたという。著書に『くらしの詩』第一〜三集があり、県・市の文化章を受章している。昭和五七年一月六日、肺癌で没。享年七七。〔尾藤三柳〕

**働いた日銭へ酒が呼びかける**（昭49「柳友」一四四号）

**石を掌にして野良犬の瞳へ恥じる**

**幽香里**　ゆかり　1908–2003【新川柳】本名・馬場文代。明治四一年広島県生れ。県立広島高等女学校卒業。父森脇美禰坊*が広島川柳会を創立し、自宅でも句会を開いていたので川柳を知る。当初は低俗な句のある川柳に反発を感じていたが、次第に人間諷詠詩としての文芸川柳に惹かれ、昭和二年、一九歳で作句を始める。翌三年には幽香里と号し、父の主宰する群山番傘川柳会にも出席。女性を軽視しない、品格のある句を、という川柳観を初心から貫く。昭和二〇年八月六日、出勤途上の広島駅で原爆に被爆するが、奇跡的に命をとりとめる。この被爆体験は、のちの原爆合同句集『きのこ雲※』や句集『捧げる』に再現される。昭和二一年、父美禰坊らとともに広島番傘川柳会を創立、同会幹事となる。同年秋、岸本水府*の推薦により番傘川柳社同人ともなるが、のち広島川柳会に番傘名を冠することを求められたため、同二九年番傘を去る。昭和二二年、日本貿易振興会勤務の馬場木公と結婚し、のちスイス、豪州、米国に駐在、北米川柳吟社ほかの指導など海外の川柳活動へと拡がる（昭和六三年に「北米川柳」への寄稿文の収録『あめりか川柳』を刊行）。昭和二五年父のあとを継ぎ広島川柳会を再興、「川柳ひろしま※」を創刊。同三〇年八月同誌を「原爆の句集きのこ雲」として特集、翌年八月原爆川柳句集『きのこ雲』を刊行し注目を浴びた。この間、広島県内を中心に三〇を越える川柳会、グループなどを指導したが、同三七年病気療養のため一時渡米、川柳指導、柳誌発行などは柳友に依頼した。同五六年、広島女性川柳会を創立し、会長。翌年二月に「花びら抄※」を創刊。

**原爆の炎に小さき砂袋**

**いざこざはなかったようなダムの水**

昭和六二年、川柳指導を通じての文化振興により広島市長から文化功労者表彰を受けた。句碑は昭和六三年、傘寿を記念し広島県湯来町に〈涅槃までわき見道草して歩き〉を、また平成九年、卒寿を記念し大竹市に〈腰かけて石の情けがありがたし〉を建立。著書に『幽香里句集』、『川柳入門書』、『川柳人生』がある。平成一五年二月一一日没。享年九四。なお、夫婦とも川柳家でもあり、馬場木公（本名・徹。平成一八年九月二二日没。享年八四）は、幽香里没後も「文芸川柳」での活動を続けた。〔今川乱魚・尾藤一泉〕

**幸男** ゆきお 1910–1968【新川柳】本名・布部幸男。明治四三年二月一八日、京都市生れ。若いころから情歌、冠句、落語などが趣味。冠句では江戸時代からの名門轡家第八世を襲名、寸刀はその号。川柳は京都の「擬宝珠」から「川柳月刊」、「川柳平安※」など十指を超える団体に主宰もしくは同人として参加。柳歴四十余年。昭和三三年七月『国文学・解釈と鑑賞＝川柳大鑑※』に「川柳平安」代表同人格で「川柳発生の意義を尊重し、その宿命と伝統を継承していくため、ひろく深く庶民性の内省を追及し、川柳の新時代に対処する開花をめざす」と述べている。昭和四三年一〇月一日没。享年五八。〔東野大八〕

**灯を消して枕に座せば金のこと**（「川柳街」昭5・7）

**雪雁** ゆきかり【柳風狂句】→川柳 10

**弓削平** ゆげへい 1907–1990【新川柳】本名・丸山肇。

明治四〇年三月二〇日、岡山県久米郡下弓削生れ。歯科医師。戦後間もなく川柳を知る。昭和二二年、川柳雑誌岡山支部復活誌上句会にはじめて参加。「川柳雑誌※」に入会、麻生路郎＊の指導を受ける。地域の戦後復興に川柳を手段とし、あらゆる機会、集会を通じて〈川柳の町〉運動を推進していった。昭和二四年弓削川柳社を創立、「日本一の川柳の町を創ろう」を合言葉に、昭和二五年九月、ＪＲ弓削駅前に麻生路郎の句碑を建立したのをはじめ、川柳の句碑公園をつくるなどの施策を実行した。昭和五〇年には東洋樹賞、平成二年には山陽新聞奨励賞（弓削川柳社）を受賞している。平成二年一月一一日、脳梗塞で没。享年八四。〔尾藤一泉〕

**菊を貰う菊より美しいひとに**

**人生の軽業の樹にぶら下り**

**夢路** ゆめじ 1893–1945【新川柳】本名・小田久吉。別号・玉川亘、其笛。明治二六年一〇月一四日、広島市

生れ。住友伸鋼社員。明治四三年ごろから川柳に手をそめ、大正九年「番傘※」特別社友、一一年一月内山憲堂らと川柳研究社を興し、柳誌「はこやなぎ」を発刊。大正一三年五二号をもって廃刊、「番傘」に合併し、自宅に番傘川柳社を置く。岸本水府*を援けて四六判随時発行の「番傘」を活版印刷、月刊に持ちこむなど本格川柳※の振興発展につくした。「川柳は私の宗教だ」が信条。番傘川柳本社副会長として、人間の心証に即した多くの名作を手がけたが、昭和二〇年八月六日、広島に帰省中原爆で死去。享年五一。〔東野大八〕

馬鹿な子はやれずかしこい子はやれず

**夢二郎** ゆめじろう 1895–1974【新川柳】本名・高木正一。別号・康正。明治二八年、名古屋生れ。七歳のとき北海道にわたって四〇年間教鞭をとり、僻地教育に尽力。大正一二年「氷原※」同人。また「川柳人※」「影像※」等と関係。昭和三二年井上信子*に請われて「川柳人」編集長となり、剣花坊*の遺産を守り続ける。その間、剣花坊三三回忌記念川柳大会、昭和四六年剣花坊生誕百年記念事業の一つとして『井上剣花坊伝』、四八年「川柳人」五〇〇号等を刊行。基本に「氷原」の詩を内包した品格ある批判句が多い。病苦の床で編集し、自らを燃え尽きさせる。昭和四九年一一月八日没。享年七九（正信院育英恬雄居士）。〔大石鶴子〕

玉音放送あの日の暑さ未だつづき

無産者の歴史を止めて砲が鳴り

参考：「川柳人」夢二郎追悼号（昭50・10）

**夢　助** ゆめすけ 1890–1960【新川柳】本名・濱喜三郎。明治二三年四月二〇日、仙台市生れ。市立仙台商業学校を卒業、家業鶏卵店を営む。一〇代から俳句、川柳、短歌、歌謡、都々逸などを雑誌に投稿、二一歳から川柳と俳句に絞って精進。俳号は真砂（浜の真砂の洒落）。二三歳で仙台青吟社を興して俳句に進むとともに、川柳は井上剣花坊*の門下となり「大正川柳※」へ出詠。昭和四年、《河北新報》柳壇選者となり、戦時の中断はあるが以後三十余年、地元柳界の登竜門といわれる同柳壇の育成指導に当った。昭和一一年「北斗※」を創刊

して主宰、新興川柳※の一翼を担ったが、戦時中断。戦後は二二年九月川柳宮城野社を結成、「宮城野※」主幹として確固たる地位を築いた、東北川柳界の大先達。昭和二五年、還暦を期して句集『雪国※』を、また同三五年には古稀記念第二句集『をぐるま』を発刊。晩年は「北上※」選者のほか各地句会の指導に努め、後進に対し、一生の仕事として川柳作句に親しむことを説いた。昭和三五年一〇月三〇日、脳溢血で没。享年七〇。仙台・大林寺に葬る。大智院喜翁良道居士。没後、母校立町小学校向いの西公園に句碑〈雪国に生れ無口に馴らされる〉建立。〔若山大介〕

**雪国にうまれ無口に馴らされる**　（句集『雪国』）
**ストリップショーへ髑髏は立ちつくし**　（同）
**どの恩を返そう貧の真っ只中**　（同）

**夢之助**　ゆめのすけ　1896–1979　【新川柳】本名・北智之。明治二九年二月五日、新潟県佐渡生れ。父母の札幌移住にともない、北海中学卒。在学中より地元新聞に俳句、川柳を投稿。大正六年、神尾三休*のアツシ会に最年少創立同人として参加。翌年より「大正川柳※」に投句、さらに「忍路」に参加、同人として活躍。昭和二年、樺太・大泊に転職、高橋遠鳴子らと樺太川柳社を創設、機関誌「わからなぎ」（翌年「犬橇」と改題）を創刊。昭和五年『北夢之助句集』を刊行。敗戦により帰国した夢之助は、昭和二六年、新潟の柳都川柳社客員（のち顧問）となり、《越後新聞》柳壇選者、新潟川柳クラブ会長などを経て昭和四九年新潟川柳文芸社会長となった。昭和五四年二月一六日、老衰のため没。享年八二。〔尾藤一泉〕

**人生へあてる定規の右ひだり**

**葉　光**　ようこう　1909–1962　【新川柳】本名・山本佐一。明治四二年一〇月一〇日、大阪府生れ。五歳のとき荷馬車に両足をひかれ、歩行困難となる。母に背負われ小学三年まで通ったが、あとは自宅で独学。家は貧農で竹細工を習得して家計にあてる。二〇歳の折、たまたま「川柳雑誌※」を入手し、川柳に魅せられ熱心に投句。句会には知人に背負われて欠かさず出席。路郎*がその情熱を賞し柳号葉光を与えた。「若くして父母を失い、歩行も叶わず妻子とてなく、孤独な私を只一筋に慰めてくれたのは川柳である。川柳は私の生命でありホトケ様だった」（一三夫宛書簡）。昭和三七年七月一一日、脊髄カリ

エスで没。享年五二。〔東野大八〕

我が生きる無駄を孤独の夜の底
〔昭34・11「川柳雑誌」〕

**葉路**《ようじ》 1930–2006【新川柳】本名・松岡孝吉。昭和五年二月一一日、深川生れ。石川島播磨重工勤務。昭和二一年、職場川柳会より川柳に入る。昭和二五年、富田茶夢、中村虹雨と川柳石川島を創設。昭和五八年より川柳かつしか吟社同人。平成三年、東都川柳長屋連※店子。平成一一年より、川柳人協会※事務局長として、東京周辺の川柳人の纏め役を果たす。平成一二年には、全日本川柳埼玉大会の事務局長を務め、成功裏に導く。また、NHK川柳講座講師、川柳まちだ講師、東京カルチャーセンターの添削には、夫人・恵美子とともに当たり、多くの川柳人を育てる。旅行も句会出席も一緒というおしどり夫妻であった。平成一三年度川柳文化賞受賞。句集に『川柳春秋※』（恵美子夫人との二人集・平成13）がある。平成一八年五月、病気を理由に川柳人協会事務局長交代、間もなく六月一二日没。享年七六。孝道品山信士。〔尾藤一泉〕

パスポート夫婦の旅は多色刷り
先駆者の骸を越えて虹を見た
満ち足りて　夫婦茶碗にある丸み
脇役で上手に首を縦に振る

**芳忠淳**《よしただ　きよし》 1924–【新川柳】本名・芳忠淳。大正一三年一一月三日、山梨県甲府市生れ。日本大学法文学部卒。労働省に入り奈良労働基準局長等歴任。職場句会のネオ・ロマン俳句会に所属。昭和五五年退職。以後、妻・復子（歌人）創刊の文芸同人誌『萬華鏡』に復子の祖父・九世川柳＊「柄井和橋をたずねて」を一二年間連載。家族のルーツを尋ねるという作業から、九世川柳という存在を通じて、川柳界からも古川柳界からも等閑にされていた柳風狂句※の掘り起こしを行う。平成一七年、膨大な論考を整理し、玄武堂出版より『柳のしおり※』を刊行、史料として一級の書籍を残す。川柳学会※の発足に参画、顧問理事として力を注ぐ。その他著書に『随筆労災保険』（昭43）、随筆集『草の実』（昭51）、随筆集『奈良』（昭54）などがある。日本歌人クラブ会員。日本川柳ペンクラブ理事。なお、平

成一五年二月二〇日、九世川柳一百年祭を向島・三囲神社に開催、併せて、天台宗・龍宝寺の初代川柳墓所に合葬されていた九世川柳を多磨霊園の芳忠家墓所に改葬した。〔尾藤一泉〕

**瑶天** ようてん 1900–1981 【新川柳】本名・伊藤幸一。明治三三年八月五日、東京・京橋生れ。北沢楽天に学び瑶天を画号とし、のち柳号とする。昭和初期、時事新報社内の川柳グループ時事川柳会を山川花恋坊*などと結成、紅茶碗と称する。昭和九年一〇月柳友会同人。一三年一月毎夕川柳同志会を興し、ユニークな企画で新人を養成、一五年九月からは東京川柳会と改めて「東京川柳」を創刊し、一八年の五周年には、出句無制限の大会を開いた。この間きやり吟社社人として「きやり※」の編集にも当った。終戦後は二六年に高須唖三味*らと川柳芝グループを結成、また選に当っていた《日本観光新聞》の投稿者を中心に三〇年五月、東京観光川柳研究会を創立、機関誌「観光川柳※」は没時三二〇号を数えた。日本川柳協会常任理事。昭和五六年九月二八日、咽喉癌で没。享年八一（宝川幸柳信士）。芝白金の正源寺に葬る。〔黒田高司〕

助言した方へ守衛の尖つた目（昭27『現代川柳展望』）
深呼吸今日の青空ボクのもの（昭57「観光川柳」句集）

**葭乃** よしの 1893–1981【新川柳】明治二六年二月二四日、大阪生れ。明治末年から川柳を手がけた女流※として、初期の作家。麻生路郎*と結婚、四男五女をもうけながら、「川柳雑誌※」紙上で川柳活動を続ける。路郎の縁の下の支えとなりながらも、〈川雑婦人の会〉などで女流作家の指導、川柳の社会化に尽力。句集に『福寿草※』（昭和30）がある。昭和五六年三月二四日没。享年八九。〔尾藤一泉〕

福寿草松に従いそろかしこ
飲んで欲しやめても欲しい酒を酌ぎ
同朋を偲ぶも今は地図の上

**義博** よしひろ 1898–1979【新川柳】本名・荻野義博。前号・椋村。明治三一年八月二六日、愛知県生れ。印刷会社社長。大正五年から川柳を始め、「大正川柳※」などに投句、講談倶楽部第一席の〈今年まで在せば明治

五十年〉は名高い。同一二年の関東大震災直後、近藤飴ン坊*を主宰とする寸句春秋社の創立同人として、昭和三年まで運営と編集に当たる。戦後は川柳長屋連※の差配（代表）となり、また川柳人協会※副会長、のち会長に就任、東京川柳界に尽力、円満で誠実な人柄が信望を集めた。昭和五四年一〇月二七日没。享年八一。潭月義照居士。〔尾藤三柳〕

ほろ苦き言葉或日の妻に聞く（昭32「ながや」合併号）

**よし丸** よしまる 1897–1955 【新川柳】本名・山田芳麿。明治三〇年六月二四日、黒石市生れ。教員。大正七年、初めての赴任先の黒石尋常小学校で小林不浪人*と出会い、川柳の道へ進む。昭和二三年、後藤蝶五郎*等と青森県川柳社創立。会計として支える。後の県川柳社を支える中林瞭象・金枝万作等は教え子。紅葉の名所・黒石中野神社に蝶五郎との友情の句碑がある。昭和三〇年六月二四日、浪岡町教育長在任中に急逝。享年五八。〔杉野草兵・岩崎眞理子〕

一に人二に人三に和が足らず

入る金出る金借りた金残り

死がやって来る楽隊か耳がなり

**芳味** よしみ 1926–1975【新川柳】本名・松本省弥。別号・牛尾絋二。大正一五年三月五日、東京・根津生れ。諸種の職業を経て日本貨物検数協会深川分室に勤務。その間労働運動に入り、全港湾東京支部執行委員および検数分会書記長となる。川柳に入ったのは河野春三*の「私※」からで、つづいて「人間派※」「天馬※」同人。「天馬」から多行形式※に移行した。四二年五月号より「川柳ジャーナル※」を多年編集する。その間「鴉※」、「川柳白帆※」、「鷹※」同人となり、「馬※」にも関係、革新系川柳の中心人物として活躍する。昭和五〇年三月六日、順天堂病院で没。享年四九。〔河野春三〕

難破船が
出てゆく丘の
ひそかな愛撫

無医村の
露店に晒す
生身の墓

（句集『難破船』昭48）

**余念坊**　よねんぼう　1891–1955【新川柳】本名・村上米造。明治二四年、横浜生れ。生家のパン製造業を手伝い、のち東京・銀座の越後屋呉服店番頭となる。近衛砲兵聯隊へ入隊、二五歳で除隊。生家にもどり、のち中区若佑町（現伊勢佐木町裏）で半襟屋を開業。近所の寄席若竹亭に出入りしているうち、講談の田辺南龍の弟子となり、田辺南翠を名乗る。また大島伯鶴の支配人ともなる。大正一二年三月、第三次芦蟹吟社を創立して「あしかに」その一を創刊。後年はもっぱら〈余念〉と称す。昭和三〇年一月一六日没。享年六三。二月二日、横浜市中区・日枝神社で追悼句会開催。〔関水華〕

人の世の冷たさを知る足袋の穴　（「あしかに」より）

**夜半杖**　よわじょう　1888–1934【新川柳】本名・尾山留太郎。別号・紫被布、半雪。明治二一年九月二三日、千島国後郡泊村生れ。印刷業。大正六年神尾三休*らと札幌アツシ会を創立、「アツシ」を創刊、編集兼発行兼印刷を担当して、同誌とともに北海道柳界の礎石を築いた。大正二年より五回にわたって『全国川柳名句番附』を刊行。大正一二年北海道で最初の個人句集『雪つぶて』を、大正一三年には河内岐一遺句集『岐一集』を刊行した。昭和九年一二月二八日、肺結核で没。享年四六。〔斎藤大雄〕

人生を区切る気がする雪つぶて　（大12、句集『雪つぶて』）

参考・・斎藤大雄著『北海道川柳史』（昭54）

# ら　行

**来人** らいじん 1881–1938【新川柳】本姓・野田。前号・五九郎。明治一四年、福岡県生れ。八幡製鉄所勤務。明治四二年七月、同製鉄所の川柳同好者により読売川柳会筑前支部を結成、翌年二月「パーセント」を創刊。同誌は「鵜※」と改題されて大正五年五六号で廃刊となったが、媛柳八幡支部の一〇年余りを経て、昭和三年一一月川柳くろがね吟社を創立、翌四年二月一日「くろがね※」を創刊（同一五年三月、統制で休刊）。九州の一角に川柳王国を築いた。性は豪放磊落、大人の風格があり、反面厳しいものを内に秘めていた。定年退職後の昭和一三年一二月一七日、小倉市京町の自宅で没。享年五七。現「くろがね」（二八年後刊、誌齢通刊五〇〇号＝五八年八月現在）の基礎を築いた九州川柳界の草分けであり、指導者。〔尾藤三柳〕

**嫁く子に風も吹け雨も降れ世はおもしろし**

（愛娘〔佐々木〕クニ子さんが嫁ぐ折の短冊）

参考：「くろがね」創刊五〇〇号記念特別号

**楽斎** らくさい ?–?【新川柳】本名・藤波岩太郎。明治新川柳草創期の選者、指導者。慶応義塾卒。雑誌（「文庫」）、新聞（《国民新聞》）の記者。文士。俳人（秋風会）。雑誌「文庫」の川柳選者として写生主義を主張、自作について久良伎*と論争するなど一家言をもち、初期の理論家として、また個性ある作家として、明治川柳界の中心的存在であった。明治三七年に川柳研究会が発足するや、《やまと》の駄六*、《日本》の剣花坊*、久良岐社の文象*、水日亭*など新川柳各派の作家と交流、啓蒙に尽した。川柳観を記した「川柳概論」（『新柳樽』）には、当時としてすぐれた指摘が随所に見られる。『類題川柳名句選※』（明37）、『新柳樽※』（明37）、『歌劇と歌劇俳優』（大正8）の著述がある生没不詳。〔尾藤三柳〕

**鴬を鳴かせた三味が門に立ち**（明37「新柳樽」）

**生酔は樹下石上で花を浴び**（同）

**乱魚** らんぎょ 1935–【新川柳】本名・今川充。昭和一〇年二月二二日、東京生れ。

職場俳句会から昭和三七年頃、《日経新聞》川柳欄（岸本水府*選）で川柳と出会い、「番傘※」など関西各地の句会に出席。昭

和四四年、東京へ転職。同五〇年からみなと番傘句会に出席、五二年より同会および番傘本社同人。同五四年から「港※」編集長。平成七年から同一〇年まで東京みなと番傘川柳会会長、同一〇年九月、読書会、即吟会を含む公開の999番傘川柳勉強会創設、主宰。一方、昭和六二年一〇月、江畑哲男、窪田和子らと東葛川柳会を興し代表。地元東葛飾地域に川柳講座を開講し、つくばね川柳会の誕生・育成にも関与。平成四年五月、第五回ヌーベル文化賞を受賞。これを機に今川乱魚川柳ユーモア賞を設け、ユーモア川柳の普及にも努める。平成元年日本川柳ペンクラブ※発足とともに参画。平成六年には社団法人全日本川柳協会※理事、平成一五年より会長。パソコンによる「短文芸バンク」の開発、行革川柳の主査、科学技術広報誌や鉄道身障者協会誌の川柳欄の連載なども務め、川柳の句風は、定型・伝統を重んじながらも、「弱く愚かな」自分自身をさらけ出すユーモア句が多い。著書に『乱魚川柳句文集』（平7）、『ユーモア川柳乱魚句集』、『ユーモア川柳乱魚選集』などがある。編著に『川柳贈る言葉』（平9）などがある。平成一七年、『癌と闘う※―ユーモア川柳乱魚句集』により、第三回日本現代詩歌文学館館長賞を受賞。〔江畑哲男〕

本名で答えて入る手術室

戦争を憎むあまりの諸ぎらい

ふところに命の次のもの仕舞う

**嵐舟**《らんしゅう》 1916–2002 【新川柳】本名・岡村健一。大正五年八月一三日、高知県香美郡土佐山田町（現・香美市）生れ。昭和六年ごろ、中澤濁水選の《高知新聞》の〈高知柳壇〉に投句。戦時中の数年間のブランクの後、昭和二四年七月、県内川柳作家大同団結により「帆傘※」復刊、その中心的役割を果たす。同二四年六月から四〇年一二月まで〈高知柳壇〉選者。番傘本社同人（昭和二五年から）。句集に『素顔』（昭43）がある。平成一四年二月九日没。享年八七。〔北村泰章〕

おどり子の眉うつくしき笠のかげ

**乱耽**《らんたん》 1909–1971 【新川柳】本名・住田増蔵。明治四二年一二月八日、神戸生れ。灘で運輸業。一八歳から「川柳雑誌※」に投句。主幹・麻生路郎*に愛され、昭和二年同誌社友で編集を担当中、昭和六年親友愚陀と合同句集『潮騒』を出し柳界から注目さる。昭和一三年一〇月、川柳雑誌を離れ樽吟社を興し、柳誌「樽」

主宰。同年末川柳雑文集『蚤の足音』を出版。序文を南北*、雀郎*、水府*、紋太*、三太郎*が書き、東魚*、鶏牛子*、唖三味*、潮三郎*が寄稿という、交友の広さを示す。昭和四六年一月五日、内蔵疾患で死去。享年六一。〔東野大八〕

たんつぼを集め小使消えていく　（「樽」より）

参考：『蚤の足音』（昭13）

**李　牛**　りぎゅう　?–1783【旧連】柳水連・雨譚*の息子。天明三年七月七日没。唯一、初代川柳*が追悼句をささげた作者。天明元年の角力会が初出。『柳多留※』、『川傍柳※』で活躍のあとがみられる。〔尾藤一泉〕

忘れたがいんぐわこくぶをかわされる　樽一七・32
十六本すると犬までくひあるき　樽一七・39
四本さしたのが四ツ手の直をきめる　樽二〇・20

**鯉　生**　りせい　1907–1987【新川柳】本名・小池理一。明治四〇年一一月七日、神戸市生れ。県立神戸商業の同級生に三條東洋樹*、鈴木九葉*、一年下に大山竹二*が居て、早くから川柳に染まる。俊坊の号で「番傘※」、「川柳雑誌※」、「大大坂※」などに投句。荒れた生活により一時期川柳を離れるが、紋太*や三太郎*と会い、浦和に出て鶏卵商を営み、「川柳研究※」幹事、「ふあうすと※」会員として活躍。号は、俎上の鯉の意。書を好み、緑山と称して公募展でも入選。昭和六二年一一月一九日、心不全で没。享年七九。〔尾藤一泉〕

丸裸から玉子屋を思いつき
世渡りの下手許し合う小さな膳
夜もすがら汗の十字架背に描き

**立　歩**　りっぽ　1910–2003【新川柳】本名・前田忠次。号・曲線立歩。明治四三年一月二三日、北海道生れ。大正一四年、《小樽新聞》に投句、川柳に入る。翌年「氷原※」に参加して田中五呂八*の知遇を得る。戦後、東京の「川柳人※」同人。また川柳氷原会にあり、道内の放送川柳、各柳誌の選者などをつとめる。道内の新興川柳生き残り。空知野に句碑がある。句集に辻晩穂編の『目ん玉』（平15）がある。平成一五年五月一一日没。享年九二。〔尾藤一泉〕

蜜蜂のわめく軍歌や　くさまくら

死の縄の撚れて異なる血を飾る

**柳　允**《りゅういん》　1929–1982【新川柳】本名・後藤柳悦。昭和四年五月三〇日、青森県黒石市生れ。団体職員。東北川柳界の先駆者であり指導者であった蝶五郎*の長男で、幼少から川柳に親しみ、一七歳ごろか

ら川上三太郎*に師事、父の没後は黒石川柳社主幹。また二六年から県総合誌「ねぶた※」（青森県川柳社発行）編集長として県川柳界に尽力、作家としては三六年不浪人賞、五二年県教育委員会芸術文化選奨などを受賞している。昭和五七年五月八日、糖尿病に急性肝炎、尿毒症を併発、黒石市厚生病院で没。享年五二。遺句集に『余香※』（昭59）がある。〔尾藤三柳〕

**荒縄をほぐすと藁のあたたかさ**　（『79日本川柳人名鑑』）

**柳　王**《りゅうおう》　1912–1979【新川柳】本名・猪狩政一。明治四五年六月二四日、郡山市生れ。同市で歯科医開業。中学二年の時、教師・斎藤虚空に川柳を習う。昭和二七年長尾青人の郡山川柳会に参加、「郡山川柳誌」第一号を編集。三九年、川柳こおり山会を創立、会長となり、「川柳こおり山」を創刊、信念ある人材を多数育成した。福島県川柳連盟副会長。句集に『木洩れ陽』、『苦い酒』。昭和五四年一一月三〇日、急性腹膜炎で没。享年六七。郡山の大慈寺に葬る（耕雲院龍王知水清居士）。〔加藤香風〕

**一等賞やっぱり妻にやるとする**　（昭50『苦い酒』）

参考・・やぶうち三石著『福島県川柳史』（昭52）

**柳　好**《りゅうこう》　1820〜1890【柳風狂句】本名・杵屋正左。号・燕屋柳好。文政三年生れ。京都・柳の馬場三条の人。三味線師。五世川柳*の門に入り、允されて立机※、京都の柳風狂句判者※となる。同地の

自立判者たちと一線を画して、江戸の口調を重んじ、普及に努めた。明治二三年三月一五日没。享年七一。のちに京都の判者となる柳水園二橋の肝いりで催された追福の莚は未曾有の大会となり、その遺徳を偲ばせるものだったという。〔尾藤三柳〕

**桜に寒き茶の花で炉を開き**　（明20『五世六世川柳祭祀狂句合』）

**柳志**《りゅうし》　【柳風狂句】本名・初鹿野市右衛門。号・和合亭柳志。甲斐国一の養蚕地東山梨郡日川村一丁田中に凡そ一丁四方の邸を構えた豪農（養蚕業）で、先代市右衛門（操、明治九年追善会）と二代続いた狂句※作家。維新後日川村となった一丁田中は、田安民部卿の領地五万石の内で、古くから狂句の盛んな土地柄。天保期の風嘯、実、ホムル、守黒、東耕、素遊、幕末の安楽、楽調、塵成、素遊、三ツ輪らに続く明治期にかけて登場、明治四年の地元額面会柳風狂句合では、六世川柳*の加評※五十番抜きに名を連ねている。明治九年一〇月には「操、東耕両霊追福狂句合」の会幹、同一七年には「培柳蕃殖会狂句合」の会幹ならびに評、また晩年の三六年には「甲斐身延山奉額会柳風狂句合」の催主となり、配り本の編集に当たっている。同地のかなめ（家名免）との〈狂句扇面合作〉（画・吉元）がある。〔尾藤三柳〕

**春の雨にも寝付れぬふられた夜**　（明4『新京楼額面』）

**知らざるに劣るぞ知らで知ツた振り**　（明13『両霊追福狂句会』）

**龍二**《りゅうじ》　1899–1927【新川柳】本名・宮島龍二。別号・柊果、与太六（旧号）。明治三二年、金沢市生れ。金沢商業卒業後、富士製紙江別工場に勤務。同僚の金山呑天坊に誘われて、大正一〇年八月創立の江別川柳社同人となる。一三年、呑天坊の釧路転任で同川柳社は自然消滅の形となり、以前から病を得ていた龍二は故郷金沢へ帰郷、静養のかたわら作句、また新興川柳※の思想を支える一方の論客として、「影像※」などへ筆を執っていたが、病中代筆で送った作品（「影像」三七号）を最後に、昭和二年五月七日、二八歳で没。「氷原※」二六号（昭和三年二月一〇日発行、復活号）に、喜多一二（鶴彬*）が「宮島氏の思想に就いて」と題する追悼文を記している。〔尾藤三柳〕

**落つる落つる落つる雲雀と見れば恋**

**龍城**《りゅうじょう》　1923–　【新川柳】本名・吉岡辰喜。大正一二年三月二九日、熊本県下益城郡松橋町生れ。日本大学法文学部卒業。熊本装器株式会社代表取締役専務。川柳は兄、吉岡五竹の影響を受け小学六年生頃から作句。弟、吉岡茂緒も川柳作家（「ふんえん※」編集長、主幹）。川柳三兄弟として知られている。本

格的な活動は昭和二五年、大嶋濤明*主宰の川柳噴煙吟社創立に参加してから。同四五年、濤明死去のあとを受けて川柳噴煙吟社会長となる。同六二年、第二回国民文化祭、平成八年、第二〇回全日本川柳大会を熊本で開催した際のまとめ役を果す。社団法人全日本川柳協会常任理事。NHK学園講師。《ロータリーの友》選者を勤める。著書は『川柳みちしるべ※』（本阿弥書店・平2）、川柳コメント句集『とまり木』（噴煙叢書第一〇集・平4）などがある。句風は伝統派のネアカ川柳で明るい句が多いが、加齢とともに人情深い味の句も多くなってきている。全日本川柳協会会長として各結社との交流に尽力。平成九年、川柳文化功労者として政府より叙勲、木杯一組を受ける。〔田口麦彦〕

　諸行無常さっき泳いでいたうなぎ
　母がつくる巻ずしの具はあふれてた
　寒がりの猫と余生を温め合う
　少年に還る日はなし楠若葉（水俣市水天山文芸の丘句碑）

**流水**《りゅうすい》【俳風狂句】→松山

**柳水**《りゅうすい》【俳風狂句】→松山

**柳村**《りゅうそん》 1926–1969【新川柳】本名・柳町公人。大正一五年五月一六日、現更埴市生れ。国鉄職員。昭和三六年佐藤曙光主宰の長野川柳会の創立と同時に会員となり、昭和三八年全国鉄川柳人連盟事務局担当、「国鉄川柳」編集者として三年間尽力。その手腕を買われ、引き続き『国鉄川柳句集』の編集を二年間担当してめざましい成果をあげた。病魔に冒され、入院通院を繰り返しながら、つねに川柳句帳を肌身離さず、川柳大会のあるところ、すべてに投句する打ち込みぶりであった。昭和四四年一〇月一八日没。享年四三。遺句集『ベレー帽』がある。〔石曾根民郎〕

　踏まれても我が道を行く蟻の列

**柳亭**《りゅうてい》【俳風狂句】→木卯《もくう》

**柳亭種彦**《りゅうていたねひこ》【俳風狂句】→木卯

**龍の介**《りゅうのすけ》 1885–1969【新川柳】本名・加山三郎。明治一八年、神奈川県横浜市の質舗に生れる。早大卒。明治末年から柳樽寺※、読売川柳研究会※の例会へ出席、間もなく安藤幻怪坊*らの横浜川柳社同人となる。大正はじめ、日本アルプスの高峰三十数座を踏破したことから登努久（とど久）と号し、「新川柳※」（のち「短詩※」）の論客として活躍したが、関東大震災で挫折、鶴見で書店を開く。戦時の企業整備で廃業、戦後疎開先から鎌倉へ移って深山二呂三*に逢い、改号して川柳界に還る。湘南地方を中心に神奈川川柳作家クラブを結成、会長。昭和四四年六月一九日、外出中発病、自ら病院に入り逝去。享年八四（白雲院乗誉龍眼居士）。〔尾藤三柳〕

　頼まれて書く寿へかしこまり（昭37、喜寿金婚）

**柳葉女** りゅうようじょ　1898–1987【新川柳】本名・榎田はま。明治三一年八月二日、静岡市寺町生れ。家業は金物・荒物・雑貨商。榎田竹林*（前号・珍竹林）の夫人で、大正五年に新聞投稿を始めた夫より三年おくれて同八年に、弟畔柳海童子《くろやなぎかいどうじ》とともに川柳句報「しつはた」を刊行。夫婦作家の先駆的存在。大正一二年、東京から帰った竹林が静岡川柳会（のち静岡川柳社）を創立、「静岡川柳※」を創刊したのが大正一五年五月で、夫婦琴瑟の川柳活動はここから始まり、昭和二一年若くして先立った長男も孝坊と称して親子作家が話題となった。昭和九年一月に宮尾しげをが編した『昭和川柳百人一句』では、夫竹林とともに初篇に収録され、すでに当時、一流に伍していたことを証明している。昭和四三年九月には、二カ月違いの同年生れである竹林・柳葉女の喜寿・金婚とともに、創立四五周年を盛大に開催したが、同四九年、竹林が亡くなった後を継いで女性主幹となった。阪井久良伎*を師糸とする川柳観、作風を堅持して伝統を重んじ、新に傾こうとする社中作家には「よその会へ行きなさい」というほどの厳しい態度で臨んだ。すでに七〇歳を越えてからも、朗々たる入選句披講※は見事なものであった。川柳社の運営にたずさわる一方では、《静岡新聞》の川柳欄ほかの選者および県、市の川柳協会のそれぞれ会長を勤め、夫とともに基礎を築き上げ、わが子のような県川柳界の隆盛に力を尽した。その七〇年になんなんとする川柳活動は、静岡に柳葉女ありの名を全国に高からしめた。夫竹林が亡くなる一年前の昭和四八年三月、親子夫婦三人の句を編んだ『鎹※』には、竹林作品三〇〇、柳葉女作品二〇〇、孝坊作品四〇句が収録されているが、それからさらに二十余年の実績を積み上げて、同六二年五月二二日、不帰の人となった。享年八五。〔尾藤三柳〕

　碁会所は碁の音がして十二月
　明治とは女にきびし座りだこ

**椋影** りょうえい　1904–1975【新川柳】本名・今川正夫。明治三七年一二月七日、愛媛県生れ。歯科医。昭和五年ごろ前田伍健*、酒井大楼*から川柳の面白さを教えられる。昭和七年四月、任地の大洲市に初めて川柳の芽を育て、暁明、可州、暁風、肱水らと大洲水郷川柳社を設立、機関誌「水郷※」を発刊。後進を育成、約五〇人の同人を擁して、伍健、大楼、路郎*らを迎えて昭和一二年ごろから愛媛県川柳大会を年中行事とする。現在でも夏の川柳大会は愛媛の名物となり柳誌は三〇〇号を数える。昭和五〇年一月二六日没。享年七〇。〔東野大八〕

**名城のむかし変らぬ美しさ**

**良行**《りょうこう》 1922–1999 【新川柳】本名・山田良行。大正一一年一〇月八日、中国遼寧省宮口市生れ。ハルビン医科大学卒業。兵役で通信兵の少尉として沖縄県宮古島で終戦。昭和二一年、金沢市に復員し、医師として金沢市立病院内科に勤務。同二八年、医学博士、同四七年、労働衛生コンサルタント。昭和二九年、当時担当していた結核病棟の患者のために導入した川柳に、自身も巻き込まれた形で作句を開始したのが始まり。その後「番傘※」の岸本水府*に師事し、水府唱導の〈本格川柳※〉に傾倒し、一貫して軽妙な客観的な作風を堅持。昭和三〇年五月に地元の桜井六葉*、西田自然人と金沢番傘川柳会を創立し、機関誌「えんぴつ※」の発行・編集人として活動を始めた。転勤にともない富山市内に居を移してからは、番傘えんぴつ川柳社と社名を変更、富山県内でも広く川柳人口の開拓に意を尽し、多数の番傘本社同人を育てた。同四三年六月をもって川柳えんぴつ社の編集・発行を脇坂正夢に委譲し身を引くと同時に番傘本社同人をも辞退した。昭和四四年六月に能村唐衣らと新たに北国川柳社を創設、主幹となり機関誌「きたぐに※」を創刊。全日本川柳協会※の設立に当っては当初から参画し、平成元年、同協会の理事長に選任と同時に、北国川柳社の主幹ならびに「きたぐに」の編集・発行人を福岡竜雄*に委譲。平成六年秋、永年の川柳普及発展の功により勲五等双光旭日章を受章。句集に『山田良行句集※』（平3）、『漢柳山田良行句集※』（平7）。「週刊ポスト」、《北国新聞》各柳壇の選者を務めた。平成六年、群馬県太田市に〈疲れたと言わぬお日様お月様〉の句碑が建てられた。平成一一年三月没。〔福岡竜雄〕

**いつ死ぬかだれも知らないから楽し**
**釘一つ打つにもプロとアマとの音**
**ゆでられるまでは命のあった豆**
**戦争という名で許す人殺し**

**凉史**　りょうし　1913–2003　【新川柳】本名・山崎浅七。大正二年九月一三日、埼玉県入間郡仙波村（現川越市）生れ。昭和五年ごろより作句。昭和一二年に設立された地元の初雁川柳会の創立同人。その後川上三太郎*に師事、「川柳研究※」幹事を経て、「きやり※」の社人となり、戦後は初雁川柳会会長として多くの川柳人を育成した。昭和六三年に設立された埼玉県川柳協会の会長に就任。その活躍は埼玉県ばかりでなく、日川協※の理事として一時東京事務所も引き受けた。《毎日新聞》埼玉版川柳欄選者。ＮＨＫ学園川柳講師。川柳文化賞受賞。著書に山崎凉史戦場句集『裂ける楊柳※』(昭14)。平成七年太田市に〈平凡に生きるにこんな苦労する〉の句碑建立。句風は一読明解で、人柄を感じさせる、暖かくてほのぼのとした作品が多い。平成一五年五月二七日没。享年九一。〔佐藤美文〕

先ず生水が飲める祖国のありがたさ
仏にも春を告げよう桜餅
いい話妻にも受話器替わらせる
平凡に生きるこんなに苦労する

**緑雨**　りょくう　1892–1970　【新川柳】本名・橋本与作。別号・二柳子。明治二五年九月二五日、金沢市生れ。大阪電気局勤務。大正一二年「番傘※」句会に出て川柳人となる。勤務先に以交会があり、柳誌「みをつくし」同人。大正一二年末、主宰の亜人*らと「川柳雑誌※」に合併、いわば川柳雑誌の創立同人として麻生路郎*に傾倒し、ほどなく亜人一派が同誌を退いても、残って緑雨と改号（昭和五年）。「川柳雑誌」の編集長格で、自宅に本部をおき、昭和四〇年路郎死去による同誌廃刊までその片腕として健闘した。昭和四五年四月一五日没。享年七七。著書に句集『街の雑音』、『三代柳書目録』がある。〔東野大八〕

思い出を打ち切れぬ程たんと持ち　（「川柳雑誌」昭43最終号）

**林鐘子**　りんしょうし　1889–1920　【新川柳】本名・青野林之助。明治二二年六月、東京・京橋生れ。深川佐賀町で米穀商。明治三七年、風来坊と称し新聞《日本》などへ投句を始め、翌年改号（〈林鐘〉は六月の異杯、斎藤丹三郎が命名）、以後、大正前期にかけて好作家をうたわれ、

令夫人光つてゐれば日が暮れる
身を売つて凍傷のない冬が来る

などの社会的作品も残している。大正九年四月一九日、脳溢血で急逝。享年三〇。巣鴨・白泉寺に葬る。玄林智月信士。〔尾藤三柳〕

**涙光** るいこう 1902–1983 【新川柳】本名・斎藤善雄。明治三五年二月二九日、山形県生れ。長井市で食品業。一八歳で伊藤蘇堂*に入門（大正九年）、大正一二年、井上剣花坊*に師事。昭和二年長井川柳社を創設。昭和三八年、長井市内の各吟社を統合、長井川柳会を、さらに昭和四九年、山形県川柳連盟を結成、初代理事長となる。昭和五二年、長井市芸術文化賞を受賞。著書に『川柳三昧』（昭53）がある。六十余年わたって東北川柳界に尽した。昭和五八年一月一八日、脳溢血で没。享年八〇。川西町・宝昌寺に葬る（秀道院善翁涙光居士）。〔小松梢風〕

帰化草の憎まれながら実を弾き
生きているミイラが増えてゆく文化
（いずれも昭和55『日本川柳人名鑑』）

**榴花洞** るかどう 【新川柳】→雀郎

**〇丸** れいがん 1883–1958 【新川柳】本名・西島義豊。明治一六年四月九日、東京市深川霊岸町生れ。四谷・西念寺（浄土宗）第二十六世住職。芝中学在学中の明治三〇年ごろから、さまざまの筆名で《二六新報》、《万朝報》などの雑俳※欄に投書、同三七年、新川柳と交流、翌年〇丸を号とする。当時、日露戦争中の新聞発表に伏せ字が多かったことから「〇〇《まるまる》」としたのを、高木角恋坊*が「深川霊岸町の生れを利かせた洒落だろう」と言ったことからレイガンとなり、下の〇を丸に改めたもの。芝居、寄席、遊廓、花柳界の表裏に通じた大通人であり、JOAKラジオ初期の童話家としても著名であった。大正九年、「きやり※」三号から客員に迎えられ、同一五年一月から発行人となり、吟社を西念寺に移す。昭和前期に川柳に携った者で、一度はこの住所を書かない者はないといわれる「四谷区寺町六」である。

「きやり」は昭和三年に横綴じ小本（きやり型）から菊判に変るが、以後、〇丸の文業はめざましい。『絵本柳樽※』などの古書解題から、「開闢窟漫語」と題する斬れ味のよい評論まで、幅の広い筆を揮うかたわら、想像に絶する多作家として東京の句会を席巻した。大小新旧にかかわりなく、早々と句席に姿を現わすと、一隅に陣取って締切まで句三昧に耽る。のちに〈東京柳界の父〉といわれる姿であり、川上三太郎*を叱ることのできる唯一人の人が持つ厳しさであった。昭和八年、すべてをあげて打ち込んだきやり吟社を退いたのちは、一社に属することなく、わずかに戦後、川柳長屋連※に腰を据え、東都川柳人クラブ※の初代委員長に就任した以外は、ひたすら作句に埋没。その間、川柳鹿連会などの指導には、骨身を惜しまなかった。「多情仏心の境地そのままの詠出で、川柳の形式でこなせるものなら何でもとり入れてしまう」のが〇丸だと、村田周魚*は書いている（句集『〇丸帳※』序）。昭和三三年三月一八日寂。行年七五。法蓮社文誉上人得阿川柳義豊大和尚。〔尾藤三柳〕

仏ただにこやかに居る恐ろしさ『昭和川柳百人一句』
志ん生を笑い直して下足札　（昭32・11「せんりう」）
瓦屋の教える火事は四谷辺　（同）
お袋の手紙途中で口語体　（昭35『〇丸帖』）
南無阿弥陀挙げて魔事なき雑煮箸　（同）

参考：句集『〇丸帳』（昭35、川柳長屋連）、〇丸忌特集号（「柳友」昭49・4）、尾藤三柳「落丁の時代」⑧（昭49・6）

**鈴波** れいは　1907–1991【新川柳】本名・磯部森作。明治四〇年一一月一日、山梨県生れ。クリーニング業。大正一二年春、「川柳鳴子※」で川柳入門。昭和三年、八十島杜若（勇魚*）創設の手草会創立会員。昭和一五年三月より「きやり※」社人となり、句会部、編集を担当。戦後、昭和二二年、川柳人クラブ※創設に参加、同二六年には、台東川柳人連盟※創立に参加、同四二年四月七日の周魚*急逝により、同一六日、きやり吟社存続を諮り、同社代表就任。後、台東川柳人連盟※会長などを兼務する。編著書として『川柳きやり五十年史※』（昭45）、『川柳きやり五十五年史』（昭50）、『川柳きやり六十年史』（昭53）は、吟社の記録としてだけではなく、東京川柳界の足跡に重要な史料を提供した。平成三年二月二七日没。享年八四。入谷鈴波信士。〔尾藤一泉〕

倖せと云はれる母の竹箒　（昭27『現代川柳展望』）
足袋白くうつしてここは能舞台　（同）
食べるだけ食べるとゐない男の子　（同）
正確な時計がくらしとは合わず『きやり60年史』
掃いている素足好い日でありそうに　（同）

**礫　川**　れきせん　1748?–1834?　【旧連・俳風狂句】文字通り小石川諏訪町に住んでいた平野氏という武士（燕斎叶）。別号・一甫、文日堂。約半世紀にわたって狂句界を牛耳り、文日堂と名乗った。「小石川の翁」とも呼ばれた。寛延元年（一七四八）または二年生れ。天保五〜六年没（前島和橋は、寛延二年四月八日生れ、天保九（一八三八）年七月二八日没とする）。『誹風柳多留※』三一篇（文化元・一八〇四）より川柳風で主選者として登場。二世川柳*を補助し、三世川柳*引退後は、門下の賤丸を四世川柳*とした実力者。安永五（一七七六）頃より一甫の表徳※で前句附を始め、『柳多留』では、安永八年の一四篇、亥年角力句合に御幸連で初見。いったん、折句の宗匠として前句附を離れる。寛政五（一七九三）頃より判者となり文日堂を名乗る。小石川連。門下に、賤丸（四世川柳*）、山笑、錦重、雨柳ら。文化二（一八〇五）年六月一日、桃井庵和笛*追善句合（文日堂、窓梅*両評）で川柳界に復帰。柳多留一〇三篇（文政11）まで文日堂ないし礫川として評を行う。文化四（一八〇七）年、『柳多留』三七篇は、礫川の単独評。同篇の菅裏*序には、

　今や名だたる小石川の文日翁は、いにしえの川やなぎの正流にして、今の柳と枝川をまじえてむつみ深し…

としている。作句面でも、文化四年、柳多留三九篇・下谷連会では、勝句97章と2位の青露39章を大きく離し、その実力を見せ付けている。文化九年（一八一二）、文日堂主催で初代川柳二三回忌追善会を開く（樽六四）。文化一二年（一八一五）五月七日開キ、小石川連・文日堂礫川在世追福会では、在世供養を行い「樫葉集」（『柳多留』67篇として再録）を刊行している。文政七年九月、四代目川柳名びらき大会、天保三年一一月、成田山奉納狂句合などでも活躍。天保五年『川柳百人一首』に「八十七翁」と署名。五世、六世川柳まで影響を与える。〔尾藤一泉〕

春風にうちまかせたる柳かな　四世嗣号祝吟
みなもと八月からうかむ物語　天保5『川柳百人一首』
咲くもよし散るも芳野の山ざくら　『樫葉集』
堪忍の胸親になで子にさすり　樽六八-21
二十一史のおつ立にいい女　樽八七-14
ついぞねへよしなと新造目を覚し　樽八七-17

**蓮　子**　れんこ　1932–2006　【新川柳】本名・宮川蓮子。昭和七年四月二七日、新潟市生れ。昭和五〇年、江戸川

柳を学ぶために阿達義雄*に師事。五一年ふあうすと川柳社、五三年柳都川柳社、五七年、川柳公論社に参加。人生半ばにして身を侵した病魔を梃子に、豊富な語彙・鋭い色彩感覚で作品を発表、女性的な情念の世界と男性的な理の構築世界の狭間で揺れ動く詩心を変身願望に託し創作。柳都賞・三太郎賞・紋太賞・公論大賞・新潟県芸術祭奨励賞などを受賞。平成八年、作品集『れんこ※』刊。同年、「柳都※」雑詠〈すばる抄〉選者。平成一八年一二月二一日没。享年七四。〔横村華乱〕

**現身よ魚開くも花摘むも**
**いま百花繚乱今を狂わねば**
**胸抱けばまたひょうひょうと海鳴りす**

**蓮生** れんしょう 1897–1967【新川柳】本名、熊谷治禄。明治三〇年、広島市生れ。大正一一年より安井八翠坊*主宰の広島川柳会会員となる。昭和三三年以来、《中国新聞》柳壇選者。昭和三六年から昭和四〇年まで広島川柳会会長をつとめ、広島地方の職域川柳※の普及に努める。昭和四二年一〇月一一日、肺癌のため没。享年七〇。〔石原伯峯〕

**蓮台** れんたい 1889–1972【新川柳】本名・布施文三郎。明治二三年一〇月二八日、山形県東置賜郡伊佐沢村（現・長井市）生れ。小学校教員から村議、後長井市市議会議員。大正五年、伊藤蘇堂の緋縅吟社に入門。「大正川柳※」の投句を通じて剣花坊*に学ぶ。柳風狂句※が勢力として根づよく残る地域で、新興川柳の普及に努める。昭和一七年、伊佐沢村役場内にむつみ会を創立、戦後、二二年には、村内の川柳家を結集して双葉吟社を創設、蘇堂の命名でこの花吟社となる。昭和三八年、長井市制施行により、市内の吟社を結集、長井川柳会が組織され、初代会長に就任。昭和四三年、長井市芸術文化賞第一回功労賞受賞。四八年には〈人生に悔いなく老いて趣味に生き〉が伊佐沢地区公民館前に建立される。昭和四九年八月一四日没。瑞光院玄岳蓮台居士。享年八四。遺句集として『柳道六十年』（昭60）がある。〔尾藤一泉〕

**幾人の足に蹴られた空財布** （大5）
**名優と一字違いの旅役者** （昭2）
**火葬場に階級のない煙の色** （昭31）

**六文銭** ろくもんせん【新川柳】→行詩堂

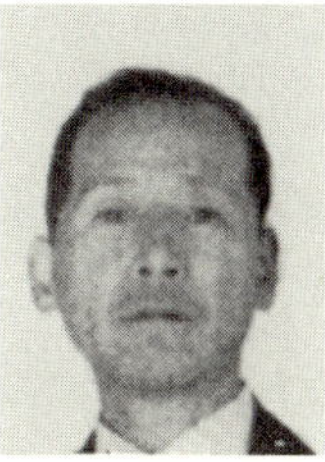

**六　葉** ろくよう 1900–1969【新川柳】本名・桜井慶二郎。明治三三年三月二五日、石川県生れ。石油、油脂販売会社役員。一六歳から作句。大正八年、「百万石※」創刊とともに六葉の号で参加、同九年一月、「百万石」を辞して「コダマ（冴）」を創刊。また、昭和二年には、「銀紙」を刊行する。「百万石」「梅鉢※」などにもよく執筆した。阪井久良伎*、岸本水府*と親交があり、古川柳にも通じた。昭和三〇年、金沢番傘川柳会に参加。「えんぴつ※」会長。《北国新聞》、北陸放送柳壇の各選者を勤める。番傘同人。昭和四三年、番傘加越能川柳社を創立、「白鳥※」発行。句集に『家』（昭12）、『ねずみの目』（昭35）、『自選句集百句』、句文集に『2H2B』がある。昭和四四年一月一四日没。享年六八。石川県鶴来町・舟岡山墓地に葬る（清浄院釈得信）。〔山田良行・尾藤一泉〕

**古九谷は日本のもの加賀のもの**（昭30「えんぴつ」）

参考・句集『家』『ねずみの目』、文集『2H2B』など

**六厘坊** ろくりんぼう 1888–1909【新川柳】本名・小島善右衛門、通称・善之助。俳号・善衛門。明治二一年、大阪生れ。小島洋服店別家店主（父は、小島洋服店店主、小島銀行経営、大阪府議会議員。六厘坊は次男）。明治三四年、府立市岡中学で同期の川上七厘坊（日車*）と文芸仲間となり、ともに日本派俳人・松村鬼史（のち川柳に転向、柳珍堂）の指導を受け、新聞《日本》の正岡子規、河東碧梧桐選の俳壇に投句。入選率が低いので、明治三七年七月二八日より同新聞の川柳欄〈新題柳樽〉（剣花坊*選）へ投句をはじめる。中学生でありながら、文芸部の一部を引き受けていた《大阪新報》に柳壇を作らせ選者となる。この欄には、明治四〇年に藤村青明*も投句していて、その新しさが伺える。同三八年五月二〇日、「新編柳樽※」を発刊。同じ年輩の日車、路郎*と詩情漂う異色ある作風を打ち建てている。この若き六厘坊に心酔した同志には七厘坊、八厘坊*、半文銭*、當百*など〈銭〉にちなんだ柳号が好まれた。三九年はじめ頃、六厘坊は《大阪新報》柳壇同好者へ会合を働きかけたのを機に、大阪川柳界の結集をはかり、新聞《日本》派の六厘坊、七厘坊、《電報新聞》（久良伎*）派の西田當百、

《読売新聞》（朴念人*、而笑子*）派の浅井了軒（五葉*）、半文銭などを同人、客員的誌友に結集し、神戸の剣花坊派、青明も加え、「新編柳樽」を四号で改題し「葉柳※」第二巻第一号を創刊。この頃、七厘坊とともに学業をおろそかにしていると両家家庭に訓戒があり、その後中退か。はじめ、親剣花坊として社名を東京の柳樽寺に対し西柳樽寺とした。大阪における新川柳※の草分けであるとともに、新傾向※を標榜する柳誌の嚆矢だった。全派統合の関西に比し、東京は三派が互いの揚げ足取りをしていることを強く批判、各派を攻撃する文を第三巻第一号（明40・2）より載せ、先輩・高木角恋坊*を「角恋坊はバカである」と罵倒するなど、剣花坊からも離れた。明治四一年早々、日車と青明に働きかけられ、短詩社を興し自宅に事務所を置くが、永続せず同年四月に葉柳に合流、成果を誌上に載せる。特筆すべきは、句会に連れ出して育てた麻生天涯（路郎）のほか、當百に育てられた岸本水譜（水府*）、青明に教えられた椙元紋太*に直接、間接的影響を与えたのを含め、後に関西の伝統川柳、新興川柳を率いることになるほとんどの俊英を「葉柳」系から排出。自ら天才児と称したごとく、選句力、統率力、経営手腕は年長者も押えて右から左まで統合するカリスマ性を備えていた。この六厘坊の活躍が、川柳界を前進させ、後の関西川柳界隆盛の基を築く。明治四一年八月、個人誌「土団子※」を刊行するも、一〇月には肺結核が悪化、神戸灘の魚崎に転地療養などする。同四二年四月に出した〈桜花号〉を名残に五月一六日、別家で死去。享年二一。法名・釈善悟。この訃報は各新聞に報道され、一八日付《大阪毎日新聞》には「川柳家六厘坊」の見出しで大きく掲載された。六厘坊に傾倒した青明は〈南無葵俗名小島善右衛門〉の悼句を寄せた。〔東野大八・中川一〕

後添は足袋のきらひな女なり　（一〇代）
悶えの子血の子恋の子おかめの子　（一〇代）
傾城の鏡に夕日落ちんとす　（二〇歳）
この道のよしや黄泉に通ふとも　（辞世）

**露　光**　ろこう　1903–1967【新川柳】本名・三木憲三。明治三六年一一月一〇日生れ。Y校（横浜商業学校）卒業。横浜市西区浅間町、鶴八醸造会社勤務。退職後は上大岡で履物店経営。昭和七年七月川柳ふいご吟社同人、同誌編集担当。一九号で「まとひ」と改題の際、編集を島紅石*と交替。昭和二四年「はもん」同人。昭和四二年八月一四日没。享年六三。法名・千寿院法光日憲居士。横浜市港南区・日野公園墓地に葬る。〔関水華〕

**雑草よ醜き生存競争ぞ**（昭9「まとひ」8月号）

# わ 行

**和橋** わきょう 【柳風狂句】↓川柳 9

**和国** わこく 【俳風狂句】壱声庵。和国鮨という寿司屋の主人。松戸庵と称す。店の屋号をそのまま雅号にしている。布引連。旧連ではあるが、初代川柳*の没前後に現れた作家で、俳風狂句※期に活躍している。天保一五年八月七日、五世川柳*時代に追福会が行われている。〔尾藤一泉〕

つる亀でうつて娘をかいあるき　樽二四-1
大海で土ほじりするうらゝかさ　樽二四-32
初雪やひとりころびと女房よみ　樽二四-34
是は〱と母の待つおそざくら　樽二五-2
向ふ見る気になつて知る親の恩　樽九七-19

**渡邉信一郎** わたなべしんいちろう 1934-2004 【古川柳研究】別名・蕣露庵《しゅんろあん》主人。昭和九年一二月二三日、東京生れ。古川柳研究会会員として四十年にわたり古川柳※研究、江戸庶民文化の研究を行い、多くの関連著書を残している。都立高校教師から同校長という職業柄、蕣露庵主人のペンネームでも著述を発表、平成一〇年、東京都庁での任期を二年残して退職、好きな道である古川柳研究に没頭、短期間に多くの著述を残すとともに、講演会活動や新聞雑誌へも精力的に筆を揮った。主な著書は、『川柳江戸行商』（昭51）を皮切りに、『川柳江戸食物誌』（昭60）、『川柳江戸の食べ物再見』（平3）、『川柳江戸の女の一生』（平3）、『江戸の女たちのトイレ』（平5）、『江戸の女たちのグルメ事情』（平6）、『江戸の粋・短詩型文学・前句附け』（平6）、『江戸の寺子屋と子供たち』（平7）、『江戸の庶民が拓いた食文化』（平8）、『江戸の女たちの縁をもやう赤い糸』（平8）、『江戸川柳飲食事典』（平8）、『江戸の女たちの湯浴み』（平8）、『江戸の生業《なりわい》事典』（平9）、『江戸川柳』（平10）、『江戸の女たちの月華考』（平11）、『江戸のおしゃべり』（平12）、『江戸の洒落』（平12）、『江戸の庶民生活・行

事事典』（平12）、『江戸バレ句　恋の色直し』（平12）、『江戸の知られざる風俗』（平13）、『江戸の化粧』（平14）、『江戸のおトイレ』（平14）、『大江戸庶民のあっと驚く生活考』（平15）などがあり、また、蕣露庵主人の筆名で『江戸川柳　花秘めやかなれど』（平5）、『江戸の艶本《えほん》と艶句《ばれく》を愉しむ』（平6）、『江戸艶句「柳の葉末」を愉しむ』（平7）、『江戸の艶道《びどう》を愉しむ』（平7）、『江戸の色道』上　男色篇（平8）、『江戸の色道』下　女色篇（平8）、『江戸破礼句』梅の宝匣（平8）、『江戸破礼句』櫻の寶匣（平9）、『江戸の色道指南書の系譜』（平10）、『江戸庶民の性愛文化を愉しむ』（平10）、『江戸の秘薬』（平11）、『秘薬秘具事典』（平15）など多数を世に送る。三年後までの著述や活動計画を持ちながら平成一六年二月四日、道半ばにして肺癌のため没。享年六九。句萠《くぼく》院蕣庵日信居士。同日、従五位、瑞宝小綬章授与。江戸期の主な川柳関連、風俗関連の蔵書は、遺族により江戸東京博物館に寄贈された。〔尾藤一泉〕

**和　笛**　わてき　【古川柳】桃井庵和笛。初代川柳*没後、途絶しかかった川柳風※の万句合※を引き継いだのが神田明神下の宗匠・桃井庵和笛で、「闇夜の灯し火」と称された。作者としては、川柳評初期（『柳多留※』一五篇、安永九年の角力句合初出）から現れ、数は多くないが万遍なく作品を見せている。寛政三年（一七九一）九月、川柳追福（小祥忌）に、菅江*、葉十*との三評で初めて評者※として登場、寛政五年には、「川柳風※」を表明して、万句合興行を行っている。『柳多留』では、三年の空白を経て寛政六年秋発行の二五篇から和笛評が現れる。和笛評は寛政十二年まで続くが、二六篇から収録の全句に作者名を記し、二八篇には初めて江戸以外の連衆羽州山形連の句が見えている。

同じ頃、「鳥連」と呼ばれる旧初音連が麹町の紀三井寺屋を会場に月並を立て、和笛を主評者に招いた。副評は、和笛評に抜群の実績を持つ麹町天神裏の窓梅*、川柳の連枝といわれる門柳*、のちに「前句の三尊」と仰がれた如雀で、この集団から新連（川柳没後の連衆）が多く生れ、川柳風復興の中堅となった。和笛は、寛政一〇（一七九八）～一二年に没したと推定され、続く享和の三年間は『柳多留』も出ていない。しかし、文化元年（一八〇四）前後から、麹町、小石川、下谷にグループ活動が芽生え、このグループ総連の発起で文化二年六月一日、「桃井庵和笛追善句合」が行われ、これを契機にして、川柳風は新しい時代に入っていく。偉大な判者川柳が世を去った後の暗黒時代、細々ながら川柳風の糸をつないで、文化以後

の新しい時代へ橋渡しした和笛の功績は大きい。〔尾藤三柳〕

ぬけまいりあかきれいゐて思ひ立　樽一五-40
おつかけて来て細見を買て行　樽一六-40
松弐本小たてに取ていゝのべる　樽一九-ス1
ふとん三ツハむせつぽいねたり事　樽二〇-33
あやふやな主とりをする黒イ猫　樽二一-ス2

# あとがき

近代以降の川柳を体系化するという目的で編纂されたのが、尾藤三柳編『川柳総合事典』（昭和五九年発行）であった。古川柳分野と異なり、新川柳以降の川柳については、研究のベースとなる書籍がほとんどなかったからである。以降二五年、川柳界も指導者層の高齢化の波とともに受け継がれるべき基礎的な理念も忘却され、かつ論説も論争も華やかとはいえない。また、昨今は川柳ブームとはやされながらも、実体は川柳界の外の公募川柳隆盛によるところが大きく、川柳の正しい継承を考えるとき、川柳に携わる者にとってもう一度立ち戻ってみるベースとしての資料が望まれた。旧版の『川柳総合事典』も四半世紀が過ぎ、川柳界も様変わりを見せた。人物編では特に、旧版の執筆者の多くは鬼籍に入っている。

六大家を知る、新川柳の第三世代が存命中にこの事典を纏めたかったのは、川柳の体験的知識をできるだけ活字に残したいという編者の思いからであるが、この巻の執筆中にも、時実新子、杉野草兵などの大先達を喪った。

今回の〈人物編〉では、新しい執筆者も多くご参加いただき、新項目の追加、充実が図られ、旧版の訂正もできたことは、喜ばしいことであり、執筆の諸賢には深く感謝したい。しかし、まだまだ十分とは言えず、大方のご叱正を待って後日を期したいと思う。

さいごに、川柳二五〇年を機に『川柳総合大事典』出版に全面的なご協力を頂きながら、編者の力不足により刊行予定が大幅に遅れてしまったことで、ご迷惑をおかけした株式会社雄山閣の宮田哲男社長および編集、販売についてお骨折りをいただいた久保敏明氏ほかの方々に紙上を借りてお詫び申し上げるとともに、この出版へのご理解に改めて御礼申し上げたい。

川柳二五〇年の年、平成一九年七月一二日

玄武洞にて　編　者　識

## 〈執筆者一覧〉

※印は物故者

赤井　花城
朝倉草太朗※
天根　夢草
雨宮八重夫※
伊木　鶯生※
石曾根民郎※
石田　柊馬
石原　伯峯※
石部　明
伊藤　紀子※
今川　乱魚
祝　白糸※
岩崎眞理子
臼倉　寿夫※
卜部　晴美
江畑　哲男
遠藤　泰江
大石　鶴子※
太田紀伊子
大友　逸星
大野風太郎
岡村　嵐舟※
加藤　香風※
金子美知子
川俣　喜猿
北川絢一朗※
北村　泰章
橘高　薫風※
日下部舟可※
久保田元紀
黒田　高司※
桒原　道夫
小池　正博
河野　春三※
後藤　柳允※
小松　梢風※
斎藤　大雄
斎藤はる香
斎藤　涙光※
堺　利彦
坂本　一胡※
坂本幸四郎※
坂根　寛哉
佐藤　岳俊
佐藤　美文
雫石　隆子
篠崎堅太郎※
清水　汪夕※
杉野　草兵※
菅生　沼畔※
鈴木　泉福※
鈴木柳太郎※
須田　尚美
関　水華※
瀬々倉卓治
平　宗星
多伊良天南※
高橋放浪児※
田口　麦彦
竹田　光柳
手嶋　吾郎
寺尾　俊平※
東野　大八※
内藤　悟郎※
長岡　民雄
中川　一
成田　孤舟
西村　在我※
野沢　省悟
野谷　竹路※
箱守　五柳※
長谷川鮮山※
馬場　木公※
原田否可立
樋口　仁
樋口由紀子
尾藤　一泉
尾藤　三柳
平賀　胤寿※
福井　天弓
福岡　竜雄
藤本静港子※
細川　不凍
松村　香村※
村山　夕帆※
藪内　三石※
山崎　蒼平
山崎　凉史※
山田　良行※
山本　克夫
山本　芳伸※
横村　華乱
吉岡　宵波
吉岡　龍城
吉田　成一
若山　大介
脇屋　川柳
渡辺　蓮夫※

〈五〇音順〉

監修者　尾藤三柳（びとう さんりゅう）

1929年東京生れ。前田雀郎に師事。丹若会同人などを経て、1975年から「川柳公論」グループ主宰。＜よみうり時事川柳＞、＜サラリーマン川柳＞ほか新聞、雑誌、放送、公募川柳選者。日本川柳ペンクラブ理事長、(社)全日本川柳協会相談役、川柳学会名誉会長ほか。川柳界の内外で指導的役割を果たすとともに、川柳の研究、体系化、講演をライフワークとする。編著書：『川柳総合事典』、『川柳の基礎知識』、『川柳作句教室』、『川柳入門』、『川柳二〇〇年の実像』、『川柳小百科』、『現代川柳ハンドブック』（いずれも雄山閣）、『選者考』（葉文館出版）、『其角メモ・土佐句私感』（川柳公論）など多数。句集：『帰去来』、『柳のしずく』、『尾藤三柳句会作品集』ほか。

句碑：「乱世を酌む友あまたあり酌まむ」（上野・東照宮境内）

編　者　堺 利彦（さかい　としひこ）

1947年、北海道生れ。國學院大學法学部卒。税務大学校教授から税理士。1965年8月、「さいたま」入会、清水美江に師事。翌年「さいたま」同人、「バックストローク」創刊同人。「川柳公論」、「隗」会員。日本川柳ペンクラブ理事。川柳フォーラム朱雀会会員。川柳学会創設に参画、理事、「川柳学」編集委員。主として評論活動を主とする。著書に『現代川柳の精神』（平5・埼玉川柳社）、『現代川柳ハンドブック』（共著・平10・雄山閣）、『川柳解体新書』（平14・新葉館出版）。

編　者　尾藤一泉（びとう いっせん）

1960年、東京生れ。尾藤三柳に師事。1975年川柳入門。1980年、川柳公論委員などを経て、2005年に川柳学会創設。武蔵野美術大学、女子美術大学、北里大学各講師。読売日本テレビ文化センター、東急BEカルチャースクール、公募ガイド川柳講座、新葉館出版・川柳歴史講座など各川柳講座講師。〈Web川柳博物館〉、Web〈ドクター川柳〉主宰。ORIXマネー川柳、バイエル薬品、大正富山製薬ほか公募川柳選者。川柳学会専務理事。編著書：『親ひとり子ひとり』、『絵画の教科書』（執筆）。句集『門前の道』。合同句集『川』、『天』など。朱雀洞文庫（書籍、川柳史料等）管理人。

平成19年8月31日　初版発行　《検印省略》

# 川柳《せんりゅう》 総合大事典《そうごうだいじてん》　第1巻〈人物編《じんぶつへん》〉

監修者　尾藤三柳
編　者　堺利彦・尾藤一泉
発行者　宮田哲男
発行所　㈱雄山閣
〒102-0071　東京都千代田区富士見2−6−9
電話03-3262-3231㈹　FAX　03-3262-6938
振替：00130-5-1685
http://www.yuzankaku.co.jp

制　作　玄武堂企画・尾藤衡己
印　刷　東洋経済印刷
製　本　協栄製本


Printed in Japan 2007
ISBN978-4-639-01967-1　C0592